«i gr

Della stessa autrice in edizione TEA:

Il rumore dei tuoi passi
Acquanera
Alfredo
Quella vita che ci manca
Non aspettare la notte

Valentina D'Urbano

Acquanera

Romanzo

Per informazioni sulle novità
del Gruppo editoriale Mauri Spagnol visita:
www.illibraio.it

TEA – Tascabili degli Editori Associati S.r.l., Milano
Gruppo editoriale Mauri Spagnol

www.tealibri.it

© 2013 Longanesi & C., Milano
Edizione su licenza della Longanesi & C.

Prima edizione TEADUE ottobre 2014
Prima edizione «I Grandi TEA» novembre 2015
Terza ristampa «I Grandi TEA» aprile 2018

ACQUANERA

Dormono, non li svegliate
inseguon le orme di un sogno lontano.
Non li svegliate, dormono.
     Incisione su una tomba al cimitero
      monumentale del Verano, Roma

La morte verrà all'improvviso
avrà le tue labbra e i tuoi occhi
ti coprirà di un velo bianco
addormentandosi al tuo fianco...
      Fabrizio De André

1

Oggi, 12 marzo 1992

Dieci anni senza mai tornare.

Quando arrivo è quasi mattina e piove, una pioggia di traverso, gelida, che ti taglia la faccia.

A Roccachiara è sempre così. Fa freddo e piove, oppure l'umidità è talmente densa che fa lo stesso, è come se piovesse.

Mi incammino per la via principale del paese e tutto è uguale a come mi ricordavo, sembra una fotografia, non cambia mai.

Le case costruite una addosso all'altra, le inferriate dei negozi ancora chiusi, le stesse insegne di trent'anni fa. Le strade strette e desolate, i vicoli con le fioriere appese accanto alle porte.

Non c'è nessuno, solo la pioggia.

Tutto il resto è il silenzio.

Dicono che tutto questo silenzio provenga dal lago. Si solleva come nebbia, si spande per il paese, soffoca tutti i rumori.

Attraverso l'intero abitato senza incontrare anima viva e arrivo fino alle ultime case in fondo. Lì c'è uno sputo di piazzetta a picco sulla valle e sul lago. È il Belvedere degli eroi. Lo ricordavo spoglio e malandato, una manciata di metri quadri strappati allo strapiombo.

Adesso è molto diverso. Lo spiazzo lastricato, le panchine di metallo con la vernice bianca e scrostata. Una brutta fontana ornamentale, le targhe alla memoria dei caduti. Una balaustra in ferro battuto ha sostituito il vecchio muro di mattoni da cui ci si affacciava per vedere il lago.

Quel lago nero, che non ha vita.

Ci sono anche dei gradini scavati nella pietra che, dal belvedere, scendono giù verso il sentiero che si inoltra nel bosco. Prima non era che l'abbozzo di una scalinata malmessa e poco praticata. Negli anni Quaranta e Cinquanta la usavano soltanto le lavandaie e i pescatori, adesso è roba per turisti, con i corrimano in legno e le indicazioni per raggiungere la stradina sul lungolago. Un cartello segnala che alla fine del percorso c'è un chiosco che vende gelati, è aperto solo d'estate.

Mi siedo sulla panchina con la vista migliore e per un po' rimango a guardare lo spiazzo deserto e lucido di pioggia, le case con le imposte ancora chiuse, il lago calmo tra le montagne.

C'è un bel panorama, da qui.

Dicono che sia un bel posto, questo. Lo dicono sulle guide turistiche, nei manifesti della pro loco, qualche volta l'hanno detto anche in tv.

Quando non ci hai abitato, e sai anche che non ci abiterai mai, perfino questo ti sembra un bel luogo in cui vivere.

Aspetto un po', fa molto freddo, dopo tre minuti già fatico a sentirmi i piedi.

Una volta, quando ero piccola e la piazza ancora non era stata ristrutturata, trovarono il cadavere di un ubriaco proprio lì, su una di quelle panchine. Si era sdraiato, si era addormentato ed era morto assiderato durante la notte.

Era un vecchio avvinazzato che viveva da solo. Tutti in paese lo conoscevano, io lo ricordo seduto ai tavolini di plastica del bar. Si chiamava Abner. La notizia della sua morte non mi fece effetto, non era un mio amico.

Non fece effetto a nessuno, a dire il vero, la sua morte passò quasi inosservata.

Tranne che per Luce.

Luce si dispiaceva per tutti, qualche volta addirittura piangeva. Era una sorta di rito. Anche se non li conosceva e non gliene fregava niente, lei cercava di sentirsi triste lo stesso. Per dare consolazione all'anima del defunto, diceva.

Come se le lacrime di una sconosciuta potessero consolarti del fatto di essere morto stecchito.

Seduta sulla panchina, ripenso al vecchio Abner e all'espressione affranta di Luce, ma i ricordi non scaldano e il gelo mi sta salendo rapido su per le gambe. Mi alzo. Al posto dei piedi ho due pezzi di ghiaccio.

Guardo in alto. Nell'unica casa affacciata sulla piazza c'è una luce accesa, quella della cucina.

Lo so perché quella, una volta, era casa mia.

*

Avvolta in una vestaglia blu che deve avere almeno un secolo, mia madre Onda sta ferma sulla porta. Ha la faccia piena di rughe, dimostra il doppio dei suoi anni e mi scruta con un'espressione interrogativa.

Mi accorgo che è invecchiata male, ma anche io devo essere cambiata.

I miei occhi sono sempre gli stessi, di un grigio incerto che cambia colore a seconda del tempo, e le lentiggini sul viso sono rimaste tutte al loro posto, eppure, in qualche modo che non mi so spiegare, sono diversa da come lei mi ricorda.

E, per un momento, ho l'assurda certezza che non mi riconoscerà.

« Fortuna? » chiede, inarcando un sopracciglio.

« Sì. »

« Ah, ecco. Sei tu », dice alla fine, senza cambiare espressione. « Che hai fatto ai capelli? »

Mi afferro una ciocca, la liscio con le dita. Ho i capelli neri, ma non è il mio colore naturale.

« Li ho tinti », rispondo.

Sembra accontentarsi.

« Allora, entri o no? Non posso mica stare tutto il giorno qui a perder tempo. »

Faccio un passo in avanti e lei ne fa uno indietro.

Poi, come se non fossero anni che non ci vediamo, mi volta le spalle e se ne torna in cucina.

« Se hai fame preparati la colazione, io ho già mangiato. »

« Mi faccio solo un caffè. L'avrei preso al bar, ma era ancora chiuso. »

« Non aprirà fino all'estate. Stanno facendo dei lavori di ristrutturazione. »

« Capisco », dico. Non mi interessano le sorti di quel bar. Mi guardo intorno.

La casa dove sono nata e cresciuta è identica a come la ricordo, quasi che insieme al paese abbiano congelato anche lei. Le cornici d'argento annerito con le fotografie antiche, i vasi decorati, le statue dei santi e i rosari della nonna, e quegli orribili, decrepiti centrini all'uncinetto che avranno più di un secolo e che stanno a prendere polvere sui mobili. Erano di Clara Castello, la vecchia strega da cui mia nonna aveva ereditato quella casa, e nessuno ha mai avuto il coraggio di buttarli via. Anche le riviste appoggiate sul televisore sembrano di almeno dieci anni fa.

Eppure, anche se è tutto uguale a prima, lì dentro io mi sento un'estranea.

«Sei in ritardo. Ti aspettavo per ieri sera», dice mia madre all'improvviso.

«Mi aspettavi? E come facevi a sapere che stavo tornando?»

C'è l'ombra di una smorfia compiaciuta sulla sua faccia, o forse me lo sto solo immaginando.

Credo che mia madre abbia tirato a indovinare. Credo che sappia che è stata la notizia apparsa sul giornale a spingermi a venire fin qui, io che in questo posto avevo giurato di non tornarci mai più.

«Anche tu l'hai letto sul giornale?» le chiedo.

Apro la borsa, tiro fuori il quotidiano. È di ieri, è tutto spiegazzato.

Nel bosco che si estende tra il lago e il paese hanno trovato delle ossa umane. Erano in una forra profonda, semisepolte dal fango e coperte dalle piante, e sembra fossero lì da un pezzo. Le ha trovate un turista a passeggio col cane. Sono ossa di donna, altro non si sa. Non c'erano documenti o segni particolari, niente. Solo ossa grigie e scalcinate ricoperte da stracci irriconoscibili, e neanche due capelli attaccati al cranio. La natura segue il suo corso, consuma tutto, l'ha fatto anche con quel corpo di cui ora rimangono solo dei pezzetti.

Seduta al tavolo della cucina, leggo l'articolo di giornale ad alta voce. Mia madre non dice nulla, sembra quasi che non ascolti. Si muove da una parte e dall'altra, sposta piatti e barattoli, soffia via della polvere immaginaria. Sembra nervosa. Quando finisco di leggere finalmente si gira e, per la prima volta da quando sono entrata in casa, mi guarda negli occhi.

«Non serve mica che mi leggi il giornale. Io lo sapevo già da prima, Fortuna.»

«E come facevi a saperlo?»

«L'ho sognato la notte scorsa.»

Un brivido di freddo mi striscia su per la schiena e mi morde la nuca, ma faccio finta di niente. Mia madre non è tanto normale, qui lo sanno tutti.

« E che cosa hai sognato? »

« Eravamo sul lago, alla radura dei pescatori. C'eri tu e c'era anche Luce, eravate ancora bambine, ma non vi ho visto in faccia. Guardavate l'acqua e non volevate voltarvi. E poi c'era la voce di Luce, veniva fuori da qualche parte, non capivo da dove. »

Scuoto la testa, cerco di non darle importanza.

Vorrei che mia madre fosse normale. Vorrei una madre con la testa a posto.

« E che cosa diceva quella voce? »

« Che tornavi. Che c'è una cosa che sai solo tu, e che la devi dire. »

Ci sono tantissime cose di Luce che so soltanto io e che non dirò mai. Un milione di cose. Alcune le ho volute dimenticare.

« Onda... »

« Che vuoi? »

Conosce già la domanda che sto per farle.

« Secondo te, lo scheletro nel bosco... Si tratta di Luce? »

Ci fissiamo a lungo, in silenzio. Cerca di leggermi dentro e intorno, ma non ci riesce.

Non ci è mai riuscita con me. È per questo che mi odia.

« Solo tu lo puoi sapere » dice alla fine, con la voce che trema un po'. « È per questo che sei tornata, no? »

2

Maria Luce Ranieri è scomparsa da Roccachiara il giorno del suo ventunesimo compleanno.

Più di dieci anni fa.

Ricordo che la cercarono a lungo, nel lago e nei boschi, nelle grotte isolate sulle montagne che circondano la valle. All'inizio pensarono a un incidente. Forse si era persa, era ferita, o qualcosa del genere. A Roccachiara furono organizzate delle squadre di volontari che perlustrarono tutta la zona intorno al paese in lungo e in largo. Arrivarono le unità cinofile per battere nuove piste, ma i boschi qui intorno sono fitti e pericolosi, e allora dissero che lì Luce non c'era.

Provarono a dire che era scappata.

Stamparono dei volantini con la sua foto, ci scrissero sopra che era scomparsa, misero un numero di telefono per le segnalazioni e li sparsero per mezza Italia. Nessuno chiamò mai.

Quando una persona sparisce, c'è sempre il mitomane di turno che afferma di averla vista da qualche parte. Con Luce non accadde, il telefono della stazione dei carabinieri di Roccachiara rimase muto.

Nessuno aveva visto Luce. Nessuno sapeva dov'era. Dopo due mesi di ricerche non c'era nemmeno una traccia, un indizio labile del suo passaggio. Sembrava che non fosse mai esistita.

Alla fine i carabinieri vennero a bussare a casa mia. Cercavano mia madre.

E, se si rivolgevano a Onda, voleva dire che pensavano che Luce fosse morta e avevano bisogno della sua conferma.

Ma Onda non seppe dare una risposta.

Disse che non la vedeva. Che non riusciva a richiamarla. Che ogni volta che cercava di stabilire un contatto era come se una nebbia spessa le riempisse la testa. Qualche volta succedeva. Un velo pesante si abbassava su di lei, come una tenda che non riusciva a lacerare. Sentiva che dietro c'era Luce, e c'era anche la verità sulla sua scomparsa, ma vederci attraverso era impossibile. Non sapeva dire se fosse viva o morta. Provò per giorni, senza riuscirci.

Mi ricordo che pianse, ma che non poté fare niente.

Quello fu l'ultimo disperato tentativo di ritrovare Luce.

Interruppero le ricerche e archiviarono la faccenda inserendo il suo nome nel registro delle persone scomparse e mai ritrovate. Di Luce Ranieri rimase solo una fotografia sbiadita.

Lentamente, svanì dalla memoria collettiva. Fu dimenticata, sepolta, cancellata. Non era neanche una del paese, era una forestiera. Gli abitanti di Roccachiara non avevano perso niente che fosse davvero loro.

Quando, sei mesi dopo, me ne andai, Luce era già solo un ricordo. Forse era morta, forse era fuggita, ma non aveva importanza: tutti sapevano che comunque non sarebbe tornata.

Per parte mia, ho cercato di dimenticarla, di non pensarci, come si fa con le cose brutte.

Se non poteva tornare indietro, o non voleva, era meglio scordarsene.

E a quel punto decisi di andarmene, di buttarmi alle spalle Roccachiara e la sua gente, il lago, le montagne, tutto quel freddo e quella nebbia, e di fuggire in un posto caldo, pieno di sole. E decisi di cancellare pure Luce, la sua figura instabile, ché dimenticare è meglio che avere un brutto ricordo.

Ci ho provato. Ho provato a tirarmela fuori, a snidarla dai miei ricordi, a sostituire la sua faccia con una faccia qualsiasi. A far sì che il suo nome diventasse un suono sconosciuto.

Invece, lei è stata più tenace di me.

Tanto che è riuscita a richiamarmi qui, a centinaia di chilometri di distanza da quella che ormai considero casa mia. Sono tornata indietro a cercare cose che ho abbandonato anni fa. Sono tornata per sapere se l'hanno ritrovata, se davvero quelle ossa scalcinate, quel cranio senza capelli appartengono a lei.

E, se così fosse, sono qui per rivederla. Perché sono passati dieci anni, e ho avuto un'altra vita, e altri amici e delle persone che mi hanno amato. Ma nessuno di loro, mai, mi amerà come ha fatto lei.

È soprattutto per questo che sono tornata, sì, ma c'è anche altro.

È una storia lunga.

ELSA

Dormono, dormono sulla collina.
                                                Fabrizio De André

3

Sono l'ultima nata di una famiglia strana, fatta di sole donne. Mia nonna Elsa era una forestiera. Veniva da Terlizza, un paese dall'altra parte della valle. All'inizio degli anni Quaranta non era come adesso, non c'erano i mezzi di oggi. Bastava attraversare il lago e ti ritrovavi in un altro mondo. Potevi fare lo straniero a cinque chilometri da casa tua e inventarti un'altra esistenza. Potevi dire che scendevi dall'Austria, che è qui vicino, o dal Sud, che era una leggenda. Oppure, come mia nonna, dire che arrivavi dal paese accanto, e nessuno avrebbe mai messo in dubbio le tue origini.

Elsa era arrivata a Roccachiara che aveva sì e no quattordici anni.

Era orfana, o forse era stata abbandonata, magari da una famiglia che aveva già troppi figli.

Era cresciuta in un istituto di suore e, quando si era fatta abbastanza grande per andare a lavorare, loro stesse avevano provveduto a cercarle una sistemazione.

Fu presa a servizio nella casa del sindaco di Roccachiara per fare da bambinaia ai suoi figli.

Quella del sindaco era una delle famiglie più ricche del circondario, l'unica in tutto il paese a potersi permettere la servitù. Così, in cambio di vitto e alloggio, Elsa ottenne un lavoro. L'accolsero in casa con gentilezza, assegnandole una camera vicino a quella dei bambini. Era poco più di uno sgabuzzino, ma lei ne rimase molto colpita. Non aveva mai avuto una stanza tutta sua, non sapeva nemmeno che potesse esistere al mondo un'eventualità del genere.

Nel primo anno a casa del sindaco non successe nulla di rilevante. Era una realtà tutta diversa da quella cui era stata abituata in istituto, ma si era adeguata in fretta. I padroni si fidavano di lei e i bambini le si erano affezionati. Non appena fossero cresciuti, Elsa avrebbe ottenuto delle buone referenze per poter cercare lavoro lontano, in una grande città o addirittura all'estero.

Poi, una notte Elsa sognò che Matilde, la figlia maggiore del sindaco, una ragazzina gracile di otto o nove anni, si faceva il bagno nel lago, e il lago non era nero e impenetrabile, come al solito, ma azzurro e limpido, con le alborelle che guizzavano tra le alghe e i sassolini bianchi sul fondo. Nel sogno Matilde nuotava tra i canneti e la sua pelle era argentata, come quella di un pesciolino. Elsa la guardava dalla riva, e quando Matilde l'aveva invitata a entrare nel lago, lei si era tolta le scarpe e aveva toccato quell'acqua trasparente con la punta del piede. Anche in sogno era fredda come il ghiaccio.

Si svegliò con una sensazione di gelo a morderle le ossa, un freddo profondo che le sgorgava da dentro e che niente, neanche il calore del fuoco in cucina, riusciva a scacciare.

Elsa sapeva che era stata l'acqua di quel lago chiaro a raggelarla. Allo stesso modo aveva raggelato pure la figlia del sindaco che, nella stanza dei bambini, cominciò all'improvviso a tremare e a battere i denti, e in poco tempo cadde nel delirio di una febbre fortissima, che le lasciava la pelle gelida e viscida di sudore, proprio come le squame di un pesce.

Qualche ora dopo, i sintomi manifestati da Matilde colsero anche mia nonna. La stessa febbre della bambina le bruciava dentro e le faceva mancare il respiro, ma la sua pelle rimaneva gelida, impossibile da scaldare. Venne chiamato il dottore, che le visitò e poi, senza dire una parola, si chiuse nello studio del sindaco. Elsa, che sapeva a malapena leggere e scrivere ma non era certo priva d'intelligenza, capì subito che la situazione era grave, che se il dottore voleva parlare da solo col padrone la faccenda era brutta davvero.

E infatti, appena il dottore uscì di casa, le misero insieme nello stesso letto, la serva e la figlia del padrone, rinchiuse dentro una stanza per evitare di contagiare gli altri membri della famiglia, perché o la febbre se ne andava da sola, o morivano tutte e due.

Matilde resistette tutta la notte, lamentandosi di tanto in tanto. Si coprì di macchie rosse, prese a respirare male e verso l'alba spirò in silenzio.

Elsa invece sopravvisse.

La sera la febbre cominciò a scendere. La sua pelle era ancora viscida e grigiastra, ma il freddo che le era entrato dentro lentamente svanì. Elsa si convinse che la bambina accanto a lei era morta perché si era fatta il bagno in quel lago di sogno. Si convinse anche di essersi ammalata perché aveva toccato col piede quell'acqua chiara.

E nei sogni, ormai lo sapeva, l'acqua trasparente indica sciagura.

Ma non disse niente a nessuno. Se lo tenne per sé, per paura di essere cacciata.

Al funerale della bambina partecipò tutto il paese. Invece di rimanere nelle ultime panche, Elsa sedette nella prima, proprio accanto al sindaco e a sua moglie, come una di famiglia. Per una volta, nessuno commentò quel fatto insolito. Tutti a Roccachiara conoscevano l'affetto che legava i figli del sindaco alla loro bambinaia.

A tre anni dalla morte di Matilde, mia nonna non aveva più rivisto nel sonno l'acqua del lago. Pensava che fosse stato un caso isolato, un dispetto della febbre, forse una coincidenza.

Finché, un pomeriggio d'inverno, non si addormentò in cucina, davanti al camino, e sognò che Renzo, l'ultimo figlio del sindaco, giocava con una barchetta di carta e i piedi immersi nell'acqua trasparente.

Si svegliò di soprassalto e corse nella stanza della signora per riferirle il sogno, raccontandole quello che probabilmente sarebbe accaduto di lì a poco.

La donna, come c'era da aspettarsi, non le credette e, spaventata e arrabbiata, la prese a schiaffi e la cacciò fuori dalla camera.

Due giorni dopo, un cavallo nervoso sfondò con un calcio il petto del piccolo Renzo, che morì sul colpo.

Nessuno poté fare niente, neanche il medico accorso subito sul luogo della disgrazia.

Dopo quella morte, Elsa fu cacciata dalla casa del sindaco, buttata in mezzo a una strada con l'accusa di aver fatto il malocchio a tutta la famiglia.

La raccolse dalla via Clara Castello, una vedova anziana e senza figli. Abitava nell'ultima casa del paese, una costruzione arroccata sul belvedere, proprio a picco sul lago che nei sogni annunciava tragedie.

A Roccachiara dicevano che la vecchia Clara era matta, suonata come una campana. Non piaceva a nessuno, solo ai gatti bianchi. Certe notti, tutti i gatti bianchi della zona – una ventina – si riunivano a miagolare sotto la sua finestra e grattavano la porta finché lei non li lasciava entrare. Tutto il paese la scherniva per questo, però di nascosto, perché quando la vecchia Clara ti sentiva ridere di lei, ti fissava con uno sguardo serio, mezzo velato dalla cataratta, e ti sentivi dentro tutto il gelo del mondo, cominciavi a sudare freddo, fino a sentirti male.

E anche se nemmeno uno di quei bifolchi avrebbe ammesso di averne paura, nessuno era mai riuscito a sostenerne lo sguardo vuoto.

Come tutti, anche Elsa aveva timore di quella donna vecchissima, dai capelli radi, color argento come i suoi occhi. Girava voce che fosse una strega, e circolavano brutte storie sul suo conto. Gli anziani, quelli che avevano più o meno l'età di Clara Castello, raccontavano che parecchi anni prima la vecchia aveva avuto una figlia. Un fatto strano, visto che Clara era entrata in quell'età in cui le donne normalmente diventano sterili, e ci era entrata già da molti anni.

La levatrice che l'aveva aiutata a sgravare aveva giurato sulla Madonna che la neonata era sana, eppure pochi mesi dopo la bambina era scomparsa. A chi aveva avuto il coraggio di chiederle che fine avesse fatto, Clara aveva detto che sua figlia era morta nella culla, che l'aveva seppellita in un cimitero lontano, in un altro paese.

Qualche anno dopo, era morto anche il marito di Clara, avvelenato da un piatto di funghi. A Roccachiara si diceva che li avesse raccolti lei. Erano solo voci infondate, ma nessuno voleva prendersi la briga di scoprire quanta verità contenessero.

Perciò, quando Clara la invitò a entrare in casa, Elsa sulle prime fu combattuta dall'indecisione.

Era pieno inverno, e la scelta era tra accettare la proposta di quella vecchia spaventosa o rimanere fuori e morire congelata.

Visto che mia nonna era una che alla vita ci teneva parecchio, scelse di correre il rischio e di entrare in quella casa dove quasi nessuno aveva mai messo piede.

Invece dell'antro di una strega, trovò un appartamento arredato in modo umile, ma pulito e ordinato.

La vecchia Clara le mise davanti un piatto di minestra e le chiese da dove veniva e come era capitata a Roccachiara. Una volta appreso che Elsa era cresciuta in un istituto di suore e che era una buona cristiana, le offrì un lavoro. Doveva occuparsi della casa, in cambio di vitto e alloggio.

Niente di particolarmente difficile, bisognava solo pulire, cucinare e uscire a fare la spesa, banali incombenze di tutti i giorni.

« Sono vecchia, quasi cieca, e sono stanca », le confidò la vecchia, « non ho più voglia di occuparmi della casa. Ma tu sei giovane, potresti sbrigare le faccende al posto mio. Sembri una brava ragazza, una che ha voglia di lavorare. »

Non avendo un altro posto dove andare, mia nonna accettò di rimanere lì, da quella donna solitaria. Tanto, peggio di così non poteva andare.

La notte seguente, miagolando, arrivarono i gatti.

Si assieparono proprio davanti alla porta, grattando con le unghie sul legno e chiamando la vecchia Clara con le loro vocine acute. Sembrava che piangessero tutti insieme.

Quando la donna andò ad aprire, i gatti sciamarono dentro, ignorarono la loro padrona e raggiunsero la stanzetta dove dormiva Elsa.

Lei si svegliò all'improvviso e si trovò circondata dal silenzio dei loro grandi occhi gialli. Ebbe subito paura, ma quando guardò verso la porta la paura divenne terrore.

In piedi sulla soglia c'era Clara Castello, bianca e levigata come un osso, avvolta nei suoi soliti panni neri di vedova.

I suoi occhi d'argento brillavano come due lune, proprio come quelli dei suoi gatti.

La vecchia Clara afferrò Elsa per i capelli e, con una forza insospettabile, la trascinò in cucina.

Accanto alla finestra era appeso un pensile chiuso a chiave, e la chiave pendeva al collo della vecchia.

Elsa si immaginò che contenesse chissà che, ma quando Clara l'aprì non ci vide dentro niente di strano. C'erano bacinelle di rame, scodelle, boccette, candele e barattoli di quelli usati per riporre le spezie.

La vecchia prese una bacinella e la riempì, accese una candela e versò poche gocce del contenuto di una boccetta – olio, a prima vista – nell'acqua.

Poi intimò a Elsa di immergere l'indice sinistro nella bacinella.

Lei, spaventata e confusa dal sonno e dal freddo, obbedì per paura che la vecchia Clara la buttasse fuori di casa.

Non appena il suo dito toccò il pelo dell'acqua, l'olio che galleggiava in superficie precipitò, andando a raggrumarsi sul fondo.

Per parecchi minuti la vecchia non disse niente. Rimase immobile e muta, a guardare quell'olio denso che d'un tratto era diventato pesante e aveva creato una patina torbida sul fondo della bacinella.

Elsa tolse l'indice dall'acqua e se lo asciugò sulla camicia. Lentamente, l'olio tornò a galleggiare sulla superficie, come era naturale che accadesse.

Pensò subito che la vecchia Clara le avesse fatto il malocchio. Una fattura, forse. Una di quelle cose che ti facevano marcire il latte e morire le bestie. Una di quelle magie per cui non riuscivi a rimanere incinta e, se per caso ci riuscivi, davi alla luce solo bambini morti.

«Come mai il sindaco ti ha cacciato?» chiese Clara, anche se sicuramente sapeva già com'erano andate le cose.

«Ha detto che ero maledetta e che gli avevo fatto il malocchio, perché è morto il figlio.»

«E tu lo sapevi prima, che il bambino sarebbe morto?»

«Sì, lo sapevo.»

«Chi te l'ha detto?»

«Il lago, me l'ha detto. Ho sognato che Renzo stava con i piedi nell'acqua trasparente e ho capito. Ma quando l'ho detto non mi hanno creduto. Lui però è morto davvero, e allora mi hanno mandata via.»

«Sapevi che sarebbe morta anche la figlia grande, Matilde. Pure quello te l'ha detto il lago?»

«Sì. Però quella volta non ho detto niente, pensavo che fosse stata una coincidenza.»

Clara Castello restò assorta in silenzio, con la mano destra contratta e simile a un artiglio, appoggiata sui capelli biondi di Elsa.

«Clara, che cosa ho? Mi hanno fatto la maledizione?»

«Ma quale maledizione, Elsa», borbottò la vecchia Clara, con disprezzo.

E, a sua volta, infilò il dito indice della mano sinistra nell'acqua.

4

Tanti anni fa, quando la nonna era giovane, il lungolago non era completamente disabitato. Proprio vicino a un'insenatura incuneata tra il lago e un suo immissario ci vivevano delle persone. Erano una ventina, per la maggior parte uomini, e facevano i pescatori. Partivano all'alba sulle loro barchette e si fermavano al centro del lago per prendere i pesci che poi avrebbero rivenduto al mercato. Qualche volta, se non c'era vento, li sentivi cantare mentre districavano le reti. Le loro voci profonde sbucavano dalla nebbia come un'eco di campane.

Era gente povera, ancora di più di quelli che abitavano su in paese.

Tra loro c'era un ragazzo sui venticinque anni, magro magro e con gli occhi scuri e lo sguardo sempre affamato. Si chiamava Angelo e, come tutti gli altri, faceva il pescatore. Era uno dei più bravi, e di sicuro il più coraggioso. Se le reti si impigliavano da qualche parte, lui non ci pensava due volte: si buttava nell'acqua e si immergeva nel buio per sbrogliarle. Nuotava come un pesce, ed era altrettanto sfuggente e silenzioso. Per questo suo carattere pieno d'ombre, e per l'estrema miseria in cui viveva, Angelo non aveva ancora trovato una moglie e abitava da solo in una delle capanne sul lago.

Su in paese, invece, Clara Castello diventava ogni giorno più vecchia e più fragile. Erano passati due anni da quando aveva accolto in casa Elsa, e la sua vista già debole era velocemente peggiorata. Ormai, anche se si rifiutava di ammetterlo, distingueva solo forme dai contorni incerti.

Che Clara fosse ormai praticamente cieca, Elsa se ne accorse una mattina per caso.

Era quasi l'ora di pranzo. Aveva appena finito di lavare le scale, come la vecchia le aveva chiesto, ed era rientrata in casa senza fare rumore.

Entrando in cucina, Elsa capì subito che c'era qualcosa di strano. Il grosso tavolo al centro della stanza era ingombro di tutti gli ingredienti che Clara usava per i medicamenti che rivendeva ai paesani. Bottiglie e barattoli erano sparsi e rovesciati sul pianale in disordine, e in una pentola sul fuoco qualcosa bolliva da ore, spandendo un odore nauseante. China sul pavimento, al centro di tutta quella confusione, Clara tastava le mattonelle in cerca di un coperchio che era finito per terra, e adesso era a qualche centimetro dalle sue dita.

« Vi serve aiuto, Clara? » esordì Elsa timidamente.

La donna tirò su la testa di scatto, con un'espressione colpevole.

« No », rispose asciutta. « Non mi serve niente. Mi è solo caduto un coperchio e lo sto cercando. Deve essersi infilato sotto il lavello. Prima di preparare il pranzo, vai a spolverare in soggiorno. »

Elsa strinse la bocca. Guardò combattuta quelle mani rugose che scivolavano sul pavimento.

Si inginocchiò a terra, accucciandosi di fronte alla donna. Lentamente, senza farsi accorgere, le spinse tra le dita quello che cercava.

Quando la vecchia Clara Castello si rassegnò all'evidenza che presto sarebbe diventata cieca e non sarebbe più stata in grado di lavorare, decise di trasmettere a Elsa tutte le sue conoscenze, che avrebbero permesso a entrambe di continuare a guadagnare per vivere in maniera dignitosa. Le insegnò a distinguere le erbe cattive da quelle buone, quelle che confondevano la testa o che facevano ammalare da quelle che aiutavano a guarire, le spiegò come distillarle e mescolarle per curare le persone. Già dopo pochi mesi, Elsa imparò a riconoscere le erbe maligne che, usate nella giusta quantità, guarivano meglio di certe erbe buone, e soprattutto sapeva come usarle. Erano concetti affascinanti e la ragazza era sicuramente molto portata.

« Almeno », le diceva sempre Clara, « quando morirò avrai un mestiere per campare senza bisogno di referenze. Anche perché io, con la nomea che mi porto dietro, che razza di referenze potrei mai darti? » concludeva, con la sua risata sdentata e sprezzante.

In poco tempo, la vecchia smise di lavorare e delegò alla domestica tutti i suoi compiti. Elsa aveva vent'anni, era bella e sana, e aveva ancora tutti i denti al loro posto.

Andava in chiesa tutte le domeniche, recitava le preghiere ogni giorno e si confessava spesso.

Conosceva le erbe e le loro proprietà curative. Sapeva che il fiore dell'aconito era mortalmente velenoso, ma la sua radice, usata nella giusta dose, spegneva la febbre e placava i dolori di qualsiasi natura. Sapeva che l'agrimonia, come l'alchemilla, curava gli occhi, l'anemone di bosco favoriva un sonno pesante e l'ortica rossa arrestava le emorragie e cicatrizzava tagli e ferite. Per ogni male, Elsa conosceva una pianta in grado di guarirlo. La gente di Roccachiara si rivolgeva più spesso a lei che al dottore quando aveva bisogno di un rimedio per la tosse o per la tigna.

Si appellavano a lei anche per altre cose, cose da non raccontare a nessuno. Elsa non faceva domande, parlava poco e non pretendeva di essere pagata in anticipo come il medico del paese. Le persone che cercavano rimedi per guarire andavano in pieno giorno, mentre le altre lo facevano all'alba, o a notte fonda, quando in giro per Roccachiara non c'era un'anima.

E così Elsa preparava miscele e impacchi per guarire le infezioni più comuni, ma anche filtri d'amore, preparati per potenziare certe faccende maschili, veleni per gravidanze indesiderate.

Elsa non si sarebbe mai aspettata che così tante persone potessero presentarsi di notte a casa sua, circospette come ladri. Non aveva mai pensato che un paese minuscolo come quello potesse contenere tutti quei segreti. E i segreti, si sa, si pagano bene.

Per questo, grazie al suo lavoro, Elsa era la ragazza nubile più ricca di tutto il circondario. Sposarla avrebbe significato poter condurre una vita da signore, eppure nessuno sembrava interessato a farlo.

Quando la incrociavano, i ragazzi di Roccachiara abbassavano la testa, o cambiavano strada. Nemmeno i poveracci, figli di contadini o di pastori, la degnavano di considerazione. Preferivano sposare le altre, serve o contadine, piuttosto che dovrsi legare per l'eternità a una che poteva avvelenarti da un momento all'altro, una che si diceva sognasse il futuro e riuscisse a sentire il sussurro dei morti.

Certo, loro non credevano a quelle cose, però era meglio non rischiare.

Così, per via dei suoi doni e delle voci che giravano sul suo conto, Elsa era destinata a restare zitella per sempre.

La vecchia Clara si disperava. In tutta Roccachiara, Elsa era l'unica della sua età a non essere nemmeno fidanzata. Persino quella storpia della figlia del sarto, persino lei era riuscita a trovare uno che di lì a breve se la sarebbe sposata.

Elsa no. Elsa non la voleva nessuno.

La sua fama si era sparsa anche nei paesi vicini, perciò, anche ad andare lontano, non c'era modo di maritarla, e la vecchia Clara ci pensava giorno e notte, ci si faceva venire l'insonnia e il mal di stomaco.

«Non vi preoccupate, Clara», la rassicurava Elsa. «Non vi preoccupate, che prima o poi un marito lo trovo.»

In realtà, a sposarsi non ci pensava proprio.

Finché un giorno non vide Angelo il pescatore.

Era la festa del santo patrono di Roccachiara. Come tutti gli anni, c'era la sagra, la banda passava suonando per le strade del paese e la sera si celebrava la messa nel belvedere. Il prete distribuiva a ogni paesano una candela, e lo spiazzo brillava di mille lucine tremolanti.

Affacciata alla finestra, Elsa stava assistendo alla funzione quando, a metà di un'Ave Maria, scorse in mezzo alla folla quel ragazzo scuro.

«Clara», disse, voltandosi a guardare l'anziana accanto a lei, «chi è quello laggiù?»

La vecchia strizzò gli occhi cercando inutilmente di mettere a fuoco le persone nella piazza buia. «Di chi parli? Non lo vedo. Descrivimelo.»

«È alto, con i capelli scuri. Potrebbe avere più o meno la mia età. Ha una camicia chiara, gli sta grande, porta le maniche arrotolate sulle braccia. Sembra molto magro. Non l'ho mai visto prima. Forse viene dalla campagna, o magari da Terlizza.»

«È bello?»

«Clara, che domande mi fate?» si schermì Elsa, arrossendo.

«Alle domande che ti faccio tu devi rispondere. Allora, è bello o è brutto? Se è brutto e ha la faccia devastata dalla pellagra è

Alberto. Sono riuscita a curarlo, ma gli sono rimasti i segni della malattia. Non è così grave come sembra.»

«No, è... è normale. È bello.»

Non appena Clara capì a chi si riferiva la ragazza, sbuffò in un sibilo di disapprovazione.

«Allora è Angelo il pescatore. Perché lo vuoi sapere?»

«Così. Non l'avevo mai visto.»

«Vive giù, al villaggio nell'insenatura. Ma lascia perdere, Elsa. Non va bene quello lì.»

«Perché no?»

«Perché non ha niente. Niente di niente. È un poveraccio, uno con le toppe. Le volpi nel bosco hanno più soldi di lui.»

Elsa si strinse nelle spalle. Non le importava granché della sua povertà, non capiva neanche bene cosa volesse dire. In tutta la sua vita, non poteva dire di aver davvero sofferto la fame o la miseria.

«Posso scendere a sentire la messa?»

«Che devi combinare adesso, perché vuoi scendere?» ribatté Clara, contrariata. «La messa puoi sentirla anche dalla finestra.»

«Lo so, ma vorrei portarmi a casa la candela benedetta.»

E senza aspettare il permesso scese nella piazza, attraversò la folla e andò a mettersi proprio vicino al pescatore.

Angelo sapeva chi era la ragazza che gli stava accanto e che faceva finta di non guardarlo.

Le voci correvano ovunque, arrivavano fino alle capanne sul lungolago, e il pescatore sapeva che quella era Elsa, la strega, quella che bolliva le erbe, quella di cui tutti avevano paura perché parlava con gli spiriti.

Angelo però non era spaventato. Non aveva paura dei morti, ne aveva visti tanti. Gli annegati che risalivano in superficie, lividi e gonfi d'acqua fredda. I cadaveri che pochi mesi prima l'esercito tedesco in rotta, con la guerra sul punto di finire, aveva buttato nel lago. Qualche volta giungevano a riva sfigurati, mentre altre volte Angelo li trovava intrappolati nelle reti, con la divisa a brandelli e la faccia mangiata dai pesci.

Per questo non aveva paura dei morti, c'era abituato.

Sicuramente erano brutti da guardare, e avevano un colore strano, però lui sapeva che non potevano farti niente.

E visto che non aveva paura, regalò la sua candela benedetta a Elsa, e lei gli sorrise, un sorriso bello, mica da strega.

Un sorriso da ragazza normale.

Era così bello, quel sorriso, che tre mesi dopo mio nonno Angelo sposò mia nonna Elsa in chiesa.

Poiché andarono a vivere a casa della vecchia Clara, tutte le mattine Angelo si alzava prima dell'alba e, al buio, scendeva il sentiero che portava al lungolago per imbarcarsi con gli altri pescatori.

Non passava una notte senza che scendesse al lago, e nemmeno la gravidanza di Elsa riuscì a tenerlo a casa. Tutte le mattine, poco prima che il sole sorgesse tra le montagne, lui, cascasse il mondo, andava a pescare.

E un giorno, il mondo cascò per davvero.

5

L'estate era appena iniziata e mia nonna stava per finire il tempo. Era nervosa, il bambino nella sua pancia non voleva mai stare fermo, scalciava e le portava incubi pieni d'angoscia. E, una notte, Elsa vide di nuovo l'acqua.

Nel sogno volava sopra il lago, come un airone. L'acqua era di nuovo limpida, azzurra e trasparente, con le alghe che ondeggiavano pigre, e i pesci, tantissimi pesci. E dentro, sul fondo del lago, c'era una città. Un paese intero, con le case e le strade e le alghe al posto degli alberi. E c'era della gente, fuori da quelle case sommerse, che sorrideva e la salutava.

Si svegliò nel letto vuoto. Il sole era appena sorto e Angelo non c'era. Tirandosi su a sedere, sentì un sapore orribile risalirle per la gola, un sapore amaro e freddo, e fece appena in tempo a sporgersi dal materasso che rigettò sul pavimento.

E per terra non c'era vomito, ma acqua di lago.

Quando Clara, attirata dal rumore, apparve sulla porta, vide Elsa in piedi accanto al letto, con gli occhi fissi e spalancati a guardare la pozza d'acqua gelida che le era appena uscita a fiotti dalla bocca.

All'improvviso, un boato enorme fece tremare la casa. Udirono un rumore interminabile che faceva sciogliere le ginocchia e attorcigliare le viscere, un frastuono come non si era mai sentito.

Il pavimento tremava. Tremarono gli stipiti delle porte, gli infissi delle finestre. Tremarono le bottiglie e i vetri della credenza in cucina, le due donne li sentirono distintamente cozzare e infrangersi a terra. Tremarono le pentole appese ai ganci, che caddero sul pavimento insieme ai piatti impilati sul lavello.

Tremarono pure Elsa e Clara, così forte da non riuscire a stare in piedi.

La scossa durò molti secondi, terrorizzò il paese, squarciò le strade e aprì in due le case più fatiscenti.
La montagna.
La montagna si era rovesciata nel lago. Un pezzo di costone era franato, provocando un'ondata che aveva sommerso il bosco e spazzato via la radura, le case e le barche dei pescatori come fossero un castello di carte. Era poi risalita per molti metri, fino alle scalette del belvedere dove adesso, al posto del sentiero, c'era un mare di fango e di alberi sradicati dalla corrente.
Tutti gli uomini e le donne che quella mattina si trovavano nelle zone più in basso rispetto a Roccachiara morirono.
Di Terlizza, il paese dall'altra parte del lago, quello da cui la nonna diceva di provenire, non rimase che un cumulo di case di pietra che avevano resistito all'impeto delle acque. Tutt'intorno, soltanto macerie e cadaveri.

Pochi minuti dopo il boato che aveva squassato il paese, un ragazzino andò a chiamare la vecchia Clara. La sua voce spaventata si perse nella tromba delle scale, ricordando il miagolio di un gatto.
Elsa sapeva perché la mandavano a chiamare, Clara glielo aveva raccontato. Forse un giorno lo avrebbero fatto anche con lei.
La donna si sistemò uno scialle sulla testa bianca, prese il bastone e senza fare domande si avviò insieme al ragazzino.
Elsa non resistette, non riuscì a tenersi dentro l'ansia.
«Clara», la chiamò. «Clara, voi lo sapete. Ditemelo, per favore. Ditemelo.»
La vecchia si voltò verso di lei.
In quegli occhi spenti c'era tutto il male del mondo.
Elsa non disse niente. Tornò in camera sua ad ascoltare i passi lenti e malfermi della donna allontanarsi piano, fino a che tutto tornò nel silenzio, quel silenzio irreale che gravava sul paese.
Sapeva dove la stavano portando. Insieme ai cani e alle vanghe dei contadini e alle mani nude dei paesani che scavavano nel fango, l'anziana donna andava a cercare i morti.
E fu proprio nel momento in cui in paese non rimase più

nessuno che Elsa cominciò a sentirsi male. Il bambino nella pancia aveva cominciato a scalciare per venir fuori.

Ci mise pochissimo a uscire. Scivolò sul pavimento viscida come una ranocchia, tutta rossa e bianca e senza capelli.

Una femmina.

Passarono le ore, si fece pomeriggio e poi notte.

Verso mezzanotte, la vecchia Clara tornò a casa. Davanti al portone che si affacciava sulla piazza trovò i suoi gatti bianchi. Stavano fermi, schierati davanti al battente chiuso, così immobili da sembrare dipinti. Quando la vecchia si avvicinò non si mossero. Non le si affollarono attorno miagolando, come facevano di solito.

Clara lasciò andare il bastone, si accucciò a terra. Guardò le ombre incerte dei suoi gatti, poi annuì grave, come se le avessero confidato un segreto prezioso.

Nei loro occhi, di cui distingueva appena un luccichio, c'erano tutte le risposte che cercava.

Quando salì a casa, Clara trovò Elsa che dormiva. Era sdraiata in terra, con la bambina appena nata tra le braccia e il sangue ormai secco che aveva imbrattato il pavimento e i vestiti e le gambe della ragazza.

Elsa dormiva, ma la bambina era sveglia e la osservava con due occhi scuri e spalancati, senza piangere.

Sembrava finta, avrebbe detto più tardi la vecchia Clara. *Tua figlia sembra una bambola.*

Quando Elsa aprì gli occhi, trovò l'anziana seduta accanto a lei.

« Dov'è Angelo? Dov'è mio marito? » le chiese, ancora intorpidita dal sonno.

La vecchia Clara le appoggiò una mano sulla testa e rimase in silenzio.

Non c'era bisogno di parole. Angelo era morto, lo sapeva, l'aveva capito subito.

L'aveva sentita quell'acqua che le entrava dentro, l'aveva vomitata sul pavimento, acqua di lago, gelida come quella che le aveva ammazzato il marito.

Angelo era annegato nell'acqua nera del lago. Non sarebbe tornato più.

Ma Elsa, proprio come sua figlia, non pianse. Rimase per terra con gli occhi asciutti e i vestiti macchiati di sangue.

«È una femmina, vero?» La voce della vecchia ruppe il silenzio.

«Sì, una femmina. Come fate a saperlo?»

Clara si strinse nelle spalle. «Me lo sentivo. Come si chiama?»

«Non lo so. Non mi va di pensarci.»

«Un nome glielo devi dare comunque.»

Elsa pensò a quello che era accaduto. Pensò al sogno che aveva fatto, alla città sommersa. Vide nella sua mente la montagna sventrata, il costone di roccia franato nel lago. Pensò al destino infame che le aveva strappato il marito, che l'aveva resa vedova a ventun anni, con una figlia da crescere da sola e senza la più pallida idea di come fare. Ma più di tutto pensò all'acqua, l'acqua trasparente dei suoi sogni e quella nera del lago.

«Onda», disse solo. «Questa bambina la chiamo Onda.»

Il nome di mia madre.

6

Oggi

Il caffè viene su, gorgogliando nella moka. Spengo il fornello, verso il liquido fumante in una tazzina sbreccata che ho trovato nel lavandino. È sporca, ha i bordi scuri e appiccicosi. Sono sicura che è la stessa tazza dove Onda ha bevuto questa mattina, prima che io arrivassi. Mi volto, me la porto alle labbra, guardo mia madre dritta negli occhi. Aspetto che mi dica qualcosa, anche solo che la tazza che tengo in mano è sporca. Ma non dice niente, mi restituisce il suo sguardo vuoto, asettico.

Cerco di ricordarmi che questa è mia madre, cerco nella sua faccia una somiglianza che non c'è mai stata, un filo che ci leghi.

Ma è difficile trovare qualcosa in quel reticolo di rughe, nella sua pelle cadente.

È vecchia. Vecchissima. I capelli quasi completamente bianchi le sfuggono dalle forcine, le labbra si sono assottigliate, il suo corpo magro si è incurvato. Se sapesse sorridere saprei anche che le manca qualche dente. Assomiglia a quella foto antica che sta ancora all'ingresso, quel ritratto color seppia di Clara Castello, una foto vecchia di ottant'anni.

Gli anziani sembrano tutti uguali. Hanno le stesse facce stropicciate, la stessa pelle fragile, gli stessi capelli sottili. In qualche modo, gli anziani si assomigliano tutti.

Solo che Onda non è anziana.

« Quanti anni hai? »

« Quarantasei. »

« Io ventotto. Li ho compiuti tre giorni fa. »

« So quanti anni hai, me lo ricordo. Non mi son mica rincoglionita. »

Fruga nelle tasche della vestaglia, trova una sigaretta e se l'accende. L'aria si riempie subito della puzza stantia del fumo. Mi si rivolta lo stomaco, ma non dico niente. Non le dico neanche

che avrebbe dovuto mandarmi almeno gli auguri per il mio compleanno, o farmi una telefonata. Non glielo dico perché mia madre non sa il mio indirizzo e nemmeno il mio numero di telefono. Forse conosce la città, perché anni fa le mandai una cartolina per il suo compleanno. Chissà se è mai arrivata.

Non le chiederò neanche questo.

« Ti stanno male quei capelli », mi dice brusca, « sei brutta. »

« Deve essere un vizio di famiglia. »

« Perché li hai tinti? »

« Perché va di moda così », dico, stringendomi nelle spalle.

Non è vero, ma tanto lei non sa niente di mode.

A quarantasei anni ne dimostra settanta e non ha fatto nulla per mantenersi, almeno nel fisico. Quel suo cuore vuoto e secco, invece, non è invecchiato. Sembra esattamente lo stesso di dieci anni fa, per questo se le dicessi la verità non capirebbe.

Ci sono cose che Onda non può capire.

Cose che non ha capito mai.

ONDA

Non restare a piangere sulla mia tomba.
Non sono lì, non dormo.
Sono mille venti che soffiano.
Sono la scintilla diamante sulla neve.
Sono la luce del sole sul grano maturo.
Sono la pioggerellina d'autunno.
Quando ti svegli nella quiete del mattino...
Sono le stelle che brillano la notte.
Non restare a piangere sulla mia tomba.
Non sono lì, non dormo.

CANTO NAVAJO

La figlia di Elsa era una bambina bellissima.

Era nata nel giorno della frana, il giorno in cui il lago si era riversato nella valle. Per questo, dicevano in paese, quelle due l'avevano chiamata Onda. Le avevano affibbiato un nome crudele per ricordare la piena, quell'acqua nera che aveva ucciso settantadue persone, travolto le case e devastato i campi.

Eppure, Onda con la tragedia del lago non c'entrava niente. Pallida e bionda come sua madre, da suo padre aveva preso solo gli occhi scuri, con l'iride che si confondeva con la pupilla, e quell'espressione seria seria, già adulta.

Onda imparò ben presto a camminare e a parlare. Elsa non poteva lamentarsi, sua figlia era una bambina sveglia, tranquilla e obbediente. Non piangeva mai, non gridava e non faceva capricci. Era talmente silenziosa che quando giocava per conto suo potevi quasi dimenticarti della sua esistenza. Tuttavia, al di fuori di sua madre e della vecchia Clara, nessuno le aveva mai rivolto la parola o fatto una carezza.

I paesani si limitavano a guardarla da lontano, nelle rare occasioni in cui usciva di casa accompagnata dalla madre o dalla nonna adottiva.

Era solo una bambina, ma la trattavano con la stessa diffidenza con cui trattavano Elsa e Clara. La tenevano a distanza, fingevano di non vederla, distoglievano lo sguardo.

Per questo Elsa sperava che sua figlia avesse preso da Angelo e che potesse condurre una vita normale. Sperava, insomma, che non assomigliasse troppo a lei.

E, per i primi anni, così parve. Onda non era diversa dai figli degli altri. Un po' più silenziosa e timida, forse più distratta, ma niente di preoccupante. Aveva ereditato il carattere ombroso di suo padre.

La loro tranquillità durò cinque anni.

*

Una mattina d'agosto, Elsa uscì per andare al mercato e quando rientrò a casa trovò la vecchia Clara addormentata sulla poltrona in soggiorno. Di Onda nessuna traccia.

La cercò nelle stanze e negli armadi di casa, nel sottoscala buio e sul terrazzo pieno di sole. Ma la bambina sembrava essere svanita nel nulla. Non era in piazza, né dal tabaccaio a guardare la vetrina dei giocattoli. Non si stava dondolando sulle altalene e non era all'oratorio, a giocare con gli altri bambini.

Onda era sparita.

Elsa fu assalita dal panico. Si mise a correre per la via principale di Roccachiara, urlando il nome di sua figlia e chiamando aiuto. Qualcuno uscì di casa per aiutarla nelle ricerche.

In poco tempo, tutto il paese si mise in cerca della bambina.

Perlustrarono i vicoli e le cantine, la strada del cimitero e le cappelle deserte, la cercarono nel bosco ancora devastato dall'inondazione di cinque anni prima, e la mattina divenne pomeriggio, e il pomeriggio divenne quasi sera.

Poco dopo il tramonto, uno sparuto gruppo di ragazzetti si presentò nella piazza affacciata sul lago. Uno di questi, Lucio, il figlio della tabaccaia, piombò in casa di Elsa senza bussare, col viso rosso e stravolto di fatica.

« Mi sa che l'ho vista », disse tra i singulti affaticati. « Mi sa che ho visto Onda, ma io lì sotto non ci scendo. »

« Dov'è mia figlia? Dove l'hai vista? »

« Alle vecchie capanne dei pescatori, ma l'ho vista da lontano. Com'era vestita? »

« Ha un golfino azzurro. »

« Allora è lei. »

« Alla radura dei pescatori hai detto? Devi venire con me, non sono sicura di saperci arrivare. »

« No, Elsa, scusami. Io laggiù non ci vengo. È un brutto posto, quello, ci è morta un sacco di gente. »

Elsa guardò il ragazzo. Lucio non poteva avere più di quindici anni e nell'oscurità il suo viso sembrava deformato dal terrore. Avrebbe voluto prenderlo per i capelli e costringerlo ad accompagnarla. Prese un respiro e cercò di dominare il panico per riuscire a persuaderlo.

« Va bene. Vieni con i tuoi amici. Accompagnatemi all'imbocco del sentiero che conduce alle vecchie capanne. Mi aspetterete lì, mentre io scendo all'insenatura a cercare mia figlia.»

Gli amici di Lucio fermi nella piazza erano cinque, tutti compaesani, ragazzini con le facce ancora lisce e gli occhi spaventati.

Elsa riconobbe i figli gemelli del farmacista e il figlio minore del fornaio, quello con una gamba più corta a causa della polio.

Erano nervosi e non la guardavano negli occhi.

«L'abbiamo vista tua figlia», disse uno di loro con voce incerta. «Sta sotto un albero alle capanne dei pescatori. Noi però laggiù non ci veniamo.»

«Di che avete paura?»

«Di niente. Porta sfortuna quel posto. E poi è quasi buio, ormai.»

«Non c'è niente di cui aver paura. Conoscete bene il bosco, e avete le vostre torce.»

«Ci sono morte delle persone laggiù, quando la montagna è franata nel lago.»

«Allora mi accompagnerete fino al sentiero. Poi potrete tornare indietro, in qualche modo ritroverò la strada.»

Nessuno rispose.

Il sole era ormai tramontato, ma il gruppo si mise in marcia lo stesso, scese i gradini che dalla piazza portavano nel bosco.

Anche se il cielo sopra Roccachiara aveva ancora tutti i colori di un crepuscolo estivo, nella boscaglia era buio e faceva freddo come una mattina invernale. Elsa distingueva appena la scia bianca del viottolo, e le torce dei suoi accompagnatori non riuscivano a bucare il nero fitto e impenetrabile che li circondava.

I ragazzi tacevano, spaventati da tutto quel buio che gli si stringeva addosso.

In testa al gruppo, Elsa mormorava preghiere e scongiuri, appellandosi ai santi e ai morti della frana affinché proteggessero la sua bambina.

Dopo mezz'ora di cammino Lucio e gli altri si arrestarono bruscamente.

Erano nel folto del bosco e non si vedeva niente, ma Elsa percepì lo stesso la risacca che si infrangeva sulla riva, da qualche parte.

Uno dei ragazzi le porse una torcia e le indicò un viottolo

sconnesso e ormai soffocato dalla vegetazione, praticamente invisibile.

«L'abbiamo vista laggiù», disse. «Scendi per il sentiero e arriverai alla radura. È vicino. Ti aspettiamo qui, se vuoi.»

Ingoiando la paura che le serrava la gola, Elsa voltò le spalle al gruppo e fece per incamminarsi.

«Aspetta, Elsa.» La voce di Lucio era soffocata dall'incertezza.

«Cosa devo aspettare?»

«Non puoi andare da sola. Non è sicuro. Vengo con te.»

Scesero insieme lungo il sentiero nascosto nella boscaglia, che il tempo e il fango avevano quasi cancellato.

Alla fine del sentiero, trovarono la radura.

L'onda che si era abbattuta su quelle rive cinque anni prima aveva portato via tutto, distrutto le capanne e abbattuto gli alberi. Del piccolo villaggio nell'insenatura era rimasto solo un focolare di pietra sgretolata.

La radura sul lago era diventata un campo di mota secca e alberi contorti come spettri, che avevano resistito alla piena. Le rive con i canneti, e l'acqua scura, apparentemente innocua, che lambiva la terra.

C'era soltanto un grosso albero ancora vivo, ed era proprio al centro dell'insenatura.

Fu lì sotto che Elsa intravide il golfino azzurro di Onda.

La bambina dormiva rannicchiata, con la testa su una grossa radice che spuntava ricurva dal terreno. I capelli e la faccia erano impiastrati di terriccio, e il vestitino sotto il golf azzurro era macchiato e strappato in più punti.

Era tutta sporca ma, a parte un ginocchio sbucciato, non sembrava ferita.

«Ondina! Ondina, mi senti? Svegliati, Onda! Svegliati!»

A sentire la voce piena di panico di sua madre, Onda si tirò su a sedere stropicciandosi gli occhi. Si guardò intorno smarrita.

Era nel posto in cui si era addormentata, ma adesso era notte, davanti a lei c'era sua madre e, in piedi, poco distante da loro, Lucio.

Avevano entrambi un'aria grave e preoccupata.

Spalancò le braccia e le gettò al collo di Elsa.

« Lo sai da quanto ti cerco? Lo sai? Pensavo che te ne fossi andata, che non ti avrei rivisto mai più! »

« Scusami, mamma. Volevo tornare a casa ma avevo tanto sonno. Non lo faccio più. »

« Come hai fatto ad arrivare fino a qui? »

Onda si dimenò a disagio tra le braccia di sua madre. Sapeva di aver fatto una cosa proibita.

« Non sono stata io », piagnucolò. « Mi hanno accompagnato. »

La prima cosa a cui pensò Elsa fu uno scherzo. Qualcuno del paese aveva convinto la sua bambina a scendere nella radura e l'aveva lasciata lì, per fare dispetto a lei. Onda non conosceva pericoli e si fidava di tutti. Sarebbe andata con chiunque le avesse promesso di darle un dolce o di mostrarle un cucciolo. La seconda cosa che pensò fu che, chiunque fosse stato, avrebbe rimpianto quel gesto a vita.

« Chi ti ci ha accompagnato? Chi ti ha portato qui, Onda? Dimmelo subito. »

« Non lo so. Un signore. L'ho incontrato sulle scale della piazza, ma poi è andato via. »

« Com'era fatto questo signore? »

« Alto e vecchio. Come te, mamma. Però aveva i capelli neri. »

« Ti ha lasciato qui da sola? È tornato indietro sul sentiero? »

Onda guardò gli occhi azzurri di sua madre, la sua bocca che tremava. Non l'aveva mai vista così, con i capelli in disordine e la faccia scomposta. Sembrava triste, ma non era solo quello. C'era qualcos'altro, qualcosa che lei non riusciva a capire.

Abbassò gli occhi e scosse la testa. Nascose il viso contro il collo di Elsa.

« Onda, ti prego. Dov'è andato questo signore? »

Il respiro della sua bambina era bollente, lo sentiva soffiare sulla pelle ghiacciata.

Lentamente Onda alzò un braccio e, senza guardare, indicò il lago.

« Ha detto che si faceva il bagno », singhiozzò.

Era agosto, ma vicino al lago l'aria era immobile e gelida. Elsa sentì che quell'aria le ghiacciava i polmoni, il cuore e il cervello. Sentì l'acqua amara prendere il posto del sangue, scorrerle dentro, raffreddarla velocemente.

E anche la sua voce, quando parlò, arrivò flebile come la risacca.

«Ondina, dimmi: come si chiamava il signore che ti ha portato qui?»

Il silenzio.

Il frusciare di qualche animale tra le piante, le torce dei ragazzi a illuminare il bosco, poco più in alto.

La sagoma scura e rassicurante di Lucio che, poco distante, aspettava con pazienza.

I canneti che oscillavano piano al passaggio della corrente.

Il buio e la voce di Onda, piccola e soffocata contro il collo di sua madre.

«Angelo», disse piano. «Ha detto di chiamarsi Angelo.»

8

Elsa si era augurata con tutta se stessa che sua figlia non prendesse da lei, ma era una speranza vana. Onda aveva ricevuto in dono la stessa maledizione della madre.

Elsa aveva pregato e acceso ceri tutti i giorni, fino a quando non aveva trovato il coraggio di chiedere a Clara di scoprire se davvero la bambina fosse come loro.

Una sera la vecchia si mise Onda sulle ginocchia e le chiese di mettere l'indice della mano sinistra nella bacinella.

Elsa sperò fino all'ultimo, ma l'olio nella bacinella precipitò lo stesso. Clara alzò gli occhi e le sorrise contenta. Elsa invece scoppiò a piangere.

Non voleva un destino del genere per sua figlia, l'idea la terrorizzò tanto che perse il sonno e l'appetito.

Ma Onda non era spaventata dalla propria condizione, anzi: l'accolse come una cosa normale.

Le voci in paese corsero veloci, e nei vicoli si mormorava che se Elsa era capace di predire il futuro e di sognare i morti, sua figlia poteva addirittura vederli.

La faccenda non creò grandi problemi finché Onda rimase a casa: Elsa e la vecchia Clara riuscirono a proteggerla, sforzandosi di farle condurre una vita normale.

I guai iniziarono quando venne l'ora di andare a scuola.

Le uniche persone con cui la bambina aveva parlato nella sua breve vita erano state sua madre e la vecchia Clara e, certe volte, degli sconosciuti dai visi sfocati che poi sparivano misteriosamente nel nulla. Ma nessuno di loro era mai stato duro con lei. A differenza degli altri bambini che, alla sua età, giocavano tutti insieme nella piazza del paese e quando litigavano si prendevano a morsi e a calci, Onda aveva sempre giocato da sola o, in alternativa, con i gatti della vecchia Clara. Anche per questo non aveva mai bisticciato con nessuno. Nessuno le aveva mai tirato i capelli, morso un braccio o dato uno schiaffo per dispetto. Non sapeva nemmeno cosa fossero un litigio o un rimprovero. Pensava che tutti, al mondo, fossero come sua madre: buoni e pazienti, pronti ad ascoltare le sue fantasie e a volerle bene, sempre.

Perciò rimase molto stupita quando, durante il suo primo giorno di scuola, nessuna delle altre bambine volle sedersi vicino a lei o rivolgerle la parola. Nemmeno la maestra, una signora alta e magra con la faccia gentile, la guardò negli occhi. Sfilò tra i banchi chiedendo a ciascuno il proprio nome, ma davanti a lei si bloccò, come in difficoltà. Durante l'intervallo, Onda si ritrovò in un angolo del cortile, esclusa dai giochi dei compagni di classe.

Capì subito che non era una cosa tanto normale, ma non lo disse a sua madre per non darle un dispiacere. Era già difficile vederla piangere di nascosto quasi tutte le notti senza sapere perché. Raccontarle di essere stata ignorata da tutti non l'avrebbe certo fatta stare meglio. Così, all'ora di pranzo tornò a casa dicendo che la scuola le piaceva molto, e quando vide la faccia preoccupata di sua madre distendersi all'improvviso capì di aver detto la cosa giusta.

Avrebbe fatto qualsiasi cosa pur di non darle un dispiacere, perciò tornò a scuola il giorno dopo e quello dopo ancora sperando che la situazione prima o poi sarebbe cambiata.

Ma col passare del tempo le cose non fecero altro che peggiorare.

Le compagne di scuola impiegarono poco ad accorgersi che Onda non era pericolosa, che non era in grado di fare il malocchio, come si diceva in paese. E allora cominciarono a prenderla in giro, a farle piccoli dispetti. Uno sgambetto, il furto di una matita, un pizzicotto sull'orecchio mentre la maestra non guardava. La parola «strega», sussurrata piano mentre era voltata, o incisa sul suo banco con una graffetta, con la grafia incerta e spigolosa di chi ancora sta imparando a scrivere.

Eppure Onda continuò a non lamentarsi. A sua madre diceva che si trovava bene, che le altre bambine erano gentili con lei.

Non era ancora in grado di capire con certezza perché la emarginassero ma sapeva, nel modo istintivo con cui i bambini percepiscono i sentimenti degli adulti, che Elsa ne avrebbe sofferto.

Per questo sopportava in silenzio senza mai lamentarsi. Lo faceva per sua madre.
Finché un giorno non ce la fece più.

Tra le sue compagne c'era una bambina che si chiamava Lidia. Di cognome faceva Vezzaghi ed era l'unica figlia di una delle famiglie più abbienti di Roccachiara. La casa in cui abitava era la più grande di tutto il paese e la maggior parte dei campi coltivati intorno a Roccachiara era di proprietà di suo padre, come Lidia non perdeva mai occasione di ricordare a chiunque. Era nervosa e prepotente, con la faccia da vecchia sempre imbronciata. Oltre ad avere un pessimo carattere era anche velenosa come una serpe e Onda cercava di starle lontano il più possibile.

Solo che era Lidia a non voler stare lontana da lei.

Onda era la vittima perfetta: timida e spaventata, non aveva neanche il coraggio di ribellarsi o di fare la spia alla maestra. Si accontentava di abbassare la testa e di asciugare furtivamente le lacrime che non riusciva a trattenere. Inoltre, era più minuta e più magra delle altre, e non poteva difendersi dalle aggressioni fisiche.

Era completamente inerme, capace solo di piangere. Per questo Lidia aveva preso l'abitudine di darle il tormento.

La chiamava mostro, strega. Si divertiva a tirarle i capelli e a nasconderle il quaderno.

L'unica volta in cui Onda aveva provato a ribellarsi, Lidia le aveva morso un braccio così forte da farle uscire le lacrime.

Quando Elsa aveva visto quel segno violaceo addosso a sua figlia, si era preoccupata.

«Non è niente», l'aveva rassicurata la bambina. «Ho tirato la coda al gatto, e lui mi ha morso.»

Elsa aveva preso per buone le sue parole. Le aveva spalmato una pomata sulla ferita raccomandandole di non dar fastidio ai gatti della vecchia Clara e, con grande sollievo di Onda, aveva chiuso la questione.

Le persecuzioni proseguirono ancora per qualche mese.
Poi arrivò il Natale.
Fin dall'inizio della scuola, Onda non aveva aspettato altro

che l'arrivo delle vacanze per potersi rinchiudere in casa, l'unico posto in cui non rischiava di essere picchiata e non veniva presa in giro o insultata.

Fuori c'era almeno un metro di neve e uscire era difficile. I gatti della vecchia Clara andavano a rifugiarsi nel sottoscala e dormivano tutto il giorno. Non avevano mai voglia di giocare.

Onda aiutava sua madre con i preparativi per il Natale, cose come preparare i biscotti o decorare l'albero. I giorni passavano più veloci che mai e la bambina non faceva che pensare con terrore al momento in cui sarebbe dovuta rientrare a scuola.

Più ci pensava e più si incupiva, e nemmeno la prospettiva dei regali che avrebbe ricevuto parve risollevarla.

La mattina di Natale, passando accanto alla stanza dove Onda dormiva, la vecchia Clara sentì la bambina parlottare tra sé.

Si affacciò alla porta della camera e puntò gli occhi sull'ombra scura inginocchiata accanto al letto.

«Ondina, con chi parli?» sussurrò.

Onda alzò il viso con aria colpevole. Sapeva che Clara non poteva vederla distintamente, ma era certa che riuscisse a capire tutto quello che le passava per la testa, molto meglio di Elsa.

«Parlo con Gesù Bambino», rispose, sperando che la nonna adottiva se ne andasse. «Sto dicendo una preghiera.»

Ma la vecchia non aveva nessuna intenzione di andarsene. Sorridendo entrò nella stanza, raggiunse il letto e si sedette.

«E cosa volevi chiedergli?»

«Una cosa.»

«Non vuoi dirmelo?»

«No. È un segreto.»

Il sorriso di Clara non vacillò. Allungò una mano a cercare la testa di Onda.

«A me puoi dire tutto, Ondina. Io so custodire bene i segreti.»

Il pavimento sotto le sue ginocchia era freddo. Onda guardò gli occhi bianchi di Clara vagare in altre direzioni, il sorriso rassicurante sulla faccia rugosa. Non capiva come la gente potesse aver paura di quella vecchia innocua.

Per lei, il volto di Clara era un volto amico.

«Ho chiesto a Gesù di farmi diventare normale», confessò.

«Che vuol dire normale?»

«Voglio essere come tutte le altre bambine.»

«Ondina, che sciocchezza! Tu sei già come tutte le altre bambine. Sei anche meglio di loro.»

«Non è vero. Non sono come loro. Io sono una strega.»

A sentire la voce di Onda che tremava, il sorriso di Clara sparì velocemente.

«Chi ti ha detto una cosa del genere?»

«Nessuno... Be', forse qualcuno me lo ha detto, ma non ricordo chi. È successo solo una volta, ti prego, non dirlo alla mamma.»

«Ascoltami, bambina. Non sei una strega. Non devi neanche pensarlo, non è vero quello che dicono.»

«Ma loro lo sanno, Clara...»

«Che cosa sanno?»

«Sanno delle persone. Quelle che entrano in casa senza passare dalla porta. Quelle che hanno la faccia un po' cancellata e che mi parlano, anche se io non ci capisco quasi niente. Continuano a venire, Clara. A volte mi fanno paura. Stanno sempre qui e loro lo sanno.»

«Non sanno proprio niente, Onda. Sono stupide e ignoranti e non sanno niente. E non devi aver paura delle persone che vedi. Forse sono un po' strane, ma nessuno di loro ti farebbe mai del male. Anche se volessero, non potrebbero.»

«E che vogliono allora?»

«Parlare con te. Sei l'unica che può vederle e un giorno capirai perché vengono, ma non sei una strega. È solo che ci vedi meglio degli altri. Ma è un segreto, Onda. Per ora non devi dirlo a nessuno.»

«Non racconterai alla mamma quello che ti ho detto?»

«Non glielo dirò. Ma tu smettila di chiedere a Gesù cose che già hai. Non c'è niente che non vada in te. Ricordatelo.»

Scricchiolando tutta, la vecchia Clara si alzò dal letto, incamminandosi verso la porta. Poi si voltò e, con l'indice appoggiato sulle labbra, sorrise di nuovo.

I suoi occhi bianchi si infilarono in quelli neri di Onda, come se potessero vederla davvero.

*

Le vacanze di Natale finirono in un attimo, e la mattina di gennaio in cui Onda doveva rientrare a scuola faceva un gran freddo. Durante la notte aveva nevicato e il cielo ancora grigio non prometteva nulla di buono. Le strade del paese erano state ripulite dal ghiaccio, ma appena fuori dal centro abitato la neve era così alta da impedire alla gente che viveva nelle campagne di raggiungere Roccachiara.

Onda avrebbe voluto rimanere a casa quella mattina, ma sua madre fu irremovibile. Sconsolata, e solo in parte rassicurata dalle parole della vecchia Clara, si avventurò nel gelo invernale e percorse tutta la via principale di Roccachiara per arrivare a scuola. Lì, scoprì che la metà dei suoi compagni, per lo più figli di allevatori o di contadini che vivevano fuori paese, erano assenti. La nevicata aveva costretto i loro genitori a tenerli a casa.

Lidia, però, c'era.

Seduta dall'altra parte dell'aula deserta, finse di non vederla entrare. Faceva sempre così quando la maestra era nei paraggi, la ignorava per ore intere, poi, non appena l'insegnante si distraeva, le piombava addosso come un'aquila per darle il tormento.

Onda la odiava, ma non aveva il coraggio di dimostrarglielo, e comunque Clara le ripeteva sempre che l'odio era un sentimento pericoloso e impegnativo, e che per certe persone era davvero sprecato.

Ogni volta che Lidia la guardava o le faceva una smorfia – o peggio ancora uno di quei sorrisi che preannunciavano altre cattiverie – Onda sentiva un ronzio strano nella testa e immaginava come sarebbe stato bello se Lidia fosse morta. Confusamente, pensava che fosse quello l'odio di cui parlava Clara, e altrettanto confusamente percepiva che nei confronti di una bambina stupida e cattiva come Lidia era davvero un sentimento sprecato.

Ma se odiarla era solo una perdita di tempo, poteva almeno spaventarla, così se la sarebbe tolta di mezzo.

Quella mattina, durante l'intervallo, i pochi bambini che erano andati a scuola si misero a giocare con la neve fresca del cortile. Costruivano pupazzi, si rotolavano per terra, si tiravano palle di neve.

Onda sedeva su un muretto e li guardava da lontano. Non la

chiamavano mai per giocare con loro, ma se ne era fatta una ragione. Andava già bene che non le dessero fastidio.

Ma la tranquillità durò poco.

Qualcosa la colpì a un braccio facendole male. Rimbalzò sul cappotto di panno che le aveva cucito sua madre e cadde sul muretto.

Era un sasso rotondo, color grigio chiaro, lo stesso colore della neve ormai sporca in cui sguazzavano i suoi compagni. E poco distante vide la mano che le aveva tirato quel sasso, e attaccato a quella mano un braccio, e poi un collo, e una faccia da vecchia incorniciata da un cappello rosso fatto ai ferri.

La faccia di Lidia, tutta sorridente.

«Che ci fai qua da sola, brutta strega?»

Onda guardò a lungo la sua compagna senza rispondere. Sapeva cosa dicevano gli altri bambini di lei e della sua famiglia.

Dicevano che erano maledette. Parlavano di malocchio e di pozioni magiche, di animali morti misteriosamente, di fantasmi e di apparizioni nelle notti di luna piena.

Onda sapeva di non essere una strega, glielo aveva detto la vecchia Clara. Le aveva anche spiegato che le persone che qualche volta vedeva, e che poi sparivano nel nulla, non volevano farle male. Non c'era niente di strano, era come vederci un po' meglio degli altri. Però era meglio tenersele per sé, certe cose.

Onda sapeva, perché Clara stessa glielo aveva assicurato, di essere perfettamente normale.

Raccolse il sasso che Lidia le aveva lanciato, se lo rigirò tra le dita. Era liscio e freddo. Glielo avrebbe tirato addosso volentieri. Le sarebbe piaciuto vedere la pietra schiantarsi su quella fronte scura e perennemente aggrottata, ma non ne ebbe il coraggio.

Lidia era cattiva, era più alta e grossa e forte di lei, ed era capace di tutto. Avrebbe potuto buttarla in terra e prenderla a calci. Morderle una guancia fino a farla sanguinare, o cercare di cavarle gli occhi con le dita.

Onda sapeva di non essere una strega o un mostro, ma pensò che non ci fosse niente di male nel farlo credere a quella ragazzina odiosa.

Chiuse gli occhi e cominciò a sussurrare parole inventate.

« Che stai facendo? »
« Sto chiamando i miei amici », rispose Onda.
« Quali amici? Tu non hai nessun amico. »
Onda alzò il braccio, indicò un punto vuoto sopra la testa di Lidia.
« Lei è una mia amica. »
« Lei chi? Non c'è nessuno, stupida! »
« Come non c'è nessuno? Guarda! C'è una donna. Ha gli occhi tutti bianchi ed è grigia, come la neve. Ti gira intorno. »
« Te la stai inventando, Onda », disse Lidia. Si vedeva, però, che non ne era poi tanto sicura.
« Non me la sto inventando. Come fai a non vederla? È proprio davanti a te. Ti sta toccando una guancia. Come puoi non accorgertene? »
Lidia si portò le mani sulla faccia. I suoi occhi saettavano di qua e di là cercando di cogliere una vibrazione dell'aria, un segno appena percettibile della presenza di quella donna che Onda diceva di vedere.
Ma non c'era niente, solo il cortile deserto alle sue spalle, e la scuola con il portone aperto e le finestre chiuse.
E il freddo. Il freddo gelido che improvvisamente le fece tornare in mente tutte le raccomandazioni ricevute.
Sua madre le aveva proibito di parlare con Onda.
Le aveva proibito anche di guardarla in faccia, perché quella bambina era strana.
Era pericolosa proprio come sua madre, proprio come l'evento da cui aveva preso il nome.
Guardò Onda che, seduta sul muretto con le guance e il naso arrossati dal freddo, fissava un punto invisibile proprio sopra la sua testa e annuiva e sorrideva appena, e muoveva le labbra, come se stesse conversando con qualcuno. Qualcuno di invisibile.
Lidia indietreggiò piano, senza voltarsi. Non voleva perdere di vista quella bambina bionda col suo cappotto di panno. Adesso non le sembrava più tanto indifesa.
« È inutile che ti allontani », disse Onda ridacchiando. « Lei ti segue. Mi ha appena detto che vuole stare con te per sempre. »
Lidia non replicò. Impallidì di colpo, si voltò da una parte e dall'altra come una lucertola braccata e infine si mise a correre verso la scuola, singhiozzando.

Quando finalmente sparì alla vista, Onda scese dal muretto. Il sasso nella sua mano si era scaldato e lei lo lanciò con forza, immaginando che Lidia fosse ancora di fronte a lei.

Sorrise contenta.

Il sasso rimbalzò tre volte e poi si perse nelle tracce confuse che Lidia aveva scavato correndo.

Elsa quasi ci rimase secca per la sorpresa. Il giorno dopo la nevicata, sua figlia tornò a casa in lacrime. Era disperata, non l'aveva mai vista così sconvolta.

Tra i singhiozzi la bambina spiegò a sua madre che, all'uscita di scuola, una donna l'aveva presa a schiaffi.

Non era una bugia e nemmeno un'esagerazione. Sul faccino bianco di Onda c'era il segno rosso di cinque dita che le avvolgeva completamente la guancia tracciando un disegno che andava dall'orecchio al mento. Dita che non potevano che appartenere alla mano di un adulto.

A forza di carezze e rassicurazioni, Onda alla fine raccontò tutta la storia a sua madre.

E la storia era che, dopo mesi di angherie subite in silenzio, Onda aveva giocato uno scherzo alla sua compagna di nome Lidia. La bambina era rimasta tanto scossa che aveva pianto e urlato per tutta la notte, e si era rifiutata di dormire dicendo di aver paura della donna grigia e senza occhi che Onda le aveva aizzato contro. Per questo, all'uscita di scuola la madre di Lidia aveva afferrato Onda per le spalle e l'aveva schiaffeggiata davanti a tutti chiamandola demonio, e minacciando di picchiarla ancora se non avesse lasciato in pace sua figlia.

Elsa non era abituata ad agire d'istinto. A sentire quella storia cercò di dominare la rabbia che sentiva crescere dentro. Prese Onda tra le braccia, le asciugò le lacrime.

La bambina era sconvolta. Il suo piccolo petto si alzava e si abbassava convulsamente, l'aria usciva dai suoi polmoni in singhiozzi stentati.

« Onda », disse, il più dolcemente possibile. « Onda, calmati. Smettila di piangere, è passato. »

« Non mi ci mandare più, mamma », singhiozzò la bambina. « Non farmi tornare a scuola. Ti prego, non mi ci mandare più. »

«No, non preoccuparti. Non ci andrai più. Adesso però dimmi: la donna che hai visto intorno a Lidia...»

«Non l'ho vista davvero. Me la sono inventata.»

«Perché lo hai fatto?»

Onda si stropicciò gli occhi arrossati.

«Non ce la facevo più, mamma. Lidia ce l'ha con me, ma io non le ho mai fatto niente. Non sapevo come farla smettere, non sapevo come difendermi. Pensavo che con la storia del fantasma sarei riuscita a mandarla via, ma poi lei lo ha detto a sua madre, e quella mi ha picchiata. Davanti a tutti, mamma.»

A vedere la rassegnata disperazione che accartocciava la faccia di sua figlia, Elsa non riuscì più a controllarsi. Non infilò neanche il cappotto, uscì di casa come una furia, urlando a Onda di seguirla.

Attraversò di corsa tutto Roccachiara. Onda le trottava dietro, arrancando e scivolando nella neve. Piagnucolava, la pregava di fermarsi, ma sua madre sembrava impazzita, più pazza della donna che l'aveva picchiata davanti alla scuola.

Arrivarono in fretta sotto l'abitazione della famiglia Vezzaghi.

Elsa li conosceva come si conoscono tutti in un paese fatto di quattro case e un migliaio scarso di abitanti. Sapeva chi erano e che faccia avevano, ma non ci aveva mai parlato. Non in pubblico, almeno.

La madre della bambina, però, la conosceva. Se la ricordava bene. Si ricordava di aver accolto in casa quella donna pochi mesi prima che Onda nascesse. Amalia Vezzaghi all'epoca aveva venticinque anni e si era rivolta a lei in gran segreto. Era andata a notte fonda, imbacuccata in uno scialle nero, per nascondere la faccia. Ci era voluta una notte intera e il giuramento solenne di non rivelare mai a nessuno il motivo di quella visita per tirare fuori ad Amalia che suo marito, l'uomo che aveva sposato pochi mesi prima, era impotente.

Gli occhi di Clara si erano chiusi a fessura su quella verità umiliante, ed Elsa si era vergognata della sua pancia gonfia e del suo Angelo che dormiva nella stanza accanto. Si era vergognata soprattutto per gli occhi di Amalia, che la guardavano tristi e rassegnati, ed erano lo specchio di un'ultima spiaggia, di un tentativo disperato.

Elsa non si era lasciata smontare da quegli occhi e si era messa subito al lavoro. Le aveva preparato dei decotti che avevano funzionato all'istante. Nel giro di poche settimane Amalia era rimasta incinta e otto mesi dopo aveva dato alla luce Lidia, una bambina gracile e, si era capito da subito, viziata e perfida.

Ma a Elsa non importava niente di come si comportasse la figlia di Amalia. L'importante era che nessuno toccasse Onda.

Si mise a urlare sotto le finestre della casa finché i vicini non andarono a chiamare Amalia, che in quel momento non c'era.

Quando Elsa la vide arrivare dal fondo della strada le corse incontro. Amalia veniva avanti dritta come un fuso, con la stessa faccia incartapecorita di sua figlia e nessun segno di pentimento sul volto. Aveva picchiato una bambina che non poteva difendersi e solo per questo avrebbe dovuto vergognarsi, invece esibiva sfrontata l'espressione altera di chi ha ragione da vendere.

«Che sei venuta a fare qui? Che vuoi?» la aggredì.

«Che voglio, Amalia?» gridò Elsa. «Come sarebbe, che voglio? Hai picchiato mia figlia! Lo sapevi che questa è mia figlia, vero? Non provare a dire di no!»

«Tu sei pazza! Io neanche ti conosco! Quel piccolo demonio che ti porti dietro ha terrorizzato Lidia, lo sai questo? Mia figlia non mangia e non dorme più, e tutto per colpa di quella lì! Insegnale l'educazione, insegnale a stare al suo posto. Oppure, non lamentarti se poi riceve esattamente quello che si merita.»

«E che cosa si merita Onda?» sibilò Elsa.

Amalia raddrizzò la schiena. Era magra e alta, molto più alta di Elsa.

«Sono stata anche troppo buona. Un ceffone per quel mostro non è neanche lontanamente sufficiente. E comunque», concluse con disprezzo, «ognuno ha i figli che si merita.»

Nella strada ci fu un istante interminabile di silenzio. Le parole appena pronunciate caddero nel vuoto.

Lo schiaffo che si abbatté sulla faccia di Amalia fu così forte che le girò la testa da un lato. Il rumore riecheggiò, frantumandosi contro i muri del vicolo, richiamando l'attenzione di tutti.

Persino Onda, che fino a quel momento aveva assistito alla scena senza aprire bocca, si lasciò sfuggire un grido.

Non aveva mai visto sua madre così arrabbiata. C'era una luce terribile nei suoi occhi azzurri, e non erano gli stessi occhi con cui guardava lei. Erano gelidi, distanti. Facevano paura.

«Hai ragione, Amalia. Ognuno ha i figli che si merita», ansimò Elsa, in preda alla rabbia. «Ma ricorda che, se non fosse per me, tu non avresti meritato neanche tua figlia. Sono stata io a regalartela. E come ho donato, così posso togliere. Ricordati di questo la prossima volta che ti viene in mente di toccare chi non può difendersi.»

A quelle parole, tutti i presenti si fecero il segno della croce.

Elsa prese in braccio Onda e senza guardare nessuno se ne andò correndo, appellandosi a tutto il suo coraggio per non piangere davanti a sua figlia.

Il giorno dopo ritirò la bambina dalla scuola elementare di Roccachiara.

Una notte di aprile, poco prima della Pasqua, Elsa si svegliò piena d'angoscia.

Aveva sognato una barca vuota che galleggiava sull'acqua. Un'acqua trasparente come il vetro.

Fuori era ancora buio, ma a est l'alba ingrigiva il cielo, e la foschia mattutina già si alzava dalla valle.

Elsa non aspettò neanche il sorgere del sole. Si vestì in gran fretta e senza fare rumore uscì di casa e raggiunse il lago.

Vi restò tutta la mattina, a guardare le barche che, sullo sfondo nero di quella conca chiusa tra le montagne, sembravano piccole e sperdute. Seduta su una roccia piatta spiò il lavoro dei pescatori e quando, all'ora di pranzo, anche l'ultima imbarcazione venne tirata in secca, tornò a casa sollevata.

Tornò su quella roccia anche nei giorni successivi, a guardare i pescatori che tiravano le reti, ma non accadde nulla, e alla fine si convinse di aver solo immaginato quella barca vuota. Forse nel dormiveglia aveva scambiato per un sogno un pensiero confuso.

Passò qualche tempo, arrivò il giorno di Pasquetta.

Per una specie di consuetudine che durava da generazioni, tutti gli abitanti di Roccachiara in quell'occasione si ritrovavano in una radura ombrosa sulle rive del lago. Era un luogo ospitale, con grandi spazi e grandi alberi. In quel punto l'acqua non si infrangeva sulle rocce a picco, ma scivolava dolcemente lungo la riva sabbiosa. Era un posto sicuro, adatto per le famiglie, che nel giorno di Pasquetta in quella radura si riposavano al sole, arrostivano la carne e organizzavano giochi di squadra. Quelli che possedevano una barca e avevano abbastanza coraggio da navigare quelle acque infide facevano una gita. Qualcuno provava anche a pescare, ma se non conoscevi bene le correnti e il fondale, non riuscivi a prendere proprio niente, nemmeno un pesciolino piccolo piccolo.

Quella sorta di festa patronale si ripeteva da sempre senza bisogno di una reale organizzazione. La voce si spargeva di famiglia in famiglia, in una processione di inviti e di appuntamenti, e il lunedì dopo la Pasqua il paese si svuotava. Le strade erano deserte, le porte sprangate, le imposte delle finestre chiuse. Andavano tutti al lago.

A Elsa non era mai capitato di partecipare a una di quelle gite. Non aveva nessuna voglia di intrufolarsi in una socialità da cui l'avevano sempre esclusa. Non ci si presenta a una festa senza essere invitati.

Perciò, anche quell'anno passò il giorno di Pasquetta a casa.

Era una bella giornata, calda e piena di sole. Per far contenta Onda, Elsa aveva apparecchiato un picnic sulla terrazza dove di solito stendeva il bucato.

Aveva portato una tovaglia, salsicce arrostite e succo di frutta, e aveva aiutato la vecchia Clara a salire le ripide scale che portavano al lavatoio.

Onda aveva preso dei cuscini e uno sgabello per Clara e tutta contenta le si era seduta accanto, impaziente di cominciare a mangiare.

A Onda piaceva quella terrazza grande, intonacata di bianco e con i fili del bucato tesi contro il cielo, ma non ci andava quasi mai, perché non aveva il permesso di salirci da sola. Da lassù si vedevano le montagne ancora spoglie, di un colore polveroso che presto sarebbe diventato un bel verde scuro, e il lago piatto, con le barche che da quella distanza sembravano minuscole.

Onda adorava osservarle, perciò, mentre sua madre era ancora di sotto, indaffarata nella preparazione del pranzo all'aperto, ottenne dalla vecchia Clara il permesso di affacciarsi al parapetto della terrazza, a patto che non si sporgesse.

E fu in quel momento che successe.

C'era una barca al centro del lago. Era la più grande di tutte e la più lontana dalla riva. Sopra, Onda le distingueva appena, c'erano tre persone.

L'acqua, che fino a quel momento era sembrata placida, si increspò come mossa dal vento, scomponendosi in mille scaglie nere e argento, e cominciò a mescolarsi e a ribollire.

Onda vide la barca al centro del mulinello inclinarsi pericolosamente da una parte e dall'altra, vorticare su se stessa e infine rovesciarsi e sparire nella corrente, portandosi via i tre passeggeri che erano a bordo.

Due riemersero subito, Onda vide le loro teste affiorare dall'acqua, e le braccia annaspare nel tentativo di raggiungere le altre barche, che si stavano avvicinando.

Contò e ricontò le teste che affioravano.

Non c'era niente da ricontare.

Prima c'erano tre persone. Adesso due.

Capì immediatamente.

E urlò.

Richiamata dalle grida stridule della bambina, Elsa salì di corsa in terrazza. Trovò sua figlia a spenzolarsi dal parapetto insieme alla vecchia Clara. Onda si agitava, indicando all'anziana donna un punto in lontananza che lei non riusciva a distinguere.

«Che succede? Perché urli così?» chiese a sua figlia che, isterica, continuava a indicare e ad agitarsi, smozzicando sillabe senza senso.

E poi la vide anche lei.

La barca. Quella barca rivoltata, la chiglia nuda esposta all'aria. Galleggiava placida girando su se stessa nella corrente che andava scemando. Spariva tra i flutti neri e poi riappariva ondeggiando, scura e capovolta, il dorso di un mostro sommerso.

Elsa non fiatò. Non riuscì a dire una parola. Un fiotto acido e amaro le risalì su per la gola. Lo ricacciò indietro, respirando forte.

«È morto qualcuno», sussurrò la vecchia Clara, gli occhi quasi bianchi fissi nel vuoto. «È già troppo tardi, è già morto.»

«Devo scendere al lago», decise Elsa in un istante.

«Lascia stare, Elsa. Non ti immischiare. Non puoi fare niente per loro.»

«È proprio per questo che devo andarci.»

Nella radura che si apriva sul lago trovò molti dei suoi compaesani assiepati lungo la riva. Scrutavano l'acqua, parlottavano tra loro. Qualche donna fingeva di piangere in silenzio, con le mani sulla faccia.

Erano un fronte unito e compatto, ma quando videro arrivare Elsa si scostarono tutti, indietreggiarono, si sparpagliarono in piccoli gruppi. Al suo passaggio alcuni – lei li vide con la coda dell'occhio – fecero gli scongiuri. Nessuno però ebbe il coraggio di guardarla in faccia.

Al centro del lago le imbarcazioni erano raggruppate intorno alla barca rovesciata. La corrente creata dal mulinello era andata scemando, ma le barche continuavano a navigare in cerchio come una macabra giostrina, con tutte quelle piccole figure ancorate sopra che si muovevano nervose, indaffarate, spaventate, e così lontane da non riuscire a distinguerne i volti.

Guardandosi intorno Elsa scorse Lucio, il figlio della tabaccaia, seduto in disparte, appoggiato all'ombra di un albero. Lui le rivolse un cenno.

Lucio era uno dei pochi che non avesse paura di lei. Se le capitava di fermarsi in tabaccheria insieme a Onda, lui trovava sempre il modo di infilare nelle tasche della bambina qualche dolcetto o qualche caramella.

Lucio aveva un fratello più grande che faceva il militare a Bolzano e in paese non ci tornava mai. Forse per questo si era affezionato a Onda: lui si sentiva figlio unico, e vedeva in lei una sorella minore.

Elsa si avvicinò e gli si sedette accanto. Quello non disse niente, continuò a guardare il lago e le barche.

«Lucio?»

Il ragazzo si voltò a guardarla. Aveva uno sguardo scuro, era pallido e preoccupato.

«Elsa», disse in un soffio, a mo' di saluto.

«Che cosa è successo? Perché ci sono tutte quelle barche nel lago?»

«Un mulinello. C'è stato un mulinello. Si è rovesciata una barca con una famiglia a bordo.»

«Quanti erano?»

«Tre. Ma ne hanno ripescati solo due.»

Elsa strizzò gli occhi, guardò verso il centro del lago. Da quella distanza era impossibile riconoscere qualcuno.

«È gente di Terlizza?»

«Sono dei nostri.»
«Chi?»
Lucio abbassò gli occhi guardandosi le scarpe. Scosse appena la testa.
«Lucio, per favore. Chi sono?»
Lo guardò in faccia. I capelli gli ricadevano scomposti sul viso, coprendone i lineamenti, ma non riuscivano a nascondere la smorfia tesa che deformava i suoi tratti.
«I Vezzaghi, Elsa. Sono i Vezzaghi.»
Il silenzio ad allagarle la testa. E il gelo del lago, dentro.

La barca avanzava lenta, a forza di braccia e di remi, sullo specchio d'acqua nera. Si trascinava dietro il relitto capovolto come un macabro trofeo.

C'erano due figure sedute a prua, due sagome indistinte avvolte nelle coperte. Davano le spalle alla riva e non si muovevano.

Al centro del lago erano rimaste alcune barche. Buttavano le reti, le trascinavano e le scuotevano.

Le ritiravano vuote.

Elsa pensò a Lidia e a sua madre. Pensò a Onda, bambina sola che sorrideva poco. Avrebbe ucciso per sua figlia.

E forse in qualche modo lo aveva fatto davvero.

La barca raschiò la riva sabbiosa con un rumore morbido.

L'uomo che ne scese, avvolto dentro una coperta ormai fradicia, sembrava morto da cent'anni. I suoi occhi però erano vivi e bruciavano d'odio e paura.

Di tutta la gente presente nella radura, Giuseppe Vezzaghi guardò solo Elsa.

«Me ne devo andare», disse fissandola dritta negli occhi. «Me ne devo andare. Perché se resto qualcuno dovrà pagarla. E io adesso devo pensare solo alla mia famiglia.»

Avrebbe voluto parlare, Elsa. Avrebbe voluto abbracciare quell'uomo che la odiava, riuscire a ripagarlo della sua disperazione, restituirgli subito quello che gli era stato tolto.

Tornò a pensare a Onda. Perderla avrebbe significato perdere tutto.

Un figlio che muore ti scava nel punto in cui è stato prima di nascere, ti lascia un dolore che dura per tutta la vita. Lo sapeva Elsa, lo sentiva dentro, adesso che anche Lidia era un po' sua figlia, adesso che avrebbe perdonato qualsiasi cosa.

Adesso che indietro non si tornava più.

Avrebbe voluto parlare, ma non ci riusciva. L'acqua del lago le premeva sulla lingua, le inondava la bocca.

Poi, dalla barca spuntò la seconda figura.

Atterrò sul suolo asciutto incespicando goffamente nei suoi stessi piedi, barcollando con lo stesso movimento ondeggiante dell'acqua. La coperta in cui era avvolta la nascondeva completamente, e il tessuto grezzo, inzuppato e pesante, si trascinava alle sue spalle come una coda.

Era piccola. Troppo piccola per essere un'adulta.

Anche a immaginarla piegata in due.

La coperta scivolò via, ricadendo pesantemente a terra. Il viso di Lidia era identico a quello di sua madre.

Il corpo di Amalia non venne ritrovato. Lo cercarono per giorni, nelle insenature nascoste, lungo le rive e tra i canneti, ma non trovarono nulla che appartenesse a lei, neanche un brandello di stoffa del vestito giallo in cui era morta. Più passavano i giorni e più la speranza di ritrovarne il corpo andava spegnendosi.

Quel lago era fatto così, dicevano gli anziani del paese: se ci morivi dentro, ci metteva poco a decidere se risputare il tuo corpo masticato dai pesci sulle rive fangose, o se tenerselo per sé e cullarlo in eterno tra le alghe del fondale.

E l'acqua nera quella volta aveva scelto di tenersi ben stretta la Vezzaghi, perché i suoi resti, a dieci giorni dall'incidente, non erano ancora riaffiorati in superficie.

Trascorsi altri venti giorni, il parroco del paese si decise a officiare il funerale di una bara vuota, che finì sepolta nella cappella di famiglia del cimitero di Roccachiara.

Quello di Amalia diventò solo un altro dei corpi che dormivano sul fondo del lago.

*

Qualche settimana dopo il funerale, la piccola Onda svegliò sua madre nel bel mezzo della notte.

Alla luce debole che entrava dalla finestra, Elsa, ancora mezzo addormentata, vide che la bambina era pallida, pallidissima. La luce della luna la faceva apparire quasi verdastra.

«Ho fatto un sogno bruttissimo», piagnucolò, stropicciandosi gli occhi.

«Che sogno?»

«La signora che è morta nel lago. La mamma di Lidia. Ho sognato che si lamentava. Dice che non la trovano perché la cercano nel posto sbagliato.»

«Che altro ti ha detto?»

«Dice che sta in un canneto. È un posto profondo, si chiama fosso di Tr... Fosso di Tar... Non me lo ricordo, mamma. Me l'ha detto, ma non me lo ricordo.»

«Fossa di Terna? Quel posto si chiama Fossa di Terna?»

«Sì, proprio così. Ha detto Fossa di Terna. Sta in un canneto. Ha freddo, mamma. Dice che fa tanto freddo.»

Anche Elsa adesso aveva freddo. Tanto, troppo freddo.

«Non importa. Era solo un incubo, non è reale, non è successo davvero.»

«E la mamma di Lidia non sta nel canneto?»

«Ma certo che no, Onda. Non c'è nessuno nel canneto di Fossa di Terna. Adesso vieni nel letto con me e rimettiti a dormire.»

Rassicurata dalla presenza di sua madre, Onda si era riaddormentata subito.

Elsa invece era rimasta sveglia a guardare il cielo fuori dalla finestra farsi sempre più chiaro, e quando alla fine il sole era salito quel tanto che bastava per illuminare la valle, si era alzata ed era uscita di casa.

Fossa di Terna era un'insenatura del lago che si estendeva per almeno un chilometro nell'entroterra. Molti anni addietro, ancor prima che la vecchia Clara nascesse, lì c'era uno dei tanti immissari sotterranei, ma col passare degli anni la falda acquifera si era prosciugata, lasciando il posto a una palude.

Si trovava a metà strada tra il lungolago di Roccachiara e la vallata di Terlizza, ma nessuno ci si avventurava mai. Era un posto disabitato, con le acque profonde limacciose e stagnanti e le rive soffocate dal fango e infestate dalle zanzare. Non era buono per pescare e nemmeno per coltivare, perciò la gente ci girava al largo. Era un posto inutile.

Elsa impiegò quasi tutto il giorno a costeggiare la Fossa di Terna. Ogni tre passi la mota viscida le risucchiava le scarpe rallentandole i movimenti, tanto che alla fine decise di proseguire a piedi nudi.

Camminava dritta senza distrarsi, ignorando gli acquitrini torbidi e maleodoranti, perlustrando i canneti.

Era lì che stava il corpo della Vezzaghi, così aveva detto sua figlia. Elsa sperava che il sogno di Onda fosse stato solo un incubo portato dagli avvenimenti recenti, una visione influenzata dalle chiacchiere superstiziose del paese.

Ci sperava, però sapeva che era vero.

E quando, verso la fine del giorno, nell'acqua scura di un canneto scorse il giallo brillante del vestito in cui Amalia era morta, si rassegnò all'evidenza.

Non toccò niente, non spostò nemmeno le canne per vedere meglio.

Con il vuoto in gola, si limitò a guardare quel lembo di stoffa semisepolto dal fango che si agitava piano al passaggio della corrente.

Poi si fece il segno della croce, mormorò una preghiera, e mentre il sole tramontava dietro le montagne, si voltò e, senza guardarsi indietro, tornò a casa.

La mattina dopo il maresciallo di Roccachiara trovò un biglietto anonimo sotto la porta della piccola stazione dei carabinieri. Diceva che il corpo di Amalia Vezzaghi, scomparsa nel lago un mese prima, era stato avvistato in un canneto a Fossa di Terna, nella parte occidentale della palude.

La voce si sparse immediatamente.

Carabinieri e volontari partirono per le ricerche la mattina stessa, e dopo poche ore il corpo decomposto e ormai irriconoscibile della Vezzaghi fu strappato alle acque profonde della fossa.

Anche se nessuno lo diceva apertamente, tutti sapevano chi era stato a lasciare quel messaggio anonimo.

Elsa.

La strega bionda, con quella sua bambina ancora più strega di lei.

Elsa e i suoi sogni strani.

E la scia di morte che si portava dietro.

A qualcuno, in paese, la morte di Amalia non andò giù.

Se prima di quell'avvenimento la diffidenza nei confronti di Elsa e della sua famiglia era stata solo una superstizione, oggetto di chiacchiere sterili, adesso era diventata qualcosa di reale, vivo e potenzialmente pericoloso.

Tutti avevano sentito Elsa minacciare Amalia, chi non l'aveva sentita era venuto a saperlo, e dopo neanche tre mesi Amalia era morta annegata.

Le versioni sull'accaduto erano numerose e infamanti, cambiavano a seconda del negozio o del vicolo in cui venivano raccontate.

A forza di sentirle in giro, a qualcuno vennero brutte idee.

Una mattina di fine estate, la vecchia Clara scese nel sottoscala per dar da mangiare ai suoi gatti, ma gli animali non c'erano.

Aspettò tutto il giorno e tutta la notte, convinta che sarebbero tornati.

Ma la mattina dopo, le cucce improvvisate sotto le scale erano ancora vuote.

Che i gatti non tornassero era un fatto strano: dopo la nascita di Onda avevano preso l'abitudine di dormire in casa. Non capitava mai che mancassero di notte, non tutti insieme, almeno.

Dopo due giorni di latitanza, Elsa e Onda uscirono a cercarli.

Elsa ne trovò tre sul sentiero per il lungolago.

Erano morti da giorni, i loro corpi bianchi rigidi, le bocche spalancate e schiumose.

Non c'era molto da capire, e che fine avessero fatto gli altri era facile da indovinare.

«Li hanno avvelenati», disse a Clara entrando in casa. «Ce li hanno avvelenati tutti. Se scopro chi è stato...»

«Non lo scoprirai. Hanno fatto le cose per bene, non correranno il rischio di finire annegati nel lago per colpa delle tue maledizioni», rispose la vecchia, asciutta.

Seduta al tavolo della cucina, fumava le sue sigarette puzzolenti e beveva della grappa da una vecchia tazza sbreccata.

Non sembrava poi così sconvolta. Forse il liquore che seguitava a bere da giorni – da quando erano scomparsi i suoi adorati gatti – la confondeva, togliendole i sentimenti.

«Clara, smettetela con quella roba, vi avvelenerà.»

«Ti avvelena la cattiveria della gente, mica la grappa. A quella si sopravvive.»

In quel momento la porta della cucina si aprì e Onda entrò nella stanza.

Aveva il fiato corto, i capelli in disordine e le braccia piene di graffi sottili.

Stringeva al petto uno dei suoi gatti bianchi, una grossa femmina. Era viva e sembrava stare bene.

«L'ho trovata in un vicolo», ansimò Onda, «era nascosta in un buco e non voleva uscire. Mi ha graffiato.»

«Povera bestia, deve essere terrorizzata. Mettila giù.»

Non appena Onda posò la gatta sul pavimento, quella schizzò via dalla cucina per andare a rifugiarsi chissà dove.

La bambina si passò le mani scorticate sulle braccia. «Mi hanno detto delle cose», mormorò, improvvisamente a disagio.

«Chi?»

«Non lo so. Non li ho visti. Forse si nascondevano. Hanno detto che farò la stessa fine di quelle bestie orribili. Che significa?»

Elsa guardò sua figlia. Dentro quella grande cucina sembrava ancora più piccola e sperduta. Le venne da tremare di rabbia e paura.

«Dove sono gli altri gatti, mamma?»

«Sono scappati», mentì Elsa, «qualcosa li ha spaventati e sono scappati.»

«Torneranno?»

«Chi lo sa, speriamo di sì. Ti va di andare a cercare la tua gatta, adesso? Dovrebbe essersi nascosta nel sottoscala. Tieni, portale un po' di latte. E non uscire dal portone, per favore.»

Piazzò in mano a sua figlia una scodella e la spedì fuori dall'appartamento. Poi si voltò verso la vecchia Clara.

«Che cosa devo fare?» domandò, la voce spezzata dal pianto.
«Niente, che cosa vuoi fare?»
«Hanno minacciato mia figlia, Clara.»
«Non le faranno nulla, stai tranquilla.»
«Come fate a dirlo?»

La vecchia appoggiò la tazza sul tavolo, spense l'ultima cicca nel posacenere di fronte a lei. Posò gli occhi sull'ombra che le stava di fronte.

«Hanno paura, Elsa. Noi non gli piacciamo, ma di lei hanno proprio paura. Non sanno chi è e che cosa può scatenargli addosso, e non la toccheranno. Credimi, da quel punto di vista tua figlia è al sicuro. Però...»

«Però cosa?»

«Però non aspettarti che abbia vita facile né felice. Onda sarà come il nome che le hai dato, sarà sempre come non ti aspetti che sia. Ricordatelo, Elsa.»

Negli anni seguenti, Elsa non vide più in sogno l'acqua trasparente e Onda, ormai quasi adolescente, smise di essere tormentata da visioni misteriose e inquietanti.

Entrambe si convinsero che l'incidente in cui era morta la Vezzaghi avesse segnato una sorta di passaggio, la frontiera per una nuova vita. I poteri che credevano di avere – i sogni premonitori, la capacità di comunicare con i morti – si erano improvvisamente assopiti, forse per sempre, così sperava Elsa.

Onda non era più tornata a scuola, quando la madre aveva deciso di ritirarla lei non si era opposta. Così, era stata Elsa a insegnarle a leggere e a scrivere. Le aveva insegnato anche la matematica e la geografia, e da poco aveva preso a istruirla anche sul proprio mestiere, ereditato dalla vecchia Clara.

In paese non c'era molto che Onda potesse fare. Per poter lavorare o studiare bisognava uscire, andare in città, ma lei non voleva. Non se la sentiva, preferiva rimanere a Roccachiara. A distanza di anni, lo schiaffo che Amalia Vezzaghi le aveva dato bruciava ancora. L'aveva inchiodata in quel posto, l'aveva intimidita e rinchiusa. E Onda era come un ragno spaventato e aggressivo, nascosto da anni nel suo buco.

Per questo Elsa cercava di coinvolgerla nelle sue occupazioni. Le affidava i ricettari della vecchia Clara e con quelli la mandava a raccogliere le erbe spontanee che nascevano nel bosco; alcune volte lasciava che Onda preparasse da sola qualche medicamento, cose semplici come rimedi per la tosse o per il mal di gola. Anche quando sbagliava, Elsa non le risparmiava i complimenti.

Onda però la guardava con diffidenza, era abbastanza intelligente da capire quello che sua madre pensava di lei.

Era troppo strana ed era troppo sola. Era brava nel lavoro che sua madre le stava insegnando, ma lo faceva senza passione, come una cosa che si deve fare per forza, una cosa che non hai veramente scelto ma ti è capitata tra capo e collo.

Altro da fare non c'era, e quello era meglio di niente.
Si era piegata docile al suo destino.

Col tempo, gli abitanti di Roccachiara avevano quasi cancellato il ricordo della morte di Amalia Vezzaghi.

Nessuno parlava più della maledizione che Elsa le aveva lanciato un mattino di molti anni prima, nessuno le imputava più la colpa di quella morte. Pensare che fosse stato un fatale incidente e nulla più era la soluzione più comoda e meno spaventosa.

Lentamente, i paesani avevano sepolto la paura e si erano riavvicinati, riprendendo il commercio con Elsa, bruscamente interrotto per molti mesi dopo la morte di Amalia.

La vita procedeva monotona e solitaria, come era sempre stato. Elsa e Onda preparavano e vendevano rimedi per qualunque disturbo conosciuto, e si prendevano cura della vecchia Clara, ormai prossima al secolo di vita e completamente cieca.

Nonostante questo, la gente di Roccachiara continuava a tenerle ai margini della vita sociale. Le persone che rivolgevano loro la parola, al di fuori dei rapporti commerciali, si contavano sulla punta delle dita.

I più si mettevano nelle loro mani quando si trattava di farsi curare la febbre o il mal di stomaco, ma di salutarle per la strada non se ne parlava.

A Elsa ormai non importava niente dei suoi compaesani. Li guardava senza interesse, e non sentiva più il bisogno che la accettassero. Le bastava che la lasciassero in pace.

Onda, invece, della pace non si accontentava.

Elsa la trovava spesso accanto alla finestra, nascosta nelle tende a spiare i gruppetti di coetanei che si riunivano nella piazza del belvedere. Erano i suoi vecchi compagni di scuola, quelli che non l'avevano mai accettata.

Era capace di stare in piedi vicino alla finestra per ore. Protetta dall'ombra, osservava la vita degli altri girarle intorno, passarle accanto senza mai sfiorarla.

Elsa fingeva di non accorgersene, di non vedere sua figlia che invidiava una normalità che non aveva. Avrebbe voluto dirle di scendere anche lei nella piazzetta, di unirsi alle ragazzine che ridevano allegre sulle panchine. Avrebbe voluto spingere Onda fuori di casa, ma non osava. Entrambe sapevano che non l'avrebbero mai accettata.

Per questo Onda consumava il tempo ferma dietro alla tenda, senza che nessuno le dicesse nulla.

E ogni volta che Elsa vedeva l'ombra bionda di sua figlia proiettarsi sulla finestra, sentiva la gola secca e vuota e gli occhi umidi.

Se ne tornava in cucina o in camera da letto e fingendo di non essere mai stata in soggiorno, di non averla vista sola e in piedi dietro la tenda, la chiamava per apparecchiare la tavola o per stendere i panni in terrazza.

A parte Clara e sua madre, le persone con cui Onda parlava erano pochissime, e proprio per questo Elsa cercava quotidianamente di fargliele incontrare.

La mandava a prendere il pane dal fornaio e le sigarette per Clara alla tabaccheria di Lucio, dove qualche volta si fermava a chiacchierare col ragazzo e con sua madre. Se si tratteneva un po' più a lungo del necessario, Elsa non la sgridava.

In realtà non la sgridava mai, Onda poteva fare come voleva.

Il senso di colpa di sua madre per averla destinata a un'esistenza da reclusa era troppo grosso perché potesse proibirle qualsiasi cosa.

Una mattina di luglio, pochi giorni dopo che Onda aveva compiuto quindici anni, Clara per la prima volta non volle alzarsi dal letto.

Disse di aver dormito male e di avere mal di testa, e chiese a Elsa di lasciarla riposare ancora un po'.

Verso mezzogiorno, Elsa mandò Onda a comprare della frutta e si mise a preparare il pranzo. Cercava di distrarsi, ma c'era qualcosa di ingombrante e non meglio definito che le premeva al centro del petto, una sensazione di tensione e incertezza, come quando si avverte qualcosa che si muove ai margini del proprio campo visivo.

Ecco, la sensazione di Elsa era proprio la stessa: c'era qualcosa che non riusciva ad afferrare appieno.

Mentre l'acqua per la pasta cominciava a bollire, la vecchia Clara la chiamò dalla camera da letto.

Nella stanza di Clara c'era un odore strano, mai sentito prima. Era freddo e denso, sembrava l'odore della nebbia che si alzava sul lago nelle mattine d'inverno.

Ma era il mezzogiorno caldo di un mattino di luglio, e la nebbia sul lago si era dissolta da mesi.

«Alzatevi, Clara», le disse Elsa, facendo finta di niente. «Vi aiuto a vestirvi, che il pranzo è quasi pronto.»

«No, Elsa, non ho voglia. Non credo che mangerò.»

«Non avete fame? Sto facendo la pasta. Se volete riposare ancora, posso riscaldarvela più tardi.»

«Elsa, vieni qui.»

Senza protestare, Elsa andò a sedersi sulla sponda del letto, vicino alla vecchia.

«Volete che vada a chiamare il dottore?»

«E a che mi serve Fernando? Quello non capisce niente. Sua madre me lo portava qui da bambino, quando aveva la febbre, e ora lui vorrebbe curare me? Ma lascialo perdere quello lì, Elsa. Piuttosto, dov'è tua figlia?»

«L'ho mandata a comprare un po' di frutta, dovrebbe tornare a momenti.»

«Ah, allora si è fermata in tabaccheria a chiacchierare. Non ce la farà a tornare in tempo.»

«Non fa niente, aspetteremo un po' a mangiare, non casca mica il mondo.»

«Io non parlavo del pranzo, Elsa.»

«Clara, davvero, io certe volte proprio non capisco che volete dire.»

La vecchia, immobile nel letto, sbuffò contrariata. Si voltò verso la finestra, poi tornò a fissare gli occhi sull'ombra incerta e grigiastra di Elsa.

«Va bene. Questa casa adesso è tua, lo sai, no? C'è il testamento nello stipetto in cucina. Lo porti dal notaio senza aprirlo, lui sa quello che ci deve fare. Ondina me la saluti te.»

«Che vuol dire ve la saluto? Che state dicendo, Clara?»

«Elsa... quando non avevo più nessuno sei arrivata tu. Sei stata più di una figlia.»

Sprofondata nel letto, bianca e argento come era sempre stata – come Elsa l'aveva sempre vista –, la vecchia Clara spirò in silenzio.

Senza piangere, Elsa le rimboccò le lenzuola e le pettinò i pochi capelli che le erano rimasti.

Poi si affacciò alla finestra, aspettando Onda.

Clara Castello fu sepolta nel cimitero di Roccachiara, nella cappella della sua famiglia, accanto a suo marito e a sua cognata. Alla messa funebre si presentarono in pochi. Elsa vide soltanto Lucio e sua madre, il fornaio e il dottore che Clara aveva curato da bambino.

Portavano fiori e facce di circostanza.

Nessuno pianse, nemmeno Onda.

Elsa, che aveva visto morire l'unica madre che avesse mai conosciuto e di lacrime da versare ne aveva in quantità, nemmeno lei pianse.

Finita la messa tutti si dispersero in silenzio. Rimasero Onda, sua madre, il parroco e l'anziano becchino del paese.

La vecchia Clara venne murata nel fornetto che le era stato destinato, ed Elsa e Onda tornarono nella casa che adesso era loro.

Quella sera, per la prima volta da che Elsa ricordava, la sedia di Clara intorno al tavolo in cucina rimase vuota.

Guardò sua figlia che mangiava lenta tenendo gli occhi bassi. La luce smorta della lampadina appesa a un filo illuminava i muri bianchi e scrostati e le pentole appese ai ganci, e si rifletteva sui vetri tagliando fuori il lago che, in lontananza, spariva piano nel buio.

« Se vuoi possiamo andarcene », disse a sua figlia.

Onda alzò gli occhi dal piatto, guardò in faccia sua madre. La sua espressione non cambiò.

« E dove dovremmo andare? » chiese.

« Non lo so, Onda. Ce ne andiamo in un altro posto. Una città grande, dove non ci conosce nessuno. Tu puoi andare a scuola, una scuola vera, o se vuoi puoi lavorare. Puoi fare quello che ti pare quando nessuno sa chi sei. »

« E di questa casa, che ne facciamo? »

« La vendiamo. La vendiamo e ce ne compriamo un'altra dove vuoi. Anche in Austria. È bella l'Austria, ci sono stata una volta quando ero bambina, le suore mi ci avevano portato in gita. È stata l'unica volta che sono uscita dall'istituto. Non mi ricordo molto, mi ricordo solo che era bella.»

«No. Chi se ne frega dell'Austria, mamma. Io non credo che dovremmo andarcene.»

Si alzò, si avvicinò alla finestra, l'aprì appena lasciando entrare un po' d'aria.

Laggiù, sulla piazza del belvedere, si attardava un gruppo di adolescenti, e l'eco delle loro chiacchiere arrivava fino alla finestra. Se ne stavano pigri sulle panchine e non avevano l'aria di divertirsi granché, ma Onda li invidiava lo stesso.

Li invidiava perché si sedevano in cinque sulla stessa panchina, uno sopra l'altro, li invidiava perché si sfottevano a vicenda e qualche volta per gioco si picchiavano anche.

Onda non aveva mai scherzato con nessuno in vita sua. A pensarci bene, a parte sua madre e la vecchia Clara, nessuno le era mai stato vicino a quel modo. Nessuno l'aveva mai abbracciata come facevano i suoi coetanei in piazza.

Si vedeva che si volevano bene dal modo in cui stavano attaccati, nonostante il caldo di luglio. Si vedeva che erano amici.

Onda invece non aveva nessun amico, né lì, né altrove.

Però non voleva andarsene.

«Non hai voglia di vedere qualche altro posto, dove potresti farti degli amici?» la incalzò sua madre, come se le avesse letto nel pensiero.

«Non mi interessa avere degli amici», mentì Onda. «Sto bene così. Se ce ne andiamo li facciamo contenti, lo so. Ma questa non è solo casa loro. È anche casa mia. Io qui ci abito come ci abitano gli altri. Perciò se vuoi andartene ce ne andiamo, ma per me dovremmo restare.»

Elsa non disse niente. Si strinse nelle spalle, annuì appena. Se Onda ci teneva a rimanere, per lei andava bene.

Sarebbero restate a Roccachiara.

Quella notte, per la prima volta dopo anni, Elsa tornò a sognare il lago.

12

Dopo la morte di Clara, le doti di Elsa e di sua figlia sembravano essersi improvvisamente ridestate.

Poche settimane dopo il funerale, Onda sognò che la vecchia Clara era seduta sulla sponda del suo letto. Indossava lo stesso vestito dell'ultima volta che l'aveva vista, composta nella bara, e i suoi occhi non erano più bianchi e velati dalla cataratta ma azzurri e limpidi. Ci vedevano benissimo, e la guardavano allegri.

«Ondina», la chiamò piano la donna. «Tu lo conosci Fernando?»

«Sì, il dottore. Lo conosco.»

«Brava bambina. Devi dirgli che gli atti di proprietà che cerca stanno nel sottotetto. Se ti chiede chi lo dice, tu rispondi che l'ha detto Ada», aggiunse Clara, facendole una carezza. La sua mano era tiepida, e aveva una consistenza strana. Faceva venire la pelle d'oca, ma non era una sensazione del tutto spiacevole.

«E non andartene dal lago», sussurrò ancora. «Ti fa male se te ne vai.»

«Clara, come si sta dall'altra parte?»

Onda si tirò a sedere sul letto, in attesa. La donna sorrise, un sorriso furbo che nascondeva molte cose. Il suo viso era un po' sfocato, ma i suoi pochi denti brillavano lo stesso.

Non rispose. Così come era arrivata, la vecchia Clara si dissolse nel silenzio.

Onda si svegliò subito, la schiena appoggiata al muro, la testa reclinata sul petto. Aveva la sensazione che qualcuno si fosse appena alzato dalla sponda del suo letto, e che fosse stato proprio quel movimento a svegliarla.

Fuori era giorno fatto.

Si alzò e, con indosso solo le mutande, si presentò in cucina, dove sua madre lavorava già da un po'.

«Mamma, di che colore erano gli occhi di Clara?» chiese affacciandosi alla porta.

Elsa si voltò, sorpresa. Sua figlia era in piedi sulla soglia, il busto magro e il seno quasi inesistente stretto tra le braccia, le gambe leggermente arcuate, i piedi nudi sul pavimento freddo.

«Perché me lo chiedi?»

«Niente. Era così per sapere. È che l'ho sempre vista con gli occhi bianchi.»

«Aveva gli occhi azzurri. Come i miei.»

«Capisco.»

Le voltò le spalle, e con la sua andatura ciondolante tornò in camera da letto.

Pochi minuti dopo, vestita e pettinata, uscì di casa senza dire a sua madre dove fosse diretta.

Fernando Valle, il medico di Roccachiara, abitava in fondo al corso principale. La sua era una casa elegante, con le finestre dipinte di bianco e i vasi di fiori sempre freschi fuori dalla porta. Onda bussò, un po' intimidita.

Le venne ad aprire la moglie, una donna scura e grassoccia. Le disse che il dottore non c'era, che l'avevano chiamato per un bambino che stava male in una casa fuori paese.

«Senti», disse Onda alla donna. L'eco del sogno stava già svanendo dalla sua mente, e non poteva rischiare di dimenticarsi tutto. «C'è qualcuno che mi ha detto di dire a tuo marito che gli atti di proprietà stanno nel sottotetto.»

Forse l'aveva detto a voce troppo alta, perché la donna di fronte a lei la afferrò per un braccio tirandola dentro casa, poi si richiuse la porta alle spalle.

«Chi te l'ha detto?» chiese quella, sospettosa.

«Ada.»

Onda si sarebbe aspettata una reazione meravigliata. La donna di fronte a lei invece non diede segno di sorprendersi. Si limitò a scuotere la testa più volte, spazientita e irritata.

«Ma tu lo sai chi è Ada?» le chiese.

«No, non lo so.» E comunque non gliene importava niente, ma questo Onda se lo tenne per sé.

«Ada era mia suocera. La madre di Fernando. È morta quattro anni fa.»

La moglie del medico di Roccachiara era una donna colta e

intelligente. Non era del paese, veniva da Torino, e aveva conosciuto suo marito all'università. Non era una contadina e non credeva alle superstizioni locali, perciò pensò a uno scherzo di cattivo gusto ordito dai soliti ragazzini di Roccachiara, che non avevano niente da fare e si credevano dei gran simpaticoni.

Aprì la porta e spinse fuori Onda.

« Ragazzina, non mi interessa chi o cosa credi di essere. Non do retta alle chiacchiere di paese, io. Perciò vai a scherzare con quelli come te, che hanno tanto tempo da perdere. Oppure cresci, e trovati qualcosa da fare. »

Per parecchi minuti, Onda rimase incredula a guardare la porta sbarrata. Sentiva occhi curiosi che la spiavano da dietro le finestre affacciate sulla strada, e una rabbia sorda mista a sottile vergogna. E qualcos'altro, qualcosa di più radicato e più nascosto, un peso amaro che le stazionava sulla lingua.

Avrebbe voluto insultare quella donna che l'aveva sbattuta fuori come un cane randagio, tirare un calcio alla porta o rompere uno di quei vasi bianchi che decoravano l'ingresso, ma non riusciva a muoversi.

Quello che avrebbe voluto fare le bruciava nella testa e nello stomaco, e sentirsi così impotente faceva male.

Le persone che credevano nelle sue doti avevano paura di lei.

Le persone che non ci credevano la cacciavano, accusandola di cialtroneria.

E Onda, sballottata da una parte e dall'altra, non sapeva a chi dare ragione.

Pochi giorni dopo Elsa trovò una busta infilata a metà nella cassetta delle lettere. Non c'era né indirizzo né mittente, soltanto il nome di sua figlia, scritto in grande sul retro.

Capitava a volte che qualche compaesano particolarmente timido si vergognasse di richiedere servizi imbarazzanti e lasciasse dei biglietti nella cassetta della posta. Erano messaggi scritti di fretta nella grafia incerta di chi non ha studiato, brandelli di carta strappati da un quaderno a righe, avvolti in un pezzo di spago, o semplicemente ripiegati.

Elsa non si stupì nel vedere che cominciavano a cercare anche sua figlia, e consegnò la busta a Onda senza aprirla.

Dentro c'erano delle banconote e un biglietto di scuse da parte della moglie del dottore.

Rimasero per un bel po' impietrite, madre e figlia, sedute al tavolo della cucina a contare e ricontare quei soldi che equivalevano alla paga mensile di un operaio.

Non ne avevano mai visti così tanti tutti insieme, ed Elsa continuava a leggere e rileggere il biglietto, cercava di stamparselo bene in testa.

Voleva capire di cosa mai dovesse scusarsi quella donna con sua figlia, e anche quanto fosse grossa la faccenda se come risarcimento allegava uno stipendio intero.

Sapeva di doverlo chiedere alla figlia, ma Onda taceva e teneva gli occhi bassi, senza dare segno di voler soddisfare la sua curiosità.

«Onda», la chiamò alla fine, sforzandosi di assumere un tono autoritario che non aveva mai avuto. «Mi spieghi che storia è questa?»

La ragazza si strinse nelle spalle. «Ho solo detto una cosa alla moglie del dottore.»

«Dev'essere stata una cosa veramente importante. Ti ha dato sessantamila lire!»

«Le ho detto che gli atti di proprietà che cercava erano nel sottotetto. Non so neanche che cosa siano degli atti di proprietà.»

«E come lo sapevi che erano lì?»

«Me l'ha detto Clara, in sogno. Io sono andata a casa del dottore e l'ho riferito. Quella donna non mi voleva credere, ma poi si vede che li hanno trovati e mi ha mandato la busta.»

«Glieli hai chiesti tu tutti questi soldi?»

«Io non le ho chiesto niente! Anzi, quando le ho detto quello che sapevo mi ha cacciato di casa. Forse si è sentita in colpa.»

Il viso di Onda era pulito e senza ombre. I suoi occhi neri sostenevano tranquilli lo sguardo azzurro di sua madre.

Elsa decise di crederle. Abbassò la testa, rilesse il biglietto per l'ennesima volta, poi tornò a guardare sua figlia.

«Devi restituire quei soldi, Onda.»

«Perché?»

«Perché non sono i tuoi e soprattutto sono troppi. Non possiamo accettare una cifra del genere. È disonesto.»

Onda non rispose. Finì di contare le banconote per l'ultima volta, poi le spiegò bene sul tavolo.

«Mamma, io penso di voler lavorare.»

«Bene. Puoi aiutarmi con le tisane, oppure puoi cercarti un lavoro fuori dal paese. Ci sono le corriere che partono dalla piazza del municipio e ti portano dov...»

«No, non hai capito. Io penso che forse dovrei farmi pagare per quello che vedo.»

«E come fai? Mica funziona così. Non è una cosa che puoi fare a comando.»

Onda scattò. Si tirò su come un pupazzo a molla. A Elsa sembrò una mossa preparata.

«Se tu mi insegni, sì. Insegnami a richiamarli. Sono venuti spesso in questi anni, anche se io non li ho mai chiamati. Vengono da me da quando ero bambina. Si fidano, mamma. Loro si fidano di me.»

«Ma non ho idea di come si fa, non posso insegnarti una cosa che non so.»

«Non è vero. Lo sai fare. La vecchia Clara sapeva farlo, e hai sempre detto che ti ha trasmesso tutto quello che sapeva.»

Elsa sentì un brivido gelido risalirle la schiena, drizzarle la peluria sottile alla base del collo e azzannarle la nuca.

Scosse la testa, un po' per scacciare quella sensazione di gelo, un po' per sottrarsi alle richieste di sua figlia.

«No, quello non me lo ha insegnato», mentì. «Ma se vuoi aiutarmi con la medicina, ti insegno tutto quello che so, tutto quello che mi ha insegnato Clara, e pure qualcosa che ho scoperto da sola. Quelle cose però non me le chiedere. Lascia dormire chi dorme, Onda. Lasciali dormire e non chiedermelo più.»

«Quindi non ne sei capace.»

«No.»

«Non ti credo, mamma. Lo sai fare, lo so che lo sai fare.»

Si alzò e uscì dalla cucina, lasciando Elsa da sola a fissare il vuoto oltre il tavolo, oltre la busta piena di soldi.

13

Nonostante le parole di Elsa fossero state inequivocabili, Onda non si arrese. Cominciò ad assillare sua madre. Passava giorni interi in chiesa a pregare, a votarsi a tutti quelli che erano vissuti prima di lei, poi se ne andava al cimitero del paese e rimaneva in preghiera davanti alla cappella dei Castello.

Pregava la vecchia Clara di intercedere per lei.

La gente di Roccachiara pensava fosse pazza, ancora più pazza di sua madre. Nei vicoli e nei negozi polverosi si sussurrava che l'eredità infetta di Elsa si fosse trasmessa a sua figlia in maniera del tutto incontrollata.

Onda era peggio di sua madre.

Ne parlavano tutti, e in ogni occasione. Riciclavano storie vecchie di anni, voci di paese completamente infondate. Benché la maggior parte delle persone si vantasse in pubblico di non credere a una sola parola sulle capacità delle due donne, nessuno si era mai azzardato a dir loro in faccia quello che pensava.

Onda conosceva benissimo il calibro della sua reputazione: una strega, la figlia del demonio, una iettatrice. Nel migliore dei casi una debole di mente o una cialtrona di prima categoria.

Onda lo sapeva bene, e non gliene fregava niente.

Credeva che se avesse imparato a richiamare la gente dall'altra parte, molte cose sarebbero cambiate. Se non potevano amarla, che cominciassero almeno ad averne timore.

E alla fine insistette talmente tanto che riuscì a convincere sua madre.

Elsa non ne poteva più di vedere sua figlia aggirarsi come una tigre in gabbia. La infastidiva quel modo che aveva lei di guardarla, dal basso verso l'alto, con un'espressione di amaro rimprovero negli occhi neri e la bocca sempre serrata e piegata verso il basso, come una maschera triste.

Onda giocava sporco, attuava piccole messinscene al solo

scopo di far sentire in colpa sua madre. Le ricordava di non aver mai conosciuto suo padre, di non aver mai avuto la possibilità di condurre una vita normale. Qualche volta arrivava persino a piangere. Lacrime capricciose le rigavano il viso arrossato, e iniziava a maledire sua madre che l'aveva messa al mondo non per amore ma per dispetto, per poter condividere le sue disgrazie con qualcuno che fosse ancora più disgraziato di lei.

Elsa alla fine cedette. Le insegnò quello che sapeva.

Non riusciva a negarle nulla, non ci sarebbe mai riuscita.

Onda pensava che le sarebbe stato facile. Si sentiva come un pianista o come un pittore. Sentiva di avere un talento. Un talento mostruoso, una cosa per cui tutti la evitavano quanto e più di come avevano fatto con sua madre, ma pur sempre talento.

Per questo credeva che sarebbe stato facile.

E invece era stato difficile.

C'era che quelli dall'altra parte non sempre tornavano. Che era difficile svegliarli e c'era il rischio di farli arrabbiare. C'era che spesso parlavano di cose incomprensibili, in lingue sconosciute, o non si ricordavano nulla.

Alcuni non sapevano nemmeno di essere morti.

Onda pensava che sarebbe stato facile e invece sembrava impossibile. E, soprattutto, più li chiamava più quelli non venivano.

Gli insegnamenti di sua madre erano difficili da afferrare e da mettere in pratica. Elsa parlava di digiuno e di preghiere, di ceri accesi di venerdì che dovevano bruciare fino alla notte del sabato senza mai spegnersi, parlava di ciocche di capelli e di terra consacrata, e Onda non riusciva a capire perché dovesse essere così complicato parlare con chi, di fatto, voleva mettersi in contatto con lei.

Ma alla fine ci riuscì.

Ci aveva perso il sonno e l'appetito, ma alla fine ce l'aveva fatta, e richiamare quelli dall'altra parte, *svegliarli*, era diventato prima semplice, poi naturale.

La voce – come tutte le voci di paese – impiegò pochissimo a spargersi, giunse nelle campagne, nelle località vicine e perfino in quelle che stavano dall'altra parte del lago.

Cominciarono ad arrivare i primi curiosi.

I più si tenevano alla larga. Si accontentavano di fermarsi sulla piazzetta a guardare la casa dove abitava la ragazza di cui tanto si parlava. Qualche volta capitava di vederla uscire dal portone, sempre sola, infagottata in una vestaglia a fiori e con uno scialle intorno alla testa. Nonostante si vestisse come una vecchia, sembrava più giovane dei suoi diciassette anni, questo dicevano. Ma erano solo sussurri alle sue spalle, avvicinarsi era fuori discussione.

Onda li sentiva bisbigliare e li ignorava.

Le parole dei vivi contavano poco, le attraversavano la testa come piccole schegge e proprio come le schegge facevano male, ma si dimenticavano subito.

C'erano anche quelli che la guardavano da lontano e l'additavano.

E c'erano quelli che trovavano il coraggio di interpellarla. Andavano con le facce contrite, come per chiederle qualcosa di spiacevole. Onda sorrideva, cercava di essere gentile e ospitale, sceglieva le parole giuste per non spaventarli.

Li faceva accomodare nel salotto di casa, chiudeva tutte le porte e tirava le tende. Preparava l'occorrente mentre parlava del tempo, del più e del meno, per distrarli. Molti rimanevano completamente indifferenti ai suoi goffi tentativi di conversazione. Sedevano dritti come spade e rimanevano immobili, con la fronte sudata, a seguire con gli occhi fuori dalle orbite tutti i movimenti di Onda.

Quando poi aveva inizio la seduta vera e propria, alcuni non reggevano lo stress di trovarsi nella stessa stanza con lo spirito di un defunto e una ragazzina di diciassette anni a fare da intermediaria. Si lanciavano fuori dalla porta, poi a rotta di collo giù dalle scale, e sparivano fuggendo per la via principale del paese.

Onda, affacciata alla finestra, osservava le loro corse sgraziate e piene di terrore e qualche volta le veniva da ridere.

Inutile spiegare a certa gente che i morti non potevano far niente di male, che il vero pericolo erano i vivi. Gli spiriti dall'altra parte a volte erano irritati e infastiditi, ma mai crudeli.

Quelli che assimilavano meglio il concetto trovavano il coraggio di rimanere fino alla fine, e non si lamentavano mai. La ringraziavano, la pagavano volentieri. Certo, continuavano a essere diffidenti e ad averne paura, ma le erano grati e soprattutto la rispettavano. Ed era quello che aveva sempre voluto.

Le piaceva quel mestiere strano, si sentiva orgogliosa di essere l'unica a poter vedere quello che agli altri era negato.

Era qualcosa per cui sentirsi speciale.

Qualcosa che prima o poi, come tutto, avrebbe presentato un conto.

14

Una mattina di inverno, Elsa e Onda sedevano nella cucina spoglia. Fuori aveva appena nevicato e il lago, intravisto dalla finestra, rifletteva il grigio ferro delle nuvole basse.

C'era silenzio, sia fuori, nelle strade di Roccachiara, sia dentro, in casa. Elsa era concentrata su un solitario con le carte e Onda se ne stava rannicchiata accanto al camino, con i piedi vicino alla brace, e sfogliava un vecchio album di foto e ritagli che aveva trovato in cantina e che era appartenuto a Clara.

C'era tutto quel silenzio ed era tutto così tranquillo che, quando suonarono alla porta, entrambe saltarono sulla sedia.

«Chi è adesso?» chiese Elsa a sua figlia. «Aspetti qualcuno?»

«No, nessuno. Vado a vedere.»

Onda si infilò le ciabatte e si avviò all'ingresso di casa. Elsa udì i suoi passi sulle scale e il rumore secco del chiavistello che veniva tirato un piano più sotto.

Poi di nuovo il silenzio.

Quando Onda aprì la porta, si trovò davanti un uomo che non aveva mai visto. Non era del paese e nemmeno delle terre vicine.

Era un signore sulla sessantina e, a giudicare da come si vestiva e dal modo in cui si tolse il cappello di fronte a Onda, non era un contadino.

«Salve, sto cercando la signorina Onda.»

«Sono io», rispose lei, sospettosa. Quell'uomo non era italiano e nemmeno tedesco. Aveva un accento strano, scivoloso.

«Ah, è lei. Mi perdoni il disturbo, signorina, al bar mi hanno indicato dove avrei potuto trovarla. Mi chiamo Guglielmo Martin. Ho affittato un casale dall'altra parte del lago.»

«A Terlizza?»

«Poco distante, sì. Veniamo dalla Francia. Sono lì con mia moglie, mio figlio e la sua famiglia... Ha letto il giornale ultimamente?»

Onda scosse la testa. Non le serviva leggere i giornali. Per sapere tutto quello che occorreva le bastava affacciarsi alla finestra. Nella piazza del belvedere c'era sempre qualcuno che, seduto sulle panchine sbreccate, raccontava ad altri le ultime novità, e lo faceva ad alta voce. Ma quell'uomo, il signor Martin, Onda non l'aveva mai sentito nominare.

L'uomo aprì il cappotto, tirò fuori un giornale ripiegato più volte e lo porse a Onda.

Era il quotidiano locale e in prima pagina c'era la notizia di una scomparsa.

Una bambina di quattro anni era sparita pochi giorni prima, durante una passeggiata in un bosco innevato vicino a Piana Rea, una località che si trovava quasi settanta chilometri più a sud rispetto alla conca del lago, un posto dove Onda non era mai stata.

La bambina, di cui c'era una foto sul giornale, aveva occhi e capelli scuri, e al momento della scomparsa portava un cappottino rosso. Si chiamava Leda Martin.

Onda restituì il quotidiano all'uomo che le stava davanti.

«È sua figlia, quella bambina?»

«Mia nipote, la figlia di mio figlio. Sono venuto da lei, Onda, perché è molto conosciuta nei paraggi. Mi hanno detto che forse può aiutarmi a ritrovare Leda.»

«Io non so cosa le abbiano detto in paese, signor Martin, né perché l'abbiano mandata da me. Io non cerco i vivi.»

L'uomo non si scompose, non diede segno di sorprendersi. Sapeva già chi, o meglio, che cos'era la ragazza che aveva di fronte.

«È proprio per questo che sono venuto da lei», le disse.

Onda si scostò per lasciarlo entrare.

La bambina c'era.

Onda l'aveva sentita arrivare, ancor prima di vederla. Aveva udito il suo respiro farsi vicino. Era sopraggiunta piano, sbucando dall'oscurità, con un ansimare denso, affannato. Forse, dall'altra parte, l'aria era più rarefatta, anche se i morti non respirano.

Onda l'aveva chiamata per nome e Leda si era avvicinata leggera, e solo allora Onda si era accorta che quel respiro era in realtà un pianto strozzato.

Poi l'aveva vista.

Il suo volto si era plasmato dal nulla e di colpo era diventato nitido, straordinariamente nitido, più della fotografia che la ritraeva sul giornale. Forse perché se n'era andata da poco.

Gli altri che Onda vedeva di solito non avevano quella chiarezza, le loro facce erano sempre leggermente fuori fuoco e non si componevano mai del tutto.

Leda Martin invece era perfetta. Piccola, piagnucolante, in tutto e per tutto una bambina reale. Solo che non era viva. Se era arrivata fino a lei, voleva dire che non era viva. E piangeva, ma senza piangere davvero, perché i morti non hanno lacrime.

Onda provò una mancanza dentro, una strana pressione tra lo sterno e la gola. Qualcosa che non aveva mai provato prima, per nessuno.

Era pena. Una pena immensa per quella bambina che sarebbe rimasta per sempre bambina, per sempre triste.

«Sono caduta», singhiozzò Leda. «Sono caduta, e non mi alzo più.»

«Dove sei? Dimmi dove sei che ti vengo a prendere. Ti porto via. Ti porto a dormire.»

«Non lo so. Non lo so dove sono. C'è la pietra. E la neve. Sono sotto la pietra, da lassù non mi vedono. Non mi posso alzare, signora. Non mi alzo più. Mi brucia la faccia. Mi brucia tanto. Non mi alzo più.»

Mentre Leda cantilenava cupa, Onda iniziò a vedere ciò che le stava attorno.

C'era un dirupo, una sporgenza di roccia, e un pino mezzo morto e carico di neve abbarbicato al ciglio del burrone.

Leda era lì.

Quando Guglielmo Martin vide Onda piangere a dirotto senza riuscire ad articolare una parola, si preoccupò così tanto che corse a chiamare Elsa.

Erano anni che non vedeva piangere sua figlia.

E quel pianto fu anche la prova definitiva per Guglielmo

Martin. Abbassò la testa, lasciò cadere le spalle. Anche se in fondo lo sapeva già, capire che era vero faceva ancora più male. Diventò vecchio di colpo.

«Le ha detto dov'è?» chiese a Onda quando si fu un po' calmata.

«Sì. Mi dispiace tanto. C'è un dirupo, e un pino sul ciglio... una roccia sporgente... Non glielo so spiegare, signor Martin. Non so spiegarglielo meglio. Mi lasci venire con lei e glielo indicherò.»

Guglielmo guardò Elsa che, immobile alle spalle di sua figlia, lo fissava muta e implorante. Capì la sua supplica.

«Non credo sia una buona idea, Onda.»

«Non la troverà senza di me. Non la troverà. Mi lasci venire con lei.»

«Onda, ti prego», intervenne Elsa, «ascolta questo signore. Non andare.»

Ma la ragazza fu irremovibile. Continuava a ripetere che doveva andare, che era indispensabile che lei andasse. E ogni volta che lo ripeteva, nuove lacrime le rigavano il viso.

Alla fine Guglielmo Martin si convinse a portarla con sé.

Elsa la vide sparire lungo la strada innevata insieme a quell'uomo disperato ma pieno di dignità e compostezza.

Si sedette accanto al camino, a pregare e ad aspettare.

Quando giunsero a Piana Rea aveva ripreso a nevicare. Guglielmo Martin procedeva lento su quelle strade strette. Onda, rannicchiata contro il finestrino, guardava i fiocchi leggeri che cadendo imbiancavano la strada. Le parole di quella bambina continuavano a girarle in testa.

«Siamo quasi arrivati», annunciò Guglielmo piano. «Ma dovremo aspettare che finisca di nevicare.»

Onda sbirciò il cielo.

«A breve smetterà.» Erano le prime parole uscite dalla sua bocca da più di un'ora.

Piana Rea era adagiato in una conca tra le montagne, diverso in tutto da Roccachiara.

Era una località turistica. C'erano bar come quelli che stavano in America e si vedevano alla tv, grandi alberghi e negozi di lusso con vetrine piene di luci. Fuori, sulle montagne tutt'intorno, c'erano anche diversi impianti sciistici per quelli che potevano permettersi le vacanze sulla neve.

Parcheggiarono l'auto poco lontano dalla piazza centrale. Onda scese cauta, guardandosi intorno. Non era abituata a tutta quella gente.

A Roccachiara non c'era mai tanto affollamento, e le persone che passeggiavano per le strade di Piana Rea erano profondamente diverse. Anche i vecchi si vestivano come quelli in televisione, quelli dei programmi che guardava sua madre. Nessuno portava vestaglie sdrucite e fazzoletti in testa, e le donne non avevano le calze cascanti ma pellicce lucide, borse troppo piccole per fare la spesa, scarpe eleganti.

Onda, con il fazzoletto a fiori legato sotto il mento e il cappotto nero passato di moda da almeno dieci anni, attirò gli sguardi di tutti.

Guglielmo la condusse per una strada laterale, meno affollata della piazza.

«C'è un poco da camminare, ce la fa? Dobbiamo uscire dal paese e arrivare al rifugio San Giacomo. È proprio sul limitare del bosco in cui Leda...» La voce gli si spezzò in gola e non riuscì a continuare.

«Non si preoccupi, signor Martin. Sono abituata a camminare.»

Si inoltrarono per i vicoli del paese, mentre la neve si diradava piano. Superarono tutte le case e i negozi, uscirono dal centro abitato e sotto quel cielo grigio, talmente basso che copriva anche le montagne vicine, raggiunsero il rifugio.

Guglielmo parlava e parlava. Le raccontava di sua nipote, della sua famiglia, della vita che faceva in Francia. Cercava di distrarsi dal terribile compito che lo stava aspettando.

Onda lo ascoltò appena, infilando dei mugugni vaghi nelle pause tra le sue frasi, giusto per dare l'impressione di essere attenta. In realtà non le importava niente. Sperava solo di sbagliarsi, sperava di non trovare la bambina.

O che almeno fosse ancora viva.

*

Il rifugio di cui aveva parlato Guglielmo Martin non era che una costruzione di legno sgangherata, con una sola stanza e una piccola veranda, il tetto fragile incurvato sotto il peso della neve. Si trovava all'imbocco di un sentiero largo e pianeggiante, che si snodava tra gli alberi.

Quando si avvicinò, Onda vide che c'erano delle persone ad aspettarli. Sedevano sulla veranda, intorno a un braciere acceso. Tenevano la porta del rifugio aperta, ma dentro non c'era nessuno.

Onda si chiese perché con quel freddo si ostinassero a rimanere fuori. In fondo, aveva appena smesso di nevicare.

Ma non fece commenti né domande, continuò a camminare un passo indietro al suo accompagnatore.

Man mano che avanzavano, distinse quattro uomini e una donna che, nel vederli arrivare, si alzarono in piedi.

Quando fu abbastanza vicina da distinguerne le facce, si rese conto che tutti avevano un'aria incuriosita e diffidente. Nessuno di loro la stava aspettando.

«Chi è la ragazza?» chiese uno degli uomini.

Guardandolo meglio Onda notò che la sua faccia era una copia perfetta – solo più giovane – di quella di Guglielmo.

«È la medium.»

Forse si stavano sbagliando, pensò Onda. Forse non stavano nemmeno parlando di lei. Lei non sapeva neanche cosa fosse una medium. Non aveva mai sentito quella parola.

«Onda», la chiamò Guglielmo, «questo è mio figlio Alcide. Loro sono i volontari che ci stanno aiutando nelle ricerche. E lei», concluse indicando l'unica donna del gruppo, «è Clio, mia nuora.»

Onda pensò che quelle presentazioni fossero superflue. Non le importava niente di chi fosse quella gente. Voleva soltanto risolvere al più presto la faccenda e tornare a casa. Lasciarsi tutto alle spalle. Dimenticare.

E poi non le piaceva come la guardavano, quasi di nascosto. C'era una specie di accusa nei loro occhi, qualcosa che aveva già visto in quelli dei suoi compaesani. Era diffidenza, forse anche paura. Onda lo vedeva da come si muovevano impacciati, cercando di non sfiorarla neanche per caso, da come facevano di tutto per evitare di incrociare il suo sguardo, che quelli non la volevano lì. E poi quella donna, Clio. Ogni volta che guardava Onda non poteva fare a meno di mettersi le mani sulla bocca ed emettere una sorta di guaito triste, rendendole tutto ancora più difficile.

Per questo fu un sollievo quando, poco dopo, il gruppo si mise in marcia. Onda si piazzò in testa alla fila insieme a uno dei volontari, uno che parlava e guardava poco, concentrato sul percorso.

Gli camminava accanto sul sentiero ghiacciato, nel silenzio di quel mezzogiorno carico di nuvole, ascoltando vagamente i discorsi degli uomini che marciavano alle sue spalle. Parlavano di zone già battute, di percorsi accidentati, delle probabilità di ritrovare viva la bambina.

Onda li ascoltava e guardava dritto davanti a sé, e quando il sentiero si biforcò prese la via di sinistra senza ragionare.

« Signorina, di lì non si passa. »

« Perché no? »

« Perché è una zona che abbiamo già battuto più volte. La bambina lì non c'è. »

Onda scrutò il sentiero che aveva scelto d'istinto. Era una striscia di fango ghiacciato in mezzo agli alberi spogli. Non aveva mai visto quel luogo. Non le diceva niente.

Eppure sentiva di dover andare da quella parte.

« Non è che non si passa. È che lì non l'avete trovata. È diverso. »

« Signorina, mi creda, abbiamo cercato dappertutto. »

« Ci credo. Ma io vi chiedo di cercare ancora una volta. »

Nessuno si mosse. Rimasero lì, fermi al bivio, a fissarla con un'espressione vacua negli occhi.

« Per favore », disse Onda provando a essere più gentile. « Io lo sento che è lì. Per favore. »

« Andiamo, Onda », disse infine Guglielmo. « Io vengo con lei. »

Si allontanarono dal bivio e imboccarono il sentiero proseguendo vicini, il braccio della ragazza contro quello del vecchio, spalla a spalla, senza voltarsi.

Agli occhi degli altri sembrava quasi che Onda sostenesse tutto il peso di quell'uomo e di ciò che aveva dovuto sopportare.

Dopo un po' anche il resto del gruppetto decise di seguirli.

Onda camminava lenta nelle sue scarpe pesanti. Percorreva quel sentiero che non cambiava mai, mormorava le sue preghiere e gli scongiuri che le aveva insegnato sua madre, aspettando di ritrovarsi davanti allo scenario che Leda le aveva mostrato.

Pensava di essere preparata, ma quando, dopo una brusca curva del sentiero, scorse il pino abbarbicato sul ciglio del burrone, fu assalita dalle vertigini.

«È lì», soffiò fuori in un sibilo. «La bambina. È lì sotto.»

«Non è possibile, Onda. Ci abbiamo già guardato in quella buca.»

Ma Onda non le sentì nemmeno, quelle parole. La sensazione che aveva nello stomaco era così forte da assordarla, accecarla, piegarla in due dal dolore.

«Vi dico che è lì!» ripeté, mentre i conati minacciavano di soffocarla. «È lì sotto. Io l'ho vista.»

Fece appena in tempo a dirlo che un fiotto gelido le risalì per la gola, e poi nel naso, arrivando fino agli occhi.

Vomitò sulla neve intatta, vomitò acqua, solo acqua gelida e amara.

Solo acqua di lago.

Quando trovò la forza di trascinarsi fino al ciglio del dirupo, si accorse che non era quello che cercava.

Nella sua visione c'era un burrone profondo, una spaccatura enorme nel terreno, quella invece era una buca, una forra ricoperta di neve, non più profonda di quattro o cinque metri.

«Visto, Onda?» le disse Guglielmo. La sua voce era gentile e sommessa, ma la stretta sul suo braccio era forte, quasi volesse allontanarla subito dalla forra. «Qui non c'è niente. Mi ha parlato di un burrone. Questa è solo una buca.»

«Certo che è una buca. Per noi è una buca. Quanto è alto lei, Guglielmo? Io un metro e sessanta, e lei? Per una bambina di quattro anni questa non è una buca. È un burrone. Siete già scesi a controllare lì sotto?»

«No. Non siamo mai scesi.»

«Bene. Possiamo scendere adesso?»

«Se non se la sente, può rimanere qui con Clio.»

Onda guardò la donna. Non poteva avere più di venticinque anni. Era in disparte, con le mani sprofondate nelle tasche della giacca e un'espressione confusa cucita sulla faccia pallida e smagrita. Gli altri intorno a lei si muovevano, preparandosi a scendere nella forra, lei invece stava con i piedi piantati in mezzo alla neve e li osservava con aria assente.

Onda sospettò che le avessero dato qualcosa per calmarla, qualcosa che forse su di lei aveva avuto un effetto troppo potente. Non sembrava calma, solo stordita. Completamente fuori dal mondo.

«Me la sento», disse Onda. Non voleva restare sola con quella donna dagli occhi opachi. «Scendo con voi.»

In qualche modo, non sarebbe più tornata.

La bambina era lì.

La trovarono rannicchiata in una cavità della roccia, un posto che dal ciglio della forra risultava invisibile.

Avvolta nel cappottino rosso, con il viso nascosto tra le braccia ormai rigide.

Era morta da giorni.

Dissero che era scivolata e caduta nella forra. Che, probabilmente ferita, si era riparata accucciandosi in quella nicchia minuscola, e lì era morta assiderata.

Onda rimase in silenzio. Sapeva che se avesse aperto bocca avrebbe urlato. Avrebbe urlato fino a scorticarsi la gola, fino a vomitare di nuovo, avrebbe urlato fino a perdere la testa.

Rimase in silenzio, non pianse nemmeno. Rimase in silenzio accanto alla pietra da dove quella bambina l'aveva chiamata.

Rimase in silenzio anche quando uno dei volontari, tirando via dalla nicchia il piccolo corpo congelato, le scoprì il viso.

La parte sinistra del suo faccino era nerastra e gonfia di lividi e tagli, piccoli buchi irregolari, tracce di morsi. Era stato un animale, forse una volpe, o forse un gatto selvatico, Onda non avrebbe saputo dirlo.

Quei morsi. Quei morsi profondi sulla guancia. Ecco perché le bruciava la faccia.

Piccola, minuscola, gelida. Con la faccia deturpata e le braccia rigide e le gambe, tutte e due, ripiegate in posizioni innaturali. Leda con la giacca rossa piena di strappi e graffi.

E Onda che dentro di sé respirava il vuoto.

E poi, l'urlo improvviso che scosse il bosco, l'urlo tagliente e disperato della madre.

Elsa lo sapeva, se l'era sentito.

L'aveva sempre saputo che parlare con quelli dall'altra parte ti sembrava un dono raro finché non vedevi davvero con chi stavi parlando.

Ma Onda era stata cieca e sorda, non aveva voluto capire che quei visi sfocati che le apparivano dal nulla erano reali. Avevano avuto una vita, avevano abitato un corpo.

Onda non aveva voluto darle retta. Per capire come stavano le cose, aveva dovuto andare fino a Piana Rea, alla ricerca del corpo martoriato di una bambina.

E questo, Elsa lo vedeva, l'aveva cambiata profondamente.

Onda era diventata così sottile da sembrare trasparente, di una magrezza eccessiva, da malata. Aveva smesso di mangiare, poi aveva iniziato a fumare. Di continuo, venti o trenta sigarette al giorno. A diciassette anni aveva la pelle grigia e la voce arrochita di un fumatore incallito. E ogni due parole tirava fuori un colpo di tosse profondo e cavernoso che sembrava rimbombarle dentro e la lasciava spesso senza fiato.

A volte se ne stava a letto tutto il giorno, con le tende tirate e le persiane chiuse. Non voleva parlare con nessuno. Per la maggior parte del tempo dormiva, ma qualche volta dalla cucina Elsa sentiva il suo respiro farsi agitato, quasi convulso. Era il suo modo di piangere.

Altre volte invece Onda spariva per un giorno intero. Usciva la mattina presto e ritornava a notte fonda, senza dare spiegazioni.

Qualcuno, giù in paese, diceva di averla incontrata da sola che vagava nel bosco, qualcun altro assicurava di averla vista gironzolare intorno alla radura del vecchio villaggio dei pescatori.

Elsa non commentava mai le scelte di sua figlia e, anche se era tanto preoccupata da non dormirci la notte, non lo dava mai a vedere. L'importante era che, comunque, rientrasse a casa ogni sera.

Non le importava del freddo e dell'orario, le bastava sentire il portone di casa che si apriva al piano di sotto e i passi leggeri di Onda che si arrampicavano sulle scale. Tutte le volte Elsa si svegliava dai suoi sonni agitati e si riaddormentava dopo pochi minuti, il tempo di sentire sua figlia che si muoveva nell'altra stanza. Quando Onda rincasava, Elsa si riaddormentava tranquilla fino al mattino.

Una notte però, come forse c'era da aspettarsi, Onda non tornò a casa.

Quando Elsa si svegliò, quella mattina, e vide il letto di Onda ancora intatto, ebbe la spiacevole sensazione di ritornare indietro nel tempo, a una mattina di agosto di molti anni prima.

Si accasciò sul letto vuoto di sua figlia, con la testa tra le mani. Lo sguardo le cadde sul grosso comò appoggiato alla parete, con i ritratti in bianco e nero schierati in bella mostra sul ripiano. Al centro, tra la vecchia Clara e sua cognata, il volto di Angelo era serio e sereno, uguale a quello di Onda.

«Perché lo hai fatto? Perché mi hai lasciato sola con lei?» sussurrò Elsa.

La foto, sbiadita e immobile, rimase al suo posto. Come unica risposta le arrivò il silenzio della neve che cadeva.

I morti con lei non volevano parlare.

Si vestì in fretta, mise il cappotto pesante e gli scarponi. Fuori nevicava da ore. Era l'ultima neve prima dell'arrivo della primavera. Faceva freddo, e chissà Onda dov'era.

Elsa era spaventata e preoccupata, ma sapeva che sua figlia era viva. Se fosse morta l'avrebbe sentito.

La cercò in chiesa, sotto al portico del municipio e al cimitero. Forse si era addormentata nella cappella dei Castello, accanto alla tomba di Clara. Entrò in alcuni negozi a chiedere se per caso l'avessero vista, ma nessuno seppe risponderle.

Le lanciavano occhiate oblique, sguardi stranamente tristi. Provavano pena per quella donna sola, madre di una figlia completamente folle.

Elsa non la voleva la loro compassione. L'avevano tenuta ai margini per tutta la vita, e adesso la loro umanità le risultava inaccettabile, un dono non richiesto e comunque poco gradito.

Senza chiedere più aiuto a nessuno, riattraversò tutta Roccachiara, arrivò sulla piazza del belvedere, scese le scale che portavano al lungolago e si inoltrò da sola nel bosco innevato.

I suoi stessi passi la condussero fino al vecchio villaggio dei pescatori.

Lo chiamavano ancora così, anche se ormai del vecchio villaggio, distrutto dalla piena di diciassette anni prima, non era rimasto niente.

Adesso, però, Elsa vide che sulla terra umida era spuntata come un fungo una piccola capanna fatta di legno e vecchie lamiere arrugginite, che sembrava stare in piedi per miracolo.

C'era anche una porta ritrovata chissà dove. Era una porta vecchia, con la serratura arrugginita e scheggiata. Elsa notò che dai cardini marci spuntavano pezzi di spago che la tenevano fissata alla baracca.

Chiunque avesse progettato quel tugurio non l'aveva costruito in un giorno solo.

Chiunque avesse deciso di tirarlo su si era organizzato per starci al meglio e il più a lungo possibile.

Nella radura distinse anche una sorta di steccato rudimentale, dei fili per stendere il bucato, una tinozza.

A un'occhiata distratta sarebbero potuti sembrare dei rifiuti, relitti restituiti dal lago.

Elsa invece riconobbe nella loro disposizione un ordine preciso, sintomo di una metodica ossessiva che conosceva bene.

Davanti alla baracca c'era una tettoia sbilenca, sorretta da quattro pali di legno e da alcune corde ammuffite. Sotto, un fuoco ardeva allegro mandando scoppiettii e scintille. Era l'unico elemento vivo in quel posto grigio di terra e nero di lago.

Elsa si avvicinò piano, anche se a prima vista l'intera radura sembrava deserta. Persino i canneti sull'acqua tacevano.

Sotto la tettoia il freddo era meno pungente. Afferrò la maniglia della porta, che si aprì con un lieve cigolio.

Dentro era buio, umido e caldo. Distinse un vecchio materasso chiazzato appoggiato su una branda e delle coperte. In un angolo, una sedia e lo scheletro di un tavolino basso, un bicchiere, un piatto sbreccato.

Tutto aveva un'aria misera e abbandonata.

«Mamma.»

C'era la voce di Onda fuori dalla baracca. Elsa si voltò. In piedi sull'uscio, con una catasta di legna tra le braccia, sua figlia la guardava interrogativa.

Come se fosse una cosa normale trovare la propria figlia diciassettenne in una capanna arrangiata sulla riva di un lago in pieno inverno.

«Che cosa vuol dire tutto questo, Onda? Spiegamelo, perché non lo capisco.»

Onda non rispose. Scansò sua madre, entrò nella baracca e prese l'unica sedia che c'era. La portò fuori, accanto al fuoco, e fece cenno a Elsa di sedersi.

Ma Elsa non aveva nessuna voglia di accomodarsi. Elsa voleva solo prendere a schiaffi sua figlia, darle tutti i ceffoni che non le aveva mai dato. Non l'aveva mai picchiata. Non le aveva mai proibito niente. E adesso scontava i risultati della sua accondiscendenza. Onda era diventata selvatica, scostante e ombrosa, praticamente ingestibile.

«Che ci vuoi fare con questa capanna?» le chiese.

Onda diventò tutta rossa, abbassò gli occhi e si accese una sigaretta con le mani che tremavano un po'.

«Da adesso in poi ci vivo dentro», disse, soffiando fuori le parole insieme al fumo.

«Tu devi essere impazzita. Hai la febbre, dici cose senza senso. Andiamo, Onda. Adesso torni a casa con me.»

La strattonò forte e Onda vacillò per un attimo, ma il momento dopo era già in piedi, si era slegata dalla stretta di sua madre ed era corsa a ripararsi dall'altra parte del fuoco.

«Mamma, io a casa non ci torno. Non ci voglio stare lì. Faccio brutti sogni.»

«È per la bambina, vero? È per quella bambina nel bosco di Piana Rea. È capitato pure a me di vedere cose orribili, cose che non dovrebbero neanche esistere. Sono stata male come te. Io lo so che vuol dire.»

«Non è la stessa cosa», disse con voce rotta. «Tu non l'hai vista.»

«Che cosa non ho visto?»

«La bambina. Leda. Tu non l'hai vista. Non capisci, mamma. Io non ce l'ho con te. Lo so che non puoi capire.»

Elsa avrebbe voluto dirle che, invece, lei quella bambina l'aveva vista. L'aveva vista negli occhi di sua figlia, nel suo corpo ridotto all'osso. L'aveva vista nel fumo delle sue sigarette e nelle sue assenze, e in ognuno di quei suoi lunghissimi silenzi. L'ombra di quel corpicino assiderato era rimasta incollata a sua figlia, l'aveva ricoperta tutta. E adesso Elsa non sapeva come strappargliela di dosso.

«Certo che non capisco, Onda. Tu non me lo spieghi! Come faccio a capirti se non mi dici mai niente?»

«E che cosa dovrei spiegarti? Non lo so nemmeno io. Tu non sei come me, non li vedi. È diverso quando non li puoi vedere. Io voglio stare qui, mamma. Per un po', mica per sempre. Però, ti prego, adesso lasciami qui.»

Elsa sospirò.

Oltre la tettoia, oltre il calore del fuoco, c'era la neve che si posava lenta, imbiancando l'erba gelata della radura.

Altra neve, più vecchia e ormai compatta, era ammucchiata a ridosso degli alberi.

Era un posto spoglio e inospitale, ma non invivibile.

Molti anni prima, altra gente era vissuta in quella radura, aveva acceso il fuoco e combattuto il gelo dell'inverno in capanne peggiori di quella.

Altra gente, tra cui anche il padre di sua figlia.

Ma questo Onda non poteva saperlo. Elsa non glielo aveva mai raccontato.

«Ma non avrai freddo lì dentro?» le chiese.

«No. Mi copro bene», rispose Onda stringendosi nelle spalle.

«Ma poi torni a casa?»

«Sì, mamma, non ti preoccupare. Te l'ho detto che torno.»

«Va bene. Pure stavolta, fai come ti pare. Però, per favore, se hai bisogno di qualcosa, di qualunque cosa, vieni a casa.»

Onda annuì più volte, con gli occhi spalancati. Un'espressione di immenso sollievo si allargò sulla sua faccia da bambina.

Fino all'ultimo aveva temuto che sua madre la costringesse con la forza a tornare a casa.

Ma Elsa non aveva né il carattere né la forza necessaria per costringere nessuno.

Voltò le spalle al lago. «Non prendere freddo, copriti bene», le raccomandò.

Attraversò la radura, ogni passo più pesante del precedente, la testa china e le braccia strette al petto, il senso di sconfitta a gravarle addosso.

Camminò piano, Elsa, zoppicò sui suoi passi aspettando di sentire la voce di sua figlia, il rumore di una corsa leggera alle sue spalle, le sue mani tirarla per la gonna come quando da bambina rimaneva indietro per la strada. Ma la terra rimase muta e immobile com'era sempre stata, la voce di Onda fu solo un'eco nei suoi pensieri.

Camminò piano, Elsa, anche quando capì che Onda non ci avrebbe ripensato, che sarebbe rimasta lì, in quella radura gelida.

Risalì il viottolo, riprese il sentiero e continuò a camminare.

16

Quello che Elsa aveva classificato come l'impeto di ribellione di un'adolescente non si era dimostrato tale.

Onda aveva sì diciassette anni, ma non erano gli stessi diciassette anni dei suoi coetanei. C'era qualcosa di diverso nel suo sguardo.

Elsa guardava le figlie degli altri, quelle che avevano più o meno l'età di Onda. Quelle che avrebbero potuto essere sue amiche e invece la evitavano. Era come mettere a paragone due specie diverse. Dove quelle ragazze erano allegre e vitali, Onda era chiusa e silenziosa. Nei loro occhi brillava qualcosa che negli occhi di sua figlia Elsa non aveva mai visto. Era malizia, era speranza, o chissà cos'altro. Qualunque cosa fosse, Onda non l'aveva.

Le ragazze di Roccachiara non erano ancora come quelle di città, ma poco ci mancava.

Indossavano vestiti alla moda, gli stessi che si vedevano in televisione. Andavano a comprarli in città. Portavano occhiali da sole e scarpe col tacco. Elsa le osservava dalla finestra, guardava come si muovevano e come ridevano, come accavallavano le gambe e come si mettevano il rossetto.

E pensava a sua figlia nella radura.

Erano ormai quattro mesi che Onda non tornava a casa. In paese si parlava ancora di lei, della ragazza del lago. La chiamavano così, nessuno usava mai il suo vero nome.

Onda viveva da sola nella radura, nella sua baracca di legno e lamiere regalate dalla risacca. Risaliva il sentiero solo per andare a comprare le sigarette, ne faceva scorta per settimane intere. Non avendo soldi non poteva permettersele, perciò chiedeva a Lucio, il figlio della tabaccaia, di segnare la spesa a nome di Elsa. Il ragazzo le assicurava che poi avrebbe provveduto, ma puntualmente se ne dimenticava.

Per il resto, Onda mangiava quello che le portava sua madre, lavava i suoi pochi vestiti nell'acqua del lago e continuava a non voler parlare con nessuno, tantomeno con quelli che stavano dall'altra parte.

Ogni volta che Elsa andava a trovarla, sua figlia le appariva sempre più distante e selvatica, e non poteva fare a meno di paragonarla alle ragazze che incontrava in paese, di confrontare le vestaglie di Onda con le loro gonne corte, i suoi capelli rovinati e stopposi con le loro pettinature copiate alle attrici della televisione, la loro allegria spensierata con la sua cupa rassegnazione. A confronto con le altre adolescenti, Onda sembrava una centenaria.

Ma anche così com'era, anche con tutti quei difetti e quel carattere impossibile, Elsa rivoleva sua figlia a casa, e avrebbe fatto di tutto per riportarcela.

E ogni volta che andava a trovarla le chiedeva sempre quando sarebbe tornata.

Onda rispondeva paziente che sarebbe tornata presto, ma lo diceva solo per farla stare zitta. Non aveva nessuna intenzione di tornare a vivere in quella casa. Nella radura si stava bene, soprattutto nei mesi caldi. Onda faceva lunghe passeggiate intorno al lago, leggeva e rileggeva i suoi quattro romanzi che ormai conosceva a memoria, andava a dormire a notte fonda e si alzava solo quando il sole sopra la radura arroventava le lamiere della sua baracca e la costringeva a svegliarsi per il gran caldo.

Stava bene lì. Non c'erano incubi e in quel posto nessuno andava mai a cercarla. Né i vivi, con i loro stupidi problemi e i loro malanni, e nemmeno quegli altri, che avevano smesso di andare da lei. Onda non vedeva più le loro facce sfocate e inafferrabili, e questo la faceva stare bene. Sapeva che prima o poi sarebbe risuccesso, ma per il momento andava bene così. Non le pesava quella solitudine.

Il vero problema era sua madre.

Elsa, che si presentava tutti i giorni a insistere per riaverla a casa.

Col passare dei mesi, Onda smise di rispondere a quella domanda. Si limitava a tacere oppure cercava di cambiare discorso.

Qualche volta, quando sentiva i passi di sua madre sul sentiero, correva a nascondersi nel bosco.

Elsa non si lamentava. Le lasciava i pasti vicino alla baracca, i piatti di coccio avvolti in uno spesso strato di carta per evitare che gli animali mangiassero quello che lei aveva cucinato. Se ne andava e non tornava per un paio di giorni.

Qualche volta, anche per lei era un sollievo non vederla.

17

In quell'estate, con l'arrivo del caldo, a Roccachiara giunse una novità. Se fino a quel momento i paesani non avevano parlato altro che di Onda e delle sue stranezze, adesso c'era qualcosa di più interessante di lei.

Era arrivato un forestiero.

Era stato visto più volte nelle campagne e nei boschi intorno al paese. Era molto giovane, portava sempre gli stessi vestiti e un grosso zaino sulle spalle. A chi l'aveva avvicinato, il ragazzo aveva detto in un italiano stentato di essere inglese, di trovarsi lì per esplorare le montagne e il lago.

Che cosa ci fosse di interessante da vedere nella conca di Roccachiara nessuno lo sapeva, ma stando alle chiacchiere, il vagabondo se ne andava in giro tutto il giorno per il bosco portando con sé un album da disegno sul quale si divertiva a schizzare gli scorci che trovava durante le sue camminate. A Roccachiara si diceva che fosse un giovane simpatico e innocuo, e alcuni contadini, quando scendeva la sera, lasciavano aperti i fienili per permettergli di passare la notte al coperto.

Elsa lo incontrò una mattina, mentre scendeva alla radura a trovare sua figlia.

Il ragazzo era seduto in riva al lago, appollaiato su un grosso masso a picco sull'acqua scura. In bilico sulle ginocchia teneva l'album da disegno di cui Elsa aveva sentito parlare.

Era giovane, molto più di come se lo era immaginato. Non aveva neanche vent'anni.

Aveva capelli arruffati, una faccia larga piena di lentiggini. Non appena si accorse di non essere solo si voltò verso Elsa. La sua pelle, spaccata dal troppo sole, si aprì in un sorriso allegro.

« Ciao signora. »

« Tu sei l'inglese. »

Il ragazzo annuì. Elsa si avvicinò, sbirciò l'album sulle sue ginocchia. Sul foglio, il lago completamente nero si incuneava tra le montagne.

Elsa pensò che era un disegno abbastanza brutto, ma forse era colpa del soggetto.
«È un bel quadro», disse invece, al ragazzo.
«Grazie», le sorrise quello di rimando.
«Non fare il bagno nel lago. Stai attento.»
«Lo so, signora. Pericoloso. Anche il bosco, pericoloso. Stai attenta», rispose lui indicando il sentiero che si perdeva tra la vegetazione. Elsa sorrise. Quei boschi erano la sua seconda casa.
Ed erano anche il rifugio di sua figlia, la nascondevano e la proteggevano da tutti. Anche da lei.
Tornò a guardare il ragazzo. Chissà se aveva già incontrato Onda, chissà se sapeva che a poca distanza da lì c'era la radura dove lei viveva.
Un fremito di preoccupazione le scosse le spalle, facendole tremare le mani. Scacciò i brutti pensieri scuotendo la testa. Il ragazzo sembrava davvero innocuo come dicevano in paese, ma in ogni caso Onda era in grado di badare a se stessa. Conosceva tutti i nascondigli nel bosco. Sapeva rendersi invisibile meglio di chiunque altro. Sapeva perfettamente dove i cacciatori posizionavano le loro trappole. Era in grado di schivarle tutte, ma poteva farci finire dentro qualcun altro, se inseguita. Onda ne sarebbe stata capace.
Per questo, un forestiero che si aggirava nei dintorni non rappresentava un problema per lei. Ma, comunque, era meglio non rischiare.
«Cercherò di non perdermi», disse Elsa, stringendosi nelle spalle. Salutò con un cenno il ragazzo sul masso, e proseguì dritta per il sentiero, ignorando la biforcazione nascosta che conduceva alla radura, alla capanna e a sua figlia.

Elsa era convinta che non avrebbe mai più visto il ragazzo inglese, ma si sbagliava.
Il giovane si teneva lontano dall'abitato, ma rimaneva sul lungolago, ed Elsa lo incontrava spesso durante le sue camminate nel bosco.
Lo trovava intento a disegnare, oppure che dormiva all'ombra di un albero. Sembrava che non avesse nessuna intenzione di andarsene. Elsa sapeva che se ancora non era successo, prima

o poi lui e Onda si sarebbero incontrati. Ogni volta che pensava a quella eventualità qualcosa le si torceva nello stomaco.

Accadde molto presto.

Era il tramonto di una giornata stranamente molto calda. Per tutto il giorno l'afa aveva costretto i paesani a stare chiusi in casa, tenendo le persiane sbarrate per non far entrare i raggi cocenti del sole. Ma non appena era arrivata la sera, le persone erano tornate a farsi vedere in giro per le strade e affacciate alle finestre. Anche Elsa, come gli altri, si godeva il fresco appoggiata al davanzale.

Fu proprio in quel momento, quando sulla piazza del belvedere c'erano tutti, che Onda comparve dal sentiero.

Non era sola, con lei c'era il ragazzo. Era pallido, la faccia di solito allegra tirata in una smorfia di dolore. Zoppicava vistosamente e teneva un braccio intorno alle spalle di Onda, che, nonostante fosse la metà di lui, lo sorreggeva senza sforzo.

Ognuno dei presenti si voltò a guardarli e sul belvedere calò il silenzio. Onda ignorò tutti. A testa bassa, attraversò la piazza trascinandosi dietro l'inglese. Arrivò fino al portone di casa, lo aprì con una spallata e scomparve nella penombra insieme al suo accompagnatore.

«Che cosa è successo?» gridò Elsa dalla cima delle scale.

Il giovane era seduto sul primo gradino. Le voltava le spalle e piegato in avanti si teneva la gamba destra, lamentandosi in una lingua sconosciuta.

In ginocchio di fronte a lui, Onda riduceva a brandelli il tessuto dei suoi pantaloni. Ne strappava via interi pezzi, con mani rabbiose.

«Lo devi aiutare, mamma.»

«Che cos'ha?»

Onda alzò entrambe le mani. Anche nell'oscurità delle scale, Elsa vide che la pelle di Onda era imbrattata di sangue fino ai gomiti.

«Muore dissanguato se non lo aiuti.»

Con un balzo raggiunse sua figlia, la costrinse a farsi da parte.

Una lunga ferita frastagliata attraversava la gamba del ragazzo. Il sangue scuro ne usciva a fiotti regolari.

« È meno grave di quel che sembra, Onda », disse. « Portami l'erba di san Lorenzo. Gli arresterà l'emorragia. »

La ragazza scattò in piedi, scavalcando i gradini a due a due.

« Onda! Aspetta! » la richiamò Elsa.

« Cosa c'è? »

« Che ti ha fatto? »

Onda inclinò la testa, guardando sua madre con viva curiosità.

« Che vuol dire? »

« Ti ha fatto qualcosa? »

« No! Non mi ha fatto niente! È caduto su una tagliola aperta. L'ho trovato io. Non voleva aggredirmi, se è questo che pensi. Anche perché se avesse voluto farlo, l'avrei lasciato lì a morire. »

Elsa annuì, rassicurata. Onda diceva sempre la verità. « Sbrigati », le disse, « ci sta sporcando tutto il pavimento. »

Elsa aveva ragione.

La ferita sulla gamba del ragazzo non era così grave come era sembrata a Onda. Non appena applicò l'impacco, il sangue smise di scorrere. Elsa pulì e disinfettò la ferita e la fasciò. Dopo un'ora, il ragazzo fu di nuovo in grado di reggersi in piedi.

Onda lo aiutò ad alzarsi, lo prese sottobraccio.

« Grazie », disse poi rivolta alla madre.

« Dove vai adesso? »

« Lo accompagno alla chiesa. Il prete dice che può dormire lì. »

« E proprio tu devi portarcelo? »

« E chi, se no? »

« Se ti fa qualcosa... »

« Piantala, mamma. Si regge a malapena in piedi, non lo vedi? »

Elsa non rispose. Lanciò uno sguardo carico di avvertimento a quel ragazzo stanco e confuso appeso al collo di sua figlia. Di certo non capiva la lingua, ma le occhiate erano un linguaggio universale e chiarissimo.

Onda scosse la testa, spazientita.

« Ciao, mamma. Ci vediamo uno di questi giorni. »

« Non torni, dopo? »

«Vado a casa.»

«È questa, casa.»

«Ne abbiamo già parlato. Questa è casa tua. Casa mia è quella sul lago. Fattene una ragione.»

Nuovamente sconfitta, Elsa decise di non insistere. Si accontentò di fissare la schiena di sua figlia allontanarsi per la via, chiedendosi quando l'avrebbe rivista.

Certe volte Onda esagerava.

Era passato più di un mese dall'incidente del turista, e il ragazzo non si era più visto in giro. Elsa venne a sapere che se n'era andato una settimana dopo il loro incontro, e che per tutto quel tempo era stata Onda a prendersi cura di lui. Avrebbe voluto chiedere i dettagli della faccenda a sua figlia, ma non c'era modo di trovarla. Sapeva che si nascondeva. Per stare bene, stava bene, ogni volta che scendeva nella radura Elsa trovava i suoi panni stesi ad asciugare. Spesso, nella fretta di andarsene, Onda lasciava persino la porta della baracca aperta. Per la prima settimana Elsa aveva lasciato correre quell'assenza, ma poi aveva cominciato a cercarla, a chiamarla per la boscaglia.

Le rispondevano solo il silenzio e il cinguettare degli uccelli.

Sua figlia non voleva farsi trovare, ma fu soltanto in pieno agosto che Elsa ne capì il motivo.

C'era stato un temporale, nel pomeriggio, e l'aria notturna era afosa e satura di umidità. Elsa dormiva di un sonno leggero e agitato. Sognava il lago.

Nel suo sogno vide la radura dove abitava sua figlia, ma c'era qualcosa di diverso.

La baracca sbilenca che Onda aveva costruito era spostata sulla sponda del lago, tanto che le sue acque scure ne lambivano le pareti. Anche il lago non era lo stesso: il suo livello saliva a vista d'occhio, invadeva le rive e la capanna, le bagnava le gambe e continuava a salire, fino a occupare tutta la radura. E quando il livello dell'acqua si innalzò fino a giungerle alle spalle, la porta della baracca si aprì, ma di poco, appena uno spiraglio.

E dentro, nell'oscurità di quello spazio angusto, c'era Angelo.

La faccia di suo marito era come se la ricordava, come era nella foto al cimitero. Erano passati diciotto anni, ma lui ne aveva ancora venticinque, e aveva lo stesso sguardo di Onda. Più che assomigliarsi, in quel buio sembravano uguali.

«Che non lo faccia», le disse piano, sussurrando attraverso lo spiraglio. «Che non lo faccia, Elsa. Non lasciarglielo fare.»

«Angelo? Angelo, sei tu? Che cosa succede? Che cos'è tutta quest'acqua?»

Ma Angelo non c'era già più. Al suo posto era apparsa la faccia di sua figlia, i capelli bagnati appiccicati alla testa. Stava immobile a occhi chiusi.

Sembrava morta, molto più morta di suo padre.

Elsa si svegliò di soprassalto, col cuore sul punto di esploderle nel petto.

C'era qualcuno in casa sua. Sentiva dei rumori leggeri provenire da qualche parte dell'appartamento.

Pensò che fosse un ladro, ma la luce della cucina era accesa e di solito i ladri non accendono le luci per rubare.

Elsa percorse piano quei pochi metri che la separavano dalla cucina, una mano sul petto e l'altra premuta sulla bocca per non fare rumore, neanche con il respiro.

La prima cosa che vide quando aprì la porta fu il pensile delle erbe spalancato.

La seconda fu Onda.

Il sollievo di vederla si tramutò subito in ansia. Aveva la faccia scarna, era sporca e arruffata. I capelli un tempo biondi erano incrostati di fango. Puzzava di pioggia e sudore, e di qualcos'altro, un odore più acre e sottile che Elsa non riusciva a identificare.

Stava lì, un po' curva nel suo vestito estivo che mal si adattava ai suoi scarponi, e trafficava con alcuni barattoli presi dallo stipetto.

Elsa li conosceva bene quei barattoli, li riconobbe immediatamente. Dopo anni di pratica era in grado di preparare tutti i suoi intrugli a memoria, e sapeva perfettamente a cosa servivano gli ingredienti che sua figlia aveva radunato sul tavolo. Le radici di ruta, il coriandolo e il mirto. La segale cornuta.

«Onda.»

«Eh, mamma», rispose sua figlia, rassegnata. Si era accorta che la madre la stava osservando, ma non aveva alzato gli occhi.

«Che ci devi fare con quella roba? Chi te l'ha chiesta?»

«Nessuno. Non te lo posso dire, è un segreto. Torna a dormire. Me ne vado subito.»

La faccia di Onda era inespressiva, pallida e smorta, una maschera di gesso. Elsa attraversò la cucina, l'agguantò per le spalle e la scrollò con violenza. Era fragile e leggera.

«No, tu non te ne vai. Non te ne vai finché non mi dici chi ti ha chiesto la miscela. Chi è che deve abortire?»

Onda si allontanò di qualche passo, appoggiandosi al pianale della cucina, la faccia contratta in una smorfia nauseata. Abbassò gli occhi sul pavimento, sulle sue scarpe consumate e pesanti, scarpe invernali, ridicole per quella stagione.

Poi tornò a guardare sua madre. Raccolse tutto il suo coraggio.

«Io. Sono io che devo abortire.»

E scoppiò in un pianto violento.

Quando sua figlia le disse di essere incinta, a diciotto anni appena compiuti e senza essere sposata, Elsa non ebbe nemmeno la forza di arrabbiarsi. Si accontentò di fissarla che piangeva isterica dall'altra parte della cucina. Nella sua testa si agitavano ancora i residui del sogno appena fatto, la faccia di Onda immobile e bianca, quella di suo padre seria e nascosta dall'ombra. Quello che le aveva detto.

Onda si dondolava avanti e indietro con le mani nei capelli. Piangeva disperata, sembrava che non potesse più fermarsi.

Disse che era stato proprio lui, l'inglese. Che era successo prima che si ferisse. Si erano incontrati alla radura e lui era stato gentile e Onda non aveva mai conosciuto nessuno che fosse stato gentile con lei. Erano rimasti insieme nel bosco ma poi lui si era fatto male e lei aveva dovuto riportarlo in paese.

Non appena era guarito se ne era andato senza avvertirla, probabilmente non era più in Italia da un pezzo e Onda proprio non sapeva come rintracciarlo.

In realtà, poi, neanche le interessava.

«Io non lo voglio questo bambino», disse tra i singhiozzi. «Me lo devo levare, perché non lo voglio.»

Elsa si avvicinò al tavolo, lo superò e raggiunse sua figlia. Da così vicino il suo odore era insopportabile, ma non disse niente. Le accarezzò i capelli aggrovigliati, sporchi di fango e pieni di fogliame.

«Non ti preoccupare, Onda. Non ti preoccupare. Ci sono io. C'è la tua mamma qui. Adesso tu torni a casa e in qualche modo facciamo. In qualche modo, una soluzione si trova.»

Onda tirò su col naso, si asciugò la faccia con le mani luride. Le sue unghie erano spezzate e sporche di terra.

Ancora ignorava che tipo di soluzione avesse in mente sua madre.

*

Onda fece come Elsa le aveva detto, lasciò la capanna sul lago per tornare a casa. A fine settembre i sintomi della gravidanza c'erano tutti. Onda aveva perso il suo aspetto scarno e selvatico. Nonostante vomitasse tutto il giorno, i suoi fianchi erano più larghi di prima e già la pancia si intravedeva sotto i vestiti.

Ogni mattina, appena si svegliava chiedeva a sua madre quando le avrebbe permesso di cancellare l'errore, di sbarazzarsi di quella cosa indesiderata che le cresceva dentro.

Elsa non rispondeva, le chiedeva di pensarci bene, di prendersi del tempo.

E così, la pazienza di Onda ci aveva messo poco a esaurirsi.

Una mattina, Elsa trovò sua figlia che l'aspettava appoggiata al bordo del tavolo in cucina. Era l'alba e una luce smorta filtrava attraverso le tende. Onda, l'espressione imbronciata, teneva le braccia incrociate sul petto. L'aria era già piena dell'odore nauseante delle sue sigarette.

Aveva passato la notte in bianco.

«Lo facciamo oggi», disse, vedendo sua madre entrare.

«Che cosa facciamo oggi?»

Con un cenno della testa Onda indicò il pensile delle erbe, chiuso a chiave. Da quando era tornata a casa, Elsa teneva la chiave dello scaffale appesa al collo, e non le permetteva di toccarlo.

«Quello che dovevamo fare più di un mese fa. Mi hai detto di aspettare e io ho aspettato. Adesso sono stanca, non ce la faccio più. Levamelo, per favore.»

Elsa abbassò gli occhi sulla pancia di sua figlia. La sua vecchia camicia da notte le andava già stretta, si tendeva sui fianchi e sulla pancia, sembrava sul punto di strapparsi da un momento all'altro.

«Ti servirà un'altra camicia da notte», disse. «Questa che hai, presto non ti entrerà più.»

«Non mi serve un'altra camicia da notte, non ci faccio niente. Tra qualche giorno tornerò normale, e questa mi starà di nuovo bene.»

«Onda, è tardi. È passato troppo tempo. Non posso darti niente, è troppo pericoloso.»

«Che vuol dire, che è tardi? Me l'avevi promesso! Avevi detto che l'avresti fatto! Non può essere tardi, non può! Trova un altro modo, mamma. Anche con i ferri, con qualunque cosa, ma trova un modo. Io non lo voglio questo bambino, mi fa schifo, lo odio, non lo voglio! Mi rovinerà la vita, te ne rendi conto?»

Lo sguardo di Onda era un pozzo buio, un fondo di disperazione. Aveva gli occhi di un animale in trappola. All'improvviso Elsa si sentì in colpa. Il peso di quello che aveva fatto le si schiantò addosso, insieme allo sguardo nero di sua figlia.

Onda teneva le mani sul ventre, le dita contratte affondate nella carne. Elsa raccolse quelle mani, le strinse tra le sue.

«Mi devi ascoltare», disse.

«Se non lo fai tu, lo farò io. Lo farò a modo mio. Mi ucciderò. Mi butterò nel lago. Qualcosa farò, non ho nessuna intenzione di...»

«Onda. Ascoltami», la interruppe Elsa.

«Non voglio ascoltarti. Odio questa cosa che mi cresce dentro. Questo... questo mostro. E odio anche te.»

«La notte in cui sei tornata, ho fatto un sogno. C'era tuo padre. Era come l'ultima volta che l'ho visto, era ancora giovane. Tu non lo sai, figlia mia. Non lo sai che vuol dire. Tu ce l'hai dentro tuo padre, in ogni passo che fai. In tutte le tue espressioni, in tutte le ossa che hai nel corpo. Sei l'unica cosa che mi è rimasta, Onda. Quando ti guardo io so che lui è esistito. Perché mi ha lasciato te. E ora anche tu avrai qualcuno. Sarà quello che ti rimarrà, quello che porterai per sempre, anche quando io non ci sarò più. Anche allora, ci sarà tuo figlio a ricordarti chi sei.»

Gli occhi di Elsa erano asciutti, la voce ferma. Onda guardò a lungo il volto di sua madre, quel viso che non le assomigliava affatto.

Strinse le labbra, ricacciò indietro il pianto che le bruciava in gola. Abbassò gli occhi su quella sua pancia già gonfia e rimase in silenzio.

Non c'era nulla da dire.

Elsa riuscì a convincere Onda a tenersi quel bambino figlio di nessuno, e tanti saluti alle chiacchiere di paese. Era una vita che gli abitanti di Roccachiara parlavano di loro, dargli in pasto un altro motivo di maldicenza non avrebbe fatto grande differenza.

Onda, però, quella volta rifiutò di esporsi ai pettegolezzi. Si chiuse in casa.

Non lasciava entrare nessuno, non voleva essere vista. C'era quella pancia che diventava ogni giorno più ingombrante e lei faceva di tutto per nasconderla.

Da quando la pancia aveva cominciato a crescere non scendeva nemmeno più a comprare le sigarette, mandava Elsa al suo posto.

Era incinta di otto mesi e fumava tutto il giorno, ininterrottamente. Non aveva nient'altro da fare.

Quando Elsa le diceva di smettere, di buttare via quelle sigarette che avrebbero fatto male anche a suo figlio, Onda si stringeva nelle spalle.

«Se muore è meglio», diceva, «tanto io non lo voglio.»

Elsa non le rispondeva, un po' perché a quelle parole le veniva da piangere, un po' perché sapeva che non appena Onda avesse visto il bambino avrebbe cambiato idea.

Era una cosa naturale.

A Roccachiara la gente diceva che Onda aveva qualche malattia contagiosa, o che nascondeva qualcosa, e non avevano tutti i torti.

Onda nascondeva davvero qualcosa. Lo nascondeva agli occhi di tutti, ma sapeva che presto sarebbe venuto fuori comunque.

Quel qualcosa ero io.

Oggi

Sono le otto del mattino e il sole ancora non si vede. Dopo la pioggia che mi ha accolto all'arrivo, adesso è il momento della nebbia. Fuori dalla finestra della cucina, il lago è sparito, inghiottito da una fitta coltre bianca.

So che quando si alza questa nebbia, nel bosco non si vede a un palmo dal naso.

Ci si è persa tanta gente in questo posto. Di solito turisti, di alcuni hanno parlato anche al telegiornale. Li hanno sempre ritrovati vivi, per fortuna. Infreddoliti, spaventati, ma vivi. Gente che si era avventurata lo stesso, anche se non conosceva il posto e non sapeva che, a partire dalla vecchia radura dei pescatori, dove una volta c'era la capanna di Onda e adesso hanno aperto il chiosco dei gelati, il sentiero si riduceva a una striscia fangosa e quasi invisibile, e perdersi era facilissimo. E infatti si sono persi, ma sono stati ritrovati, tutti.

Questi boschi, una volta selvaggi e inospitali, si sono lasciati addomesticare, hanno iniziato a perdonare. Non si muore più, non ti uccidono.

Ti lasciano vivere, ti risputano fuori.

Ma c'è chi ci è rimasto dentro, chi ha aspettato dieci anni prima di tornare.

Onda è seduta al tavolo della cucina, fuma e guarda nel vuoto. Non parliamo da quasi mezz'ora, non abbiamo niente da dirci. Mi sono stufata di quella sua immobilità. Mi alzo dalla sedia su cui sono seduta, attraverso la cucina, mi infilo nel corridoio.

«Dove vai?» Onda si alza, mi corre dietro.

Il corridoio non è così lungo, in un attimo sono davanti alla porta che cercavo. Abbasso la maniglia, la apro.

All'improvviso mi sembra di tornare indietro di dieci anni.

C'è ancora la stessa stanza, proprio come l'avevo lasciata. Come se fossi andata via ieri.

Il letto matrimoniale dove dormivamo io e mia nonna. Le statue dei santi sul cassettone di legno scuro, il copriletto ricamato, irrigidito dal tempo e dall'usura. Tutto è coperto da un sottile strato di polvere.

E poi ci sono le foto.

Clara Castello, mio nonno Angelo, Elsa. Ritratti pallidi in bianco e nero, volti senza tempo. La foto di un matrimonio celebrato quasi cinquant'anni fa. Un'altra cornice più discosta dalle altre e dentro c'è la mia faccia a colori. Ho tredici anni, sorrido con gli occhi strizzati per il troppo sole.

E poi per ultima una foto che non c'entra niente, che non c'era prima. È incastrata nella cornice dello specchio, un ritaglio di giornale ingiallito.

La faccia seria e bellissima di Luce a diciotto anni, l'espressione grave della foto sui documenti. La stessa foto che c'era sui volantini che ne denunciavano la scomparsa.

Luce mi guarda e non sorride.

«Non dormi qui dentro?» chiedo a mia madre, appoggiata allo stipite della porta.

«No, preferisco la stanza piccola. Questa è troppo fredda per me.»

È una bugia. Onda non soffre il freddo, ha vissuto per anni in una baracca su un lago, ha sopportato inverni gelidi e temperature impossibili. È che non ce la fa a stare lì dentro.

Non sopporta i nostri sguardi puntati addosso. Ognuno di quegli sguardi la accusa per qualcosa.

«Vengono ancora?»

«Chi?»

«Chi secondo te? Quelli dall'altra parte. I morti.»

«Qualche volta, sì. Ma non è più come prima.»

«E come campi? Dove trovi i soldi per vivere?»

«Faccio il mestiere che faceva tua nonna... e comunque, non sono certo cazzi tuoi. Come ti mantieni tu, invece?»

Le risponderei volentieri nello stesso modo in cui mi ha risposto lei. Le direi secca di farsi i cazzi suoi. Ma io non sono come mia madre. Mi stringo nelle spalle.

«Lavoro. Faccio la segretaria in una scuola elementare. Vivo al Sud, lo sapevi?»

«No, come potrei? Non so niente di te da dieci anni. Prima di oggi non avevo idea di che fine avessi fatto.»

«Avrei potuto anche essere morta, non lo avresti mai saputo.»

«Certo che lo avrei saputo. Saresti tornata a casa, saresti venuta a dirmelo.»

«Non verrei mai.»

«Lo pensi adesso che sei viva. I morti hanno pensieri che sembrano assurdi. Non ragionano come noi.»

«C'è qualcuno che, però, da te non è mai venuto.»

«In qualche modo, da lei me lo aspettavo.»

Non rispondo. Il silenzio di quella stanza ci cala addosso, pesante e irrespirabile. I nostri occhi si posano sulla stessa foto.

Ed entrambe sappiamo perché.

FORTUNA

*Nell'acqua nera
alberi sdraiati,
margherite
e papaveri.*

FEDERICO GARCÍA LORCA

Sono nata in una famiglia strana, una famiglia fatta di sole donne.
 Sono nata per volere di mia nonna Elsa, che si oppose con tutte le sue forze a mia madre. Onda aveva solo diciotto anni e avrebbe tanto voluto togliermi di mezzo.

Venni al mondo una notte di marzo dopo sedici ore di travaglio. Mia nonna chiamò una levatrice, una che operava dall'altra parte della valle, che con Roccachiara non c'entrava niente, che in paese non conosceva nessuno e che non avrebbe messo in giro inutili chiacchiere.
 Nonostante Onda non fosse d'accordo sulla presenza di quella donna, sostenendo di poter tranquillamente fare da sé, Elsa non sentì ragioni. Non voleva che sua figlia partorisse da sola, come era capitato a lei.
 La presenza della levatrice si rivelò indispensabile perché, nonostante Onda spingesse e spingesse, urlando di rabbia e dolore quasi fino a sgolarsi, io non volevo uscire. Ero lì incastrata, e più mia madre spingeva, più io sembravo nascondermi, rendendo tutto più difficile.
 Riuscirono a tirarmi fuori alle tre del mattino, quasi soffocata, con la pelle grigiastra per la congestione e per le troppe sigarette di mia madre, e con un ciuffo di capelli rossi, unica eredità di quel padre inglese che nessuno aveva mai più rivisto.
 Una femmina, un'altra.
 Mi chiamarono Fortuna.
 Era un nome strano anche in quegli anni, ma Elsa decise così. Le sembrò un nome appropriato, un nome che forse mi avrebbe portato bene.
 E io, nata in una famiglia del genere, di fortuna ne avevo un disperato bisogno.

*

Dei miei primi anni conservo ricordi sfocati. Era mia nonna a prendersi cura di me. Mia madre se ne stava sempre in giro nel bosco, e quando non vagabondava per la conca del lago era chiusa nella sua cameretta e non lasciava entrare nessuno.

Nemmeno me. Ogni volta che la cercavo mi rispondeva svogliata dall'altra parte della porta, mi diceva di andare dalla nonna, di lasciarla in pace che aveva il mal di testa. Quando faceva così, Elsa veniva a prendermi e mi allontanava dalla porta: «Non disturbare tua madre, Fortuna. Su, dai, vieni con me».

Di solito, quando Onda aveva i suoi brutti momenti – che erano di gran lunga più frequenti dei suoi momenti buoni – io e mia nonna uscivamo di casa, la lasciavamo sola, sperando che le passasse presto.

Ma c'erano giorni in cui gli sbalzi d'umore di mia madre prendevano il sopravvento sulla sua capacità di ragionare, e allora cominciava a gridare, a prendersela con tutto quello che le capitava a tiro. Diceva cose cattivissime, cose che mia nonna non voleva che io sentissi. Allora Elsa mi trascinava fuori, lasciando che mia madre sfogasse i suoi umori sui mobili e sulle mura, piuttosto che su noi due.

In realtà, fuggire da casa insieme a mia nonna non mi dispiaceva affatto.

Scendevamo lungo il sentiero, verso il bosco e il lungolago. Elsa camminava piano per darmi il tempo di starle dietro, spesso si fermava a raccogliere piante. Le tirava su con tutte le radici e le riponeva nella tasca del grembiule. Mi spiegava che c'erano piante che facevano bene e piante velenose, che ti facevano venire il mal di pancia, e altre che addirittura ti facevano morire. Quelle che facevano bene, di solito portavano i nomi dei santi: l'erba di san Lorenzo, l'erba di san Giovanni, la barba di san Cristoforo. Le piante velenose invece avevano nomi difficili da ricordare, come mercuriale, aconito o stramonio.

Io non capivo come si potesse distinguerle, mi sembravano tutte uguali, tutte verdi con le radici sottili e sporche di terra. Mia nonna invece le conosceva una per una e le chiamava per nome, come se fossero sue amiche. Forse in qualche modo lo erano davvero.

Verso sera tornavamo a casa, e quasi sempre trovavamo mia

madre che dormiva, qualche volta sul divano del soggiorno, qualche volta addirittura con la testa appoggiata sul tavolo della cucina.

«Non la svegliare», mi raccomandava Elsa. «Non svegliarla che poi si arrabbia di nuovo.»

Ma tanto, anche a cercare di svegliarla, non ci sarei riuscita. Neanche saltandole addosso, neanche a gridarle nelle orecchie.

Mia madre si preparava delle miscele che la facevano dormire come un sasso, qualche volta anche per un giorno intero. Da quei sonni lunghissimi si risvegliava intontita. Ci guardava con due occhi vuoti e opachi, senza vederci davvero.

A volte la osservavo mentre dormiva e mi sembrava vecchia, molto più vecchia e sfatta di mia nonna. Non riuscivo a credere che, tra le due, fosse Onda la più giovane.

«Nonna, ma quanti anni ha la mamma?» le chiesi un giorno che l'avevamo trovata riversa sul divano. Russava forte, con la bocca aperta e una gamba che era scivolata giù, allungandosi sul pavimento.

«Ventidue.»

«E tu quanti ne hai?»

«Io ne ho quarantatré.»

«E sei la più grande?»

«Sì, Fortuna. Io sono la più grande, poi c'è la mamma, e poi ci sei tu.»

Guardai mia madre, che dormiva della grossa, un braccio ripiegato sotto di sé, l'altro che pendeva oltre il bracciolo. Ero sicurissima che stesse dormendo, perciò le presi una mano. Era fredda e inerte, ma mi andava bene lo stesso. Mia madre non mi permetteva mai di toccarla quando era sveglia, perciò approfittavo di quando dormiva per farlo senza essere respinta.

«Nonna, lei sembra più vecchia di te.»

Elsa, che fino a quel momento era stata ferma a guardarmi, si girò dall'altra parte tirando su col naso.

«Lo sai, bambina mia, che la tua mamma è molto malata», disse sottovoce.

«Le puoi dare le tue medicine.»

«Le mie medicine non la possono guarire.»

« E allora, che cosa possiamo darle per farla guarire? »

Mia nonna non mi guardava più. Era china sul camino a cercare di accendere il fuoco, anche se era luglio e fuori faceva caldo. Non mi rispose.

Elsa non ce l'aveva un rimedio per guarire il male di vivere.

22

Ero diversa da loro due, tutta diversa.

Non assomigliavo né a mia madre né a mia nonna, a partire dall'aspetto fisico. Onda diceva che assomigliavo un po' a mio padre, avevo i suoi stessi occhi grigi. Ogni volta che mia madre mi guardava mi sembrava di scorgere qualcosa nella sua espressione, qualcosa che si contorceva sotto la sua pelle. Da bambina non potevo rendermene conto, ma adesso penso che fosse disprezzo.

Mia madre non mi ha mai amato granché, ma non gliene faccio una colpa. Onda non è in grado di amare proprio nessuno.

Per fortuna c'era mia nonna. A lei non importava nulla di come ero. Non le importava se non le assomigliavo o se non dimostravo nessuna dote particolare. Elsa mi voleva bene lo stesso, non mi diceva mai le cose brutte che mi diceva mia madre.

Io, dal mio canto, avevo imparato molto presto a non infastidire Onda, a lasciarla stare, sperando che guarisse in fretta. Ma passavano gli anni e lei non guariva mai.

Avevo già cinque anni, e in tutto quel tempo lei non era cambiata: era sempre scostante e silenziosa, completamente persa nel suo mondo. Alcune volte la sentivo parlare da sola attraverso la porta chiusa. Altre volte il suo sguardo si smarriva nel vuoto, oppure seguiva delle traiettorie immaginarie, osservando cose che io non riuscivo a vedere.

«Guarda lì», mi disse una volta, indicando un punto nel soggiorno, «che cosa vedi?»

C'era la solita parete con la solita credenza e i soliti soprammobili che mia nonna spolverava tutti i giorni.

«Niente», le risposi, «non vedo niente.»

Mi afferrò per un braccio, mi attirò vicino a sé con un movimento brusco.

Anche se mi fece male, non protestai. Emozionata, mi concessi di sperare che forse mi avrebbe preso sulle sue ginocchia, come faceva la nonna qualche volta.

Invece mi lasciò andare subito. «Sei sicura?» incalzò. «Guarda meglio. Non ti sembra che ci sia una persona lì?»

Ero sicura che non ci fosse nessuno, ma mi sforzai di guardare meglio. Forse se fossi riuscita a vedere la persona di cui parlava mia madre, lei sarebbe stata contenta. Forse mi avrebbe permesso di trascorrere un po' di tempo con lei.

Ma anche a sforzarmi, io non vedevo altro che la credenza e la tappezzeria color verde chiaro, vecchia e strappata in più punti.

Scossi la testa e mia madre scosse me. Mi strattonò forte, segno che stava perdendo la pazienza.

«Non c'è niente? Non lo vedi quell'uomo? È proprio lì, è proprio vicino alla credenza.»

«Mamma, io non vedo niente...» piagnucolai. Ogni volta, il tono aspro di mia madre mi faceva venire le lacrime agli occhi.

Mi lasciò andare, mi allontanò da sé con un gesto secco.

«Vai dalla nonna, Fortuna», disse tra i denti.

«Perché non posso stare qui con te?»

«Perché non ti voglio tra i piedi. Vai dalla nonna. Devo parlare con questo signore.»

«Non c'è nessun signore, mamma! Non c'è nessuno!» urlai.

Era la prima volta che alzavo la voce con mia madre.

Elsa comparve sulla soglia appena in tempo. Onda si era alzata dal divano e già cercava di afferrarmi, ma non appena vide mia nonna si bloccò.

«Onda, che cosa succede?»

«Niente. Tua nipote mi fa perdere la pazienza, ecco che cosa succede.»

Ne approfittai per correre a rifugiarmi dietro mia nonna. Volevo allontanarmi il più possibile dalle mani di Onda.

Elsa si guardò intorno. Fiutò l'aria, come un cane da caccia.

«C'è qualcuno qui dentro?» domandò a mia madre.

«Sì. È seduto tra la finestra e la credenza.» Mentre parlava, Onda non guardava né me né mia nonna. Teneva gli occhi scuri fissi su un punto invisibile, dall'altra parte del soggiorno.

«Non parla?» chiese ancora Elsa.

«No. Non ancora. Sta lì e mi fissa. Saranno almeno venti minuti che sta lì immobile.»

«Bene. Sbrigatela da sola. E, per favore, lascia stare la bambina. La terrorizzi quando fai così.»

«Mi fa perdere la pazienza, mamma. Non vede niente. Non sente niente. Potrebbero passarle accanto centinaia di volte e non sentirebbe nulla. Portala via.»

Elsa scosse la testa, rassegnata. Mi prese per mano e si chiuse la porta del soggiorno alle spalle, lasciando mia madre da sola con le sue allucinazioni.

«Vieni, Fortuna», mi disse. «Infilati le scarpe, andiamo a fare una passeggiata sul lago.»

Ero ancora troppo piccola per capire che razza di mestiere facessero mia nonna e mia madre, ma erano loro quello che conoscevo del mondo, e la loro stranezza mi sembrava normale.

Elsa aveva tentato di spiegarmi che mia madre aveva una dote naturale, un dono che la rendeva diversa da tutti gli altri. Lei non assomigliava a nessuno, nemmeno a noi, per questo qualche volta si comportava in modo strano e perdeva facilmente la pazienza, ma questo non voleva dire che non ci volesse bene.

Le storie di Elsa su mia madre contribuirono a renderla ancora più speciale ai miei occhi. Volevo assolutamente stare con lei, volevo la sua approvazione e il suo affetto, ma più cercavo di conquistarla, più Onda mi allontanava, e non capivo perché.

23

Che Onda non fosse la sola a volermi tenere lontana, lo scoprii un giorno di ottobre, quando avevo appena sei anni.

Fino ad allora avevo pensato che il problema fosse solo di mia madre. Che fosse così per via della sua malattia, quel malanno che la nonna non poteva curare.

Invece, quel giorno mi resi conto che c'era anche altra gente che non voleva avere niente a che fare con me. All'incirca un paese intero.

Era il mio primo giorno di scuola.

Avrei frequentato la stessa scuola dov'era andata mia madre. Certo, Onda aveva resistito sì e no sei mesi, ma erano passati quasi vent'anni ed Elsa sperava che la situazione nel frattempo si fosse evoluta.

Quella mattina trovai la nonna ferma davanti allo specchio della sua stanza. Indossava il suo vestito più bello, quello che metteva il giorno di Natale. Tra i capelli, stretti in una treccia spessa, aveva infilato un fermaglio che non avevo mai visto. Luccicava, sembrava prezioso, la faceva apparire elegante. Tuttavia, il suo viso riflesso nello specchio era stanco e tirato dalla preoccupazione.

« Nonna, cos'hai, stai male? »

Si voltò a guardarmi, sorpresa. « Che ci fai qui? Dovresti essere già vestita. »

« Perché sei così triste? »

Elsa sforzò un sorriso, con pazienza. Le riuscì poco, la fece sembrare ancora più abbattuta. « Non sono triste. Non c'è niente da essere triste, oggi è un giorno speciale. Adesso corri a prepararti. Non vorrai mica arrivare in ritardo. »

Uscimmo di casa poco dopo. Camminavo per la via principale di Roccachiara e mi sentivo eccitata e spaventata.

Non avevo mai conosciuto altri bambini della mia età. Ero sempre stata solo con mia nonna e mia madre, e dal canto suo Elsa non aveva mai avuto il coraggio di dirmi cosa mi sarebbe toccato una volta che, uscita dalla casa in cui ero nata e cresciuta, fossi stata costretta a entrare nel mondo reale.

Non mi aveva mai detto come si comportava la gente con la nostra famiglia. Forse, da una parte sperava che con me sarebbe stato diverso.

La scuola del paese era una costruzione squadrata, col tetto piatto e grosse finestre incassate nei muri. Era circondata da un cortile spelacchiato, che in quel momento era pieno di gente. C'erano famiglie intere, e tanti bambini, alcuni della mia età e altri più grandi, con le cartelle tutte uguali e il grembiule col fiocco davanti, identico al mio. Alcuni di loro li conoscevo di vista, li avevo osservati mentre giocavano nella piazza del belvedere. Non sapevo nemmeno i loro nomi.

Non appena io e mia nonna entrammo nel piazzale della scuola, molte persone si voltarono a guardarci.

Nessuno ci salutò.

Ci osservavano in un modo strano, uno sguardo che soltanto poi, col tempo, avrei imparato a interpretare. Elsa passò dritta e a testa alta in mezzo a quella gente che al nostro passaggio distoglieva subito gli occhi.

Non mi piacevano le loro facce, non ci volevo stare lì in mezzo.

«Nonna...»

«Sì, tesoro.»

«Possiamo tornare a casa, adesso?»

«Ma come, vuoi tornare a casa? Eri così contenta di farti vedere col grembiule nuovo!»

«Lo so. Però mi sa che la scuola non mi piace tanto.»

«Non dire sciocchezze. Ancora non sei entrata, non puoi dire che non ti piace.»

«Nonna, ti devo dire una cosa.» Mi guardai intorno. Ero abbastanza intelligente da capire che, anche se quelli vicino a noi fingevano di non guardarci, ci stavano ascoltando tutti. Al nostro arrivo nel cortile, il vociare allegro si era spento e aveva lasciato il posto a un brusio sommesso, lo stesso che si sente venire dai nidi di vespe d'estate.

«Abbassati, devo dirti una cosa all'orecchio.»

Mia nonna si chinò su di me, con pazienza.

«Ci stanno guardando tutti», le sussurrai piano. «Ci guardano, anche se fanno finta di no.»

Elsa sospirò. Mi prese per le spalle, mi costrinse a fissarla negli occhi. Era triste, mia nonna. Era sempre tanto triste.

«Lo so che ci guardano tutti», disse. «Lo so anch'io. Ma tu, Fortuna, lasciali perdere. Fai finta di niente. Qualunque cosa succeda, tu fai finta di niente. Hai capito?»

«Sì, ho capito. Faccio finta che non mi stanno guardando.»

«Bravissima. Adesso entra. Vai a conoscere i tuoi nuovi compagni.»

«Ma se non mi piace... Nonna, se non mi piace posso tornare a casa?»

«Certo che puoi tornare a casa. Ma sono sicura che ti piacerà tantissimo. Ti divertirai e imparerai tante cose belle. Comportati bene con la maestra e sii gentile con gli altri bambini. Ti piacerà.»

Annuii per farla contenta ma non ero affatto convinta. Poi racimolai tutto il coraggio dei miei sei anni e mi decisi a entrare.

L'atrio della scuola elementare di Roccachiara era tappezzato di vecchie fotografie del paese e del lago. Alcune cartine geografiche pendevano sbilenche dai muri e, sotto di quelle, l'intonaco ingrigito si andava lentamente sgretolando.

Due grosse finestre si aprivano sul fondo dello stanzone, dalla parte opposta alla porta. Avevano vetri luridi ed erano protette da spesse grate scure.

La nonna mi aveva parlato della scuola come di un posto allegro, divertente e rassicurante, ma quello che avevo davanti era tutto il contrario di quello che avevo immaginato. Era sporco, e brutto e triste.

Non mi piacque affatto. Nonostante nel cortile mi fossero sembrati tantissimi, i bambini che frequentavano la mia stessa scuola erano in realtà una cinquantina, divisi in classi diverse. Per una come me, che non aveva mai giocato con qualcuno della sua età, erano comunque troppi.

Li osservavo ridere e parlare a voce alta, tirarsi il fiocco del grembiule e rincorrersi. Sembravano conoscersi tutti, sembravano tutti amici o tutti fratelli. E io, io invece non conoscevo nessuno, non avevo nessun amico. Me ne stavo ferma in un angolo a guardarli e speravo solo che mia nonna venisse a riprendermi presto, che mi portasse a casa e non mi facesse mai più andare a scuola.

Le prime quattro ore in classe furono, nella mia esperienza di bambina, le peggiori mai vissute.

Nessuno volle sedersi vicino a me. Mi sistemai nell'ultimo banco in fondo all'aula e in silenzio sopportai gli sguardi delle mie compagne – tutte femmine – e i loro commenti sussurrati, punteggiati da gesti che non riuscivo a capire. Nessuna di loro si avvicinò né mi rivolse la parola.

A mezzogiorno trovai Elsa ad aspettarmi nel cortile e le corsi incontro. Non avevo fatto in tempo a uscire dal portone della scuola che già piangevo come una disperata.

Qualunque cosa, avrei fatto qualunque cosa pur di non tornare lì dentro. Era un posto orribile, lì nessuno mi voleva bene. Persino le crisi di mia madre in quel momento mi facevano meno paura della scuola.

Per tutto il tragitto fino a casa non feci altro che singhiozzare e implorare, attaccata alla veste sgualcita di mia nonna, pregandola di non portarmi mai più lì dentro.

Elsa rispondeva col silenzio e camminava piano senza concedermi uno sguardo.

Giunte al belvedere, invece di entrare dritte in casa ci fermammo a osservare il lago, coperto da una leggera foschia.

« Nonna, ti prego, non mi ci portare più », dissi io, asciugandomi gli occhi con le maniche del grembiule.

« Non si può, Fortuna. Devi andare a scuola. »

« Perché ci devo andare per forza? La mamma non ci è andata. Eri tu la sua maestra. Perché non puoi farlo anche con me? »

« Perché erano altri tempi. Adesso non è possibile. Se scoprono che non vai a scuola, vengono i carabinieri a portarti via. »

« Dove mi portano? »

« All'orfanotrofio. »

« Cos'è un orfanotrofio? »

« Un posto dove vanno i bambini che non hanno i genitori. O quelli che non vanno a scuola. Se ti ci portano, dovrai abitare lì finché non diventerai grande, e non potremo vederci per molti anni. »

Ci pensai su un momento. L'idea di finire in orfanotrofio e

non vedere più mia nonna era peggio della scuola, peggio delle urla di mia madre, peggio di qualunque altra cosa.

Elsa mi abbracciò. Mi baciò la testa, pettinandomi i capelli con le mani.

«Sono sicura, tesoro», disse per consolarmi, «che col tempo ti abituerai. Conoscerai tutte le tue compagne. Diventerete amiche. È solo il primo giorno di scuola, abbi un po' di pazienza.»

«Non ci voglio andare all'orfanotrofio, nonna.»

«Non ci andrai. Se vai a scuola, nessuno potrà portarti via da noi.»

«Però, perché nessuno vuole mai stare vicino a me?»

«Che cosa intendi?»

«Oggi a scuola. Nessuno si è voluto sedere vicino a me. Dicevano tutte che con me non ci volevano stare. E anche la mamma fa così. Anche lei non mi vuole mai. Perché, nonna, tu lo sai?»

Elsa lo sapeva. Era una cosa che le faceva male, che si era impressa nella sua faccia, che l'aveva scavata.

Era il peso della diffidenza di un intero paese.

Elsa lo sapeva, ma non me l'avrebbe detto. Non quel giorno, almeno.

«È perché ancora non ti conoscono, Fortuna.»

«E la mamma, allora? Lei mi conosce.»

«Con la mamma è diverso, lo sai», disse. La sua voce era stranamente sbrigativa.

«Non mi vuole bene, vero?»

«Ma che dici? È tua mamma, ti vuole molto bene. Non le dire neanche per scherzo queste cose», rispose.

«Sei sicura?»

«Certo che sono sicura.»

La abbracciai, tuffai la testa fra le sue braccia.

«Anche io le voglio bene. Voglio bene a tutte e due», dissi.

Finsi di non essermi accorta del sorriso triste che le spegneva il viso.

Gli anni della mia infanzia passarono lenti e insopportabili.

Avevo poco più di sei anni e la mia vita era tutta lì. Non parlavo con nessuno, non avevo amici, giocavo sempre da sola. Qualche volta le poche persone del paese a cui non facevamo paura mi salutavano. Mi chiedevano come stavo, se mi piaceva la scuola, le solite cose che i grandi chiedono ai bambini. Oltre a mia madre e a mia nonna erano gli unici a rivolgermi la parola. Erano gentili, ma erano tutti adulti, non c'era nessuno che avesse la mia età e volesse stare con me.

Andavo a scuola. Ci andavo tutte le mattine, con muta rassegnazione.

Col tempo non cambiò nulla. Le mie compagne di classe non divennero mie amiche, anzi. All'inizio mi avevano punzecchiato spesso e volentieri. Quando lo facevano io abbassavo la testa. Fingevo che non ci fossero, fingevo di non sentirle. Mi concentravo per pensare ad altro, per non sentire in che modo mi chiamavano. Mi concentravo tanto che alla fine riuscivo a eludere le loro voci dalla mia testa, e non sentivo più le loro cantilene. Vedendo che rimanevo zitta senza mai reagire, alla fine si stufarono e mi lasciarono perdere.

Non senza avermi informato, un giorno, su quale fosse il motivo di tutto quell'astio nei miei confronti. Tornai sconvolta.

Quando piombai in casa, Elsa non c'era. Era andata in un casolare in campagna, per portare a un contadino una pomata che guarisse il brutto morso ricevuto da un cane.

Al posto suo trovai mia madre, stravaccata sul divano nel soggiorno, a fissare il cielo grigio fuori dalla finestra senza vederlo per davvero.

L'aria era satura dell'odore stantio delle sue sigarette.

Avrei dovuto lasciarla stare, e aspettare il ritorno di mia nonna. Onda odiava le mie domande. Ma non potevo resistere, quello che avevano detto le mie compagne mi bruciava nello stomaco e minacciava di venir fuori a ogni respiro che facevo.

Dovevo chiederglielo o mi sarei sentita tanto male da svenire. O forse da morirne, chi lo sa.

«Mamma.» Al sentire la mia voce, mia madre non si sorprese.

«Eh, Fortuna...»

«Mamma, a scuola mi hanno detto una cosa...»

«Che cosa?»

«Le altre bambine hanno detto che tu e la nonna parlate con il diavolo.»

Mi venne fuori tutto d'un fiato.

Onda si voltò a guardarmi senza interesse. Su di lei, la notizia che aveva sconvolto me non ebbe nessun effetto.

«E tu credi a tutte le cose che quelle cretine delle tue amiche ti raccontano?»

«No, però...»

«Allora basta. Se non ci credi il discorso è chiuso. Tua nonna ti ha lasciato il pranzo pronto sul tavolo, vai a mangiare.»

Palesemente infastidita dalla mia presenza, si alzò dal divano per cercare le sigarette, e anche se ne aveva appena spenta una, se ne accese un'altra ed espirò una gran quantità di fumo puzzolente.

Quando tornò a voltarsi e mi vide, ancora ferma sulla porta, il suo viso si oscurò.

Avevo una paura folle che mia madre si arrabbiasse. Poteva diventare molto cattiva, soprattutto quando Elsa non era nei paraggi. Avevo paura di lei, ma la curiosità fu più forte. Dovevo chiederglielo. Dovevo sapere.

«Be', che vuoi ancora?» mi chiese brusca.

«Mamma... se non parli col diavolo... con chi parli quando sei qui da sola?»

Onda mi scrutò a lungo. C'era indecisione nel suo sguardo.

Aspirò dalla sigaretta, mi risputò in faccia fumo e tosse.

«Chiedilo alla nonna», mi disse. «Chiedilo a tua nonna con chi parlo.»

Quando Elsa rientrò, nel tardo pomeriggio, mi ritrovò seduta accanto alla finestra, il pranzo ancora intatto sul tavolo.

Nell'altra stanza, mia madre russava sonoramente.

Non diedi a mia nonna il tempo di varcare la soglia di casa

che subito cominciai a raccontarle quello che mi avevano detto a scuola.

Elsa scosse la testa. Anche lei, come mia madre, non sembrava colpita dalla notizia.

«Non dargli retta, sono bambine molto stupide. Ignorale. Non meritano la tua attenzione.»

«Allora non è vero che parlate col diavolo?» chiesi con sollievo. Per tutto il pomeriggio avevo continuato a fissare il camino, convinta che dovesse uscirne il demonio in carne e ossa. Me lo immaginavo come una forma nera, alta fino al soffitto, gli occhi rossi e brillanti. Nelle mie fantasie attraversava la cucina e si recava nella stanza accanto, per parlare con mia madre. Era una scena terribile.

Elsa sorrise.

«Ma certo che no. Guardami. Ti sembro il tipo, io?»

La faccia della nonna era sorridente e rotonda e odorava di sapone. Era una faccia rassicurante. Scossi la testa.

«Non devi credergli. Lo sai come sono fatte.»

«E allora, nonna, con chi parla Onda quando è da sola in soggiorno?»

Si fermò a guardarmi, in difficoltà. Le avevo fatto una domanda a cui non era preparata. «Me l'ha detto lei, di chiederlo a te», aggiunsi.

Elsa guardò torva la porta chiusa del soggiorno. Se avesse potuto, avrebbe preso a schiaffi sua figlia.

«Vieni qui, Fortuna, vieni vicino a me. Accendiamo il fuoco. Adesso te lo racconto.»

E mia nonna non ebbe altra scelta che dirmi tutta la verità. Una verità che fosse sopportabile per i miei anni.

Mi raccontò della vecchia Clara Castello. Mi parlò del lago e di quei sogni di acqua trasparente. Mi parlò di mio nonno Angelo, di come l'aveva conosciuto. Di quanto l'amava. Mi raccontò di mia madre, delle sue visioni sfocate e della piccola Leda, della capanna sul lago e di quel ragazzo inglese che avrebbe dovuto essere mio padre e che non avevo mai visto.

In qualche modo, i racconti di Elsa mi colpirono più di quelli delle mie compagne.

Non potevano non essere veri. Mia nonna non mi avrebbe mai mentito.

«Quindi, la mamma parla con quelli che stanno in paradiso?» chiesi alla fine.
Elsa sorrise.
«Sì, in un certo senso sì.»
«E che cosa si dicono?»
«Di solito le parlano delle persone a cui vogliono bene. Vogliono che Onda vada da queste persone con i loro messaggi. Tua madre li aiuta a parlare con chi non può vederli.»
Ero confusa. Mia madre, che aiutava la gente a parlare con chi non poteva vedere. Mia madre. La stessa persona che fumava una sigaretta dopo l'altra e stava tutto il giorno sdraiata sul divano. Mia madre. Quella che mi cacciava via in malo modo, se solo mi avvicinavo troppo per i suoi gusti. Mia madre, che preferiva parlare con i morti piuttosto che con sua figlia, che era viva.
Era incredibile.
Mi guardai intorno, nella cucina spoglia e silenziosa. Abbassai la voce.
«Nonna... queste persone con cui parla la mamma... sono qui adesso?»
«No, tesoro, adesso non ci sono. Siamo solo noi tre.»
«E tu puoi vederle?»
«No, io posso solo sentire se ci sono o meno. Ma non posso parlarci.»
«E io?»
«Tu cosa?»
«Io le posso sentire?»
«Sei ancora troppo piccola. Forse un giorno, ma non è sicuro.»
In realtà, mia nonna sperava con tutte le sue forze che rimanessi così com'ero.
Col tempo, i nostri compaesani avrebbero capito che non assomigliavo al resto della mia famiglia. Mi avrebbero accettato, avrei avuto una vita normale, non avrei dovuto sopportare quello che avevano sopportato loro. Avrei dimenticato tutto.
Sarei stata diversa.

Mia madre era diventata strana, ancora più strana del solito.

I suoi modi nei miei confronti avevano subito un cambiamento repentino, e adesso non fingeva più che io non esistessi, anzi. Ogni volta che ero nei paraggi mi osservava attentamente. Sentivo i suoi occhi neri appiccicati addosso e non mi piaceva per niente.

Spesso, al rientro da scuola trovavo lei e mia nonna sedute al tavolo della cucina, una di fronte all'altra.

Capivo che c'era qualcosa che non andava, perché non appena entravo nella stanza smettevano immediatamente di parlare e mia madre si alzava e se ne andava, lasciando Elsa seduta da sola, con la faccia scura e lo sguardo un po' assente.

Dopo aver assistito a questa scena diverse volte, decisi di farmi furba: volevo scoprire cosa ci fosse di così grave e importante da giustificare l'aria preoccupata di mia nonna.

Per qualche giorno, tornando da scuola, cercai di fare meno rumore possibile per arrivare alla porta della cucina senza farmi scoprire, e poter origliare i loro discorsi.

Già dalla strada mi toglievo le scarpe e percorrevo gli ultimi metri a piedi nudi, sperando che il portone d'ingresso fosse aperto. I primi giorni non scoprii un bel niente. Qualche volta trovavo mia nonna affacciata alla finestra ad aspettarmi, altre volte Onda non era in casa. Altre volte ancora c'erano entrambe, ma parlavano normalmente, di cose di cui avrebbero discusso anche davanti a me.

Quel giorno invece fui fortunata, trovai la porta socchiusa e mi infilai dentro, muovendomi furtiva nella mia stessa casa.

Salii i gradini avanzando piano, il più lentamente possibile lungo quelle scale scricchiolanti.

Davanti alla porta, mia nonna aveva sistemato un vaso di terracotta: dentro c'era una pianta avvizzita, una specie di piccola palma che aspettava di morire nella penombra polverosa delle scale.

Sotto quel vaso, nascondevamo la chiave di casa.

Con molta difficoltà alzai il vaso, sfilai la chiave da sotto e feci scattare la serratura.

Nell'ingresso c'era silenzio, e la vecchia Clara Castello, ancora relativamente giovane, mi fissava immobile da una fotografia appesa alla parete. I suoi occhi seri sembravano rimproverarmi per quello che stavo per fare.

Strisciai trattenendo il respiro fino alla porta della cucina e mi accucciai lì davanti, in ascolto.

Oltre il battente, graffiata dal fumo di mille sigarette, c'era la voce di Onda. Parlava con mia nonna.

«... Quando è qui, solo quando è dentro casa. Se non c'è va tutto bene. Quando c'è, è come se diventassi cieca.»

«Da quanto ti capita?»

«Sarà almeno un mese. Tra l'altro, l'età è quella. Se deve manifestarsi, si manifesta adesso.»

«Non è detto, Onda. A me è successo quando avevo tredici anni. Clara ne aveva addirittura venti. Non c'è un'età precisa per stabilirlo. Può darsi che lei sia normale. Volesse Iddio che sia normale.»

«Non è normale, mamma. Ha qualcosa che non funziona. Quando c'è lei spariscono. Qualche volta vedo le ombre, ma solo se siamo fuori casa. Se non mi sta proprio vicino. È come se... Come se una tenda grigia mi riempisse la testa. Non vedo più niente, non sento più niente. Non è mai successo prima.»

«Forse sei solo stanca. Ci pensi troppo, e ti blocchi. O magari è la casa. O forse sono io. Potrebbe anche essere, no? Perché dovrebbe trattarsi per forza di lei?»

«È lei. Me lo sento che è lei. Sai cosa penso?»

«Cosa?»

«Penso che sappia controllarlo. Che lo faccia di proposito.»

«Va bene, adesso stai esagerando. Ha sei anni, Onda. Sei anni. Non può controllare niente, non si controllano queste cose. Stai impazzendo, stai diventando completamente pazza.»

«Falle la prova dell'acqua e dell'olio, mamma. Falle la prova e vedrai che è come dico io.»

«Me lo chiedi tutti i giorni. È presto, non è il momento.»

Il rumore di una sedia che veniva spostata pose fine alla conversazione.

Mi rialzai da quella posizione scomoda, parecchio delusa. Non avevo capito niente. Non sapevo cosa si fossero dette. Sapevo solo che riguardava me.

Alla fine però, mia madre l'ebbe vinta. Onda aveva un modo tutto suo di chiedere le cose. Non si limitava a chiederle. Pretendeva, assillava, ti prendeva per sfinimento. Ed Elsa, che di pazienza ne aveva poca, a forza di insistenze decise di accontentarla, così, giusto per farla stare zitta.

Una sera, mia nonna mi portò con sé nella camera da letto che dividevamo e si chiuse la porta alle spalle.

«Fortuna, dobbiamo fare una cosa», mi annunciò.

«Che cosa, nonna?»

Elsa aveva pensato di dirmelo, di raccontarmi la verità, ma forse in quel momento si rese conto della situazione. Ero troppo piccola per capire.

«Un gioco», disse, «dobbiamo fare un gioco.»

Mi fidavo di mia nonna. Era l'unica persona al mondo che dimostrasse di volermi bene. Perciò, non mi insospettii quando mi portò in cucina e mi fece sedere al tavolo. Non dissi nulla neanche quando vidi mia madre, seduta accanto a me, le mani posate sul tavolo, in una posizione d'attesa. Non fumava.

«Anche la mamma gioca con noi?»

«Sì, anche la mamma. Giochiamo tutte insieme.»

Mi chiesi a che gioco avremmo giocato, e se la mamma sarebbe stata brava. Lei non giocava mai, non ne era capace.

Onda stava in silenzio, con la testa china. Respirava piano, i capelli sciolti le nascondevano il viso. Si voltò verso mia nonna, che, di spalle, trafficava con la serratura del pensile nel tentativo di aprirlo.

A quel punto, mi incuriosii anche io. Elsa diceva sempre che non dovevo toccare quello scaffale, che c'erano delle cose pericolose, non adatte a una bambina, e ogni volta che usciva di casa si assicurava che fosse perfettamente chiuso a chiave.

Per questo io non avevo mai visto cosa contenesse.

Mi aspettavo chissà che cosa, perciò rimasi parecchio delusa quando Elsa si spostò, lasciandomi intravedere il contenuto dello scaffale.

Non c'era niente di straordinario, solo vecchie ciotole, piccoli barattoli di latta di quelli usati per riporre le spezie e boccette di vetro. Niente di diverso da quello che c'era nella credenza vicino al camino.

Mia nonna scese dal primo ripiano una boccetta sola. Era scura, quasi nera, e aveva una forma strana. Riempì una bacinella d'acqua e la appoggiò sul tavolo, poi ci versò dentro il contenuto della boccetta nera.

Era giallo e lucente e galleggiava placido sul pelo dell'acqua. Sembrava solo comunissimo olio.

Fu in quel momento che Onda si voltò verso di me e mi sorrise, un sorriso che le storse la bocca e le lasciò gli occhi freddi e inespressivi.

Non mi piacque affatto.

« Nonna, non mi va di giocare », dissi. « Posso andare a dormire, ora? »

« Non ancora. Tra poco », rispose Elsa. China e concentrata sulla bacinella, mormorava una cantilena che non avevo mai sentito, sembrava una specie di preghiera. Non si accorse di come Onda mi guardava.

« Se fai la brava e obbedisci alla nonna, tra poco potrai andare a letto », disse mia madre. Quel sorriso fisso non voleva andarsene dalla sua faccia.

« Ma io voglio andare adesso », piagnucolai.

Mia nonna si alzò dalla sedia su cui stava e mi invitò a sedermi davanti alla bacinella.

« Che cosa facciamo se va giù? » chiese Onda a sua madre.

Elsa rimase in silenzio, concentrata su di me.

« Mamma! Che cosa facciamo se va giù? Io così non me la tengo. Se scende, non la voglio tenere. La dobbiamo mandare via, lo sai, no? »

Nella voce di mia madre c'era una sottile nota di ansia.

Elsa scosse la testa. Si girò a guardarla, disgustata. Era la prima volta che le vedevo quell'espressione in faccia.

« Onda », disse piano, « non puoi mandarla via. Questa bambina è tua figlia. »

Mia madre si accasciò sul tavolo abbattuta, ed Elsa tornò a dedicarmi le sue attenzioni.

Non avevo ancora capito niente di quello che stava per succedere, ma un fatto mi era chiaro: c'era qualcosa che non doveva scendere, perché altrimenti mi avrebbero mandato via. Mia madre mi avrebbe portato all'orfanotrofio, quell'orfanotrofio di cui qualche volta mi aveva parlato la nonna per convincermi a non fare i capricci, quell'orfanotrofio che mi terrorizzava.

Elsa mi accarezzò i capelli, cercò di sorridere.

«Tesoro», mi disse, «metti la mano sinistra nell'acqua, da brava.»

Scossi la testa, decisa. Non avevo nessuna intenzione di obbedire. Mai. Dall'altra parte del tavolo, mia madre sbuffò spazientita.

«Fortuna, non ti succederà niente. Te lo prometto. Ma adesso tu metti la mano nell'acqua.»

Tornai a scuotere la testa, ancora più forte, e mi dimenai sulla sedia. A quel punto Elsa mi prese per il braccio con delicatezza, e mi costrinse a tuffare la mano in quell'acqua fredda. Onda scattò in piedi rovesciando la sedia, e io guardai la bacinella e la mia mano bianca deformata dall'acqua, e l'olio, l'olio che era andato a raggrumarsi sul fondo.

«Mamma», disse Onda con la voce che tremava, «mamma, se la tocchi non funziona. Lasciala andare.»

La pressione di Elsa sul mio braccio si allentò fino a scomparire del tutto. Chiusi gli occhi, per non vedere.

Ti prego, ti prego non scendere. Se scendi mi mandano via. Per favore, ti prego, non voglio andare via. Non scendere.

Le sentii sospirare. Riaprii gli occhi.

Davanti a me mia nonna sorrideva appena e mia madre mi guardava con un'espressione indecifrabile.

Nella bacinella, intorno alla mia mano, l'olio galleggiava leggero sul pelo dell'acqua.

26

Una volta appurato che non avevo nessuno strano potere che potesse infastidirla, Onda tornò a dimenticarsi di me. Non rappresentavo più un problema, e passava il tempo a ricercare la causa dei suoi disturbi di percezione. Se ne stava tutto il giorno nel bosco, fino a notte fonda. Qualche volta, non tornava nemmeno a dormire.

Qualcuno venne a dirci di averla vista nella radura dei pescatori, mentre riaggiustava la vecchia capanna, quella dove aveva vissuto prima che io nascessi.

Elsa già sapeva cosa sarebbe accaduto.

Eravamo alle porte dell'estate, la neve si era sciolta da un pezzo, e le montagne che circondavano il lago erano coperte da un manto verde scuro. A Roccachiara la temperatura si era fatta più mite e i paesani uscivano volentieri, riempivano le strade e le panchine nella piazza, si sedevano al bar del paese e nella penombra umida dei vicoli. Con la scuola chiusa per le vacanze estive, i miei compagni gironzolavano per le vie fino all'ora di cena. Nascosta dalle tende spesse li guardavo giocare a nascondino nella piazza del belvedere, e da dove mi trovavo riuscivo sempre a scorgerli tutti, in qualunque posto si fossero nascosti.

La loro allegria mi faceva sentire triste, così cercavo di non affacciarmi mai alla finestra. Non volevo incontrarli, e non volevo che mi vedessero.

Mia madre non c'era mai, e io stavo tutto il giorno con la nonna.

Mi annoiavo, come tutte le estati.

Una mattina, dopo giorni che Onda non si faceva vedere, Elsa decise di averne abbastanza.

Era presto, prestissimo. Il sole non era ancora spuntato dalle montagne e tutta la conca del lago era avvolta da una foschia umida.

Nonostante la stagione, in quell'ora che precede l'alba faceva freddo come in pieno inverno.

Mia nonna venne a svegliarmi che non erano neanche le sei. Quando aprii gli occhi, vidi la sua faccia stanca e ansiosa. Aveva i capelli spettinati e indossava gli stessi abiti della sera prima. Era rimasta sveglia tutta la notte.

«Fortuna», mi chiamò, «alzati e vestiti, andiamo a trovare la mamma.»

Uscimmo di casa che il sole era appena sorto e ci incamminammo per il sentiero. Elsa non disse una parola, ma la sua faccia scura parlava per lei.

Alla radura dei pescatori trovammo la capanna di cui ci avevano parlato in paese.

Era la prima volta che la vedevo. Sbucava dalla nebbia tutta storta e traballante, col tetto di lamiera e le pareti di legno massacrate dalle intemperie, spuntava dall'erba alta come un fungo velenoso. Era conciata talmente male che sembrava dovesse cascare a terra da un momento all'altro.

Incurante delle condizioni in cui versava, Elsa cominciò a tempestarla di colpi. Sotto le sue mani, la porta tremava.

«Onda! Onda, lo so che sei lì dentro, esci immediatamente!» gridò.

Pochi secondi dopo, mia madre fece capolino da uno spiraglio. Aveva gli occhi gonfi di sonno, la faccia stropicciata.

«Be', che vuoi? Non sono neanche le sette, lasciami dormire, cazzo!» abbaiò. La sua voce era più rauca del solito.

«Che cosa ti sei messa in testa? Non puoi stare qui! Stavolta non te lo permetto, Onda!»

«Non mi dire quello che devo fare! Io devo stare qui, mi serve. Ho bisogno di questo posto. Lo sai che ne ho bisogno.»

«Onda. Per favore. C'è tua figlia. Come fai a lasciare sola questa bambina?»

Mia madre abbassò lo sguardo su di me. Vidi le sue labbra che tremavano.

«Ha te. È roba tua, te la sei presa. Non è mai stata mia figlia. Non mi interessa avere una figlia.»

Elsa aprì la bocca per rispondere, poi la richiuse. Il silenzio che proveniva dal lago riempiva tutto.

Onda e io ci guardammo a lungo. Nei suoi occhi neri si agitava qualcosa, un dolore appena accennato, una specie di rimorso. Forse davvero avrebbe voluto amarmi. Avrebbe voluto essere una madre normale, ma non ci riusciva.

Fui io a distogliere lo sguardo per prima, lo puntai sul lago.

«Nonna», sussurrai, prendendole la mano. «Nonna, la mamma ha sonno. Andiamo via, lasciamola dormire.»

Ci allontanammo di qualche passo, poi Elsa tornò a girarsi verso la baracca.

«Questa bambina», disse, rivolta a mia madre, «ha più senno di te.»

«Non ci vuole molto, sai», mugugnò lei, di rimando.

«A casa mia non ci torni più. Non ti presentare, ché io non ti ci voglio. Hai capito?»

Non rispose. La porta della capanna si chiuse piano sulla sua faccia bianca.

Mia nonna fu così forte da riuscire a trattenere le lacrime fino alla porta di casa.

Una volta chiuso il portone che si affacciava sulla piazza, la determinazione l'abbandonò all'improvviso, ed Elsa si accasciò a piangere sui gradini, con il viso nascosto tra le braccia.

Vederla in quelle condizioni mi fece uno strano effetto. Non avevo mai visto un adulto piangere. I grandi non piangevano.

Ma mia nonna non era più grande. Era tornata bambina e singhiozzava e malediceva sua figlia, la chiamava mostro e disgraziata, e più cercavo di consolarla, più piangeva disperata.

Mi accucciai accanto a lei, con la testa appoggiata al suo fianco, sperando che le passasse in fretta. Mi faceva stare male, mi riempiva d'angoscia.

Quando finalmente si alzò, la sua faccia era invecchiata di colpo.

«Adesso ci siamo solo io e te», mi disse. La sua voce era diversa, tagliente, non assomigliava a quella che aveva di solito. Era avvelenata dal rancore. «Adesso, tua madre te la devi dimenticare.»

«È malata, nonna. Non è colpa sua se non ci vuole bene. Noi le vogliamo bene, però lei no. Non è colpa sua.»

Elsa scosse la testa.

«Hai ragione», disse, e sembrava una condanna. «Tua madre non ci vuole bene.»

Pensavo che Onda sarebbe tornata presto. L'aria fredda del lago faceva bene, e forse avrebbe raddrizzato le cose storte nella sua testa. Forse sarebbe tornata a casa e non sarebbe più stata malata. Sarebbe guarita. Ci avrebbe voluto bene.

Ma il tempo passò in fretta. L'aspettai a lungo, ma non tornò.

La nonna rimase ferma sulle sue posizioni e non scese più alla radura dei pescatori. Mia madre non si fece mai vedere. Era viva e stava bene, ma non la vedevamo mai. Elsa diceva che se fosse morta l'avrebbe sentito.

«Il giorno in cui mi sveglierò con la faccia piena di graffi», diceva, con un sorriso amaro, «sapremo che Onda è morta, ed è venuta a vendicarsi.»

Elsa sosteneva che sua figlia ce l'avesse con lei. Diceva che era matta, matta come un cavallo. Che a forza di parlare con i morti, era finita un po' dall'altra parte. Era diventata qualcos'altro, e diceva cose insensate, come gli spiriti che la circondavano.

Gli abitanti di Roccachiara difficilmente passavano dalla radura dei pescatori, perciò non c'erano molte persone che potessero raccontarci di mia madre, di quello che faceva e di come stava.

L'unico che vedeva regolarmente Onda era Lucio, il tabaccaio del paese. Onda poteva vivere senza mangiare, ma non senza fumare, perciò almeno una volta a settimana risaliva in paese per comprare le sigarette. Arrivava al tramonto, proprio all'orario di chiusura, ma non entrava mai in negozio. Aspettava nel vicolo dietro la tabaccheria. Era una stradina cieca, vi si affacciavano solo un paio di case, peraltro disabitate. Da lì, nessuno poteva vederla.

Ogni volta che io ed Elsa passavamo dalla tabaccheria, Lucio, senza che glielo chiedessimo, ci informava sullo stato di salute di Onda. Ci raccontava se aveva il raffreddore o la tosse. Ci parlava della sua magrezza, dei suoi vestiti e dei capelli spettinati. Ci raccontava dei suoi buchi nelle scarpe, in quelle scarpe che non voleva cambiare. Mia nonna diceva sempre che non le interessava sapere come stava sua figlia, ma si vedeva che non era vero. Avrebbe dato qualunque cosa per saperlo. Era per quello che passava tutti i giorni in tabaccheria, anche se non doveva comprare niente.

Lo sapevano tutti che, nonostante quello che aveva detto, Elsa sperava che sua figlia tornasse a casa.

Però, anche a metterci tutta la speranza del mondo, Onda l'aveva presa in parola.

Una notte, sul finire dell'estate, vennero a bussare alla nostra porta. Elsa saltò giù dal letto, con una mano premuta sulla bocca.

«Oddio, Onda», singhiozzò, «è successo qualcosa a Onda.»

Ma non era lei ad avere bisogno del suo aiuto.

Ferma sulla piazza c'era una donna del paese, una che conoscevo di vista. Aveva qualche anno più di Elsa, doveva essere sulla cinquantina.

Era nervosa, continuava a torcersi le mani e a dondolarsi avanti e indietro, non riusciva a stare ferma.

Quando ci vide si precipitò verso di noi. «Elsa, dovete venire subito!»

«Che cosa è successo?»

«Sta male, sta male!»

Mia nonna squadrò la donna di fronte a lei. Annuì. «Tieni un momento la bambina», disse.

Mi lasciò nelle mani di quella sconosciuta, e rientrò in casa. La vidi ridiscendere poco dopo, teneva sottobraccio un canestro di quelli che usava per andare a comprare la frutta.

Mi chiesi che cosa dovesse farci mia nonna con della frutta in piena notte, a casa di un ammalato.

Attraversammo tutto il paese e arrivammo fino al cimitero. Le due donne camminavano veloci, così veloci che dovevo correre per tenere il passo. Quando finalmente giungemmo a destinazione avevo il fiato corto e il fianco sinistro mi bruciava sotto il pigiama stropicciato.

Non avevo avuto il tempo di cambiarmi, ero uscita in pigiama e me ne vergognavo. Speravo non mi vedesse nessuno.

Eravamo nei pressi del camposanto. Quello di Roccachiara

era piccolo, con le tombe antiche e rovinate dagli anni, un ossario decrepito e impolverato, e una costruzione alta e senza intonaco che in passato era stata una camera mortuaria. Ora era solo un ripostiglio abbandonato, chiuso da un catenaccio arrugginito.

A Roccachiara eravamo talmente pochi che per le onoranze funebri bastava e avanzava l'abitazione del defunto.

Appena fuori dal cimitero, a ridosso delle sue mura, c'era una casetta gialla, con una veranda e un piccolo orto sul retro. Da fuori sembrava abbastanza grande, dentro invece era una topaia minuscola mangiata dall'umidità. In quella casa ci viveva l'anziano becchino e custode del cimitero.

Le luci all'interno erano tutte accese, e nella piazzola sterrata davanti alla veranda era parcheggiata l'auto di Fernando, il medico di Roccachiara.

Entrai nella casa in fretta, dietro alle due donne. Nessuno mi fermò, perciò le seguii fino nella camera del malato.

La prima cosa che sentii fu l'odore.

Era un misto di ammoniaca, medicinali e qualcos'altro, qualcosa di peggio, un odore dolce e nauseante, come di carne lasciata a marcire al sole.

Poi vidi il corpo.

Sembrava vecchissimo, una mummia.

Se ne stava immobile, sprofondato nel letto. Respirava appena e con fatica, facendo lo stesso rumore dell'acqua che scorreva nei tubi arrugginiti di casa mia. Aveva un colore strano, diverso da quello delle persone normali. Il suo corpo era giallastro, la pelle tesa contro le ossa. Grosse macchie nere si erano formate sulla pancia e sul petto. Sembravano lividi.

E l'odore, quell'odore terribile che riempiva tutto, era suo. Era lui a emanarlo.

Mia nonna sembrò non fare caso a quel corpo morente che stagnava sul materasso. Non lo guardò nemmeno.

Si voltò verso il medico che, seduto accanto al letto, trafficava con la borsa dei ferri.

«Perché mi hai mandato a chiamare?»

Fernando indicò il malato con un cenno della testa. Non disse nulla, come fosse evidente il motivo di quella chiamata. Teneva gli occhi bassi, evitava lo sguardo di mia nonna.

«Che cos'ha che tu non puoi curare e io sì?» chiese. I suoi occhi erano due fessure sospettose.

«Niente, Elsa. Non ha niente che si può curare. C'è un'emorragia estesa, ha la pancia piena di sangue.»

Tutti guardammo l'uomo sul letto. La grossa macchia scura che aveva sul ventre, simile a un livido, mi sembrò più grande e più scura di come mi era apparsa pochi minuti prima.

Soffocai un conato.

«E io che posso fargli? Portiamolo all'ospedale.»

Prima di rispondere a mia nonna, il medico mi guardò, per la prima volta da quando ero entrata. I suoi occhi mi scrutarono pensosi. Abbassò la voce, per non farsi sentire da me, ma io udii lo stesso.

«Elsa... Non si può muovere. Se lo muoviamo... se lo muoviamo quel poco che resta del suo stomaco si spacca definitivamente. Ci muore tra le mani.»

«E allora, che dobbiamo fare?»

Seduto su quella sedia sfondata accanto al letto, con la borsa dei ferri poggiata sulle ginocchia, Fernando aveva uno sguardo implorante. Elsa era in piedi, dall'altra parte del letto, oltre quel corpo massacrato che faceva rumore di tubi.

Sembrava enorme mia nonna, molto più grande di quell'uomo sul letto, e anche di quello seduto sulla sedia, che era un bambino, con le ginocchia strette e lo sguardo colpevole.

«Soffre molto?» chiese.

«Sì. Soffre molto», ammise Fernando.

«Perché io? Potresti farlo tu, ne sei capace.»

«Io ho fatto un giuramento, Elsa. Non posso.»

Elsa sospirò. Appoggiò a terra il canestro che portava al braccio e vidi che mi ero sbagliata. Non conteneva frutta. C'erano delle bottiglie e dei barattoli, gli stessi che teneva sottochiave nello stipetto della cucina.

«Lo farò io, se vuoi. Ma non servirà a pulirti la coscienza, Fernando.»

Si voltò verso di me, mi lanciò un breve sguardo. Poi si rivolse alla donna che era con noi, la stessa che ci aveva accompagnato fino a lì.

«Costanza», disse, «porta di là la bambina.»

L'ultima cosa che vidi prima di lasciare la stanza fu mia nonna china sul corpo del guardiano.

Passò del tempo, mi sembrò un'eternità. Fuori il cielo si andava rischiarando e la nebbia si spandeva intorno alla casa, talmente fitta che dalla finestra non riuscivo a vedere le mura del cimitero. Oltre le vetrate c'era un grigiore ovattato che cancellava tutto.

Eravamo rimaste, io e Costanza, sedute nella cucina sporca e trascurata del moribondo.

Costanza mi aveva sistemato su una sedia, poi si era seduta accanto a me e mi aveva detto di pregare. Pregammo a lungo per l'anima del malato nell'altra stanza. Ogni tanto, la voce lamentosa della donna si spezzava in un singhiozzo. Cercavo di non farci caso e continuavo con i rosari che mi aveva imposto.

Non so se fu per il monotono ronzio delle preghiere di Costanza, o per il sonno interrotto bruscamente poche ore prima, ma alla fine mi addormentai.

Mi risvegliò mia nonna, scuotendomi piano. La sua faccia era vicina alla mia.

«Fortuna, vieni a dire una preghiera anche tu.»

«Un'altra, nonna? Ne ho già dette tante. Sono stanca, ho sonno, voglio tornare a casa.»

«Tra poco ce ne andiamo. Adesso vieni dentro.»

Mi prese per mano, mi condusse di nuovo nella stanza da letto, dove Fernando ci stava aspettando.

La stanza era stata ripulita e riordinata. La finestra spalancata faceva entrare nebbia e freddo, e l'odore che avevo sentito durante la notte era sparito.

L'uomo nel letto aveva smesso di fare quel rumore tremendo. Non si muoveva più.

Mi avvicinai piano, tenendomi sempre stretta alla nonna, e riuscii a vederlo.

Gli avevano messo una camicia pulita e un rosario tra le mani giunte. La sua faccia aveva ancora quel colore malsano che gli avevo visto durante la notte, ma i suoi tratti erano rilassati. Non soffriva più.

«Dobbiamo chiamare il prete», disse Fernando.

All'improvviso, nel silenzio della casa un rumore attirò la nostra attenzione. La porta d'ingresso si aprì cigolando e, un secondo dopo, si materializzò la figura scarna di Onda.

Non la vedevamo da settimane.

Era sporca e spettinata, impresentabile. Faceva freddo, ma lei indossava solo un vestitino a fiori di stoffa leggera, strappato in più punti, e i soliti scarponi da montagna. Nonostante l'aria gelida, la sua pelle era lucida di sudore. Aveva corso dalla capanna sul lago fino al cimitero. Quasi quattro chilometri, senza mai fermarsi.

« Ti prendi un colpo, così », la rimproverò mia nonna. « Che sei venuta a fare? »

Onda non rispose subito, non riusciva a riprendere fiato. Tirava fuori piccoli ansiti strozzati, la faccia viola per lo sforzo. Indicò il cadavere sul letto.

« Per lui. Sono venuta per lui. L'ho visto nella nebbia che si alzava dal lago, un'ora fa. »

Nessuno disse niente. Nella stanza del morto il silenzio era rotto solo dal respiro roco di Onda, che sembrava dovesse morire soffocata da un momento all'altro.

« Perché è venuto da te? » chiese Elsa a mia madre.

« Non posso dirvelo. Ho promesso che lo dirò solo al prete. »

« Stavamo giusto dicendo di mandarlo a chiamare. »

« No! Non quello di Roccachiara. C'è uno che... È il parroco di Ca' del Passo. Vuole quello lì. »

« Per Ca' del Passo sono più di cinquanta chilometri », obiettò Fernando. « Sei proprio sicura che ti abbia detto così? »

« Sì, certo. Ca' del Passo, la chiesa del Sacro Cuore, don Manfredi. Dice che c'è una lettera, ce l'ha questo prete. Una specie di testamento. »

Il medico tirò fuori un gran sospiro rassegnato. « Dovrò accompagnarti io, Onda », disse.

Sulla sua faccia non c'era l'ombra di un dubbio. Credeva davvero a quello che mia madre gli stava dicendo.

« Però è meglio se ci sbrighiamo. »

Fernando radunò le sue cose, la borsa dei ferri e l'impermeabile. Ci salutò con un cenno che parve quasi un inchino. Promise che sarebbe tornato prima possibile e uscì dalla casa insieme a mia madre.

Ascoltai il rumore dell'auto che si allontanava lungo il viale e spariva piano nella nebbia.

28

La lettera che mia madre andò a recuperare a Ca' del Passo non conteneva un vero e proprio testamento.

Il custode del cimitero di Roccachiara aveva lasciato l'indirizzo di una famiglia di Avellino con la speranza che, una volta morto, la casa gialla in cui aveva abitato passasse a loro.

In paese, stabilirsi accanto al cimitero voleva dire acquisire automaticamente tutti i compiti che erano stati del custode. Quello del becchino non era un gran lavoro e anche la casa era vecchia, umida e cadente. E poi, nessuno a Roccachiara voleva occuparsi di morti e di fosse, così quando il notaio, nonostante il documento trovato nella lettera non fosse assolutamente valido, decise di cercare la famiglia di Avellino affinché si trasferissero in paese, nessuno protestò.

Per giorni interi, nella piazza che dava sul lago non si parlò d'altro. Io e mia nonna, affacciate alla finestra, seguivamo i discorsi dei paesani, le loro congetture sulla morte del custode e sulla famiglia che ne avrebbe ereditato l'incarico.

Chiesi a mia nonna chi fossero quelle persone che sarebbero arrivate presto, e da dove venissero. Non avevo mai sentito nominare Avellino.

«Di cognome fanno Ranieri», mi rispose lei, interpretando per me le chiacchiere del paese. «E vengono da Avellino, che è una città che sta al Sud, vicino a Napoli. La conosci, Napoli?»

Annuii. Napoli la conoscevo, la maestra ce ne aveva parlato durante la lezione di geografia, e ci aveva mostrato anche delle foto. Ma di Avellino non avevo mai sentito parlare.

«E com'è questa città, nonna? Tu ci sei mai stata? È grande come Roccachiara?»

«È molto più grande di Roccachiara, però non so com'è fatta. Non ci sono mai stata.»

«E chi sono queste persone che vengono? Quando vengono?»

«Arriveranno tra qualche settimana, Fortuna», mi disse. Poi si voltò a guardarmi, con un sorriso. «Sei curiosa di vederli?»

«Sì, tanto.»

«Sono tutti curiosi.»

Erano anni che a Roccachiara non si stabiliva un forestiero.

La famiglia di cui si era parlato tanto arrivò una mattina, pochi giorni prima dell'inizio della scuola.

Anche io, come la maggior parte dei paesani, avrei voluto andare a vederli, passare davanti alla casa gialla per spiarli. Per tutto il giorno in paese c'era stato un gran viavai: gente che andava nella bottega del fioraio, comprava mazzi di crisantemi e altri fiori colorati, costosi e fuori stagione, per avere una scusa per recarsi al cimitero. Volevano tutti vedere che aspetto avessero gli stranieri.

Era solo l'inizio di ottobre, ma con tutta quella gente che andava e veniva tra il paese e il camposanto sembrava già la festa dei morti.

Chiesi a mia nonna di portarmi alla cappella dei Castello, dove era sepolta la vecchia Clara.

Elsa mi guardò con sospetto. Non avevo mai manifestato nessun interesse nei confronti di Clara, morta anni prima che io nascessi.

«Che ci vuoi andare a fare, alla tomba dei Castello?» mi chiese.

«Così, le portiamo dei fiori.»

«E proprio oggi glieli vuoi portare?»

«Ci vanno tutti, nonna, andiamoci anche noi.»

«Lo sai che ci vanno a fare, vero?»

«Sì. Vanno a vedere quelli nuovi.»

«Ecco, brava. Ti piacerebbe se qualcuno lo facesse con te?»

Pensai a come ci guardavano in paese. A come guardavano mia madre, quando dalla finestra la vedevo risalire la scalinata del lungolago per andare a comprare le sue sigarette, scarmigliata e con i vestiti sporchi. Gli occhi che faceva la gente, quando vedeva passare la sua testa bionda e arruffata. Pensai al mio primo giorno di scuola, al brusio nel piazzale affollato. Alle mie compagne di classe, che avrei rivisto a breve e che non mi avevano mai rivolto la parola.

«Lo fanno già, nonna», dissi alla fine.

«Appunto per questo. Dovresti sapere come ci si sente.»

«Quindi non ci andiamo?»

«Non credo proprio, Fortuna.» E con un'alzata di spalle pose fine alla conversazione.

Tornai a voltarmi verso la finestra per guardare la gente che, dalla bottega del fioraio che si intravedeva lungo la strada, si recava carica di fiori in direzione del cimitero.

Il modo di aggirare il divieto di mia nonna l'avrei trovato comunque.

Ci riuscii un pomeriggio, pochi giorni dopo.

Fuori pioveva, una pioggia leggera ma insistente, di quelle che ti si infilano dappertutto.

Dopo pranzo Elsa si era appisolata sul divano in soggiorno e col passare dei minuti il suo sonno leggero era diventato sempre più profondo. Quando prese a russare forte fui sicura che non si sarebbe svegliata tanto presto.

Infilai gli stivali di gomma, presi l'ombrello e uscii di casa in silenzio.

Sulla piazza del belvedere e nella strada lucida di pioggia non c'era un'anima. Le saracinesche dei negozi erano tutte abbassate, e dalle case intorno non proveniva alcun rumore. Ogni tanto, il verso di qualche uccello che volava sul lago arrivava fino al paese ma, per il resto, tutto era immerso in un silenzio carico e pesante.

Attraversai la via principale senza incontrare nessuno, mentre la pioggia sottile che mi aveva accolto all'uscita di casa si trasformava velocemente in un temporale scrosciante.

Il cimitero di Roccachiara si trovava a quasi un chilometro dal paese, lungo una strada di terra battuta che nei giorni di pioggia si allagava, trasformandosi in un pantano. A parte la casa del custode non c'era niente, solo campi, boscaglia e cipressi a circondare le mura del camposanto. Percorsi gli ultimi metri di strada sguazzando nel fango e, quando arrivai alla cancellata che delimitava l'ingresso del cimitero, la casa gialla situata poco distante mi sembrò galleggiare su un mare di mota e ghiaia.

Nello spiazzo di terra vicino alla veranda era parcheggiata un'auto scura, di colore indefinibile. Dentro la casa tutte le luci erano accese, ma non si vedeva nessuno.

Ero stanca, bagnata e sporca di fango, ma non mi sarei arresa. Avevo camminato a lungo sotto la pioggia e non sarei tornata a casa senza sapere che faccia avessero i nuovi arrivati.

Attraversai la strada ed entrai nel cimitero.

Da qualche parte, lungo le mura che circondavano il camposanto, c'era un cancello, un'entrata secondaria che nessuno usava più.

Era solo un'inferriata arrugginita, circondata da una catena altrettanto arrugginita, ma da lì la casa gialla era vicina e perfettamente visibile. Da quella postazione avrei potuto spiare le loro facce.

Il camposanto di Roccachiara aveva un aspetto dimesso e ammaccato, un'aria abbandonata e spettrale. L'acqua piovana scendeva in piccoli ruscelli lungo le tombe, trascinando con sé resti di fiori massacrati, terra e sassolini, inondando i miei stivali di gomma. La pioggia copriva tutti i rumori.

Davanti a quelle lapidi corrose dagli anni, con le foto in bianco e nero che mi osservavano severe, la mia voglia di restare si affievolì fino a scomparire del tutto. Desiderai essere con la nonna, nel caldo della mia casa dall'altra parte del paese, che in quel momento, tra le lapidi spoglie e lucide di pioggia, mi sembrò lontanissima, irraggiungibile.

All'improvviso decisi che dovevo andarmene.

Mi voltai, pronta a correre verso l'uscita, e solo a quel punto mi accorsi che non ero sola.

C'era qualcuno.

Era grigia e bianca e nera, come le lapidi e come il cielo.

Se ne stava seduta a gambe incrociate su una lastra di marmo che ospitava – così recitava l'iscrizione – le spoglie terrene di Luigi Benassi. Stava lì con quei suoi colori smorti, appoggiata alla tomba di quel Benassi sconosciuto. Immobile, a farsi frustare dalla pioggia. I capelli corti e scuri, fradici e appiccicati alla testa. E gli occhi, due occhi grandissimi, neri come i capelli, occhi che le occupavano tutta la faccia. Occhi fissi come quelli dei pesci. Occhi che mettevano paura.

Seduto su una lapide sotto quella pioggia scrosciante non ci si sarebbe messo nessuno sano di mente. E nemmeno nessuno che fosse vivo.

Le mie gambe si mossero da sole. Mi scagliai verso l'uscita, inciampai, ruzzolai per un bel pezzo scorticandomi gomiti e ginocchia, poi, ignorando il dolore, mi rialzai e ripresi a correre.

Quando fui fuori dal cimitero, mi azzardai a guardare indietro.

Lei era ancora lì.

Tra le lapidi, il suo profilo spiccava nitido e immobile, come quello di una statua. Non si era mossa. Era rimasta ferma, accoccolata sulla tomba del Benassi.

Lentamente, voltò la faccia nella mia direzione.

I suoi occhi, i suoi occhi neri si vedevano anche da lì.

Per me fu troppo.

Urlando mi precipitai verso il paese, in una corsa disperata. Mi fermai solo quando fui abbastanza lontana dal cimitero e dalla casa gialla, da tutto quel silenzio che si fondeva con la pioggia.

Nessuno mi aveva seguito. Probabilmente, la cosa che avevo visto sulla tomba del Benassi era rimasta nel cimitero.

Forse ne era prigioniera.

Ero fradicia, dolorante e zoppicante. Nella caduta l'impermeabile sottile che indossavo si era strappato in più punti, e avevo anche perso l'ombrello.

Giunsi di nuovo nei pressi dell'abitato. Avevo corso senza fermarmi per quasi un chilometro, spinta dalla sola forza della paura. Adesso mi ritrovavo sotto al grosso cartello arrugginito che annunciava il nome del paese. La pioggia mi scendeva sui capelli, nel colletto dell'impermeabile slabbrato, e dalla nuca mi attraversava la schiena. Davanti a me le prime case di Roccachiara mi osservavano taciturne. Nella mia testa confusa mi sembrarono quasi ostili.

Mi appoggiai al palo che sosteneva il cartello per riprendere fiato. La milza mi faceva malissimo, e in bocca avevo un retrogusto secco e sgradevole, un sapore che stagnava negli angoli e sotto alla lingua. Era come mangiare ruggine.

Mi piegai in due e vomitai tra i ciuffi d'erba ingialliti, solo bile, acida e amara.

Quando rialzai la testa, nella desolazione del paese annegato nella pioggia era apparso qualcosa.

Una figura veniva avanti correndo. Aveva movimenti maldestri e affaticati, un lungo cappotto nero, e capelli chiari, sciolti sulle spalle e svolazzanti.

Elsa.

Mi piegai di nuovo, rannicchiandomi accanto al mio stesso vomito. Ripensai al fantasma, ai suoi occhi neri e fissi. In qualche modo, quel ricordo ancora fresco sembrò meno spaventoso.

Niente era più terribile di mia nonna che veniva a cercarmi.

Quando si era trattato di educare mia madre, Elsa non aveva mostrato carattere né personalità. Si era limitata ad assistere impotente mentre la sua unica figlia cresceva matta come un cavallo. Non aveva fatto nulla per arginare la sua pazzia e quando si era resa conto della situazione Onda era ormai adolescente, ed era tardi per cambiare rotta.

Per questo, con me Elsa decise di rimediare all'errore occupandosi attivamente della mia educazione. Se con Onda era stata tollerante e comprensiva, nel punire me si dimostrò molto dura.

Sotto il cartello arrugginito, col nome di Roccachiara scritto a lettere nere, ricevetti il mio primo schiaffo.

Me lo tirò Elsa su un braccio, così forte da farmi vacillare. Più che il dolore, mi bruciò l'offesa.

« Perché sei scappata? Perché? » ansimò. Faticava a riprendere fiato.

« Volevo vedere quelli nuovi. »

« Sei arrivata fino al cimitero? »

Annuii, però piano. Non volevo che mi tirasse un altro schiaffo.

« Torniamo a casa. Adesso ti faccio vedere io. »

« Nonna, nel cimitero c'è una bambina morta », dissi.

Non so perché lo feci. Forse perché avevo paura della punizione che minacciava di darmi.

« Ce ne sarà sicuramente più di una, Fortuna, è un cimitero », replicò secca.

« No, nonna, non capisci. È morta, però è viva. L'ho vista. »

Elsa sbiancò. Nella faccia pallida i suoi occhi azzurri sembravano più accesi del solito.

« Che vuol dire? Che cosa hai visto? »

« Un fantasma. È una bambina, tutta grigia e bianca. Si vede che è morta. Sta lì, seduta su una tomba, e non si ripara nemmeno dalla pioggia. »

« Sei sicura? »
« Sì, sono sicura. L'ho vista davvero, non è una bugia. »
« Ti ha parlato? »
« No. Però mi guardava. »
Elsa mi fissò con rancore e delusione, come se le avessi fatto un torto. Mi sembrò di sentirla mormorare una specie di preghiera.
Mi afferrò il braccio, strattonandomi.
« Andiamo », disse, « torniamo al cimitero. »
Ci incamminammo di nuovo, sotto quella pioggia che non voleva saperne di smettere.

Nel camposanto, sulla tomba del Benassi non c'era nessuno. Attaccata alla gonna di Elsa, nascosta dietro la sua schiena, guardai quella lastra di marmo, posata quasi trent'anni prima.
Luigi Benassi
Nato a Roccachiara il 18 agosto 1902
Morto a Milano il 3 settembre 1943
Marito e padre esemplare
L'acqua ci scivolava sopra, arrugginiva i basamenti delle luminarie e riempiva i vasi vuoti.
E del fantasma che avevo visto non c'era traccia.
Elsa stava dritta come una spada, a fiutare l'aria con lo sguardo perso nel vuoto.
« Fortuna », disse alla fine, « qui non c'è proprio nessuno. »
« Nonna, io l'ho vista, te lo giuro... »
« Shhh! Non giurare, è peccato. Questo posto è vuoto. Ci sono solo corpi. Forse, se ci fosse Onda... »
Tacque all'improvviso, voltandosi verso di me. Si stava chiedendo se anche io fossi come mia madre.
« Tu non vedi niente? » mi chiese. Mi guardai intorno per esserne sicura. Girai su me stessa, guardai anche in alto, sulle punte spelacchiate dei cipressi. Non c'era nessuno.
« No, non vedo niente. È vuoto questo posto. Mi dispiace nonna, forse mi sono sbagliata. »
Elsa mi prese per mano, mi sorrise incerta. Sembrava aver perdonato la mia fuga.
« Vieni, Onda », disse, « torniamo a casa. »

Nemmeno si rese conto di avermi chiamato col nome di mia madre.

Dopo quell'episodio, la sorveglianza di mia nonna diventò quasi ossessiva. Non voleva che uscissi da sola, perciò mi tenne chiusa in casa per quasi una settimana.

Quella specie di prigionia mi sembrò una punizione talmente severa che accolsi quasi con sollievo l'inizio della scuola.

Quella mattina Elsa mi accompagnò fino al cortile, mi sistemò i capelli e il fiocco del grembiule, poi mi schioccò un bacio e mi disse che sarebbe venuta a riprendermi per l'ora di pranzo.

Nella mia classe ritrovai le mie compagne, le stesse dell'anno precedente. Erano già tutte sedute ai loro posti e non fecero nemmeno caso al mio arrivo, erano distratte da qualcos'altro.

C'era qualcosa di più interessante di me.

In fondo all'aula, seduta nel banco che l'anno prima era mio, c'era la bambina fantasma. Stava lì a braccia conserte, immobile come l'avevo vista al cimitero.

Al posto del grembiule scuro che portavamo tutte, indossava il vestito grigio che le avevo già visto. Teneva la testa alta e sembrava guardare, ma in realtà non vedeva nessuno.

Le occhiate furtive delle mie compagne morivano dentro al suo sguardo inespressivo, ne venivano risucchiate.

Al posto degli occhi aveva due buchi neri. Gli stessi con cui aveva guardato me, al cimitero.

Non era un fantasma, tutti potevano vederla. Era reale.

Quando finii nel suo campo visivo, la sua faccia non cedette di un millimetro. Non diede segno di avermi riconosciuto.

Forse non poteva vedermi. I suoi occhi avevano la stessa fissità di quelli dei ciechi.

«Fortuna», disse all'improvviso la maestra, rompendo il silenzio che c'era nella mia testa. «Bentornata. C'è un posto libero lì in fondo, siediti pure.»

Con la testa china, occupai l'ultimo posto in fondo all'aula, nel banco accanto a quello della bambina grigia.

Mi terrorizzava, non volevo neanche guardarla. Faceva lo stesso effetto anche alle mie compagne, che la scrutavano di sottecchi e poi tornavano subito a distogliere lo sguardo.

«Tu sei quella del cimitero», disse.

Non avevo neanche fatto in tempo a sedermi.

«Sì. Anche tu sei quella del cimitero.»

«Ti ho riconosciuta dai capelli», disse, toccandosi la testa. Parlava con un accento sconosciuto, faticavo a capirla.

Era strana, tutta diversa da me e dalle altre. Era lunga e ossuta, aveva capelli corti da maschio, tagliati male, come se qualcuno li avesse scorciati a casaccio, con le ciocche scomposte e di lunghezze diverse, e a osservarlo più da vicino il vestito grigio era logoro e non troppo pulito, la manica destra attraversata da un lungo squarcio rammendato alla meglio.

Ed era più vecchia di noi, si capiva dalla faccia sciupata e dall'accenno di seno che già le spuntava sotto quella casacca sformata, tra le braccia strette al busto magro.

Era brutta e sgraziata, sembrava uno di quegli uccelli neri e grigi che venivano qualche volta a posarsi sulla mia finestra.

Una cornacchia.

Avrei voluto domandarle un sacco di cose. Che cosa ci faceva al cimitero da sola, sotto la pioggia. Che cosa aveva fatto ai capelli. Il perché di quella manica squarciata. La sua età.

Non le chiesi nulla. Mi limitai a scuotere la testa, distogliendo lo sguardo.

Per tutto il resto della lezione, non mi rivolse la parola e non la vidi più voltarsi verso di me. Come mi aveva ricordato, così mi aveva dimenticato.

All'uscita di scuola venne a prendermi la nonna. Le corsi incontro, indicandole senza pudore la bambina grigia che usciva in quel momento dal portone, la testa dritta appesa a quei suoi capelli di spaventapasseri.

«Nonna», sussurrai senza fiato, «è lei. È quella che ho visto al cimitero.»

«Non indicare», mi rimproverò Elsa, «non sta bene.» Poi strizzò gli occhi per mettere a fuoco quella figura allampanata e tutta grigia che scavalcava il muretto della scuola e si allontanava velocemente verso il confine di Roccachiara, verso i campi.

«Ma certo», disse, come se lo avesse sempre saputo, «è la figlia del guardiano, Fortuna. Ecco perché l'hai vista al cimitero.»

Sembrò sollevata. Adesso sapeva che non ero come mia madre. Che la bambina che avevo visto era vera e che io non rischiavo di diventare come Onda.

«Come si chiama?»

«Maria Luce. La maestra l'ha chiamata così.»

Elsa scrollò le spalle, sospirando.

«Povera creatura», sussurrò, «sii gentile con lei.»

Ma io con quella lì non ce la facevo proprio a essere gentile. Non riuscivo neanche a guardarla in faccia, non riuscivo a rivolgerle parola. C'era qualcosa in lei che mi ripugnava, che me la faceva apparire sbagliata, completamente fuori posto.

Fin dalla primissima infanzia avevo desiderato una sorella o un'amica, qualcuno con cui stare tutto il tempo. L'avevo fantasticata a lungo, e nei miei sogni di bambina la sorella che mi arrivava era bella e bionda, con i vestiti puliti e i capelli pettinati, e assomigliava vagamente a Elsa, com'era nella foto di quando era ragazza, oppure a Onda, però senza i vestiti strappati e l'odore selvatico che si portava dietro.

Ma la ragazza del cimitero era tutto il contrario di quello che avevo immaginato e io non la volevo.

Una mattina, poco dopo l'inizio della scuola, fu lei a venire da me. Fino a quel momento, non ci eravamo più rivolte la parola. Nessuno le parlava mai, e lei stava sempre zitta e a braccia conserte, seduta dritta nel suo banco che già le stava stretto. Vederla esclusa in quel modo mi faceva pensare a me stessa. Mi faceva pena, eppure non avevo nessuna voglia di legare con lei.

Quella mattina, invece, lei decise di dirmi qualcosa.

Era quasi ora di tornare a casa. La maestra ci aveva chiesto di rimettere i libri nell'armadio e di prepararci per uscire. Tutti i giorni, alla fine della lezione, ci disponevamo in fila per due e uscivamo dall'aula seguendo la maestra, che camminando all'indietro ci teneva d'occhio per evitare che facessimo confusione.

Per il primo anno avevo camminato in coda alle mie compagne, sempre da sola. Fin dal primo giorno, quando, alla fine delle lezioni, la maestra mi aveva assegnato una compagna con cui uscire dalla classe. L'aveva indicata, chiamandola per nome, poi aveva chiamato me. Ci aveva esortato a prenderci per mano, e quando io avevo allungato la mia, l'altra si era stretta le braccia al petto, aveva fatto un passo indietro e aveva scandito chiaramente: «Io con quella non ci voglio stare». Nessuno voleva stare accanto a me. E allora era stata la maestra a prendermi per mano. Ero uscita dalla scuola in prima fila, con la mia insegnante.

Ma da quando Luce era arrivata, all'uscita di scuola facevo coppia con lei.

L'insegnante ci obbligava a prenderci per mano e noi due obbedivamo senza guardarci, come se dovessimo fare una cosa brutta e anche un po' disgustosa. Da quando c'era lei, la fine della lezione era il momento che odiavo di più di tutta la giornata.

Odiavo quella sua mano molle e fredda, molto più grande della mia.

Odiavo camminarle vicino, dover stare dietro al suo passo veloce.

Soprattutto, odiavo il suo odore: era un misto di terra rivoltata e fiori bagnati e ruggine. Luce odorava di cimitero.

Quel giorno, poi, la sua puzza era più forte del solito. Sembrava si fosse rotolata nella terra del camposanto, e anche i suoi vestiti erano macchiati di fango secco.

Mi faceva schifo quel contatto.

Quando suonò la campanella, ci prendemmo per mano, pronte a uscire.

Ci incamminammo per ultime, chiudendo la fila delle mie compagne. Luce era più alta di noi di tutta la testa, e camminava dritta, senza vergognarsi dei suoi capelli troppo corti e dei suoi vestiti sporchi.

All'improvviso, mentre camminavamo, si chinò su di me. La sua faccia lunga mi arrivò vicinissima.

«Fortuna», sussurrò con quell'accento che capivo poco, «ma perché nessuno mi parla?»

«E io che cosa ne so?»

«Ho visto che non parlano neanche con te.»

«Non è vero, non è come dici tu.»

«Ma sì che è vero. Me ne sono accorta. Non vogliono starti vicino. Non ti guardano. Non ti parlano, e quando passi si scansano. Perché fanno così? Che cosa gli abbiamo fatto?»

Forse fu quell'*abbiamo*. L'idea di condividere qualcosa con quella lì mi risultò insopportabile. Scossi la testa, le lasciai la mano.

«Non è vero che non mi parlano. Mi parlano tutti, sei tu che non te ne sei accorta. E comunque, se proprio vuoi saperlo, nessuno ti parla mai perché sei brutta. E sporca. E puzzi. Qui non ti vuole nessuno, tornatene da dove sei venuta.»

Lo tirai fuori tutto d'un fiato, e poi me ne pentii subito.

Erano passati pochi secondi e già volevo chiederle scusa.

Ma era troppo tardi. Luce si allontanò rapida verso l'uscita, ignorando i richiami della maestra.

Le sue spalle ossute e appuntite erano curve verso il basso, la testa dondolava sul petto.

Infilò il portone e corse via nel cortile, sparendo alla nostra vista.

Quando riuscii a raggiungere l'uscita, di lei già non c'era più traccia.

Me ne tornai a casa col passo pesante e qualcosa di duro e amaro a chiudermi la gola.

A pranzo quasi non toccai cibo. Dissi a mia nonna che non mi sentivo bene, e non le raccontai nulla di quello che era successo.

Sapevo di aver fatto una cosa sbagliata, e sapevo anche che Elsa mi avrebbe sgridato, ma in quel caso non avevo bisogno delle sue prediche. L'espressione afflitta di Luce continuava a tornarmi alla mente, mi faceva venire il mal di pancia, e se ci pensavo troppo a lungo, mi veniva anche da piangere.

Non occorreva che mia nonna mi dicesse quanto avessi sbagliato. C'era quella faccia nella mia testa a ricordarmelo.

Era una punizione più che sufficiente.

Il giorno seguente Luce non venne a scuola.

Non si presentò nemmeno il giorno dopo, né quello dopo ancora.

Le mie compagne di classe ridacchiavano, si raccontavano l'un l'altra storie su di lei. Dicevano che fosse rimasta chiusa nella bara dove dormiva, o nell'ossario del cimitero.

Qualcun altro disse che, magra com'era e vestita di stracci, l'avevano messa a fare lo spaventapasseri nei campi fuori dal paese.

Le ascoltavo di soppiatto, facendo finta di niente. Avevano la mia stessa età ma mi sembravano molto più piccole. Le trovavo stupide.

Credevano di sapere perché la figlia del becchino non venisse più a scuola, ma la verità la conoscevo solo io.

Luce non veniva più a scuola per colpa mia. Era per quello che le avevo detto. Forse l'avevo offesa così tanto che non voleva più vedermi. Forse le avevo fatto tanto male da farla morire. Forse non sarebbe tornata mai più, oppure sarebbe venuto il suo fantasma a graffiarmi mentre dormivo.

Elsa diceva sempre che quando i morti ce l'hanno con te ti graffiano la faccia nel sonno, e io pensavo che Luce avesse tutti i motivi per detestarmi. Ogni notte mi addormentavo col pensiero del suo viso che sbucava dall'oscurità, ed era un'immagine tremenda. Nelle mie fantasie lo spirito di Luce risaliva il sentiero buio che finiva sulla piazza, entrava nella mia stanza e mi graffiava con le unghie sporche di terra, e la sua faccia era cattiva, deformata dalla rabbia. Quella bambina magra e dall'aria sofferente era diventata una specie di mostro, un demone malvagio, e più si prolungavano le sue assenze, più la mia immaginazione viaggiava veloce.

Aspettai molti giorni prima di rivederla.

*

Quando Luce tornò a scuola era già passata una settimana. Non appena la vidi stagliarsi sulla porta dell'aula, tirai un sospiro di sollievo. Era ancora viva, ma era diversa.

Si era regolata i capelli. I brutti ciuffi disordinati e spettinati erano stati sostituiti da un taglio uniforme, ancora più corto del precedente, che accentuava la sua magrezza. E i suoi occhi apparivano più grandi e fissi, la sua faccia più pallida e scavata. Il vestito grigio era sparito e al suo posto era apparso un grembiule col fiocco, simile a quello che usavamo noi. Le andava un po' piccolo, le tirava sulle spalle e sulle maniche, ma si vedeva che era pulito.

Venne a sedersi nel banco accanto al mio. Si vedeva che si sforzava di non guardarmi. Non dissi niente, invece di chiederle scusa voltai la testa dall'altra parte.

Mi vergognavo.

Mi vergognavo per essere stata cattiva, per essermi comportata peggio di come si sarebbero comportate le mie compagne. Mi vergognavo per la sua testa rapata e per quel grembiule troppo piccolo, per la sua espressione orgogliosa.

Mi vergognavo di me stessa, soprattutto.

Stavo talmente male che decisi di fare qualcosa. Qualunque cosa pur di non dover più sopportare quegli occhi neri che mi odiavano, che non mi volevano guardare.

Quello stesso giorno, nel pomeriggio, dissi alla nonna che volevo andare a trovare una mia compagna di classe.

«Non puoi andare a casa della gente se non sei stata invitata», sentenziò Elsa.

«Ma io sono stata invitata», mentii. Era la prima bugia che raccontavo e la sputai fuori con voce incerta. Ero quasi sicura che mia nonna avrebbe scoperto subito che non le stavo dicendo la verità.

Invece, si voltò a guardarmi, incuriosita.

«Chi ti ha invitato?»

«Maria Luce. Mi ha chiesto se volevo andare a trovarla questo pomeriggio.»

La faccia di Elsa si illuminò. Svecchiò di colpo. In pochi secondi ritornò giovane, com'era sulle foto del matrimonio. Sorrise.

«Davvero ti ha invitato? Siete amiche, quindi.»

«Sì. Posso andare, nonna?»

«Ma certo. Certo che puoi andare. Vuoi che ti accompagni?»

«Voglio andare da sola.»

«Va bene. Sei grande adesso. Torna prima che faccia buio però. E stai attenta alle macchine», si raccomandò. Poi mi diede un bacio e mi accompagnò fino al portone di casa. Rimase sulla soglia a guardarmi sparire lungo il corso.

Nell'allontanarmi, mi voltai a guardarla. Da quella distanza, sembrava quasi che stesse piangendo.

Nei pressi della casa gialla non c'era un'anima. Sullo sfondo, alle spalle del cimitero, le montagne si stagliavano immobili contro il cielo grigio. Sembravano lontanissime. Più in basso, attaccata tenacemente alla roccia, la boscaglia si allungava per chilometri, estendendosi quasi fino alla casa.

La vecchia auto scura che avevo già visto era ancora parcheggiata nello stesso posto, davanti al vialetto d'ingresso.

Mi sedetti sul muro che costeggiava la strada non lontano dalla casa, e poco dopo, come se mi avesse sentito arrivare, Luce uscì sulla veranda.

Mi aspettavo che vedendomi avrebbe capito. Che sarebbe venuta a salutarmi, o almeno a chiedermi che cosa ci facevo seduta sul suo muretto.

Invece, non fece niente. Rimase ferma dov'era, immersa nell'ombra del portico.

Rimasi ferma anch'io, per un tempo incalcolabile.

Restai a guardarla finché lei, senza aver mai cambiato espressione, mi voltò le spalle e rientrò in casa.

In quel momento decisi che potevo anche andarmene.

Tornai a casa, raccontai alla nonna che mi ero divertita, che Luce era simpatica e che avevamo giocato tutto il tempo.

Non sapevo che inventarmi, non sapevo nulla delle cose che le altre bambine facevano insieme. Certo, qualche volta le avevo spiate dalla finestra mentre giocavano sulla piazza del belvedere, ma non era la stessa cosa.

Mia nonna, però, si fece bastare quel poco che le offrivo.

La cosa più importante per lei era che avessi trovato un'amica, qualcuno con cui stare.

Si accontentò di questo per essere felice.

Da quel giorno in poi, continuai a tornare tutti i pomeriggi a casa di Luce, e ogni volta era la stessa storia: arrivavo e mi sedevo sul muretto di fronte alla casa gialla. Poco dopo lei usciva sul portico. Qualche volta, invece, la trovavo già seduta sugli scalini della veranda ad aspettarmi.

Non facevamo niente, stavamo lì a guardarci e basta, e per tutto quel tempo lei rimaneva perfettamente immobile, tanto da sembrare dipinta sulla facciata della casa.

Io invece non riuscivo a stare ferma: mi alzavo e mi sedevo, facevo un paio di passi e poi tornavo indietro, sbattevo i piedi a terra un po' per il freddo, un po' per scacciare il formicolio delle gambe addormentate.

Mi annoiavo da morire. Speravo che Luce mi parlasse, che potesse fare quello per cui a me mancava il coraggio. Ma Luce non si muoveva, rimaneva sprofondata in quella fissità ottusa di statua, e quando poi si stufava di stare lì a guardarmi, si alzava e rientrava senza neanche un cenno di saluto.

Solo allora io me ne andavo, sconfitta.

A scuola non ci parlavamo né ci guardavamo, sembrava quasi che fossimo invisibili l'una all'altra.

Nessuno sapeva che passavamo interi pomeriggi a fissarci nel cortile di casa sua.

Nessuno al mondo.

Solo io e lei.

Era passato poco più di un mese dalla prima volta che ero andata a casa di Luce, e già l'autunno si tuffava nell'inverno. Le prime abbondanti nevicate avevano imbiancato la conca del lago e i tetti del paese, e le strade erano scivolose per via del ghiaccio. Come spesso accadeva, la neve aveva bloccato le strade e le campagne intorno a Roccachiara. Sarebbero rimaste isolate per giorni interi, lasciando i casolari e le fattorie senza luce né acqua. Anche la casa del cimitero era diventata impossibile da raggiungere.

Nonostante il freddo e la neve, avevo provato lo stesso a andare da Luce, ma sulla strada che portava al cimitero gli spazzaneve non passavano mai, e l'unica volta che avevo provato a imboccarla ero sprofondata fino alla vita nella neve fresca, bagnandomi persino le mutande.

Quel giorno ci misi quasi due ore a tornare a casa. Gli stivali pieni di neve pesavano moltissimo, ostacolando tutti i miei movimenti. I vestiti fradici si erano ghiacciati immediatamente, e scollarli dalla pelle era diventata un'impresa. Tornai a casa stanca morta e mezza congelata.

Mi ammalai subito. Poche ore dopo il mio rientro, già bruciavo di febbre.

Restai a casa una settimana intera con una brutta influenza che non voleva saperne di andarsene.

Ogni giorno mia nonna mi obbligava a bere uno dei suoi decotti fatti con le erbe del bosco.

Sapeva di radici ed era come ingoiare una sorsata di terra umida, ma faceva scendere la febbre e calmava la tosse forte che mi teneva sveglia.

Sdraiata a letto a sopportare il peso e il caldo soffocante delle coperte, e ad ascoltare il vociare della televisione che dall'altra stanza teneva compagnia a mia nonna, mi annoiavo da morire. Mi chiedevo dove fosse Luce e che cosa stesse facendo.

Spesso, la noia cedeva il posto a un dormiveglia vischioso da cui mi riprendevo ancora più intontita. Fu proprio in uno di quei momenti che trovai la nonna seduta sul mio letto. Mi appoggiò una mano fredda sulla fronte.

Non aveva la solita espressione grave e preoccupata, sorrideva.

« Come ti senti? Vuoi fare merenda? »

« Mi fa male la gola. E qui, quando respiro », sussurrai, indicandomi il costato.

Elsa sembrò non farci caso.

« Prima mi sono affacciata alla finestra per vedere se aveva ripreso a nevicare », disse. « Qui sotto, seduta su una panchina, c'era la tua amichetta, Maria Luce. Mi ha chiesto di te, le ho detto che dormivi ma che se voleva poteva salire a svegliarti, però ha preferito di no. Dice che tanto vi rivedete a scuola. »

Mi bloccai a metà di un respiro. L'aria mi rimase dentro, pesante come un mattone. Mi pentii di aver dormito per tutto quel tempo.

« Ha detto qualcos'altro? »

« Mi ha detto di dirti 'guarisci presto', o una cosa del genere. Parla in un modo strano, non si capisce nulla. Ma tu la capisci quando parla? »

Elsa era allegra, quasi felice. Si dimenava sulla sponda del letto, si riaggiustava i capelli. Pareva emozionata.

Guardai fuori, nello spiraglio grigio delle imposte lasciate accostate.

« Sì, la capisco », dissi, « ormai mi sono abituata. »

Non era vero, non la capivo.

Io con Luce ci avevo parlato una sola volta.

31

Quando gli intrugli di mia nonna riuscirono a rimettermi in piedi, la prima cosa che feci fu tornare alla casa gialla. Non nevicava da un paio di giorni e questo aveva permesso agli spalaneve di liberare anche le strade esterne al paese. Lasciai che mia nonna mi avvolgesse negli scialli come una mummia, e poi uscii di casa nel gelo del primo pomeriggio. Non avevo il permesso di restare fuori fino al tramonto.

Per veder uscire Luce aspettai poco. Le brutte tende appese davanti alla finestra si sollevarono per un breve istante e poi ricaddero immobili dietro ai vetri.

Pochi secondi più tardi, la sua figura scarna uscì nel portico.

Era imbacuccata in un cappotto scuro che le stava grande di molte taglie, facendola assomigliare a un mostruoso bozzolo nero.

Ogni volta che la vedevo era così: sembrava sempre che avesse qualcosa di sbagliato addosso. Anzi, sembrava lei a essere sbagliata per gli abiti che indossava.

Pensavo che sarebbe rimasta lì, nel portico, a guardarmi come tutte le altre volte, invece scese i pochi gradini della veranda e attraversò lo spiazzo.

«Perché stai qua?» disse. La sua voce somigliava al ragliare di un asino.

«Ci vengo sempre.»

«Appunto. Che vieni a fare?»

«Non lo so. Non ho niente da fare. Perché l'altro giorno sei venuta a casa mia?»

All'improvviso sembrò a disagio. Guardò da una parte e poi dall'altra, ma intorno era deserto e non c'era niente da guardare. Si grattò la testa rasata.

«Pensavo che eri morta», disse sottovoce.

«Se fossi morta qualcuno mi avrebbe portato al cimitero e tu mi avresti visto.»

Luce scosse la testa.

«Non lo fanno mica sempre.»
«Che vuol dire che non lo fanno sempre?»
«Certi se li tengono a casa. Non li vogliono mandare via. Li tengono sul letto anche per qualche giorno. Quando cominciano a rovinarsi, allora ci chiamano. Non se ne vogliono separare, capisci? E giù non è come qui. Giù fa caldo, si rovinano subito. A quel punto non possiamo fare più niente, solo metterli dentro e chiudere tutto. Pensavo che anche te eri morta e che ti tenevano a casa, per vegliarti.»
«Io non ti capisco.»
«Che cosa non capisci?»
«Non capisco bene quando parli, parli troppo veloce. Chi è che fa queste cose che dici?»
Inclinò la testa da un lato, confusa.
«Come chi è? Siamo noi.»
«Noi chi?»
«Io e mio padre.»
«Ma tu non puoi lavorare. Sei troppo piccola per lavorare.»
«Da me lavorano anche i piccoli. Lavorano tutti, se c'è bisogno. Pensavo che eri morta e che dovevo venire pure da te.»
Arricciò le labbra nel vuoto. Sembrò vergognarsi di quello che aveva appena detto.
«Però non sono morta. Sto bene. Che hai fatto alla voce?» chiesi poi, per cambiare discorso.
«Mi fa male la gola.»
«Se vieni a casa mia, mia nonna ti cura.»
«È un dottore, tua nonna?»
«Quasi.»
Mentre parlavamo un urlo fortissimo risuonò per tutto il cortile. Si allungò fino alla strada, tra i cipressi del cimitero e le tombe annerite, e tornò indietro in un'eco distorta.
«Maria Luceee!»
Proveniva dalla casa.
Dopo una rapida occhiata alla veranda, Luce mi prese per mano.
«Vieni», disse, «corri.»
Mi trascinò via. Attraversammo correndo tutto lo spiazzo e arrivammo al cancello secondario del cimitero, il cancello del custode.

La catena arrugginita che avevo sempre visto attorcigliata intorno alle inferriate non c'era più. Il cancello si aprì cigolando e si richiuse dietro di noi.

«Che cos'è stato?» singhiozzai. Quel grido improvviso, rauco e sguaiato, mi aveva preso alla sprovvista, spaventandomi. Adesso, faticavo a riprendere fiato.

«È mia madre. Sta male.»

«Che cos'ha?»

«Niente. Ogni tanto perde la testa. Lascia perdere. Vieni con me, ti faccio vedere un posto.»

Scivolammo in silenzio tra le lapidi e la neve alta. L'ingresso principale del cimitero era stato ripulito, ma lì, nella parte più remota, tra le tombe abbandonate, la neve ricopriva tutto.

Seguii Luce lungo il perimetro del cimitero senza chiederle dove mi stesse portando. Lei marciava sicura, incurante della neve che ci seppelliva le ginocchia a ogni passo. Scansava con disinvoltura ostacoli e spigoli sepolti, forme che io non potevo vedere, e che lei sembrava conoscere a memoria.

Quando finalmente si fermò, eravamo davanti alla vecchia camera mortuaria. Era una costruzione più alta che larga, col tetto spiovente e due finestre con le grate ai lati dell'entrata.

Luce si appoggiò al portone, che sembrava chiuso e solido, e con una spallata lo aprì.

Non ero mai entrata lì dentro.

Era una stanza piccola, squadrata. Appeso alla parete un crocefisso impolverato ci osservava, e a giudicare dall'aspetto doveva essere lì da secoli: la faccia sofferente di Gesù era stata quasi completamente cancellata dal tempo e dalla ruggine. Al centro un tavolo di marmo lungo almeno due metri. Credevo di sapere a cosa servisse.

Appoggiata al muro c'era una grossa credenza di legno, ingombra di oggetti. Quel mobile sarebbe stato bene in una cucina, ma in quella stanza sembrava un corpo estraneo. Dentro c'erano vassoi, pinze, forbici, barattoli e bottiglie di colore scuro. Mi ricordò la credenza che stava a casa mia. Quella che Elsa mi aveva proibito di toccare.

«Sai che stanza è questa?»

«È la vecchia camera mortuaria.»

«Brava. Ci eri mai entrata prima?»

«No.»

«Vieni, ti faccio vedere delle cose.»

Mi avvicinai. Luce aprì la credenza, ci rovistò dentro con mani esperte.

«Qui», disse, «è dove io e mio padre prepariamo i morti per la veglia.»

Rabbrividii, ma lei sembrò non accorgersene. Continuò a frugare negli stipetti della credenza, a tirare fuori vasetti e barattoli e ad allinearli sul tavolo, senza smettere di parlare.

«L'hai mai vista una persona morta, tu? Io sì. Più di una. Ne ho viste tante. Quando la gente muore rimpicciolisce. Dico davvero, sai? Ho visto gente rimpiciolire anche di dieci centimetri. E poi, dopo un po' che sei morto non sei più rosa. Diventi di un altro colore. È grigio, però è un po' anche verde. È strano, non te lo so descrivere.»

Mi aggrappai con le dita al bordo del tavolo. Non mi sentivo troppo bene. Luce prese un vasetto bianco, più piccolo degli altri. Ne svitò il coperchio e me lo mostrò. Il contenuto era bianco e pastoso ed emanava un odore pungente.

«Questa è una specie di colla», spiegò, «ha un nome difficile che non mi ricordo. Mio padre lo sa, un giorno te lo faccio dire da lui. Serve per incollare i denti.»

«Che significa incollare i denti?» balbettai.

Luce sventolò una mano, con impazienza.

«Che noia che sei, non sai niente! Sai che *dopo* ti si rilassano tutti i muscoli. Almeno questo, lo sai?»

Scossi la testa, con gli occhi sgranati. Me li sentivo bruciare.

«Be', insomma, subito dopo che sei morto ti si rilassano tutti i muscoli. Anche quelli della faccia. Non è mica bello morire a bocca aperta. È una cosa che fa ridere e la gente non dovrebbe ridere. Perciò gliela chiudiamo.»

Mi si formò in testa un'immagine precisa: Elsa, appisolata sul divano con la testa abbandonata sul bracciolo e la bocca aperta, lucida di saliva. Scossi la testa per scacciare quella scena, che da divertente era diventata macabra.

«E come funziona quella cosa lì... la colla?» domandai.

«Si mette sui denti, in fondo, e sulle labbra, e la mascella rimane chiusa. Dura poco però, un paio di giorni, poi si secca e si sgretola, ma a quel punto sei già dentro la bara e non importa più niente a nessuno, perché nessuno ti vedrà più.»

Soffocai un conato. Luce parlava usando la seconda persona singolare, ma non si rivolgeva a me. Il suo era un discorso generico e immaginario.

Eppure, guardando quel tavolo vuoto, con i bordi rialzati e le venature scure che affioravano dal marmo, mi immaginai distesa lì sopra, morta stecchita, mentre qualcuno mi apriva la bocca per spalmarmi sui denti quella pasta disgustosa.

Mi sforzai di non pensarci, ma quella scena continuava a girarmi in testa.

«Non voglio che mi chiudano i denti, quando sarò morta.»

«Oh, ma non puoi deciderlo tu. Lo decidono i tuoi parenti per te. E poi, passeranno un sacco di anni prima che tu sia morta. Per allora te ne sarai dimenticata e non ti importerà più niente.»

Non credevo che sarei riuscita a dimenticarlo, ma non dissi nulla. «Quanti anni hai?» le chiesi invece.

Luce alzò la testa dai barattoli e dai vasetti con cui stava trafficando. Mi guardò smarrita.

Era una domanda facile, ma le domande facili mandavano Luce in confusione. Negli anni imparai che avrei potuto chiederle tutto sulla conservazione dei cadaveri, sulla corificazione, sulla mummificazione. Conosceva alla perfezione tutti gli stadi del processo di decomposizione di una carcassa, ed era capace di parlarne per ore. Ma chiederle che cosa le piaceva da mangiare o quale fosse il suo colore preferito la metteva in difficoltà. Impiegava parecchi minuti a rispondere.

Ma in quel pomeriggio freddo di inizio dicembre ancora non sapevo nulla di Luce.

«Allora, quanti anni hai, lo sai o no? Sembri più grande di me», incalzai, dopo aver visto che lei non mi rispondeva.

«Undici», disse alla fine, con incertezza. «Ne ho undici. E tu?»

«Quasi otto. Li faccio a marzo. Perché se hai undici anni fai ancora la seconda elementare? Dovresti essere alla scuola media, a Terlizza.»

«Ho perso degli anni, quando vivevo giù.»

«Come mai?»

«Sono stata ammalata.» Qualcosa nel suo tono mi fece capire che non dovevo chiederle altro. Chiusi la bocca.

Luce prese un altro barattolo dalla fila che aveva disposto sul tavolo. Era un recipiente di vetro, di quelli che si usavano per le confetture. Dentro c'era del materiale bianco, simile all'ovatta.

«Questa roba», spiegò, «si mette in bocca prima di chiudere i denti. Per riempire, altrimenti le guance si afflosciano e si incavano. Così.» Risucchiò le guance all'interno della bocca, e per un attimo la sua faccia diventò ancora più scavata, e i suoi occhi ancora più grandi.

«Poi», continuò, tornando normale e afferrando un altro vasetto, «c'è questa crema. Si chiama cerone. Serve per dare colore, per farli sembrare ancora vivi, così la gente pensa che stiano solo dormendo, o che siano morti in pace. Adesso ti faccio vedere.»

Si tirò su una manica del cappotto, l'arrotolò fino al gomito. L'incavo del suo braccio destro era scheletrico, talmente pallido da sembrare grigio. La pelle traslucida, con le vene in trasparenza, era costellata da piccole cicatrici rotonde, simili a macchie sbiadite. Con la mano sinistra Luce prese una ditata di quella crema e se la spalmò sul braccio. Subito la pelle da grigiastra diventò di un rosa carico, artificiale e posticcio. Velò le macchie strane che aveva addosso, ma non riuscì a nasconderle del tutto.

«Che cosa sono quelle macchie che hai addosso?»

«Quali macchie?»

«Quelle lì.» Indicai le piccole cicatrici senza sfiorarla. Non sopportavo l'idea di toccarla, soprattutto dopo aver visto quei segni.

Si guardò il braccio, stupita come se non fosse il suo, come se d'improvviso se lo fosse ritrovato attaccato al corpo. Poi tirò giù la manica del cappotto e stringendosi nelle spalle borbottò sommessamente: «Ho avuto il tifo».

Il tifo.

Aveva avuto il tifo.

Feci un passo indietro, finendo contro il muro.

La nonna diceva che c'erano malattie che lei non era in grado di curare, cose per cui bisognava rivolgersi agli ospedali. Il tifo era una di quelle cose che mia nonna non poteva guarire, e questo voleva dire che era una malattia gravissima.

La guardai, terrorizzata. Era impossibile che avesse avuto il tifo. Elsa mi aveva detto che in Italia non esisteva più. Che era stato debellato ancor prima che io nascessi, dopo la guerra, ed erano stati inventati i vaccini, e nessuno si ammalava più.

Ma Luce aveva detto di essere stata contagiata. E non capivo come avesse fatto a prenderlo.

«Stammi lontana, non mi toccare. Sei malata», sibilai.

«Guarda che non sono contagiosa. Sono guarita. Pensi che mi avrebbero permesso di venire a scuola, altrimenti?»

«E tua madre? Prima hai detto che era malata. Anche lei ha il tifo?»

«No, mia madre... Lascia stare. Non sono contagiosa. Non c'è nessun pericolo.»

«Ma come hai fatto a prenderlo? Mia nonna dice che in Italia non esiste più, che hanno inventato i vaccini.»

«Non è vero che non esiste. Dove abitavo prima, c'era. È una malattia che si prende con i pidocchi. E mica tutti c'hanno il vaccino, Fortuna.»

«E ci si può morire?»

«Qualcuno è morto, sì.» Le si spezzò la voce.

Mi fece pena. Una compassione scivolosa e amara, una pena acuta per i suoi anni persi a scuola, per quei capelli tagliati male. Per quella faccia magra e brutta, lo sguardo affamato che non sorrideva mai.

Volevo aiutarla, fare qualcosa che la facesse stare meglio. D'un tratto non mi sembrò più spaventosa, era solo sfortunata. Anche se parlava di cose strane e sembrava avere la testa da tutt'altra parte.

«Quindi se ti sto vicino, non mi ammalo.»

«No, non ti ammali.»

«Ti fa tanto male la gola? Se vuoi puoi venire a casa mia, domani. Mia nonna ti farà guarire subito.»

«Tu vuoi che venga?»

«Sì, penso di sì. Quando qualcuno ti invita vuole dire che ti vuole.»

«E quello che mi hai detto a scuola? Che sono brutta, e che puzzo...»

«Non lo pensavo davvero.»

«E che pensi allora?»

« Penso che sei carina. » Non era vero. Era a dir poco brutta e aveva un aspetto malaticcio che ti faceva passare la voglia di starci insieme.

Il cappotto di Luce scivolò a terra, sul pavimento sporco. Sotto indossava il vestito grigio. Sollevò un braccio, stese la manica davanti al mio naso.

« Annusa. »

L'odore di fango e di ruggine era sparito, adesso si sentiva solo quello del sapone.

« Hai visto? Non puzzo più. Ho imparato a lavarlo da sola, così è sempre pulito e non devo aspettare che mia madre si senta bene. Adesso ho solo questo, ma mio padre ha detto che presto me ne compra un altro. Pensi che ci posso venire, vestita così, a casa tua? »

Sorrisi.

Era la prima volta che mi veniva da sorriderle. Luce ricambiò appena, schiudendo le labbra. I suoi incisivi, leggermente accavallati, si affacciarono timidi da quel sorriso incerto.

« Certo che ci puoi venire. Ci puoi venire come ti pare a casa mia, Luce. »

Quando dissi che Maria Luce sarebbe venuta a trovarci, Elsa impazzì.

Cominciò dalla mattina a strofinare pavimenti e pentole, lucidare i soprammobili e i vecchi infissi mangiati dai tarli.

Sembrava si stesse preparando alla visita della regina d'Inghilterra, e non all'arrivo della figlia del becchino di Roccachiara.

Si mise all'opera per preparare una torta, poi ci ripensò e mentre la torta era in forno preparò anche una crostata.

«Così», disse, «una delle due la porta a casa.»

Quando Luce arrivò fu mia nonna ad aprire la porta. Si era pettinata i capelli e messa le scarpe buone, anche se non doveva andare da nessuna parte. Con quel gran sorriso stampato in faccia, sembrava più giovane di almeno dieci anni. Non come la foto del matrimonio, ma quasi.

«Ciao, Maria Luce. Entra.»

Lei era ferma sulla porta, avvolta nel solito cappotto troppo grande. Guardò mia nonna con sospetto.

«Luce», disse poi, «solo Luce. Tu sei la nonna di Fortuna?» Faticava a parlare, sembrava stare peggio del giorno prima.

«Sì, vieni. Che brutto mal di gola che hai. Vediamo che cosa ti posso dare.»

Elsa la condusse in cucina, le spostò una sedia, la fece accomodare.

Il profumo della torta che si raffreddava sul tavolo mi faceva brontolare lo stomaco.

Cercai di sorridere a Luce, che non mi ricambiò.

Guardava mia nonna, che era rimasta ferma in mezzo alla stanza, immobile, con lo sguardo che saettava oltre le nostre teste.

Luce si voltò verso di me.

«Cosa fa?» sussurrò.

Scrollai le spalle, come a dire che non ne sapevo niente. Ma sapevo cosa stava succedendo. Feci finta di nulla, non volevo che si spaventasse.

C'era qualcuno dentro casa con noi. Qualcuno che noi non potevamo vedere.

Mi domandai se c'era già da prima, o se era entrato con Luce. Non mi facevano paura, io ci ero abituata. Certe volte attraversavo quelle presenze senza accorgermene. Non era pericoloso, era come passare davanti a uno spiffero d'aria.

Con un brivido, Elsa tornò in sé.

«Scusate», disse, «ero un momento sovrappensiero.»

Si avvicinò a Luce, le tastò la gola. Le fece aprire la bocca, e con un cucchiaio le schiacciò la lingua, per vedere le tonsille.

«Non ti preoccupare, bambina. Non è niente.» Cercò di sorridere per rassicurarci, ma la sua faccia aveva perso colore. All'improvviso era di nuovo preoccupata e tesa, e continuava a guardarsi intorno, come se dovesse succedere qualcosa da un momento all'altro.

Tirò fuori dalla credenza una bottiglia piena per metà di un liquido ambrato che sembrava liquore. Ne riempì un bicchiere, lo diede a Luce.

«Non ti ubriacare», le consigliai.

Luce ridacchiò.

«Bevi», comandò severa mia nonna. «Tutto d'un fiato.»

«Che cos'è?»

«Un distillato di radice di aconito e capelvenere. Ti farà bene. Buttalo giù in un sorso solo.»

Conoscevo bene quell'intruglio. Era uno di quei decotti che facevano passare tutto e subito. Guariva la febbre, la tosse, il mal di denti e un altro migliaio di malanni comuni.

Ma la cosa per cui lo ricordavo meglio era il sapore che aveva. I decotti di Elsa avevano tutti un sapore e un odore terribile, ma quella roba li batteva tutti. L'odore pungente ti bucava il naso, e il sapore era anche peggio. Bruciava sulla lingua e nella gola, era come mandare giù un sorso di inferno. Certe volte, dopo che mia nonna mi aveva obbligato a berlo, lo avevo vomitato tutto. Era disgustoso, talmente orribile che non riuscivi a tenertelo dentro, che per sopportarlo dovevi berlo a piccolissimi sorsi e cercare di non pensarci.

Luce invece svuotò il bicchiere con un colpo solo.

La sua faccia rimase impassibile, non tradì il disgusto. Perse appena un po' di colore.

«Era tremendo, vero? Puoi dirlo. Lo sa anche la nonna che ha un sapore orrendo.»

«Ho bevuto cose molto peggiori», sussurrò. «Posso avere un pezzo di torta?»

Elsa si affrettò a metterle sotto al naso una fetta enorme della torta che aveva appena sfornato.

«Mi sento già molto meglio», disse Luce mentre addentava il dolce. «Grazie, signora.»

Non si accorse dello sguardo secco che mia nonna teneva fisso su di lei.

33

Nei giorni seguenti, Elsa non disse nulla. Non fece nessun commento su Luce, né mi proibì di vederla, perciò pensai di aver soltanto immaginato il modo in cui l'aveva guardata, come se la odiasse e la temesse.

Stavo spesso con Luce. Ci vedevamo la mattina a scuola e poi passavamo il pomeriggio insieme. Qualche volta stavamo a casa mia, ma più spesso ero io ad andare da lei.

Trascorrevamo il tempo nel cimitero, anche se si gelava, perché lei non mi invitava mai a casa sua. Diceva che non c'era bisogno di stare chiuse dentro quattro mura, che si stava bene anche lì, però batteva i denti dal freddo.

Mi ero fatta l'idea che ci fosse qualcosa nella casa gialla che non voleva farmi vedere. Qualcosa di cui si vergognava. E ogni volta che le chiedevo della sua famiglia cambiava maldestramente discorso. Era capitato che nominasse suo padre, ma a parte la prima volta che ci eravamo parlate, non aveva mai più accennato a sua madre.

Eppure esisteva. L'avevo sentita urlare la prima volta che ero andata a trovare sua figlia.

Col tempo mi convinsi che Luce fosse simile a me: anche lei aveva una madre che c'era senza esserci. In qualche modo, era come essere orfani e, anche se non sapevo nulla della sua situazione, cominciai a credere di avere qualcosa in comune con lei. Qualcosa che ci legava.

Certo, io ero più fortunata. Io avevo Elsa, lei invece solo suo padre.

L'avevo intravisto una volta sola, mentre riparava la serratura arrugginita della cappella dei Vezzaghi, dove non seppellivano nessuno da più di vent'anni. Era un uomo tarchiato, con pochi capelli e con la faccia rossa. Luce non gli assomigliava affatto.

Quando l'avevamo visto sopraggiungere Luce non si era mossa, non lo aveva neanche salutato. L'uomo non ci aveva visto. Era arrivato a passo spedito, trasportando una cassetta degli attrezzi che sembrava pesante.

Luce si era interrotta nel bel mezzo di un discorso e l'aveva seguito con lo sguardo.

«Chi è quell'uomo?»

«Il guardiano del cimitero. Mio padre.»

«Vai a salutarlo, no?»

«E che ci vado a fare? Tanto lo vedo dopo a casa», aveva risposto lei. Sembrava che non gliene importasse niente. Lasciai perdere.

«Tuo padre invece dov'è?» mi chiese poi.

«Lavora lontano. In Inghilterra. Non viene tanto spesso», inventai. Non mi andava di dirle che mio padre non l'avevo mai visto, che non sapevo neanche che faccia avesse o quale fosse il suo nome. Mia nonna qualche volta mi aveva raccontato di lui, ma io ero troppo piccola per ricordarmi i dettagli. Tranne che era inglese. Quello me lo ricordavo bene.

Luce sembrò crederci, prese per buono quello che le avevo detto e non mi chiese nient'altro.

Rimanemmo in silenzio a guardare suo padre lavorare.

Pochi giorni dopo, in una mattinata particolarmente calda per essere dicembre, Luce arrivò a scuola in ritardo.

Spalancò la porta senza salutare, venne dritta verso di me. Aveva la fronte sudata, le guance rosse e il fiato corto.

Si appoggiò al mio banco, e le sue mani lasciarono due chiazze umide sul legno.

«Ho scoperto una cosa», disse sottovoce, «te la devo assolutamente dire.»

«Che hai, stai male?»

«No, no. Sto bene. Me la sono fatta di corsa. È che...» Si guardò intorno furtiva. Nessuna delle nostre compagne ci stava guardando, fingevano tutte di non vederci. Ma ci ascoltavano, e lei lo sapeva. «Non te lo posso dire qui. È un segreto.»

Avrei voluto far finta di niente, ma mi dimenai sulla sedia. Ero emozionata: nessuno mi aveva mai confidato un segreto, e a giudicare da come si comportava doveva essere una cosa davvero importante.

Cercai di mantenermi tranquilla, anche se avrei voluto gridare a tutti che Luce aveva promesso di rivelarmi un segreto.

Questo voleva dire che si fidava di me, e quindi che eravamo amiche.

All'uscita di scuola, invece di dividerci – io verso il lago e lei nella direzione opposta – ci nascondemmo nel giardino, dietro a un vecchio capanno degli attrezzi.

Ci sedemmo a terra, sull'erba grigia indurita dalla neve delle settimane precedenti. Adesso il giardino era pulito, a parte il ghiaccio che ancora resisteva, attaccato agli angoli dove non batteva mai il sole.

Luce si accucciò accanto a me. «Hai presente il bosco che si affaccia sul lago», sussurrò, «quello che si vede da casa tua? Non è disabitato fino a Terlizza come dicono in paese. Ci vive una signora. Ho saputo che sta in una capanna, in una radura sulla riva del lago, un posto impossibile da trovare se non lo conosci. Ho saputo che questa signora... questa signora riesce a vedere i morti. I loro fantasmi, intendo.»

«Chi te le ha dette queste cose?»

«Ho sentito mio padre che lo raccontava alla mamma. Dice che glielo hanno detto certe donne venute al cimitero a portare fiori. Dicono che li vede e che loro le parlano. Molti in paese pensano che sia pazza.»

Restai in silenzio. Luce mi scrollò con una spinta.

«Be', che c'è? Hai paura? Io non ho paura. Non mi fanno paura i morti.»

«Non ho paura. Non ho niente. Possiamo andare a casa, adesso?»

«Davvero non ti importa? Non hai voglia di andare a conoscerla?»

«Ma io la conosco già», dissi sollevando lo sguardo. «Quella è mia madre.»

Luce aggrottò le sopracciglia, spalancò la bocca.

Le rimase tra le labbra un sospiro muto.

«Hai capito? È mia madre.»

«E perché non me lo hai mai detto? Io pensavo che tua madre fosse morta!»

«Perché pensavi una cosa del genere?»

«Vivi con tua nonna. Solo gli orfani vivono con i nonni. O quelli che hanno i genitori che lavorano lontano.»

«Mia madre non è morta. Abita solo da un'altra parte.»

«Perché non vive con te? Tutte le mamme abitano con i loro figli.»

«Be', la mia no. Dice che non ci sa stare dentro casa. Che preferisce vivere all'aperto.»

«E perché non stai con lei nella capanna, allora? Io ti verrei a trovare tutti i giorni.»

Mi strinsi le braccia intorno al corpo. «Fa troppo freddo per me nella capanna», mentii. La verità era che mia madre non mi voleva vedere nemmeno dipinta.

«Ed è vera quella cosa che dicono?» domandò Luce tornando al discorso che le interessava.

«No. Non lo so. Non me lo chiedere, per favore.»

Non sapevo che dire. La nonna non mi aveva mai raccomandato nulla al riguardo. C'erano un sacco di cose che non potevo fare, come scendere da sola nel bosco, o fare il bagno nel lago o mangiare dolci prima di cena, e ce n'erano altre che potevo fare. Potevo uscire da sola per il paese, andare a casa di Luce e restare alzata a guardare la televisione con la nonna se proprio non avevo sonno.

Ma di quello che faceva mia madre Elsa non aveva mai parlato. Non sapevo se potevo parlare di lei con le altre persone, e comunque ormai era tardi.

«Ti va di andare a trovarla?»

«Non so. Non credo che sarà contenta.»

«Perché no?»

«A mia madre non piacciono le sorprese.»

Luce si alzò. Si grattò un fianco, raccolse la cartella da terra e mi tese la mano.

«Non è una sorpresa. Sei sua figlia, mica un'estranea. Dai, andiamo a trovarla.»

«Va bene, un giorno ci andremo», concessi. Non dicevo davvero. Speravo che se ne dimenticasse. Oppure che lasciasse perdere. Invece Luce era molto determinata.

«Andiamoci oggi. Adesso, però, così torniamo prima che faccia buio. Forza, muoviti.»

Mano nella mano uscimmo da scuola, attraversammo il paese fino al belvedere.

C'erano delle persone sedute ai tavolini del bar, e altre si attardavano sulla piazza, in attesa che arrivasse l'ora di pranzo. Quando sbucammo dalla strada si voltarono tutti a guardarci. Molte erano donne, avevano grossi fazzoletti in testa, scarpe sformate e buste pesanti appese al braccio. Mi sembrarono tutte mia nonna.

Sperai di vederla affacciata alla finestra. Mi avrebbe richiamato per il pranzo e io avrei avuto una scusa per non scendere nel bosco con Luce. Ma le finestre di casa mia rimasero chiuse, con le tende immobili e i vetri che riflettevano la luce fredda del mezzogiorno.

Nel bosco faceva freddo, più freddo che su in paese. Scese le scale che dalla piazza portavano al sentiero, la temperatura si abbassò di parecchi gradi e l'odore umido del lago ci avvolse come una nebbia. Tra gli alberi e nell'erba c'era ancora molta neve.

Luce camminava davanti a me seguendo il sentiero che si inoltrava nella vegetazione. Procedeva sicura e spedita senza voltarsi mai. Sembrava conoscere il posto.

« Ci sei mai scesa quaggiù? » le domandai.

« No, seguo il sentiero. Dove abita tua madre? »

Ci pensai su un po', alla ricerca di segni di riferimento che potessero guidarci. Sapevo che, dopo circa mezz'ora di cammino, dal sentiero principale partiva un viottolo fangoso che portava alla radura dove viveva Onda. Era quasi invisibile però, per questo speravo di non trovarlo. E anche se l'avessi trovato avrei fatto finta di nulla.

Volevo tornare a casa dalla nonna, e invece non fui per niente fortunata.

Dopo poco, scorgemmo un solitario filo di fumo bianco che si levava dal bosco, e l'odore di legna umida che andava bruciando ci raggiunse.

Luce guardò in direzione del fumo.

« Ci siamo quasi. Quella laggiù deve essere la radura », disse. Poi mi prese per mano e accelerò il passo. « Vedrai, sarà contenta di vederti. »

Ne dubitavo. Onda non era mai contenta di niente. Figurarsi di vedere me.

Quando trovammo il viottolo, Luce cominciò a scendere senza preoccuparsi di scivolare sul fango ghiacciato e senza accertarsi se la stessi seguendo o meno.

Le andai dietro, rassegnata.

Nella radura si gelava. La riva ghiacciata imprigionava l'acqua nera del lago, e la baracca sbilenca dove viveva mia madre si stagliava immobile, come un relitto.

A parte lo scoppiettio della legna umida che faticava a prendere fuoco, non c'era nessun rumore.

La porta della baracca si aprì con un lamento e sbucò Onda.

L'emozione mi chiuse lo stomaco e mi asciugò la lingua.

Non la vedevo da molti mesi, da quando era morto il vecchio becchino.

Era sempre magra e vestita di stracci, le braccia e le gambe – nude nonostante tutto quel freddo – erano incrostate di terra. Ma almeno la sua faccia era pulita. Anche i capelli, lunghissimi, le ricadevano addosso come una tenda. Liberati dal fango e dal fogliame erano talmente chiari da sembrare bianchi.

Ci guardò a lungo, senza dire una parola, cercando di capire se fossimo spiriti o persone vere. Da quando era tornata ad abitare sul lago, faticava a distinguere il mondo reale da quello che solo lei riusciva a vedere. Confondeva i vivi con i morti e viceversa.

«Che diavolo ci fai tu qui?» abbaiò poi, riconoscendomi. «Non vai a scuola?»

«Ci sono andata stamattina.»

«Bene. Brava. Adesso allora torna a casa. Tua nonna ti starà aspettando, e se sa che sei scesa qui da sola poi se la prende con me... Come se ti ci avessi chiamato io.»

Scosse la testa, infastidita, quasi le avessi fatto un torto. Poi puntò gli occhi su Luce.

«E questa chi è?» domandò brusca. Onda non era tipo da perdersi in convenevoli.

«Mi chiamo Luce», rispose lei senza scomporsi. «Tu sei la signora del lago, vero? Quella che parla con i morti.»

Mia madre si strinse nelle spalle. Non rispose. Voleva solo che ce ne andassimo.

«Sei la mamma di Fortuna?» la incalzò Luce.

«Sì.»

«Io e lei siamo molto amiche, sai? Ci siamo conosciute da poco però ci vogliamo bene.»

«Bene, che bello. Adesso però tornate a casa, bambine, questo non è un posto...»

Le parole le morirono in bocca. Onda si tese tutta, tirò su il respiro. Un brivido la scosse. Diventò tutta bianca, ancora più bianca di come era di solito.

Fece un passo indietro, finendo con la schiena contro la lamiera della baracca. Con una mano premuta sulla bocca, scosse la testa più e più volte, come per sottrarsi a qualcosa.

«Mamma, ti senti bene?» le domandai, preoccupata. Sembrava sul punto di svenire o di vomitare.

Non rispose. Guardava Luce. La osservava in un modo strano, con gli stessi occhi con cui l'aveva guardata mia nonna. Ma, proprio come quella volta, Luce sembrò non farci caso, sembrò non accorgersi del malessere di mia madre.

«Andate via», disse piano Onda, con la voce affaticata. «Andate via, non è posto per voi.»

Con riluttanza, Luce afferrò di nuovo la mia mano.

«Arrivederci, signora. Scusa se ti abbiamo disturbata.»

Ci voltammo per andarcene. Arrivate al limitare della radura, mi voltai a guardare mia madre, preoccupata per la sua salute.

Onda, accovacciata vicino alla sua baracca, teneva la faccia rivolta nella nostra direzione.

Fissava la schiena di Luce.

Risalimmo il sentiero senza dirci una parola. Camminavamo una accanto all'altra e non ci guardavamo.

Non dissi nulla sul comportamento di mia madre, non mi scusai per lei. Sapevo che era strana, che spesso faceva cose senza senso, che non era come Luce l'aveva immaginata.

Forse ne era rimasta delusa. Chissà cosa si era aspettata. In quel momento non mi importava granché. Pensavo ad altro, a quello che aveva detto a Onda. Che eravamo amiche. Che ci volevamo bene.

Non ero sicura di volerle bene, ma che lei ne volesse a me mi convinceva a ricambiarla.

Restai zitta fino in fondo al sentiero. Poi, quando imboccammo le scale che portavano alla piazza, mi decisi a parlare.

«Luce...»

«Sì?»

«La cosa che hai detto a mia madre...»

«Che cosa?»

«Quella lì. Quella che siamo amiche e ci vogliamo bene. È vera?»

Luce, che fino a quel momento aveva risposto alle mie domande senza dimostrare particolare interesse, si rianimò all'improvviso. Si fermò in equilibrio su un gradino e mi guardò a lungo, come se stesse valutando attentamente la mia domanda.

«Certo. Certo che ti voglio bene. Sei la mia migliore amica. Da adesso in poi staremo insieme per sempre.»

Mi abbracciò, stringendomi troppo forte, mozzandomi il fiato.

Non mi piaceva il contatto con Luce, non mi sarebbe mai piaciuto.

34

Qualche giorno dopo la mia fuga al lago, Onda tornò a casa.
Ce la ritrovammo all'improvviso in cucina all'ora di pranzo. Ero appena tornata da scuola e mangiavo quello che la nonna aveva cucinato. Aveva apparecchiato per me sola, diceva di non avere appetito. Aveva avuto degli incubi durante la notte, degli incubi che le avevano tolto la voglia di mangiare.
Le chiesi che incubi fossero, ma non volle raccontarmeli. Disse che non erano storie adatte a una bambina, che avrebbero potuto spaventarmi.
Avevo quasi finito di pranzare quando la porta della cucina si spalancò e apparve Onda.
Non l'avevamo sentita arrivare.
Aveva un aspetto migliore di pochi giorni prima. Il fazzoletto che le avvolgeva la testa era pulito, e invece di essere mezza nuda portava un grosso cappotto da uomo. Sotto, il suo vestito era liso e scolorito, ma non c'erano tracce di fango o di polvere. Tutto sommato aveva un aspetto accettabile.
Non salutò mia nonna, venne dritta verso di me.
« Ti ho comprato un regalo », disse. Dalla tasca del cappotto sfilò un rettangolo avvolto in una carta rossa e me lo porse. La guardai sconvolta. Mia madre non mi aveva mai regalato nulla. La parola regalo non era neanche mai uscita dalla sua bocca.
« Be', che aspetti? » borbottò, agitando il pacchetto davanti al mio naso. « È un regalo. Devi scartarlo. »
Afferrai il pacco e lo aprii con cura, senza rovinare la carta. Dentro c'era un sonaglio di legno.
Era uno di quegli oggetti che si usano per i lattanti, per farli divertire. Lo agitai un paio di volte. Faceva un suono strano, come di pioggia contro un vetro.
Avevo quasi otto anni. Onda mi aveva regalato un giocattolo per neonati. Non aveva la minima idea di cosa fosse adatto per me. Tuttavia, la nonna mi aveva insegnato che se si riceveva un dono bisognava ringraziare, anche se il regalo era brutto.

«Grazie, mamma», mormorai, per educazione.

«Prego. Adesso vai a giocare in sala da pranzo. Io devo parlare con la nonna.»

Mi prese per un braccio, costringendomi a scendere dalla sedia, e mi trascinò fino alla porta della cucina con la solita rudezza.

«Non ha ancora finito di mangiare», tuonò Elsa. Il suo tono era glaciale, ma Onda non ci fece caso.

«Mangerà dopo, non muore nessuno», disse. «Adesso dobbiamo parlare.»

Con una spinta mi spedì nella stanza accanto, poi chiuse la porta.

La casa dove abitavamo aveva più di cento anni e muri spessi e pesanti, ma le porte interne erano vecchie quasi quanto la casa, sottili e traballanti, e non riuscivano a schermare la voce di mia madre.

Tesi le orecchie.

Il raschiare della sedia sul pavimento mi informò che Onda si era seduta al mio posto.

«Lo sai», sussurrò rivolta alla nonna, «l'altra mattina tua nipote è scesa fino alla radura.»

«E che cosa è venuta a fare?»

«Non lo so, non l'ho capito. Era con una ragazzina, una poco più grande di lei. Non mi è sembrata una del paese, non si capisce niente quando parla.»

«Ah, sì. Maria Luce. È la figlia del guardiano del cimitero. Quello nuovo, quello che hai fatto venire tu. Lei e Fortuna sono compagne di scuola.»

Nella cucina ci fu un lungo silenzio. Immaginai mia madre e mia nonna che si studiavano come due nemiche. Poi Elsa parlò di nuovo.

«Le avevo proibito di scendere nel bosco da sola. Mi ha disobbedito.»

«Non è questo il punto. Non penso che sia stata lei a decidere. Credo che ce l'abbia portata quell'altra, come si chiama? Maria Luce? Ecco, credo l'abbia convinta lei. Quel piccolo mostro.»

Mostro. Io sobbalzai. La nonna non commentò.

«Tu l'hai mai vista, quella bambina?» continuò Onda.

«È venuta a casa qualche volta, sì.»

« E non ti sei accorta di niente? »
« Di che cosa dovevo accorgermi? »
« Cristo santo, mamma! Fai finta di niente? Come puoi fare finta di niente? C'è qualcosa che le gira intorno, non la lascia mai. L'ho visto giù nella radura. È arrivato con lei e se n'è andato con lei. »
« E cos'è? »
« Non lo so. Non sono riuscita a capire cosa fosse. È un'ombra, molto sfuggente e quasi informe, che sembra aggrappata a lei da anni. Dovresti vedere il modo in cui le sta addosso. Dio, è orribile. »

Onda era sconvolta. La sua voce tremava, si era alzata di tono fino a diventare stridula.

Le braccia mi si riempirono di pelle d'oca. Mi chiesi come diavolo facesse mia madre a sopportare tutto quell'orrore.

« Che cosa vuoi fare? Dirlo al guardiano? Se sei venuta fino a qui per dirlo a me, vorrai pur fare qualcosa. »

« No. Non me ne importa niente. Ma devi impedire che Fortuna frequenti quella bambina. Non mi piace, è strana. Sembra malata. »

« Non piace neanche a me, Onda. »

« E allora proibiscile di incontrarla. »

« Non esiste, non lo farò. È l'unica amica che tua figlia è riuscita a farsi in tutti questi anni. L'unica. »

« Chi se ne importa, mamma! Non è una cosa essenziale, si cresce lo stesso anche senza avere amici! Guarda me, io non ho mai avuto nessun amico e sto benissimo! »

Elsa ridacchiò. Una risatina amara e cattiva, priva di allegria, che non le avevo mai sentito.

« Tu non sei proprio un bell'esempio, figlia mia. »

« Infatti. Fortunatamente il buon esempio sei tu », ribatté acida Onda.

« Chi l'ha cresciuta tua figlia? *Io* l'ho cresciuta! *Io* le ho fatto da madre perché *tu* te ne sei fregata! Ti svegli dopo otto anni e vieni qui a insegnarmi come devo educarla, proprio tu, che di educazione non ne sai niente! »

« E chissà di chi è la colpa se sono come sono! E comunque, Fortuna è mia figlia, e in quanto madre posso decidere per lei. Non voglio assolutamente che veda quella ragazzina. »

Trattenni il respiro, preoccupata. Mi chiesi come avrei fatto a dire a Luce che non potevamo più vederci. Mi chiesi come avrei fatto io a ritornare sola come ero sempre stata.

«Onda», disse la nonna, così piano che faticai a sentirla, «tu in casa mia non decidi proprio niente.»

Nella cucina al di là della porta calò il silenzio. Onda non rispose. Poteva sembrare più forte e decisa, e spesso usava parole terribili, ma quando discutevano era sempre la nonna ad avere l'ultima parola. Poco dopo la sentii trascinare i suoi scarponi pesanti – sempre gli stessi da che riuscivo a ricordare – attraverso la cucina e allontanarsi.

Solo quando fui sicura che se n'era andata mi arrischiai ad aprire la porta per rientrare nella stanza.

Elsa era seduta al tavolo e si teneva la testa tra le mani. Quando mi sentì entrare alzò gli occhi.

«Tua madre mi farà morire», disse.

«Non ti può far morire, nonna. È solo arrabbiata, non vuole mica ucciderti.»

Elsa sorrise, si strinse nelle spalle.

«Qualche volta, ammazzano anche le parole.»

«Perché ti ha detto che non posso vedere Luce?»

«Allora hai sentito tutto. Lo sapevo. Be', non devi ascoltarla.»

«È vera quella cosa che diceva? Quella cosa dell'ombra...»

«Ma no che non è vero. Lo diceva solo per spaventarci. Lascia perdere quello che dice tua madre, Fortuna. Dimenticatelo. Se vuoi essere amica di Luce, per me va bene.»

«La mamma però non è contenta. Non le piace Luce, lo so, l'ho visto.»

«Non è che non le piace Luce. È che a Onda non piace proprio nessuno. Non devi ascoltarla, non è come dice lei. È importante avere degli amici. Gli amici certe volte ti salvano la vita. Luce ti vuole bene e devi tenertela stretta.»

Si alzò dalla sedia, prese il mio cappotto dall'attaccapanni e me lo porse.

«Adesso, per esempio», disse mentre mi spingeva fuori di casa, «perché non vai subito a trovarla?»

Era evidente anche per me che in quel momento Elsa voleva stare da sola. Perciò non protestai. Non dissi che non potevo andare a trovare Luce perché era impegnata ad aiutare suo padre.

Me l'aveva detto quella mattina a scuola. C'era un albero decrepito nel punto più isolato del cimitero i cui rami avevano ceduto sotto il peso della neve. Si erano schiantati al suolo travolgendo alcune vecchie lapidi corrose. L'impatto era riuscito a spezzare la pietra consumata da decenni di abbandono, e così il guardiano aveva deciso di riparare quelle tombe, di restituire loro un po' di decoro.

E in questo doveva aiutarlo Luce.

«Se c'era mio fratello lo faceva lui», aveva detto, «però non c'è e lo devo fare io.»

Non sapevo che avesse un fratello, ma vista la naturale ritrosia di Luce a parlare della sua famiglia, non le chiesi nulla al riguardo. Forse anche lui, come mia madre, abitava da un'altra parte. Forse anche molto lontano, come mio padre.

Lasciai che mia nonna mi guidasse fuori di casa senza lamentarmi, senza dirle che non sapevo proprio dove andare.

A salvarmi fu il tabaccaio.

Passai davanti al suo negozio mentre era intento a spazzare l'entrata. Era da poco passata l'ora di pranzo e in giro non c'era nessuno.

Mi vide mentre attraversavo la strada e mi richiamò indietro.

«Dove vai, Fortuna?» Sorrideva, i capelli tirati indietro a scoprire la faccia allegra. La sigaretta puzzolente – della stessa marca di quelle che fumava mia madre – appoggiata all'angolo della bocca. Lucio era simpatico ed eravamo amici, anche se era abbastanza vecchio. Sicuramente più vecchio di mia madre, ma non quanto mia nonna. Doveva essere sui trentacinque anni. Era sposato con una donna che veniva da un altro paese, ma non avevano figli. A Roccachiara si diceva che non potessero averne.

«Non lo so dove vado. La nonna mi ha detto di fare una passeggiata.»

«Non vai a trovare la figlia del guardiano?»

«Oggi non c'è.»

«Be', fa freddo qui fuori. Vieni dentro. Mi hanno portato della cioccolata nuova. Viene dalla Svizzera.»

«Non ho i soldi per comprarla.»

«Infatti volevo regalartela», disse. Appoggiò la scopa al muro e si avviò all'interno.

La tabaccheria era un locale vecchio e consumato dagli anni. Era in tutto e per tutto un negozio di paese, senza nessuna pretesa. Il bancone di legno in fondo, gli scaffali semivuoti dove Lucio teneva le scorte di tabacco. I contenitori di vetro con i dolciumi e le caramelle. Su un lato della stanza c'era un'enorme vetrina un po' impolverata. Conteneva di tutto: dai giocattoli ai quaderni a righe, dalle penne a sfera alle riviste. C'erano anche un portagioie di velluto rosso tutto scolorito e la confezione di un profumo da donna. Erano lì da anni, congelati nella stessa posizione da quando riuscivo a ricordare.

Vicino all'entrata invece c'era un espositore per le cartoline.

Era sempre stato vuoto. A nessuno era mai venuto in mente di stampare delle cartoline di Roccachiara, e ne capivo facilmente il perché.

«Tieni.» Lucio mi si avvicinò mentre guardavo gli oggetti esposti in vetrina. Teneva in mano una tavoletta di cioccolato avvolta in un incarto beige.

«È al latte. Però non mangiartela tutta subito o ti viene il mal di pancia.»

Mi fece sedere su una sedia accanto al bancone e, preso uno sgabello dal retro, mi si accomodò vicino.

«È venuta tua madre, oggi.»

«Lo so. Mi ha comprato un regalo qui da te.»

«Ah, te lo ha già dato, quindi.»

«Sì.»

«E ti è piaciuto?»

Guardai l'uomo seduto accanto a me, i suoi occhi scuri. Mi potevo fidare di lui. La nonna diceva sempre che Lucio e i suoi familiari erano brave persone.

«Se ti dico un segreto prometti di non dirlo a nessuno?»

«Certo. Un segreto è un segreto.»

«Non mi è piaciuto il regalo della mamma. Era un gioco per bambini piccoli.»

«Già. E tu sei una signorina ormai. Le ho detto che non era una cosa adatta a te, ma non ha voluto sentire ragioni. Ha detto di farmi gli affari miei.»

Sorrise come se fosse una cosa divertente. Lucio era una delle poche persone che trovasse simpatica Onda. «Mia madre non capisce», mormorai.

«Che cosa non capisce?»

«Non capisce le cose che succedono. È come se fosse sempre da un'altra parte. Sono sicura che non sa neanche quanti anni ho io, o quanti ne ha la nonna. Non sa neanche quando è il giorno del mio compleanno.»

«Io lo so il giorno del tuo compleanno.»

Lucio mi accarezzò la testa. Addentai la cioccolata in silenzio. Era buona e dolce, più buona di quella che vendeva di solito.

«Vedi, Fortuna, tua madre porta un peso molto grande, lo sai, vero?»

«Sì. Quella storia degli spiriti. I morti. Mia madre può vederli come noi vediamo le persone vive. Ci riesce solo lei, lo so.»

«Brava, bambina. Hai detto bene, ci riesce solo lei. È una cosa per la quale nessuno può aiutarla, nessuno può farla smettere. È dentro di lei e non ci può fare nulla, e anche se forse non la vuole, se la deve tenere. E tu devi accettarla così com'è e pensare che qualunque cosa succeda è sempre la tua mamma e ti vuole bene. Anche se non assomiglia alle altre mamme che conosci non significa che non ti ami.»

Non risposi. Pensai alle altre madri, a quelle che vedevo tutti i giorni all'uscita di scuola, quelle che venivano nel cortile ad aspettare le mie compagne di classe. Erano mamme diverse dalla mia. Sorridevano sempre e abbracciavano le loro bambine come se non le vedessero da tanto tempo. Ascoltavano le figlie che raccontavano cose sulla scuola, certe volte facevano delle domande, e certe volte ridevano. Anche se quelle facevano osservazioni stupide – cose che io non avrei mai detto –, sembravano felici di passare del tempo con loro. Non si vergognavano di camminare vicino alle loro figlie come faceva mia madre, anzi. Le tenevano per mano.

Le poche volte che avevo camminato per il paese insieme a Onda, lei mi aveva chiesto di starle a qualche passo di distanza. Le madri delle altre bambine non lo avrebbero mai fatto.

Mia madre non mi sorrideva mai. Non mi chiedeva mai come stavo o se avevo imparato delle cose belle. Mi rivolgeva la parola solo per dirmi di non disturbarla o di starle lontano, e per il resto del tempo ostentava un'aria indifferente o annoiata.

Lucio poteva dire quello che gli pareva, ma l'evidenza parlava da sé. Neanche in un milione di anni avrei convinto Onda a volermi bene.

Piuttosto che stare con me, preferiva parlare con i morti.

«Tu la conosci bene mia madre?» domandai.

Lucio accese un'altra sigaretta. Anche lui fumava in continuazione.

«La conosco da quando è nata. Quando aveva più o meno la tua età, la vecchia Clara Castello la mandava qui a comprare le sigarette. Fumava di continuo, Clara. Delle sigarette particolari, adesso non le fanno neanche più. Mia madre le faceva portare solo per lei. Io di mattina andavo a scuola e di pomeriggio aiutavo qui in tabaccheria. E tua madre veniva quasi tutti i giorni, e quasi tutti i giorni si sedeva sulla sedia dove sei seduta tu adesso, e rimaneva lì anche per un'ora intera.»

«E che ci faceva qui seduta?»

«Chiacchierava con mia mamma, e se non c'era lei chiacchierava con me. Ma non le piaceva tanto come stare con mia madre. Parlavano sempre fitto fitto e sempre sottovoce. Chi lo sa che cosa si dicevano, magari mia madre chiedeva a Onda delle cose di mio padre, ma chi lo sa...»

«È morto, tuo padre?»

«Sì, quando ero piccolo.»

«E sei figlio unico?»

«No, ho un fratello più grande. Si chiama Ettore e fa il carabiniere in un'altra città.»

«Io non ho fratelli», dissi, «però mi piacerebbe. Forse Luce è un po' mia sorella, però non abbiamo gli stessi genitori.»

Mi dimenai a disagio sulla sedia. La questione dei genitori per me era una cosa spinosa, qualcosa di cui faticavo a parlare.

«Mio padre lo conoscevi? Io non l'ho mai conosciuto. La nonna dice che era inglese e che adesso è tornato a casa sua... Tu lo conoscevi?»

Lucio si strofinò le mani sui pantaloni. Teneva la sigaretta appesa a un angolo della bocca. La brace rossa era livida, ricoperta di cenere.

«No, tuo padre non l'ho conosciuto. Però mi hanno detto che ti voleva molto bene.»

«Chi te l'ha detto?»

«Delle persone che l'hanno incontrato.»

«Ti hanno detto proprio così?»

«Mi hanno detto proprio così.»

«Quindi sa che esisto.»

«Certo che sa che esisti, Fortuna. È tuo padre, come potrebbe non saperlo?»

Ero sollevata. Se qualcuno aveva detto a Lucio che mio padre mi voleva bene allora era vero. Lucio, proprio come la nonna, non mi avrebbe mai detto una bugia. Mio padre mi voleva bene. Mia madre non mi voleva, ma lui, lui invece mi amava. Non importava se non l'avevo mai visto, se non sapevo nemmeno come si chiamasse o che faccia avesse. Il fatto che esistesse davvero mi bastava e mi consolava. Mi faceva sentire felice.

«Sono passati tanti anni, secondo te si ricorda ancora di me?» chiesi.

«E come potrebbe dimenticarsi?»

«Pensi che tornerà in Italia, un giorno? Che mi verrà a trovare?»

«Tutto è possibile, Fortuna.»

Fuori dal negozio, il cielo ingrigiva rapidamente e le nuvole si addensavano nascondendo completamente il sole già pallido. Tutto l'ambiente all'improvviso piombò in una penombra scura, che annunciava il buio della sera.

«È meglio che torni a casa», disse Lucio, accendendo tutte le luci nel negozio, «tra poco ricomincerà a nevicare.»

Scivolai giù dalla sedia e uscii sulla strada, mentre i primi fiocchi bianchi già mulinavano nell'aria.

«Fortuna!» mi richiamò Lucio. Era sulla soglia del negozio.

«Che cosa c'è?»

«Niente. Solo stai attenta.»

«A che cosa?»

«In generale. Sei una brava figlia, Fortuna, ma devi stare attenta. Adesso vai. Ti guardo io da qui, finché non arrivi a casa.»

Agitai la mano per salutarlo, e sorrisi. Poi, mi incamminai per tornare a casa.

Roccachiara era circondata da boschi intricati che rivestivano le montagne e che digradavano verso la conca del lago. Erano terreni pericolosi, fitti di boscaglia e punteggiati da dirupi e forre profonde. In pochi ci si avventuravano, le zone sicure della nostra rocca si contavano sulla punta delle dita. Fuori dal paese c'era il nulla. Ettari di bosco dimenticato e potenzialmente letale.

Il cimitero sorgeva quasi a ridosso di quei boschi. Era un cimitero di campagna senza nessuna pretesa, ma molto antico: aggirandomi tra le tombe insieme a Luce avevo scoperto lapidi vecchissime, alcune talmente corrose da essere sul punto di sbriciolarsi per sempre, trascinando nel nulla anche l'ultima testimonianza di un'esistenza già dimenticata, l'ultimo ricordo di gente morta quasi duecento anni prima. Era anche molto piccolo. Roccachiara non era mai stato particolarmente popoloso, e i suoi abitanti conducevano una vita regolare, si spaccavano la schiena a furia di lavorare, si sposavano, facevano figli e invecchiavano lavorando nei campi. Certe volte, in quei campi ci morivano pure.

Per questo, nella parte antica del camposanto erano sepolti per lo più contadini morti di vecchiaia, di fatica o di malattie infettive, gente così povera che non poteva permettersi neanche la foto sulla tomba. Gente di cui il mondo intero aveva dimenticato la faccia.

Col passare degli anni il cimitero si era allargato, e da minuscolo era diventato semplicemente piccolo: era successo con l'avvento delle grandi guerre. Roccachiara aveva contribuito a entrambe, inviando al fronte i suoi giovani a combattere contro gli austriaci. Di quei ragazzi, pochi erano tornati vivi. Gli altri erano rimasti sui campi di battaglia, fatti a pezzi dalle granate, o erano tornati a casa avvolti in un tricolore che non sentivano loro, morti per una guerra di cui non avevano capito nulla.

E il cimitero si era allargato.

Erano stati eretti monumenti ai caduti e scavate fosse in cui calare delle bare vuote. La parte recente del cimitero, più che per ospitare cadaveri, era stata costruita per seppellire ricordi. Le lapidi recavano scritte solenni e fotografie in bianco e nero di volti giovanissimi. Ogni volta che ci passavo davanti, quelle tombe mi mettevano una grande tristezza.

C'era anche, dietro le cappelle dei cittadini più abbienti, una sezione più discosta, circondata da un recinto di ferro battuto.

Dentro quel recinto le croci e le lapidi erano più piccole, come se decenni di umidità, pioggia e neve le avessero ristrette, e c'erano foto e fiori, molti più fiori che in tutto il resto del cimitero.

Era un angolo nascosto, riparato da alte siepi, separato dal resto. Non era di passaggio, anzi, era quasi invisibile dalla grossa strada di ciottoli che partiva dalla cancellata del camposanto. Per notarlo dovevi conoscerlo, dovevi sapere dove si trovava. Dovevi avere un motivo per andarci.

Era il cimitero dei bambini.

Il posto preferito di Luce.

Sembravano trascorsi anni dall'ultima volta che ero stata al cimitero, eppure era passata poco più di una settimana.

Il restauro delle vecchie lapidi aveva tenuto impegnati Luce e suo padre per quasi dieci giorni. Lei era stata così indaffarata che qualche volta non era nemmeno venuta a scuola, e quando ci era venuta l'avevo vista stanchissima. Talmente esausta e sfinita da addormentarsi in piedi.

Mi disse che c'erano stati gravi contrattempi, che le lapidi che suo padre stava tentando di riparare erano talmente vecchie da non poter essere riaggiustate. L'unica cosa che si poteva fare era riesumare i resti che riposavano nella terra, chiamare il prete per officiare una messa alla memoria e spostarli nell'ossario del cimitero. Non era un lavoro semplice, c'erano fosse da scavare e pesi enormi da portare. Non mi sembrava un lavoro adatto a una bambina, ma evidentemente il padre di Luce la pensava in modo diverso: portava sua figlia a lavorare con lui, certe volte dall'alba al tramonto senza mai fermarsi.

« Guarda », mi disse una mattina Luce, tendendomi le mani.

Erano gonfie, con le unghie sporche e rotte. Aveva i palmi scorticati, con la carne viva che riluceva umida attraverso le vesciche scoppiate. Fissai quelle ferite con orrore.

«Che cosa hai fatto?»

«Ho aiutato mio padre a scavare le fosse. Non ce l'avrebbe mai fatta da solo a riesumarli tutti, e anche così ci abbiamo messo moltissimo tempo. Verso la fine le mani mi facevano così male che non riuscivo neanche più a stringere il manico della pala.»

«Perché lo fai? Non è compito tuo. Non sei tu il guardiano del cimitero.»

Luce si strinse nelle spalle.

«Mio fratello doveva imparare il mestiere», disse, «adesso che lui non c'è lo devo imparare io.»

«E perché tuo fratello non torna? È un maschio, può fare le cose faticose al posto tuo.»

Luce mi fissò a lungo, senza muoversi. La sua era un'immobilità spaventosa, da statua. Odiavo quando faceva così. La scrollai piano e sembrò riprendersi.

«Non torna perché non può tornare», rispose asciutta.

Mi voltò le spalle e si allontanò camminando lenta, strizzata nel suo grembiule troppo piccolo.

Il lavoro di riesumazione era finito, ma le ferite di Luce guarivano troppo lentamente, e a causa loro non poteva toccare niente. Anche scrivere le provocava grandi dolori.

Chiesi a mia nonna un rimedio per guarire le mani della mia amica, ed Elsa non si fece pregare. Senza fare commenti, spese un intero pomeriggio a cuocere e rimestare in una pentola, e tutta la casa si riempì di un odore mefitico, amaro come la morte.

Alla fine, però, mi consegnò un vasetto di vetro. Dentro c'era una specie di maleodorante gelatina grigia. Non sapevo dire se facesse più schifo a vederla o ad annusarla.

«Deve spalmarla sulle ferite, e poi indossare dei guanti finché non si assorbe tutta. Mi raccomando, Fortuna, i guanti devono essere di cotone. Non di lana, ma di cotone. È importante.»

Con la testa piena di istruzioni e raccomandazioni, partii alla volta del cimitero.

Arrivai alla casa gialla, ma Luce non era lì davanti ad aspettarmi. Andai dall'altra parte della strada, a sedermi sul vecchio muro scrostato, facendo attenzione a non rompere il vasetto che portavo con me. Luce era un po' in ritardo. Forse non si era accorta dell'ora, ma ero certa che sarebbe arrivata presto.

Aspettai finché il sole non scese oltre le cime degli alberi, allungando le ombre sul terreno. Di Luce nessuna traccia. Forse si era addormentata.

Saltai giù dal muretto, indecisa se avvicinarmi alla casa. Luce non mi aveva mai invitato a entrare, anzi, aveva sempre fatto in modo che ne stessi lontana. Ma non volevo entrare, mi sarei accontentata di chiamarla ad alta voce dagli scalini della veranda.

Sotto il portico, le ombre erano ancora più lunghe e scure. I gradini quasi marci scricchiolarono sotto il mio peso, producendo un rumore che nel silenzio mi sembrò fortissimo.

«Luce?» sussurrai piano, tanto piano che nessuno avrebbe potuto udirmi.

La verità era che quel portico freddo e deserto, con le assi sgangherate e il dondolo di ferro arrugginito in un angolo, mi metteva soggezione.

«Luce?» chiamai, questa volta a voce un po' più alta e decisa. «Sono io. Ti ho portato una cosa che ti può guarire le mani.»

Nessuna risposta. La porta d'ingresso era socchiusa, segno che c'era qualcuno in casa. La spostai leggermente col piede.

Dentro era buio, ma conoscevo quel luogo. Ci ero già stata mesi prima, quando era morto il vecchio guardiano, e sapevo cosa mi aspettava.

Il piccolo ingresso che si apriva sul soggiorno con le pareti macchiate di umidità.

La cucina dove mia nonna mi aveva lasciato a pregare mentre quell'uomo spirava.

La camera da letto in fondo, non visibile dal corridoio.

La casa era immersa nell'ombra, ma io non avevo paura. Aspettai che i miei occhi si abituassero e poi mossi un passo dentro.

Tutto era rimasto uguale, a parte le macchie sulle pareti che sembravano ancora più grandi e più scure.

Nel soggiorno, al posto del divano foderato che avevo visto la prima volta c'era un grosso letto matrimoniale, di quelli vecchi e pesanti, con la testiera di ferro lavorato.

La casa era incredibilmente sporca.

C'era odore di chiuso e sudore stantio, e strati di polvere sui mobili e orme fangose sul pavimento. Aveva bisogno di un cambio d'aria e di una bella pulita.

«Luce? Dove sei? Scusa se sono entrata, ho trovato la porta aper...» Le parole mi si impigliarono in bocca e morirono lì.

Un fruscio, il sibilo di qualcosa che si muoveva.

Voltai la testa e la vidi.

Luce.

Si era rialzata di scatto dal letto, e adesso se ne stava seduta tra le coperte, dritta come una spada e perfettamente immobile.

Con quel chiarore debole, sembrava ancora più alta e ancora più magra, ma nel vederla provai sollievo. Stare da sola in quella casa non mi piaceva affatto.

«Ah, eccoti. Lo sapevo che ti eri addormentata», dissi.

Frugai nella tasca del cappotto, tirai fuori il vasetto e glielo porsi, ma lei non lo prese. Rimase immobile.

«Be', che c'è? Sei arrabbiata? Ti ho portato questo, è da parte di mia nonna. Ti farà guarire le mani.»

«Federico?»

La voce. La voce non era quella della mia amica.

Era rauca e affaticata. La voce di una persona che non parlava mai.

Mi accorsi all'improvviso che quella nel letto non era Luce. Le assomigliava, aveva lo stesso identico modo di piegare la testa di lato come un cane in ascolto, ma non era lei.

La figura scarna tra le coperte aveva gli stessi capelli corti e gli stessi zigomi sporgenti, ma era più vecchia di almeno vent'anni. E la faccia, adesso la vedevo meglio, la sua faccia era deturpata, ricoperta di piccole chiazze scure, le stesse che Luce aveva sulle braccia. Le cicatrici lasciate dal tifo.

Mi tirai indietro con un salto. La madre. Quella era sua madre.

«Signora, scusami», balbettai. «Ti ho scambiato per tua figlia.»

«Federico», biascicò quella, senza ascoltarmi. «Federico, vieni qui.»

«Non mi chiamo Federico. Mi chiamo Fortuna. Sono una femmina.»

Mi guardò con curiosità. Sembrava non capire quello che le stavo dicendo.

«Che hai combinato ai capelli? Sono troppo lunghi, ti vengono i pidocchi. Portami le forbici, mamma adesso te li taglia.»

Arretrai ancora. Era chiaro che non mi capiva.

«Bravo, Federico. Bravo. Vai a prendere le forbici. Sono brutti quei capelli.»

«Sì. Vado a prendere le forbici. Tu aspettami qui.»

Camminando all'indietro arrivai fino alla porta. La donna nel letto non si mosse. Nel buio, i suoi occhi affondavano in una pozza scura. Non potevo vedere se mi stesse guardando o meno, ma ero sicura di sì.

«Torno subito», sussurrai, «non muoverti.»

Ma era chiaro che non si sarebbe mossa. Probabilmente non ne aveva la forza.

Uscii dalla casa gialla in tutta fretta. Il sole stava tramontando dietro le montagne e per la strada non si udiva un suono. Era sempre così in quel posto, il silenzio si fondeva con la terra, cancellava tutti i rumori.

Lottai col bisogno di scappare, di correre fino a casa.

Ma c'era Luce, lì, da qualche parte, Luce con le mani scorticate, Luce che aveva bisogno di me.

Respirai a fondo per calmarmi, poi mi incamminai verso il cimitero, ascoltando i battiti accelerati del mio cuore.

Solo lì fuori, nel chiarore del tramonto, mi resi conto che avevo avuto paura.

Trovai Luce nel cimitero, nella parte dove venivano sepolti i bambini.

Il suo cappotto era appeso a una croce poco distante, e lei era inginocchiata per terra, le maniche del vestito grigio tirate fin sopra ai gomiti, e canticchiava qualcosa dandomi le spalle.

I miei passi sul selciato la fecero voltare. Mi vide e sorrise.

«Ciao. Che fai qui?»

« Dovevamo vederci oggi. Non ti ricordi? »

« Me ne sono dimenticata. Avevo da fare. »

« Che stai facendo? » domandai, osservando i fiori secchi che teneva in grembo. Luce muoveva le mani con cautela, indossando guanti ruvidi da lavoro. Le andavano grandi di un paio di misure e ogni volta che le scivolavano sui polsi il suo viso si raggrinziva in una smorfia di dolore. Le ferite sui palmi la facevano soffrire molto.

« Sto mettendo dei fiori nuovi per questo bambino », rispose, indicando la piccola lapide su cui era inginocchiata. « Quelli che aveva erano tutti secchi. »

« Dove li hai presi questi fiori? »

« Da un'altra tomba. La tomba di un signore che ne aveva tanti. Non si offenderà, non preoccuparti. Non glieli ho presi tutti. »

Guardai i fiori sparsi per terra, i vasi vuoti. C'era nell'aria un odore di umidità e di acqua stagnante. Era opprimente come quello che avevo sentito in casa di Luce.

La tomba su cui stava trafficando apparteneva a un bambino morto qualche anno prima della mia nascita.

Raccolsi da terra uno di quegli steli appassiti. Mi si sbriciolò in mano.

« Fai bene a mettere dei fiori nuovi », commentai. « Si vede che i suoi genitori lo hanno dimenticato, che a nessuno importa più di lui. È brutto essere soli. Mi sa che è brutto anche da morti. »

Mi lasciai cadere sulla terra dura accanto a lei. La guardai lavorare in silenzio.

« Non è vero quello che dici », sbottò all'improvviso, « i suoi genitori non lo hanno dimenticato. È che gli fa male venire qui. Soffrono troppo, capisci? Ma non lo hanno dimenticato. Nessuno dimentica mai un figlio che muore. Nessuno. »

« Però non vengono mai a trovarlo. È triste, non pensi? »

« Certo che è triste. È per questo che ci sono io. Se mi prendo cura di loro si sentiranno meno soli. »

Le sue parole mi ricordarono i discorsi che faceva di solito mia madre. Con una sensazione di disagio, decisi di cambiare argomento.

«Ti ho portato una pomata che ha fatto mia nonna. L'ha fatta per te, così le tue mani guariranno in fretta.»

«Grazie. La metto subito, allora.»

«Sai, prima sono stata a casa tua.»

Non disse niente, non diede segno di aver sentito. Eppure nel cimitero c'era silenzio e l'unico suono era quello dei nostri respiri.

«Non volevo entrare», mi giustificai, «ma ho trovato la porta aperta, e pensavo che tu magari ti fossi addormentata e io volevo darti la medicina, così guarisci e le mani non ti faranno più male, non l'ho fatto apposta, non volevo...»

«Stai zitta. Non fa niente. Non ti scusare, non sono arrabbiata. Che cosa hai visto?»

«C'è un letto in soggiorno. E una signora che ti assomiglia.»

«È mia madre. Ti ha parlato?»

«No», mentii, «appena l'ho vista sono uscita subito. Credo di averla svegliata. Mi dispiace. Diglielo tu, quando torni a casa. Mi dispiace di averla disturbata.»

«Non l'hai disturbata. Nessuno è in grado di disturbarla, mai.»

«Bene, allora meglio così.»

Luce non rispose. Aveva l'espressione vacua di certe statue e non mi rivolse nemmeno uno sguardo. Senza parlare sistemò i fiori nuovi nei vasi e li dispose accanto alla lapide. Poi raccolse gli steli secchi e li gettò sul selciato, dove i passanti li avrebbero calpestati, sbriciolandoli.

Non lo sopportavo quel silenzio. Dovevo dire qualcosa.

«Luce...»

«Eh, Fortuna.»

«Chi è Federico?»

Il sole era ormai scomparso oltre il crinale della montagna e nell'oscurità che si avvicinava la pelle di Luce aveva la stessa tonalità del suo vestito.

Un grigio insano, spento e mortifero.

Gli occhi con cui mi guardò erano pieni di severità e rimprovero.

«Se ti racconto una cosa», sussurrò, «prometti che non la dirai mai a nessuno?»

36

Maria Luce Ranieri era cresciuta in un posto che non avevo mai sentito nominare. Si chiamava Montaldo ed era un paese piccolo – ma non quanto Roccachiara – dove si conoscevano quasi tutti, e dove tutti pativano la stessa miseria.

Luce era nata per caso, secondogenita del guardiano del cimitero. Le avevano raccontato che sua madre Rita non si era nemmeno accorta di essere incinta, e aveva scambiato la gravidanza per una menopausa precoce, cosa che nella zona succedeva abbastanza spesso. Molte donne del luogo, sfibrate dal duro lavoro, dai troppi aborti e dalla mancanza di cure mediche, diventavano sterili intorno ai trent'anni. Perciò, quando Rita rimase incinta pensò che la mancanza di mestruazioni fosse dovuta all'arrivo della menopausa, che l'ultimo aborto provocato dai ferri le avesse rotto qualcosa dentro, qualcosa che non si poteva riaggiustare.

Ma sette mesi dopo, senza che la pancia fosse cresciuta tanto da indicare una gravidanza, venne al mondo Luce.

Nelle province, soprattutto nei paesi più lontani dai capoluoghi, non c'era da perdere tempo per andare in ospedale, e si usava partorire in casa. Così aveva fatto mia nonna Elsa, e così aveva fatto anche mia madre, Onda, con me. Con Luce questo non era successo. Era nata una mattina di settembre all'ospedale di Avellino. Sua madre aveva scambiato le doglie per un forte attacco di appendicite o ernia, e quando il medico che l'aveva visitata le aveva rivelato la verità era svenuta di schianto.

Poveri in canna com'erano, l'ultima cosa che serviva a casa Ranieri era un'altra bocca affamata.

Ma invece di abbandonare Maria Luce dalle suore di carità, il padre pensò che dove si mangiava in tre si potesse mangiare anche in quattro, e convinse sua moglie a riportare a casa quella bambina che non si aspettavano, che gli era capitata tra capo e collo come la grandine in piena estate. Magari un giorno sarebbe potuta tornare utile. In fondo, un paio di braccia in più

– anche se braccia di femmina – avrebbero potuto far sempre comodo.

Così Luce era cresciuta all'ombra di suo fratello Federico, il figlio maschio che incarnava la speranza della loro famiglia. Era cresciuta sapendo che per i suoi genitori non era altro che un errore di percorso, qualcosa di inaspettato, qualcosa che dovevano tenere per forza con la speranza che un giorno potesse servire.

Ma Luce non serviva a niente.

Era una bambina gracile che si ammalava spesso, talmente debole da non riuscire a sollevare neanche una bottiglia di latte.

Non aveva doti speciali, non sembrava particolarmente intelligente e non era bella. Anzi, a dirla tutta era brutta come un colpo: così dicevano le vecchie di Montaldo quando passava la figlia del becchino.

L'unica nota positiva della sua esistenza era il silenzio: Luce era capace di sparire, di eclissarsi, di stare ore intere in un angolo a fingere di non esistere. Era vero che non serviva a niente, ma era anche vero che non dava nessun fastidio. Come un fantasma, una bambina invisibile. Non si lamentava mai e non chiedeva niente, ed era facile dimenticarsi di lei.

Era la sorella dimenticata e non voluta di un figlio unico.

Federico Ranieri aveva quattro anni più di Luce ed era tutto diverso da sua sorella. Era intelligente, svelto con la testa e con le mani. Mica come sua sorella, che non capiva mai niente, e le cose dovevi sempre ripetergliele due volte. Federico non era uno sfaticato. Aveva voglia di lavorare e non si stancava mai. Si accontentava di quello che aveva e voleva bene ai suoi genitori.

Voleva bene anche a quella sorella lenta di testa, nonostante fosse un errore della natura e un peso anche per lui. Certo, a quella femmina sparuta e malaticcia avrebbe anche lui preferito un maschio, ma non poteva farci niente. Era venuta Luce, e anche se era così, lui le era affezionato lo stesso.

Crescendo, Luce continuò a essere invisibile agli occhi di tutti. Frequentava la scuola pubblica, ma non mostrava alcun talento particolare: sembrava più lenta delle sue coetanee e non imparava niente. La scuola però era una specie di piaga obbligatoria cui le famiglie con bambini dovevano sottomettersi, ed era anche l'unica cosa che la tenesse lontana da casa per un po'. Di insegnarle un mestiere non se ne parlava, così com'era non avrebbe potuto nemmeno fare la serva. Pure per quello ci voleva un fisico robusto e un minimo di prontezza, e Luce non aveva né l'uno né l'altra.

Federico invece aveva lasciato la scuola in quinta elementare e qualche volta seguiva suo padre Vincenzo nel lavoro. Sembrava già in grado di prendere il suo posto: aveva tredici anni ma era più robusto degli altri ragazzi della sua età, riusciva a scavare una fossa tutto da solo, e la vista e l'odore dei cadaveri parevano lasciarlo del tutto indifferente.

L'anno dopo, nella provincia scoppiò un'epidemia di tifo. Il lavoro del becchino raddoppiò di colpo e Federico si mise a seguire suo padre a tempo pieno.

In paese e nei borghi vicini, quelli che avevano il vaccino contro il tifo petecchiale si potevano contare sulla punta delle dita. Quasi tutti contrassero la malattia e molti, soprattutto vecchi e bambini, non sopravvissero alla febbre.

C'era un bel da fare in giro per i borghi, con la gente che moriva continuamente. Il parroco correva da una casa all'altra a distribuire misericordia ed estreme unzioni, e Vincenzo e Federico facevano avanti e indietro tutto il giorno tra il cimitero e le abitazioni di quelli che tiravano le cuoia. Tornavano a casa solo per la cena, e quando erano fortunati riuscivano a dormire tre o quattro ore per notte. Più di quelle non era possibile, c'era sempre qualcuno che andava a bussare a notte fonda, ad avvisare che era morta altra gente, che altri funerali andavano organizzati.

A nessuno dei due passò mai per la testa di vaccinarsi contro il tifo.

Luce, invisibile, ascoltava spesso i discorsi dei suoi genitori. Sentiva suo padre sussurrare a sua madre che doveva continuare così ancora per un po', almeno un altro mese.

«Due, se siamo fortunati», disse una sera. «Se quest'epidemia continua altri due mesi, noi a questi figli li mandiamo all'università.»

Qualche giorno più tardi, poco dopo essere uscito, Federico ritornò a casa da solo. Non si sentiva bene, aveva dormito male quella notte, gli faceva male la testa e, nonostante il caldo, era scosso dai brividi come in pieno inverno.

Sua madre, convinta che fosse stato un colpo di sole, lo mise a letto con una pezza fredda sulla fronte per far scendere la febbre. Ma la febbre non scendeva e alla sera la pelle di Federico si era ricoperta di macchie rosse.

Le petecchie, i segni inequivocabili del contagio.

Federico non si era preoccupato. Il tifo era una malattia grave, sì, ma i più forti sopravvivevano bene anche senza antibiotici. Ce n'erano, in paese, di ragazzi che si erano ammalati ed erano guariti da soli. Certo, la malattia li aveva prosciugati e sfigurati, e andavano in giro ricoperti di piccole macchie livide, ma erano vivi e stavano bene, e le petecchie con gli anni sarebbero scomparse.

Quella che sicuramente non ce l'avrebbe fatta era Luce, che poche ore dopo suo fratello cominciò ad accusare gli stessi sintomi.

Luce pensava di dover essere lei a morire. Lei non era forte e brava come Federico, lei non sarebbe guarita. Lo aveva visto negli occhi di suo padre e anche in quelli di sua madre, che spendeva molto più tempo a bagnare gli stracci per far scendere la febbre a Federico, e lo ingozzava di carne, che faceva il sangue buono.

Le cure che sua madre prodigava però, bastavano solo per uno, e Luce sapeva per chi.

Non si lamentò, non era abituata a farlo. Sperò solo di essere abbastanza forte per riuscire a sopravvivere.

Dopo Federico e Luce, si ammalò anche Rita, la madre. Per qualche giorno né Federico né Luce mostrarono segni di miglioramento. Erano sempre in preda alla febbre alta e ai tremori, e la loro pelle si era completamente ricoperta di pustole rosse e infiammate. Facevano così male che sembrava di morire a ogni respiro, a ogni movimento.

Anche Rita era malridotta. Forse perché era più vecchia di loro, ma sembrava stare peggio. Non si reggeva in piedi, barcollava come un ubriaco. Era dimagrita e le ossa le solcavano la pelle da tutte le parti.

Però stava in piedi. Qualche volta la febbre le faceva scambiare Luce per Federico e viceversa, ma nonostante tutto stava in piedi.

Tutti avevano sempre detto che i due fratelli non si assomigliavano affatto, ma adesso sembravano due gemelli. Erano talmente malandati che neanche il sesso li distingueva più, ed era difficile dire chi dei due fosse Luce e chi Federico. Avevano gli stessi zigomi sporgenti, le stesse labbra rattrappite, gli stessi occhi enormi e famelici, lucidi di febbre.

Non si poteva continuare così.

Quando Vincenzo vide ammalarsi pure sua moglie, capì che doveva fare qualcosa, che loro non erano più fortunati degli altri e che la malattia non se ne sarebbe andata da sola. Che bisognava andare a prendere gli antibiotici fino a Napoli, perché era l'unico posto dove ancora si trovavano.

Così, una mattina partì, lasciando la sua famiglia a scontare quella malattia che lo aveva scansato. Prima di andarsene, valutò le loro condizioni: stavano male, le condizioni di Luce in particolare parevano immutate, ma nessuno dei due figli era peggiorato.

Federico, soprattutto, aveva l'aria di stare per riprendersi. Aveva smesso di sudare e di lamentarsi, e dormiva di un sonno pesante. Vincenzo l'aveva preso come un buon segno e, rassicurato, era partito alla volta di Napoli.

Aveva impiegato diverse ore, logorato dall'ansia, ed era riuscito a rientrare soltanto la sera tardi, quando ormai era buio e le campane suonavano a morto nel silenzio della notte.

Per prime entrarono in casa le sue mani, stringendo gli antibiotici che avrebbero salvato la sua famiglia.

Poi entrarono in casa anche i suoi occhi, e incontrarono quelli disperati di sua moglie, e capì.

Rita era in piedi accanto al letto dove giaceva il cadavere di uno dei suoi figli.

C'era una figura sparuta e smunta rannicchiata su una sedia. Vincenzo notò soltanto i suoi occhi enormi e spaventati che guardavano la madre: Rita riusciva a malapena a tenersi dritta, ma strillava fuori tutto il dolore del mondo e si strappava i capelli a mazzi per la disperazione.

Vincenzo non si avvicinò. Non tirò fuori nemmeno un lamento.

«Federico», disse, chiamando suo figlio. «Alzati da quella sedia e usciamo. Andiamo a chiamare il prete.»

Poi, senza nemmeno attendere una risposta, si voltò, posò gli antibiotici su un tavolino con mani tremanti e si preparò a uscire di nuovo.

«Papà.»

Il padre si fermò sulla porta di casa, come folgorato.

Quella voce. Sottile, piagnucolosa. Era quella di una bambina. Era la voce di Luce.

Si voltò verso il letto, aspettandosi di vedere sua figlia emergere dalle coperte per dirgli che c'era stato un errore, che era viva anche lei, che la madre piangeva di febbre e di dolore e non di morte.

Che erano vivi tutti e due e che era lui ad aver capito male, ad aver visto qualcosa che non era successo.

Ma il corpo sul letto rimase immobile, e la faccia di Rita era immensa e lo guardava con due occhi scoperchiati e feroci.

E ora c'era quest'altra creatura in piedi accanto a lui.

Quest'altro essere che era più piccolo di come se lo ricordava e parlava con la voce della sorella morta.

Quest'altro fantasma sopravvissuto che non era Federico, ma Luce.

A Roccachiara il sole era tramontato da un pezzo, e nel cimitero era buio. Così buio che non riuscivo più a distinguere i lineamenti di Luce che, seduta di fronte a me, si teneva le ginocchia ossute strette al petto.

Mi aspettavo di sentirla piangere, perché quella era una storia per cui piangere davvero, ma Luce, sprofondata nel suo silenzio secco, non piangeva, non dava segni di lacrime o singhiozzi. Anche senza vederla in faccia ero sicura che il suo viso fosse asciutto.

La sua era una storia sconvolgente, ma non pensai neanche per un momento che se la fosse inventata. Era tutto vero, me lo sentivo nella pancia.

«Dopo», continuò Luce, «mia madre si è ammalata. Ammalata davvero, non di tifo. Una cosa che non si può guarire.»

«Che cos'ha?»

«Una malattia nella testa. All'inizio era tremendo. Urlava. Piangeva sempre. Era lì con noi, ma era come se non c'era. Si vedeva che la sua mente stava da un'altra parte, mica lì, nella sua testa. Ci guardava come se fossimo appena scesi dalla luna e non ci riconosceva. Chiamava tutti col nome di mio fratello.»

«E ora?»

«Adesso è un po' migliorata. Non piange più. Per la maggior parte del tempo dorme. Qualche volta, nei giorni buoni, ci riconosce, ci chiama col nome giusto. In quei giorni ci si può parlare, ma non succede tanto spesso. Più che altro dorme. Dorme e basta.»

«Sei sicura che non può guarire?»

«Ci sono dei dottori che potrebbero farla guarire, ma sono dei dottori speciali e costano molto. Non abbiamo i soldi per farla visitare.»

Luce giocherellava con la pomata che le avevo dato. Il vasetto di vetro catturava la luce tenue del crepuscolo e la scomponeva in piccoli bagliori trasparenti.

Mi lanciò un'occhiata speranzosa.

«Sai, forse tua nonna potrebbe aiutarla.»

Pensai a Elsa, che aveva guarito intere generazioni di contadini curando ferite, infezioni e sfoghi, rimettendo in sesto ossa rotte e tagli profondi. Aveva curato praticamente tutto il paese, e quando non aveva potuto guarire aveva posto fine alle sofferenze dei malati con misericordia. Ma nonostante lo volesse con tutte le sue forze, non era riuscita nella cosa che reputava più importante di tutte: aiutare sua figlia, tirarla fuori dallo stato alterato in cui versava da anni. Ecco perché era sempre così triste.

Elsa sapeva curare le ferite del corpo, ma il male di sua figlia era profondo e irraggiungibile, e per quello non aveva rimedi.

«La nonna può guarire solo le ferite che si vedono, come quelle che hai tu sulle mani. Ci sono malattie invisibili per cui lei non può fare niente. Ci ha già provato con una persona, ma non è capace.»

«Chi è questa persona?»

«Mia madre. Sta male. Non come tua madre, ma quasi. Se avesse potuto, Elsa l'avrebbe guarita. Ma non può.»

Luce sospirò rassegnata. Mi strisciò vicino, appoggiò la testa sulla mia spalla. Mi imposi di restare ferma, di non sottrarmi a quel contatto.

«Eppure», sussurrò, «eppure, io vorrei che mia madre fosse normale. Ci chiede sempre di Federico, chiede sempre quando ritorna. E quando le dico che lui non può tornare mi guarda con due occhi, come se le avessi fatto un torto. Io vorrei solo che la smettesse di guardarmi così. Vorrei che si accorgesse che ci sono anche io, anche se non le vado tanto bene. Però nella vita bisogna anche accontentarsi, mio padre lo dice sempre, dovrebbe dirlo pure a lei.»

Afferrò una ciocca dei miei capelli, se la rigirò tra le dita senza guardarmi. All'improvviso sembrò davvero triste.

«Io invece non so che cosa voglio. Mia madre è sempre stata così, da che riesco a ricordare. La nonna con me è buona, ma non è la stessa cosa. Tutti hanno una mamma. Le hai viste le altre mamme, all'uscita di scuola? Anche io ne vorrei una così. Mi piacerebbe che Onda tornasse a casa e che diventasse una mamma come tutte le altre. Mi piacerebbe anche avere una sorella, qualcuno che stia sempre con me.»

«Ci sono io. Posso fare tua sorella, se vuoi.»
«Non sei davvero mia sorella, però. Non abbiamo lo stesso cognome.»
Luce si strinse nelle spalle.
«Chi se ne importa. Non devono mica saperlo gli altri. Lo sappiamo solo io e te.»
La osservai.
Era sgradevole. Aveva un odore strano. Non riuscivo ad accettarla fino in fondo.
Però mi voleva bene, e le persone che ti vogliono bene non le scegli tu.
Sono loro che scelgono te, e non puoi fargli cambiare idea, mai. Non ti dimenticheranno e non smetteranno mai di volerti bene. O di voler bene al tuo ricordo.
«Sarebbe bello se fossimo sorelle», dissi.
«Già. Sarebbe davvero bello... Fortuna?»
«Che c'è?»
«Noi staremo insieme per sempre?»
«Certo. Certo che staremo insieme per sempre.»
«E allora che ci importa di non avere gli stessi genitori?»
«Niente, non ce ne importa niente.»
«Appunto. Non ci importa niente di nessuno, a noi.»

Eravamo sole contro il mondo, se Roccachiara si poteva definire tale. In paese i ragazzi della nostra età non erano moltissimi. C'erano una ventina di femmine tra gli otto e i dodici anni e altrettanti maschi. Era quello il piccolo esercito contro cui dovevamo combattere.

Dire che gli altri bambini ci odiassero può sembrare esagerato, ma penso che fosse proprio così. Non ci conoscevano e avevano paura di noi. Se prima, quando eravamo sole, ci temevano, adesso che eravamo insieme il loro timore si era trasformato in odio.

Non ci lasciavano in pace un momento.

Ogni istante che passavamo a scuola era fatto di piccole attenzioni crudeli nei nostri confronti.

Io non mi arrabbiavo mai, la nonna mi aveva insegnato a sopportare e a ignorare. Gli insulti, gli scherzi stupidi, mi scivolavano addosso. A volte qualche pizzicotto un po' troppo forte mi aveva lasciato dei lividi, ma avevo fatto in modo di nasconderlo a Elsa.

Quella che trovava più difficile adeguarsi alla situazione era Luce. Era più alta, e nonostante la magrezza era più grossa delle altre bambine. Le sue ossa erano più lunghe e sviluppate, e possedeva una forza insospettabile per la sua età. Aveva poca pazienza e la perdeva facilmente. Per questo, mentre io passavo tutto il tempo a fingere di ignorare la stupida cattiveria delle mie compagne di classe, Luce rispondeva alle loro provocazioni. Le insultava ad alta voce con quel suo accento che si capiva poco. Nessuno sapeva con esattezza cosa dicesse, ma non ci voleva molto a capire che erano offese, spesso gridate con rabbia autentica. Luce non aveva paura di niente e anche di fronte alla maestra non si placava mai. Spesso veniva messa in punizione, spedita a fissare il muro dietro alla lavagna, o fuori dalla porta.

Quando succedeva che qualcuno fosse messo in castigo, per la classe serpeggiava un piacere sottile. Erano tutte contente di assistere a quell'umiliazione pubblica, quasi fosse una festa. Non capivo cosa ci fosse di piacevole, ma le mie compagne sembravano felici di quella variazione di programma e passavano il tempo a ridacchiare all'indirizzo della malcapitata di turno. Quando poi succedeva che qualcuna, incapace di resistere a tanta vergogna, scoppiasse in lacrime, le altre ne erano deliziate. Anche se cercavano di fare finta di niente, sulle loro labbra infantili si disegnava un sorriso che non riuscivano a reprimere, e si vedeva che erano contente e soddisfatte.

Contente di cosa, poi, non avrei saputo dirlo.

Ero diversa, forse avevano ragione loro, ero strana. Spesso pensavo che un giorno mi sarei alzata e avrei dato due schiaffoni a uno di quei sorrisetti accennati, ma fino a quel momento non ne avevo mai avuto il coraggio.

Mi accontentavo di fare finta di niente e tenermi la nausea che mi saliva ogni volta che si comportavano così.

Speravo che anche Luce potesse mostrarsi riservata e superiore, ma Luce non aveva la mia resistenza né la mia capacità di sopportazione, e si buttava nelle cose a capofitto senza pensarci. Se ci offendevano sottovoce, lei gridava insulti e parolacce. Se provavano a farci un dispetto, reagiva con violenza, cercando di picchiarle.

Più di una volta era finita in castigo, quasi sempre per difendere me.

Io che non mi difendevo mai.

«Mi sta bene se se la prendono con me», diceva. «Io sono più grande e posso difendermi. Ma con te, con te non ci devono nemmeno provare. Non ti devono toccare, a te.»

Sembrava l'unica cosa che le importasse davvero, e le mie compagne di classe lo avevano capito.

Era inutile prenderla in giro per i suoi capelli corti, per i vestiti malmessi, per il lavoro che faceva suo padre. A Luce non importava niente, buttava lì qualche insulto a caso e le riduceva al silenzio. Non puoi rispondere quando non capisci.

Ma se prendevano di mira me, diventava ingovernabile. E quello era diventato il divertimento della classe. Tormentare me per ferire lei. Era una pratica perversa e anche il loro passatempo preferito, e Luce, incapace di controllarsi, finiva in castigo un giorno sì e l'altro pure.

Una mattina di maggio, poi, in castigo ci finii pure io.

La scuola stava per terminare e faceva già caldo. La nostra aula si trovava al primo piano del fabbricato. Era una stanza minuscola, col tetto spiovente e le finestre strette, protette da grosse inferriate dipinte di bianco. Fuori l'aria era appena tiepida, ma dentro, in quel budello soffocante, si moriva di caldo. La maestra ci aveva proibito di toglierci il grembiule e noi sudavamo anche da ferme. Gocce di sudore mi colavano lungo l'incavo delle ginocchia strette contro la sedia. Mi davano un fastidio tremendo, tornavo ogni momento a passarmi le mani lungo le gambe e ogni volta le ritraevo fradice.

Accanto a me, anche Luce non stava bene. Era nervosa, si dimenava in continuazione. Grosse chiazze bagnate le si allargavano sotto le braccia e aveva la fronte imperlata di sudore. Aveva un odore acre e più forte del mio, un odore da adulta. Non dicevo niente, ma mi riempiva le narici e lo sopportavo a fatica.

«Ho caldo», si lamentava a voce alta, «sto morendo di caldo. Non respiro.»

Dal banco davanti, una delle nostre compagne si voltò a guardarci. Si chiamava Angela, era la figlia di uno dei commercianti di Roccachiara. Sua madre aveva una merceria sulla via principale, vendeva anche abiti per bambini. Qualche volta ero stata nel suo negozio insieme a mia nonna. Compravamo da loro la biancheria, calze e mutande, ma niente vestiti. Gli abiti che indossavo di solito me li cuciva Elsa, con le sue mani. Angela invece era una bambina impeccabile, sempre pulita e sempre ben vestita, niente a che vedere con l'aspetto trasandato di Luce.

Ci guardò con un mezzo sorriso. Poi respirò a fondo e si tappò il naso con due dita.

«Maria Luce», disse con sdegno, «ce l'hai una vasca da bagno, a casa?»

Luce piegò la testa da un lato, cercando di capire se la domanda fosse davvero rivolta a lei. Ci metteva sempre un'eternità a rispondere.

«Ce l'ho, una vasca da bagno, e allora?» disse alla fine, senza capire.

Le assestai un calcio tra le gambe del banco. Avevo capito benissimo dove voleva andare a parare Angela e non volevo che Luce le rispondesse.

«Bene. Allora qualche volta usala.»

«Ma che vuoi da me?»

«Puzzi. La tua puzza si sente in tutta la classe. Lavati.»

«Io mi lavo, cretina.» Luce si stava già alzando in piedi.

La tirai per una manica, così forte che sentii il tessuto liso tendersi al massimo sotto le mie dita.

«Luce», sussurrai, «lasciala perdere. Lasciala stare, ti prego.»

Angela mi lanciò un'occhiata. All'improvviso si rese conto che c'ero anche io. Che la situazione non era ancora abbastanza divertente.

Tornò a guardare Luce.

«Fai schifo», sibilò. «Puzzi di maiale. Ecco perché stai sempre con Fortuna. Lei è l'unica che fa più schifo di te. Siete due maiali.»

Tenevo ancora le dita serrate intorno alla manica di Luce quando lei, con uno scatto, si alzò. Sentii il rumore della tela grezza che si strappava. Uno squarcio si aprì sul suo grembiule nero, dalla spalla al gomito.

Luce si protese sul banco, afferrò la coda castana di Angela e se la girò un paio di volte intorno al polso, strattonando forte.

Angela lanciò un urlo fortissimo. Sembrava che stesse aspettando proprio quello, sembrava che fosse pronta. Non erano passati neanche due secondi che già grosse lacrime le invadevano le guance, grondando dal mento. Aveva la faccia tutta rossa e congestionata, e singhiozzava come una martire.

La maestra si alzò in piedi.

Vide Luce allungata sul suo banco, tutta tesa in avanti, che ancora stringeva i capelli di Angela.

Lasciò la cattedra e raggiunse gli ultimi banchi. Afferrò Luce per un braccio.

«Lasciale i capelli!»

«No!» Per ribadire il concetto Luce diede un altro paio di strattoni. La testa di Angela sobbalzò come quella di una marionetta e lei lanciò un altro urlo fortissimo. Stava esagerando, non poteva farle così male.

«Maria Luce!» gridò la maestra scuotendola. «Lasciale immediatamente i capelli!»

« No! Non glieli lascio! Ha detto che... »

« Non mi importa che cosa ti ha detto! Lasciala subito! »

Con un ultimo strattone, più forte degli altri, Luce si staccò da Angela. La maestra la trascinò fino alla cattedra, e con una spinta la mandò a finire nell'angolo accanto alla lavagna.

« Questa volta hai esagerato », disse. « Manderò a chiamare tuo padre. Ti farò sospendere. »

« Chi se ne importa », borbottò Luce.

« Vedremo se non ti importa. Rimarrai lì fino alla fine della lezione. In piedi. Senza sederti », minacciò la maestra. Aveva il viso rosso e accaldato. Sembrava faticare a mantenere la calma.

Pensai che all'uscita da scuola mancavano ancora quattro ore. Luce avrebbe dovuto stare in piedi per tutto quel tempo. E tutto per colpa mia.

Guardai Angela. Aveva smesso di piangere. Le altre bambine si protendevano dai banchi vicini e facevano a gara per consolarla. Chi le faceva una carezza, chi le offriva una caramella. Qualcuna le pettinava i capelli scarmigliati con le dita, e poco a poco il rossore sulle sue guance si attenuò, le lacrime si asciugarono e ricomparve il sorriso.

Un sorriso soddisfatto, largo e pieno di denti piccoli e allineati come quelli dei pesci. Un sorriso che non riuscivo a sopportare.

Chinai la testa sul quaderno. Era un grosso eserciziario con la copertina nera, per i compiti di italiano. Lo avevo comprato nella tabaccheria di Lucio, aveva la copertina di cartone rigido rivestito di tela ruvida, e gli angoli appuntiti. Nella prima pagina c'erano scritti il mio nome e il mio cognome. Sotto, Luce aveva disegnato un pupazzetto sorridente con un fumetto a forma di cuore, e sopra quel pupazzetto aveva scritto il proprio nome.

Era un disegno davvero brutto. Richiusi il quaderno, tornai a guardare verso la lavagna, l'angolo dov'era Luce.

La sua testa dritta e orgogliosa. La sua nuca che scintillava di sudore.

« Angela », chiamai sottovoce, « Angela, scusa... »

Aspettai che si voltasse. Raccolsi il quaderno dal banco, lo strinsi tra le mani sudate e con tutta la forza che avevo glielo picchiai in faccia.

*

Un paio di minuti dopo ero in piedi, voltata contro il muro, nell'angolo opposto a quello di Luce.

La maestra con me era stata più dura. Aveva intuito il carattere aggressivo di Luce, ma non era preparata alle mie reazioni. Il mio gesto nei confronti di Angela era l'ultima cosa che si sarebbe aspettata.

Mi aveva trascinato fino alla cattedra, torcendomi il braccio fin quasi a farmi male. Adesso che ero ferma nell'angolo, sentivo i muscoli tirati e indolenziti dalla sua stretta furiosa.

Avrebbe mandato a chiamare mia nonna. La sola idea di Elsa che veniva a sapere come mi ero comportata mi riempiva di ansia e mi faceva venire le lacrime agli occhi.

In quel momento Luce si voltò verso di me.

«Non piangere», lessi sulle sue labbra, «non dargliela vinta. Non ti azzardare a piangere.» I suoi occhi erano asciutti e spalancati.

Tirai su col naso, asciugai le lacrime che minacciavano di scendere. Sapevo che se avessi pianto, dopo avrei dovuto fare i conti anche con lei.

39

Passò qualche giorno prima che il segretario della scuola elementare venisse a cercare mia nonna.

Quando Elsa lo vide presentarsi a casa, non si stupì.

L'uomo soffriva spesso di emicrania e comprava da mia nonna quel decotto dal sapore orribile che faceva passare tutto. Lo finiva in tempo record, perciò ce lo ritrovavamo a casa almeno una volta al mese. Quando la nonna scoprì che non era venuto per il decotto ma per me, il suo volto arrossì di vergogna.

Se mandavano il segretario per parlare del comportamento di un alunno, voleva dire che c'era di che vergognarsi.

Con grandi pause e con un'espressione contrita l'uomo spiegò a Elsa che avevo picchiato la mia compagna di classe. A ogni parola che diceva la faccia di mia nonna diventava sempre più livida. Temevo il momento in cui il segretario se ne sarebbe andato e mi avrebbe lasciato sola con lei.

Avevo già visto Elsa arrabbiata, era successo il giorno in cui avevo conosciuto Luce, e non desideravo ripetere l'esperienza.

Quando quello se ne fu finalmente andato, mia nonna non disse nulla. Si infilò le scarpe e si pettinò i capelli.

«Andiamo, bambina.»

«Dove andiamo?»

«A chiedere scusa ad Angela e a sua madre per come ti sei comportata.»

Elsa aveva in mente di infliggermi un'umiliazione.

Era peggio di qualsiasi castigo.

Fuori dalla merceria, trovai Luce accompagnata da suo padre.

Era lì per il mio stesso motivo.

Mi liberai di mia nonna, le corsi incontro e l'abbracciai.

Nascosi la faccia contro il suo collo. Luce mi strinse forte, accarezzandomi i capelli.

«Non è giusto», sussurrai, «è lei che dovrebbe chiedere scusa a noi.»

«Hai ragione, ma certe volte bisogna abbassare la testa, fare finta che ti dispiace. Tu, però, non fare più quello che faccio io», disse lei. La voce era serena, ma mi stava rimproverando. «Non lo devi fare più. Devi stare zitta e ferma, non mi devi difendere.»

«Tu però mi difendi sempre.»

«Non è la stessa cosa. Promettimi che non lo fai più.»

«Luce, io non mi voglio scusare.»

«Invece adesso entri e chiedi scusa. Di' che ti sei pentita, così fai contenta tua nonna. I grandi sono così, si fanno bastare le cose stupide. Mi raccomando, Fortuna. Chiedi scusa.»

Mi lasciò andare, mi allontanò da lei con una piccola spinta. Sorrideva.

Quando entrammo, Angela e sua madre stavano facendo finta di niente, anche se ci avevano visto dalle vetrine.

Elsa fu la prima a parlare.

«Angela», disse rivolgendosi direttamente alla mia compagna, «Fortuna vorrebbe dirti una cosa.»

Alzai gli occhi. Avrei voluto dirle che faceva schifo. Non io e Luce. Era lei che faceva schifo. Anche con i suoi vestiti bellissimi e le scarpe di vernice rossa che tutte le invidiavamo. Anche con quei capelli sempre in ordine. Anche con quel profumo di pulito che si portava addosso, faceva schifo lo stesso. Ma Luce mi aveva chiesto di comportarmi bene.

Angela mi guardava con un'espressione di antipatica attesa. Era chiaro che non mi aveva perdonato ed era ancora più chiaro che io non avevo nessuna voglia di farmi perdonare.

«Mi dispiace tanto per averti picchiato. Ti chiedo scusa. Mi sono comportata malissimo con te e non succederà mai più», recitai a memoria.

Era quello che mia nonna mi aveva detto di dire, non una parola di più.

«Angela, anche Maria Luce vorrebbe dirti qualcosa», disse Vincenzo.

Luce sorrideva, un sorriso appena accennato sul volto sereno. Si portò al centro della stanza, lontano da tutti noi.

I suoi occhi neri si fissarono sulla faccia di Angela, che con le sopracciglia inarcate e le braccia conserte la osservava ostile.

Calò un silenzio carico d'attesa, poi, senza che nessuno se lo fosse aspettato, Luce chinò la testa.

E sputò sul pavimento.

Quello che successe dopo non saprei dirlo. Ferma in un angolo vidi Luce sparire, nascosta dai corpi degli adulti presenti nel negozio. Elsa e la madre di Angela si davano da fare per tenerla lontana dalle mani di suo padre.

Vincenzo aveva il volto rosso di rabbia e vergogna, e si protendeva per afferrare sua figlia. Urlava, le diceva che l'avrebbe ammazzata. Le due donne cercavano di trattenerlo, gridavano che non era niente di grave, che i bambini certe volte erano incorreggibili, provavano a minimizzare l'accaduto. Ma quello non voleva sentire ragioni, si agitava nel tentativo di acchiappare sua figlia per darle tutti gli schiaffi che le aveva promesso.

Luce stava ferma, impettita, a guardare suo padre che si agitava.

Sulla sua faccia non c'era paura ma una sorta di educata curiosità, come se stesse assistendo a qualcosa che non la riguardava. Si voltò verso di me e mi sorrise, un sorriso allegro.

«Ricorda, non devi mai fare quello che faccio io», disse ancora, con più convinzione. «Non ti mettere nei guai.»

«Sei matta», esclamai. Non riuscivo a credere a quello che aveva fatto.

Si avvicinò, mi diede un bacio sulla guancia.

«Ci vediamo presto. Ti voglio bene, lo sai. Ti voglio bene più di chiunque altro.»

Poi, con rapidità e senza guardarsi indietro, infilò la porta e uscì sulla strada, correndo nella direzione opposta a casa sua, verso il lago.

Dopo quel giorno nella merceria, per molto tempo non vidi Luce.

Mia nonna mi proibì di andare a trovarla e la punizione per aver picchiato Angela si prolungò per due settimane.

Pensavo che sarebbe stata lei a venire da me, ma non si fece viva. Non si presentava neanche in classe, era come se si fosse dissolta nel nulla.

L'anno scolastico finì e, nonostante i guai che avevamo combinato e i problemi avuti con le nostre compagne, fummo entrambe promosse alla terza elementare. Luce però non poteva saperlo, dato che non era più venuta a scuola.

Qualcuno doveva pur darle la buona notizia, così, un giorno, approfittando della libertà concessami dalla nonna come premio per la promozione, tornai al cimitero.

Era giugno, le giornate erano lunghe e potevo attardarmi fuori fino al tramonto, e questo significava tornare a casa giusto in tempo per la cena.

Per poter tornare da Luce avevo dovuto attendere di avere una scusa.

Qualche giorno prima era morta una signora che poteva avere l'età di Elsa. Era morta di una malattia che non si poteva curare. Si era rivolta ai medici di tutta la regione, ma nessuno aveva saputo guarirla, e in pochi mesi quel male l'aveva consumata fino a ucciderla.

Il corpo era stato trasportato al cimitero di Roccachiara, pronto per essere seppellito.

Sicuramente se ne sarebbe occupato il padre di Luce, e io avrei potuto parlare con lei senza essere vista. Non mi andava di scoprire se Vincenzo era ancora arrabbiato, perciò scelsi il giorno in cui ero certa che avesse del lavoro da fare. Dopo la scenata nella merceria, non avevo nessuna voglia di incontrarlo.

In cimitero filai dritta per la parte più nascosta, quella dove riposavano i bambini. Quello era il regno di Luce, passava intere giornate lì dentro. Spesso sistemava i fiori e cambiava l'acqua nei vasi, o si prendeva cura delle tombe dimenticate, ma il più delle volte, specie se faceva caldo, se ne stava semplicemente all'ombra a riposare, così immobile da sembrare morta anche lei.

Il prato oltre le ringhiere era deserto. Intorno c'era il solito silenzio, e in lontananza si udiva un suono ritmico, come i colpi di un martello. Indovinai che da qualche parte del cimitero ci fosse il guardiano intento a preparare una sepoltura, perciò mi mossi nella direzione opposta e tornai indietro, alla casa gialla.

Avrei bussato alla porta, e se Luce era in casa mi avrebbe sentito.

Ma invece di lei, venne ad aprirmi sua madre.

Aveva un aspetto migliore di quando l'avevo vista la prima volta. Portava una vestaglia a fiori come quelle che indossava spesso Onda, anche se la sua era tenuta meglio. Sulla faccia butterata si distingueva un'espressione attenta.

«Chi cerchi?» mi chiese. Non mi aveva scambiato per qualcun altro. Evidentemente quello era uno dei suoi giorni buoni.

«Ciao. Buongiorno. C'è Luce?»

«Tu devi essere Fortuna. Maria Luce è al cimitero, sta aiutando mio marito. Cerca di non disturbarla.»

«Devo solo dirle una cosa e me ne vado subito», promisi, mentendo.

Ritornai di nuovo al cimitero, questa volta entrando dall'ingresso principale.

Da quella parte il rumore che avevo sentito prima era meno smorzato. Il guardiano doveva trovarsi nelle vicinanze.

C'era anche un altro suono però: la voce di Luce mi arrivava come un'eco confusa. Da qualche parte, molto vicino, c'era lei che stava cantando qualcosa, ma non riuscivo a capire cosa.

«Luce? Luce, dove sei?» chiamai sottovoce. Avevo paura che suo padre mi sentisse e venisse a cacciarmi via.

«Fortuna, sei tu? Vieni qui. Sono nel laboratorio, non posso muovermi.»

La sua voce proveniva dalla vecchia camera mortuaria. Mi avvicinai alla porta socchiusa.

«Non stare lì impalata, entra.»

La stanza era fresca e in penombra. Strizzai gli occhi per abituarmi. Nell'aria c'era un odore che non conoscevo. Era il profumo dei fiori freschi, mischiato però a qualcosa di più aspro e sottile. Quando aprii gli occhi, capii da dove proveniva.

Il corpo adagiato sul lungo tavolo di marmo era scheletrico e rattrappito. Indossava un elegante vestito azzurro che sembrava più grande di qualche taglia. Dalle maniche dell'abito estivo spuntavano due braccia sottili e ormai rigide, e anche il volto del cadavere era pietrificato e asciutto, con la pelle tesa sugli zigomi e le labbra ritirate sulle gengive scure.

Avevo già visto dei cadaveri, ma quella volta non ero preparata.

La donna stesa su quel tavolo sembrava una vecchia statua polverosa, e aveva lo stesso colore della cera. *Per fortuna* – mi ritrovai a pensare –, *per fortuna ha gli occhi chiusi.*

Luce alzò lo sguardo. Mi sorrise. Sembrava tranquilla, per nulla turbata dalla presenza del cadavere tra di noi.

«Ciao», disse, «è un sacco di tempo che non ti vedo.»

«Che cosa stai facendo?» boccheggiai. Se lei era tranquilla, io cominciavo a sentirmi male. Luce afferrò la mascella del cadavere. Vidi le sue dita lasciare dei piccoli solchi là dove si erano posate. La pelle si afflosciava come un fiore troppo delicato, che cede non appena lo tocchi. Sotto la pressione di Luce la testa della donna si spostò di qualche centimetro con un lieve scricchiolio. Dominai l'impulso di precipitarmi all'aperto e vomitare il pranzo sul selciato.

Senza fare caso a me, Luce tornò a tamponare quel viso irrigidito. Lo faceva meccanicamente, senza nessuna emozione, come se fosse abituata.

«Sto finendo di comporre il corpo. È morta l'altro ieri, aveva una malattia che non si poteva curare. Poverina.»

«Luce... tuo padre sa che sei qui?»

«Certo. Mi ha chiesto lui di aiutarlo. Sta sistemando la cappella per il funerale di oggi pomeriggio. Non aveva il tempo a fare entrambe le cose. Per fortuna ci sono io.»

Con gesti esperti cominciò a spalmare della crema sulle guance del cadavere. La pelle grigia assunse immediatamente un colorito più sano.

«Tuo padre è ancora arrabbiato con te?»

«Cosa? Ah, per la storia dello sputo... No, certo che no. È

passato del tempo. Però me le ha date di santa ragione. Non sono riuscita a sedermi per una settimana.»

L'ombra di un sorriso le aleggiò sul volto. Forse la trovava una cosa divertente.

«È per questo che non sei più venuta a scuola?»

«Sì. Non potevo sedermi, te l'ho detto. Avevo il sedere scorticato. Però non ho pianto. Non ho versato neanche una lacrima. Scommetto che tu invece hai pianto.» Questa volta il sorriso affiorò più evidente di prima.

«Mia nonna non mi ha picchiato.»

«Perché no?»

«Non lo so. Non lo ha mai fatto. Una volta sola, forse.»

«Be', meglio per te. Le cinghiate sul sedere fanno un gran male.»

Si strinse nelle spalle continuando il suo lavoro. Mi ero quasi abituata alla vista di quel cadavere, di come Luce riuscisse a toccarlo senza nessuna emozione. Era pur sempre una cosa morta. Mi resi conto che non riuscivo a smettere di guardarla, e che provavo qualcosa di nuovo, qualcosa che non avevo mai provato.

Era ammirazione.

Ammirazione per quella bambina che trafficava con la morte come fosse qualcosa di normale. Mi ricordava qualcun altro, qualcuno che amavo disperatamente senza essere ricambiata.

Solo che Luce, a differenza di Onda, mi voleva bene. Sapevo che il suo amore per me era autentico. Mi sembrava incredibile che qualcuno che ammiravo potesse amarmi. La guardavo come si guarda la statua della Madonna, con la stessa identica adorazione.

Luce se ne accorse.

«Be', che hai? Perché mi guardi così?»

«Niente. Penso che tu sia molto coraggiosa.»

«Per cosa?»

«Per tutto. Sei coraggiosa per quello che ti è successo in passato. Per tutte le cose che fai. Sei coraggiosa perché non hai mai paura di niente e non piangi mai.»

Sei coraggiosa perché mi vuoi bene, e a me non mi vuole bene quasi nessuno. È facile amare quelli che sono amati da tutti. Essere amato ti rende bello. Ma per amare qualcosa che nessuno vuole, serve coraggio.

« Lo pensi davvero? »
« Certo. »
« Grazie. Nessuno me l'aveva mai detto. »
« Devo andare via. »
Luce annuì, concentrata sul suo lavoro.
« Ci vediamo domani. »
Mi voltai verso la porta. L'immagine del cadavere sparì dai miei occhi e fu un sollievo.
Feci un paio di passi alla luce del sole e poi mi ricordai di una cosa.
« Luce...? »
« Sì? »
« Comunque, ti volevo dire che siamo state promosse. Tutte e due. »
« Ah. »
« Non sei contenta? »
« Sì, certo. È che io a scuola non ci torno. »

Pensavo che lo dicesse così per dire. Che, alla fine, a ottobre sarebbe comunque tornata a scuola, ma mi sbagliavo.

Luce lavorò tutta l'estate con suo padre. Non era in grado di scavare una fossa o riparare una lapide, e nemmeno di sigillare una bara. Era forte sì, ma non così tanto. Era pur sempre una femmina.

Così, mentre Vincenzo si occupava della manutenzione del cimitero e delle sepolture, Luce, a dodici anni appena compiuti, componeva i cadaveri.

Il suo lavoro consisteva nel restituire una parvenza di vita e di dignità a quelli che il concetto di vita e dignità lo avevano abbandonato.

Aiutava suo padre a infilare abiti e scarpe su corpi che non si muovevano più, corpi spesso già rigidi che andavano forzati. Pettinava capelli, incollava labbra bluastre e dava colore alle guance.

Era brava, e quando finiva quei volti sembravano sereni, come se invece di essere morti si fossero appena addormentati.

In qualche modo tutto suo, Luce imbrogliava la morte, la camuffava sotto impasti colorati e oli profumati. Era qualcosa di disgustoso e innaturale, ma esercitava su di Luce un fascino irrinunciabile.

Qualche volta si sforzava di nasconderlo, voleva apparire normale ai miei occhi. Sosteneva che ci si abituava, che era un lavoro come un altro, che certe volte era noioso e ripetitivo. Che non le piaceva davvero, ma bisognava farlo per aiutare la famiglia.

Lo diceva solo per farmi contenta, ma nel suo sguardo c'era altro.

Ridacchiando diceva che le altre bambine giocavano a pettinare e vestire bambole, mentre lei giocava a pettinare e vestire cadaveri.

Credo che trovasse il paragone divertente, ma ogni volta che ne parlava mi saliva un brivido lungo la schiena, e avevo la sensazione soffocante che una mano gelida fosse scesa a strizzarmi lo stomaco.

Non mi piaceva la piega che stavano prendendo le cose. Ero convinta che Luce dovesse tornare a scuola e condurre una vita normale, o almeno provarci. Stare in mezzo a tutti quei morti non le faceva bene, e io temevo che finisse come Onda. Un giorno o l'altro, anche lei avrebbe smesso di amarmi e mi avrebbe cacciato via.

E perdere Luce era la mia preoccupazione più grande.

Passò l'estate, arrivò l'autunno e ricominciai ad andare a scuola. Luce fece come aveva detto. Non ci venne più, rimase a lavorare con suo padre.

Il più delle volte si occupava solo di curare le piante del cimitero, badare che le luminarie fossero tutte accese al tramonto, spazzare via le foglie cadute sui vialetti.

Ma ogni volta che in paese moriva qualcuno, era lei a prendersene cura.

Quando era impegnata con i suoi morti, mi guardavo bene dal disturbarla, ma quando non c'era nessuno da seppellire passavo tutto il tempo che potevo con lei.

Luce non era come mia madre.

Non aveva smesso di volermi bene, anzi. Più il tempo passava, più il suo interesse e il suo affetto nei miei confronti aumentavano. Luce credeva che saremmo state insieme per sempre, per tutta la vita.

Diceva addirittura che saremmo morte insieme, un giorno. Era già successo, lei lo aveva visto. Quando due persone erano state insieme per tutta la vita, non era raro che morissero a poca distanza di tempo l'una dall'altra.

Si moriva di dolore, diceva. Si moriva per la nostalgia.

Luce aveva quasi quattro anni più di me: non erano tantissimi, ma mi bastavano per pensare che probabilmente sarebbe stata lei a morire per prima. E io non volevo morire di nostalgia per lei, glielo dicevo sempre.

Luce non sembrava preoccupata.

«Ti aspetterò. Se sarò la prima ad andarmene, ti aspetterò dall'altra parte.»

«E se invece ti dimenticassi di me? Come le persone che vede mia madre. Onda dice che molti non si ricordano neanche chi sono. Se dovesse succedere?»

«Impossibile. Non posso dimenticarmi di te. E se succederà troverò il modo di ricordare. Mi sforzerò di farlo. Ma poi, perché ti preoccupi? Mancano ancora centinaia di anni alla nostra morte», diceva stringendosi nelle spalle. «Tra cento anni, quando saremo vecchie, ne parleremo ancora. Vedrai che riusciremo a trovare un modo per stare insieme anche dall'altra parte.»

Secondo lei, niente ci avrebbe mai diviso, nemmeno l'eternità.

Una notte d'inverno Elsa si svegliò di soprassalto. Nevicava forte e i tetti delle case che si intravedevano dalla finestra erano già tutti bianchi.

Si alzò e scostò le tende. Fuori dal letto faceva freddo, ma mia nonna se ne stava scalza, coperta solo dalla camicia da notte, vicino alla finestra piena di spifferi.

«Nonna», protestai assonnata, «nonna, torna a dormire. Fa freddo.»

«Sì, adesso arrivo.»

«Che hai? Stai male?»

«No, no. Sto bene. Ho solo fatto un brutto sogno.»

«Che sogno? Si tratta della mamma?» Saltai in piedi, ormai completamente sveglia. Ogni volta che mia nonna aveva un incubo, succedevano delle cose brutte.

Elsa scosse la testa. Chiuse bene le tende e si allontanò dalla finestra. La neve che fuori vorticava veloce tornò a sparire dalla mia vista.

«La tua mamma sta bene, non preoccuparti.»

«E allora che cosa hai sognato?»

«Il lago, Fortuna. Ho sognato che c'era il sole, e che c'era una donna che galleggiava nel lago. E l'acqua era trasparente.»

Tacque, le braccia incrociate sul petto, le mani aggrappate alle spalle. Il ritratto della preoccupazione.

«Sei sicura che non fosse la mamma?»

«Certo che sono sicura. La donna che ho sognato aveva i capelli scuri.»

Sospirai di sollievo.

Ma se Onda non correva alcun pericolo, c'era qualcun altro che invece era nei guai. Una donna dai capelli scuri. Così aveva detto la nonna.

«Nonna... Tu sai chi è la donna del sogno?»

«No. Potrei averla già vista, ma non credo di conoscerla. Ora rimettiti a dormire.»

« Che ore sono? »

« Le quattro. Dormi, che domattina devi andare a scuola. »

Obbediente mi girai dall'altra parte, chiudendo gli occhi. Elsa non tornò a letto.

Accese le luci in cucina, e rimase sveglia ad aspettare l'alba senza più sonno.

Scoprimmo il significato del sogno della nonna solo qualche giorno dopo.

Era una domenica mattina, e dal cielo grigio cadeva una neve leggera. Nonostante le strade ghiacciate, Elsa mi aveva trascinato a messa.

Non ci volevo mai andare, mi annoiavo tantissimo, ma la nonna non sentiva ragioni. Ogni domenica mattina, cascasse il mondo, mi metteva il vestito della festa, mi sistemava i capelli in una grossa treccia rossa, spessa quasi quanto il mio polso, e mi portava a messa, dove il più delle volte mi addormentavo sulle panche di legno lucido. Anche quella domenica non fu diversa dalle altre.

Tornando dalla funzione che era quasi l'ora di pranzo, notammo che nella piazza del belvedere c'era molta gente, più del solito. Se ne stavano a ripararsi sotto al tendone del bar, e alcuni, incuranti della neve, sedevano sulle panchine.

Doveva essere accaduto qualcosa, c'era di sicuro qualche novità. In un paese come Roccachiara, dove non succedeva mai nulla, ogni avvenimento, anche il più piccolo, era degno di essere discusso pubblicamente.

« Chissà cos'è successo », commentò Elsa sovrappensiero.

Tra la gente che si attardava sulla piazza in attesa dell'ora di pranzo scorsi Lucio, seduto con sua moglie Silvia sotto al tendone del bar. Leggevano il giornale, bevevano del vino e parlavano animatamente con gli altri avventori.

Attirai l'attenzione della nonna.

« Nonna, lì c'è Lucio con Silvia. »

« Lo so, li ho visti. Vuoi andare a salutarli? »

« Sì. Possiamo chiedere a loro cosa è successo. »

Lasciai la mano di Elsa e raggiunsi il tendone del bar. Lucio mi vide subito e sorrise.

« Ciao, Fortuna. Dov'è la nonna? »

« È laggiù. » Indicai Elsa che si avvicinava, camminando piano.

Lucio prese due sedie e le sistemò vicino al suo tavolino.

« Sedetevi, fateci compagnia », ci disse. Poi, rivolto a me sola: « Signorina, perché non vai dentro e chiedi al barista qualcosa di caldo anche per la nonna? Tu prendi quello che vuoi ».

Mentre entravo nel bar mi raggiunse la voce di Elsa che mi raccomandava di non prendere caramelle o mi sarei rovinata il pranzo. Feci finta di non averla sentita.

Quando uscii, l'atmosfera al tavolo era cambiata. Avevo lasciato delle persone allegre e pochi minuti dopo ritrovai dei volti tesi e preoccupati.

Mi arrampicai sullo sgabello che Lucio aveva preso per me e ascoltai in silenzio la conversazione.

Cinque giorni prima, più o meno quando la nonna aveva fatto quel sogno strano, a Terlizza era scomparsa una ragazza di vent'anni, una certa Teresa Gasser.

L'ultimo ad averla vista era stato un carabiniere che l'aveva incrociata di notte, mentre andava in bicicletta nel bel mezzo di una bufera di neve.

Pedalava in direzione del lago.

Il carabiniere, un ragazzetto appena arrivato dalla Toscana che in paese non conosceva nessuno, vedendo una ragazza così giovane in giro da sola in piena notte le aveva chiesto se avesse bisogno di aiuto, ma lei aveva risposto di no, che stava tornando a casa ed era quasi arrivata. Lo aveva salutato con un sorriso e aveva proseguito sulla sua bicicletta, verso il lago.

Se il ragazzo avesse conosciuto un po' meglio Terlizza, si sarebbe insospettito: Teresa aveva detto di essere quasi arrivata a casa, ma in quella direzione il paese finiva bruscamente e le abitazioni e l'illuminazione pubblica cedevano il posto alla boscaglia, all'oscurità e alle acque nere del lago.

La mattina dopo, un uomo di nome Mario Gasser si era presentato al comando dei carabinieri per denunciare la scomparsa della figlia. Aveva portato una foto recente di Teresa, e in quel volto sorridente il giovane carabiniere toscano aveva riconosciuto la ragazza incontrata la notte precedente.

Le ricerche erano partite proprio dal punto in cui il carabiniere l'aveva vista l'ultima volta, e poche centinaia di metri più giù, sul limitare del bosco che digradava dolcemente verso il lago, avevano trovato la bicicletta della ragazza e le sue scarpe.

Da quel giorno non si avevano più notizie di Teresa Gasser. Le ricerche continuavano in tutta la conca del lago, ma le speranze di ritrovarla viva erano davvero poche.

A credere alle cose scritte sul giornale, la ragazza aveva abbandonato volontariamente le sue cose sul limitare del bosco.

«Lo sai, Elsa, lasciare le scarpe a terra...» rifletté Lucio ad alta voce.

«Forse voleva allontanarsi tra gli alberi», replicò la nonna.

«Scalza e al buio non vai molto lontano.»

«Infatti non credo avesse intenzione di camminare a lungo.»

«Tu credi si tratti di...» Lucio mi lanciò un'occhiata preoccupata. Non voleva essere esplicito davanti a me, anche se io sapevo benissimo quello che voleva dire. Secondo loro la ragazza si era suicidata.

«Spero davvero di no, ma non ci sono tante altre spiegazioni», mormorò mia nonna. «Non c'è una foto di questa Teresa sul giornale?»

Lucio annuì. Senza parlare, Silvia le porse un altro quotidiano. In prima pagina, una grossa foto in bianco e nero ritraeva una ragazza sorridente con lunghi capelli scuri e una camicetta a maniche corte.

Elsa si portò una mano alla bocca.

«È lei», singhiozzò. «Oh, Signore onnipotente, è lei.»

Elsa era pallidissima. Se non fosse stata seduta credo che sarebbe svenuta. Teneva la mano davanti alle labbra e gli occhi chiusi, come in preda a un dolore fortissimo.

«Elsa... Elsa, che ti succede?»

Lucio si alzò dalla sedia, preoccupato. In quel momento la nonna aprì gli occhi. Il suo sguardo azzurro era pieno d'ombra.

«Niente, Lucio, non preoccuparti. Sto bene. È che ho già visto questa donna.»

«Dove?»

«L'ho sognata.»

Lucio tacque. Anche lui, adesso, era più pallido. Mia nonna si alzò dalla sedia, vacillando. Scattammo tutti in piedi, io, Lucio e sua moglie.

«Devo andare da mia figlia», disse Elsa.

« Ti accompagno », si offrì lui.

« No, vado da sola. Ci metterò poco. Voglio sapere se anche lei ha visto qualcosa. Puoi tenere Fortuna per un po'? Per un'ora al massimo. »

La mano di Lucio mi afferrò delicatamente. Mi lasciai circondare le spalle dal suo braccio, mi appoggiai al suo fianco. Stare con lui era come stare con la nonna o con Luce. Era una persona di cui mi fidavo.

« Certo, non c'è nessun problema. Ci pensiamo io e Silvia. »

Elsa annuì senza sorridere. Mi diede un buffetto sul mento, poi si voltò, attraversò veloce la piazza e sparì lungo le scalette che portavano al sentiero, alla capanna di Onda e al lago.

Elsa trovò sua figlia nella radura. Era in piedi sulla riva, con l'acqua gelata che le sfiorava appena gli scarponi pesanti, e scrutava pensierosa quella distesa nera e immobile che si estendeva placida fino alla sponda opposta, nascosta dalla foschia e dalla lontananza. Aveva tra le labbra una delle sue sigarette e il fumo si confondeva con il grigio del cielo e della neve che mulinava lenta, sciogliendosi nel lago.

Quando vide sua madre non si sorprese. Sapeva già che cosa era venuta a fare.

43

Rimasi al bar del paese per quasi un'ora, seduta al tavolo con Lucio, dimenandomi sulla sedia in attesa di veder ricomparire mia nonna. Con un po' di fortuna, forse avrei persino rivisto mia madre.

Silvia se n'era andata pochi minuti dopo Elsa. Era corsa a casa a preparare il pranzo per la suocera, ormai quasi cieca.

Lucio faceva del suo meglio per distrarmi: parlava in continuazione, mi raccontava storie sul lago e mi faceva molte domande, su di me, sulla scuola e sulla mia amica Luce.

Io rispondevo a monosillabi, aspettando di vedere Elsa e Onda risalire le scalette del belvedere.

E il mio desiderio fu esaudito.

Spuntarono insieme, camminando una accanto all'altra. Attraversarono tutta la piazza, vennero a sedersi accanto a noi.

Quando notarono Onda, le persone sedute ai tavoli vicini tacquero tutte all'improvviso. Qualcuno si alzò e si allontanò facendosi il segno della croce. Gli altri chinarono il capo, facendo finta di nulla.

Onda aveva il solito aspetto trasandato, non parlava e teneva gli occhi bassi. Fumava una sigaretta dopo l'altra, e sembrava a disagio.

«Passami il giornale, per favore», chiese Elsa a Lucio.

Senza una parola, il quotidiano finì al centro del tavolino. Mi sporsi dallo sgabello per spiare la reazione di Onda.

Osservò la foto sul giornale, ma sul suo volto bianco non comparve traccia di emozione. Mia madre riusciva a essere inespressiva come una statua.

«È lei», disse alla fine. «È la ragazza che ho visto.»

Sospirammo tutti, all'unisono. Nessuno di noi si aspettava di trovare Teresa Gasser ancora viva, ma il fatto che Onda l'avesse riconosciuta spense anche la più timida speranza.

«Dove l'hai vista?» chiese Lucio, sporgendosi dal tavolo. Onda teneva gli occhi ostinatamente bassi.

« L'ho trovata sull'uscio della mia capanna. Il suo pianto mi ha svegliato. L'ho seguita fino alla sponda del lago, e l'ho guardata finché non è scomparsa dentro l'acqua. Non ha smesso di piangere nemmeno un minuto. »

« Ci hai parlato? »

« Sì. »

« E che cosa ti ha detto? »

« Che era stanca, che voleva tornare a casa. Aveva paura che suo padre si sarebbe arrabbiato, era per questo che piangeva. Le ho detto che era un po' difficile, ormai, che suo padre potesse arrabbiarsi con lei, visto che era morta stecchita e dispersa nel lago. »

« Le hai davvero parlato così? Che diavolo, Onda, non hai un briciolo di pietà. Che razza di donna sei? » La voce di Lucio era aspra, molto dura e piena di rimprovero. Nessuno trattava mia madre in quel modo, nessuno riusciva mai a rimproverarla. Ne avevano tutti paura. Lucio invece non ne era spaventato, anzi. Torreggiando su di lei, sembrava dominarla.

Onda abbassò lo sguardo, mordendosi il labbro.

« So meglio di te come trattarli, Lucio, ci parlo da una vita. La ragazza sa di essere morta. Si è suicidata, e sa di averlo fatto. Solo che si è pentita. Qualche volta succede. »

« Ti ha detto altro? »

« Sì. Ha detto che il suo cadavere affiorerà presto. Poco distante dalla mia radura. »

Lucio scrutò a lungo Onda, con sospetto.

« Come fa a saperlo? Come fa a sapere dov'è il suo corpo e quando verrà a galla? »

« I morti sanno molte cose che a noi sfuggono. »

« Povera ragazza », mormorò Lucio, « povera anima. »

« Se l'è cercata. Nessuno le ha detto di suicidarsi. »

Lucio scosse la testa, deciso a ignorare i commenti di mia madre, e si rivolse a Elsa.

« Che cosa intendi fare? » le chiese preoccupato.

La nonna si strinse nelle spalle, con aria contrita. « Non lo so », ammise.

« Lo so io. Andiamo dai carabinieri », disse lui. Aveva un tono così deciso che Elsa di riflesso si alzò e anche io mi raddrizzai sullo sgabello, pronta a scendere.

Onda invece rimase ferma, sprofondata nella sedia. Frugandosi nelle tasche tirò fuori un'ennesima sigaretta e l'accese. Ci lanciò uno sguardo di fuoco. Sembrava stesse cercando di tenere a freno la rabbia.

«Vacci te, dai carabinieri», disse rivolta a Lucio, con disprezzo. «A me non interessa.»

«Invece tu verrai. Sei tu quella che ha visto la ragazza, e sei tu che devi raccontarlo.»

«La ritroveranno prima o poi. Non c'è bisogno di affrettarsi tanto. Ormai è morta, che fretta c'è?»

Lucio non rispose. Si avvicinò a mia madre e le sfilò la sigaretta dalle dita, buttandola in terra. Poi la prese per un braccio e la tirò su di peso, sollevandola dalla sedia senza alcuno sforzo.

«Cammina», sussurrò, in un tono che non ammetteva repliche.

Per la prima volta in vita mia, vidi mia madre chinare il capo e obbedire.

Alla stazione dei carabinieri di Roccachiara c'era solo il maresciallo.

Pensavo che ci avrebbe liquidato con una promessa vaga, come facevano i grandi con i bambini per farli stare buoni, invece il maresciallo si mostrò molto interessato a quello che Onda aveva da riferire. Le disse che tutti i suoi uomini erano nei boschi intorno al lago a cercare la ragazza scomparsa, ma che avrebbe richiamato qualcuno per mandarlo alla radura, a controllare la zona. In fondo si trattava di pochi minuti, e dare un'occhiata non costava niente.

Attraversammo di nuovo tutto il paese, ritornammo sulla piazza del belvedere. Speravo che saremmo tornate a casa per il pranzo, ma la nonna decise di scendere nella radura insieme a Onda e Lucio e di portare anche me.

Rassegnata, la seguii lungo il sentiero.

Oltrepassata la radura dove viveva mia madre, il bosco diventava più fitto, e la striscia bianca del sentiero si restringeva fino a diventare un filo sottile, praticamente invisibile, tanto da costringerci a camminare in fila indiana. Mia madre camminava in testa al nostro piccolo gruppo. Sembrava svogliata e trascinava i piedi, con rara malagrazia. Subito dopo di lei c'era Lucio, che la teneva per un braccio. La sua stretta era una morsa, ma mia madre non si lamentava, anche se dai suoi gesti e dalle occhiate di odio puro che gli lanciava si vedeva che detestava quel contatto. Dopo di loro venivo io, mano nella mano con la nonna, che chiudeva la fila. Camminare sul sentiero gelato, con la neve leggera che ci cadeva addosso, non era affatto piacevole. Avevo freddo e volevo andare a casa, ma sapevo che non mi avrebbero permesso di tornare indietro da sola. Dovevo sopportare.

Ci fermammo in un tratto in cui il bosco era meno fitto e sulla destra, attraverso la boscaglia, si poteva intravedere l'acqua che lambiva la roccia. In quel punto non c'erano né sabbia né prato, solo rocce appuntite a picco sulle profondità del lago. Anche sporgendoci dal ciglio non riuscivamo a scorgerne il fondo. Era già profondissimo.

Con uno strattone, Onda si divincolò dalla stretta di Lucio e si sedette su un masso piatto, rannicchiandosi per proteggersi meglio dal freddo.

«Ci siamo, è qui», disse brusca. «Dobbiamo solo aspettare che arrivino i carabinieri. O che affiori la ragazza. Vediamo chi dei due fa prima», concluse, con una risatina soffocata.

Lucio la fulminò con lo sguardo, poi si sedette accanto a lei.

Elsa si accomodò poco distante, su un altro di quei massi gelati che costeggiavano il sentiero. Sembrava sfinita e dopo la camminata faticava a riprendere fiato.

«Piccola, hai freddo?» mi chiese Lucio premuroso. Spalancò le braccia, e io mi ci rifugiai dentro, arrampicandomi sulle sue ginocchia.

«Non ci vorrà molto», sussurrò. «Se sei stanca, posso portarti indietro io.»

«Non fa niente. Aspettiamo.»

Non avevo neanche fatto in tempo ad appoggiare la testa sulla sua spalla che la voce di Onda ci raggiunse, gelida come quella neve che ci cadeva addosso.

«Non toccare la mia bambina, Lucio», sibilò.

«Non vedi che ha freddo? Ha le labbra blu. Lascia che la riscaldi.»

«Dammela! È mia!»

Mia madre aveva mani lunghe e dita adunche come artigli. Fui strappata dalla presa di Lucio e avvolta dalle braccia di Onda. Mi strinse al petto con forza, come fossi la sua bambola, ma non protestai.

Era la prima volta che mia madre mi teneva in braccio.

Era leggera, sottile, fatta di spigoli aguzzi e pelle ruvida. Le sue ossa sporgenti mi premevano contro i vestiti. Aveva un odore amaro e freddo, lo stesso odore che emanava il lago. In quell'istante mi sembrò il più buono del mondo. Schiacciai la faccia contro il suo petto, le gettai le braccia al collo e aspirai forte.

Onda si irrigidì, ritraendosi appena, poi tornò a stringermi. Cercava di controllarsi.

« Hai freddo? » mi domandò aspra. Anche quando cercava di essere dolce, riusciva solo a ringhiare, come un cane rabbioso.

« Sì. Tanto », ammisi. Avrei fatto qualunque cosa pur di restare così.

Mi strofinò le mani sulla schiena più volte, per riscaldarmi. Il suo tocco era rude e sbrigativo e io mi sentivo felice.

Fu Elsa a rompere l'incantesimo.

« Guardate. » La sua voce era strozzata. « Guardate nel lago. »

Ci voltammo tutti verso l'acqua.

Sotto la superficie nera e immobile, bianco come i fiocchi di neve che volteggiavano a pelo d'acqua, era apparso un corpo.

La cosa informe che intravidi affiorare dal lago non era la ragazza sorridente ritratta sul giornale. Non poteva essere.

La cosa emersa dalle acque gelide di Teresa Gasser non aveva nulla.

Era una forma vagamente umana, con il tronco gonfio, i tratti del viso irriconoscibili, ed era coperta di ferite. In alcuni punti la pelle si era staccata dalla carne. Adesso quel corpo vuoto eppure gonfio d'acqua ondeggiava piano in balia della corrente, come la più macabra delle bandiere.

Fui strappata dalle braccia di mia madre.

Una mano grande come il mio viso mi calò di colpo sugli occhi.

« Non guardare, Fortuna. Per l'amor di Dio, non guardare. » Ero in braccio a Lucio. Correva.

Mi mise a terra pochi metri più in là, sulla terra fredda.

Non eravamo lontani; da dove mi trovavo era impossibile vedere il lago, ma potevo sentire i singhiozzi strozzati di mia nonna.

Lucio si tolse il cappotto, mi ci avvolse dentro.

« Siediti qui. Fai la brava e non muoverti. Non muoverti per nessun motivo, hai capito? Se hai bisogno di qualcosa chiamami. Io sono laggiù, ti sentirò. »

Poi tornò sui suoi passi. Non appena fu scomparso oltre il sentiero chinai la testa per annusarmi i vestiti. Speravo che ci fosse rimasto attaccato l'odore di mia madre, ma il nostro contatto era stato troppo breve, e i miei abiti conservavano il solito profumo di sapone e di casa mia. Ne rimasi delusa.

Aspettai molto tempo. Attorno a me il bosco non smetteva mai di sussurrare e frusciare, e le voci e lo sciabordare dell'acqua contro le rocce erano suoni attutiti, più vicini al sogno che alla veglia.

All'improvviso, un rumore di passi attirò la mia attenzione. Non feci in tempo ad alzarmi che dalla boscaglia alle mie spalle spuntarono due uomini con la divisa dei carabinieri. Forse venivano da Terlizza, perché non li conoscevo. Dietro di loro notai Fernando, il medico di Roccachiara, e – con mia grande sorpresa – Luce e suo padre.

Mi tirai su, liberandomi dal cappotto in cui Lucio mi aveva avvolto.

«Che ci fai qui, signorina?» mi chiese uno dei carabinieri. Il suo tono lasciava capire che non aveva nessuna voglia di affrontare un altro problema.

«Conosco questa bambina», si intromise il medico. «È la figlia di... la figlia della medium.»

Annuii, per confermare le sue parole. Non sapevo bene cosa fosse una medium, ma era così che i più gentili chiamavano Onda. «La medium». Per gli altri era la strega, la pazza del lago o la figlia del diavolo, non faceva differenza.

«La ragazza», balbettai insicura, indicando il lago, «la ragazza è venuta fuori dall'acqua.»

«Quando è successo?»

«Poco fa. È lì, vicino alle rocce. Andate a vedere.»

«Onda lo aveva detto», mormorò Fernando, «l'aveva detto che sarebbe affiorata da questa parte del lago.»

Nella sua voce riuscii a distinguere una nota di profondo rispetto. Ammirava mia madre e le sue capacità.

Il gruppetto si voltò, incamminandosi verso il punto che avevo indicato loro, e solo Luce rimase indietro.

«Vieni», mi disse, tendendomi la mano.

«Perché sei qui?»

«Mi ci ha portato mio padre. Forse dobbiamo occuparci della ragazza morta», spiegò sbrigativa. «Dai, andiamo, o perderemo il gruppo.»

«Il lago è a pochi metri, Luce. Segui le voci e li troverai.»

«Non vuoi venire?»

«Non posso. Mi hanno detto che devo rimanere qui. E poi... non mi va di venire.»

Luce inclinò la testa, osservandomi con i suoi grandi occhi neri. Cercava di capire cosa le stavo dicendo, lo faceva spesso. Ci metteva sempre qualche secondo in più del normale.

«Hai paura», disse alla fine, un mezzo sorriso a rischiararle il volto.

«Non ho paura.»

«Sì che ce l'hai. Hai paura della ragazza morta nel lago.»

«Ti prego, Luce. Ti prego, non ci andare. Non la guardare. Porta sfortuna guardare i suicidi.»

Luce si strinse nelle spalle. «È il mio mestiere. Adesso non fare la fifona e vieni con me.»

Mi alzai di malavoglia. Sentivo freddo, non solo sulla pelle. C'era un gelo più intenso che mi invadeva lo stomaco e la gola. Era come se avessi ingoiato l'intero lago con tutti i suoi morti.

Il cadavere di Teresa Gasser galleggiava appena sotto il pelo dell'acqua. La corrente leggera lo aveva rivoltato, e adesso la schiena affiorava come un'isola, un'isola coperta di una stoffa a righe troppo leggera per quella stagione. La testa e le membra oscillavano piano al passaggio della corrente. I suoi capelli scuri si muovevano come alghe.

Non avrei voluto guardare, ma lo feci lo stesso. Era come se una forza invisibile mi costringesse a girare la testa verso quel corpo.

Non riuscivo a vedere il viso della donna, e ne ero sollevata. Non ero sicura di poterlo sopportare.

Dissero che il corpo non poteva essere toccato, che bisognava attendere l'arrivo del magistrato dalla città più vicina.

Aspettammo a lungo seduti sulla sponda rocciosa. Tenevo la testa sulle ginocchia di Luce, e lei mi accarezzava piano i capelli. Non riuscivo a parlare, né potevo smettere di guardare il cadavere a pochi metri da me.

«Non ti preoccupare, non c'è niente da aver paura. È solo un corpo vuoto, non può farti nulla», cantilenava piano Luce. La sua voce era leggera e rassicurante, e io ero molto stanca. Mi addormentai.

Quando mi risvegliai Luce non c'era più. Al posto delle sue gambe, sotto la mia testa c'era il suo cappotto nero. Mi tirai su a sedere.

Intorno alla riva rocciosa vidi affaccendarsi molta gente sconosciuta. Alcuni erano in divisa, altri erano vestiti in giacca e cravatta, sembravano persone importanti.

Li guardai con curiosità: nessuno a Roccachiara portava mai la cravatta, nemmeno il sindaco.

Nella piccola folla che si era radunata scorsi Luce. Se ne stava in piedi, in equilibrio sulla sponda, accanto a suo padre. La mamma e la nonna erano dalla parte opposta alla sua, a parlare con persone che non conoscevo. Elsa aveva una faccia seria e composta, e persino Onda sembrava in soggezione.

Mi avvicinai con cautela per raggiungere Luce. Le arrivai alle spalle, la toccai piano.

«Vieni qui», mi disse tirandomi per una manica, «mettiti accanto a me.»

Non avevo altra scelta. Mi accostai a lei, cercando di starle il più vicino possibile. Se ne accorse e mi passò un braccio intorno alle spalle.

Il corpo di Teresa Gasser venne recuperato e issato sulla riva. Smisi di respirare. Sentii le dita di Luce stringermi, penetrarmi nella carne attraverso i vestiti.

Respira – mi dicevano le sue unghie conficcate nel mio braccio –, *continua a respirare.*

Il cadavere della ragazza giaceva fradicio e immobile sul fango gelato, le braccia spalancate, la testa abbandonata come quella di una bambola rotta.

Il lago non aveva avuto pietà del suo corpo: sballottato dalle correnti e dai mulinelli, era finito più volte contro le rocce. La pelle bianca dall'aspetto molle e viscido era percorsa da segni più scuri, macchie rossastre, tagli e abrasioni. I vestiti erano ridotti a brandelli e aderivano al corpo. Il ventre teso sotto la camicia era gonfio e sporgente, pieno d'acqua.

Il peggio però stava tutto nel suo volto: la faccia di Teresa Gasser si era sciolta, liquefatta nel lago. La carne sembrava essersi sollevata dalle ossa e poi afflosciata. Era bianchissima e rugosa.

Fernando, il medico di Roccachiara, si accostò al corpo, inginocchiandosi accanto a quel cranio consumato. Toccò il cadavere, lo osservò attentamente, poi scosse la testa. «A giudicare dallo stato è morta da giorni.»

«È morta la notte in cui è scomparsa.» La voce di mia madre, roca e rugginosa, ruppe il silenzio. «Pochi minuti dopo aver lasciato la bicicletta e le scarpe nel bosco, si è immersa nel lago ed è morta.»

Fernando alzò gli occhi dal corpo, guardò Onda. «Ti ha detto come è successo?»

«No. Potrebbe essere morta congelata. O annegata. Ma è morta da sola.»

«Faranno un'autopsia per stabilirlo. Anche se», continuò Fernando, «sembra una morte per annegamento.»

«Esistono modi migliori per suicidarsi», commentò Onda, attirando su di sé sguardi carichi di rimprovero e disapprovazione.

Vidi Lucio scrollarla forte, nel tentativo di riportarla all'ordine. Onda non dimostrava compassione neanche davanti a quel povero corpo massacrato ed esposto, privato della sua dignità.

Fernando ignorò quell'ultimo commento e tornò a studiare il cadavere disteso nel fango ghiacciato.

«La porteranno all'ospedale per il riconoscimento», disse. «Faranno l'autopsia e solo dopo potrà essere sepolta.»

Lo sguardo del medico vagò nella mia direzione, fino a spostarsi sul padre di Luce, in piedi accanto a me.

«Vincenzo», disse piano, «restituiamo questa ragazza a sua madre in modo dignitoso.»

Il becchino si voltò verso la figlia. Era chiaro che la stava mettendo alla prova, delegandole un compito. Non pensavo che Luce potesse farcela. Non pensavo avrebbe accettato.

«Ci posso provare», mormorò invece lei.

Si sciolse dal mio abbraccio e si fece avanti, si avvicinò a Fernando e si chinò accanto a lui.

Non toccò niente, si limitò a osservare il cadavere.

Guardavo la sua concentrazione, il modo che aveva di piegare le labbra, le sopracciglia inarcate. Conoscevo quell'espressione a memoria, l'avevo vista moltissime volte.

Luce alzò gli occhi, in cerca dell'approvazione di suo padre.

«Posso farcela», disse, «se me la portate prima di tre giorni, ci posso riuscire. Dopo è tardi e non potrà essere toccata.»

Soffocai un brivido.

«Bene», disse Fernando, anche se non c'era proprio niente che andasse bene. «Cercheremo di farvi avere il corpo in cimitero per mercoledì. Se ci dovessero essere complicazioni...»

«Se ci dovessero essere complicazioni, io non potrò fare niente», lo interruppe Luce, autoritaria. Non l'avevo mai vista così sicura di sé. La sua parlata incomprensibile, fatta di espressioni troncate a metà e parole che sembravano appiccicate una sull'altra, era sparita. Davanti a quel pubblico attento, Luce si sforzava di parlare in italiano. Scandiva lentamente ogni sillaba, prendeva le pause giuste tra una parola e l'altra. Improvvisamente mi parve un'adulta competente, e non una ragazzina di dodici anni che prendeva il suo lavoro come un gioco. «Tre giorni. Forse quattro, visto che è inverno, ma non sono sicura. Tre giorni e posso metterci le mani. Dopo, il processo di decomposizione accelera, il corpo non si mantiene più. Dovremo sigillarla nella cassa e restituirla alla famiglia già chiusa.»

Tutti gli occhi dei presenti erano concentrati su Luce e avevano tutti la stessa espressione: capii che dove io vedevo la bambina che giocava con me durante i lunghi pomeriggi desolati, gli altri vedevano un'adulta che svolgeva il suo lavoro.

«Mi serviranno degli abiti», proseguì lei, apparentemente ignara dell'attenzione che riceveva, «non posso comporla con quello che ha addosso.»

Tutti tornammo a guardare il cadavere. Teresa Gasser indossava una camicia estiva ridotta a brandelli e uno straccio blu che doveva essere stata una gonna. Adesso, fradicia e sporca di fango, le stava avviluppata intorno ai fianchi lasciando scoperte due gambe bianche e magre ricoperte di lividi, piegate in un'angolazione curiosa.

«Avrai quello che ti serve, Maria Luce», stabilì Fernando. Poi prese un telo e facendosi aiutare da un carabiniere lo distese sul corpo, nascondendolo alla vista dei presenti.

Gliene fui davvero grata.

Luce tornò vicino a me. Senza guardarmi mai, si fermò al mio fianco. Poi, sicura che nessuno la vedesse, mi prese la mano, stringendomela forte. La sua espressione seria e tranquilla non tradiva nulla, ma la sua stretta intorno alle mie dita parlava per lei.

Era *felice*.

Come si potesse essere felici nell'occuparsi di cadaveri, non riuscivo a capirlo.

Ma erano tante le cose che non comprendevo di Luce, e mi

stava bene così. Lei era la mia unica amica e dovevo accettarla per come era.

«Sei contenta?» le chiesi sottovoce.

Le sue labbra si incresparono appena, nel tentativo di trattenere un sorriso.

«Sì», rispose. «Lo so che pensi che sono matta.»

«Non sei matta. Ho capito perché sei felice.»

«Mi dispiace per la ragazza morta. Però, ecco... Hai visto come mi guardava la gente?»

Annuii.

«Mi davano retta», proseguì lei, «ascoltavano quello che dicevo.»

I suoi occhi brillavano.

La piccola folla che fino a quel momento si era riunita compatta intorno al cadavere si dissolse lentamente. All'improvviso, a parte il telo bianco che nascondeva il corpo, non c'era più niente da vedere.

Le persone si sparpagliarono lungo il sentiero parlando sottovoce.

Io e Luce ci spostammo di alcuni passi. Lei raccolse il cappotto che aveva abbandonato in terra e se lo infilò.

«Non mi ero accorta di quanto facesse freddo. Domani avrò sicuramente il raffreddore e tua nonna dovrà curarmi», commentò. A sentir nominare la nonna mi ricordai all'improvviso di lei e alzai gli occhi per cercarla: era lì, a pochi metri. Parlava con Lucio e con un carabiniere che non conoscevo, uno di quelli che avevo incontrato nel bosco.

Tranquillizzata dal fatto che fosse ancora lì, spostai lo sguardo verso il lago.

Sulla sponda rocciosa, da sola e immobile, i capelli mossi appena dal vento, c'era Onda.

Stava ferma, in equilibrio precario su un masso scivoloso, e ci fissava.

Fissava Luce.

C'era qualcosa nello sguardo di mia madre, nella sua rigida immobilità, che mi metteva i brividi.

E a guardare meglio, non era Luce che osservava, ma qualcos'altro. Onda puntava gli occhi più in alto delle nostre teste, seguiva movimenti che noi non potevamo vedere.

Mi ricordai all'improvviso della discussione tra la mamma e la nonna che avevo origliato tempo prima: c'era qualcosa che avvolgeva Luce, un'ombra sfuggente e indefinibile che le stava addosso continuamente.

Forse mia madre riusciva a vederla anche in quel momento.

Non dissi nulla. Facendo finta di niente, guardai il cielo grigio, la boscaglia e il lago. Intorno a Luce c'ero solo io.

Abbracciai forte la mia amica, cercando di scacciare il senso di gelo che avevo dentro.

«Ehi, che hai?» mi chiese Luce, sorpresa.

«Niente. Ti voglio bene. Possiamo andare via adesso?»

«Va bene. Andiamo via.» Era talmente di buon umore che mi avrebbe fatto qualsiasi concessione.

Ci voltammo per raggiungere mia nonna e riprendere il sentiero che ci avrebbe portato a casa.

L'autopsia sul corpo di Teresa Gasser stabilì che si era trattato di suicidio. La ragazza era entrata nel lago in piena notte, durante una tempesta di neve. Probabilmente si era convinta che a ucciderla sarebbe stata l'acqua gelida, ma non aveva fatto i conti con le correnti, che l'avevano rapidamente trasportata lontano dalla riva, dove l'acqua era profonda, ed era morta annegata.

Per giorni nella conca del lago non si parlò d'altro. Le notizie rimbalzavano come un'eco da un paese all'altro, venivano smentite e poi riconfermate e si diffondevano veloci, correndo nei vicoli e lungo i balconi, fin dentro i negozi.

Teresa Gasser si era uccisa per una delusione d'amore. Anzi no, aveva cercato la morte per via dei debiti. O forse non si era ammazzata, forse era stato un incidente, oppure un omicidio e si stava cercando di insabbiare la faccenda, di coprire qualcuno.

Dalla finestra affacciata sulla piazza, ascoltavo le voci che si rincorrevano chiedendomi quale fosse la verità. La vista del cadavere della ragazza mi aveva sconvolta e per molte notti non ero riuscita a chiudere occhio. Pensavo spesso all'istante in cui la sua vita si era spenta, a come doveva essersi sentita. Se davvero aveva deciso di morire o se, come dicevano in paese, qualcuno l'aveva uccisa.

Pensavo anche a mia madre, che non avevo più visto dal giorno del ritrovamento della Gasser. Pensavo alle sue braccia magre strette intorno a me, a quel corpo gelido fatto di spigoli, alle sue mani che mi scivolavano sulla schiena nel maldestro tentativo di scaldarmi. Al suo odore freddo che speravo di avere addosso.

Il corpo della Gasser fu riportato a Roccachiara al tramonto del martedì e Luce ci lavorò tutta la notte. Fu un compito difficile, e Luce temette di non farcela. Ma all'alba del mercoledì Teresa Gasser era pronta, con le guance rosse e la bocca chiusa, i capelli scuri ben pettinati, il suo vestito migliore addosso e l'espressione serena di chi dorme.

La caricarono sul carro funebre, che fece il giro della montagna per portarla a sua madre, e la mattina del giovedì si tennero i funerali.

Davanti al piccolo cimitero di Terlizza erano assiepate più di mille persone, provenienti da tutta la conca del lago. Gente da Roccachiara, dalle frazioni vicine e dalle case isolate nei boschi. Tutti venuti per salutare Teresa. La maggior parte di loro non la conosceva neanche, ma non importava: nella valle era la presenza del lago a scandire il tempo e le stagioni, le morti e le nascite. Il lago apparteneva a tutti e tutti gli appartenevano. Lo temevano, ma lo amavano anche. Per questo, i morti del lago erano i morti di tutti, a prescindere dalla loro provenienza.

Al funerale partecipammo anche io ed Elsa. Onda invece non volle venire. Dal giorno del ritrovamento del corpo si rifiutava di parlare con chiunque. Chiusa nella capanna, dormiva tutto il giorno e passava la notte a guardare il cielo nero che si confondeva con le montagne intorno alla conca. Nessuno sapeva che cosa avesse, nessuno riusciva a cavarle di bocca una parola, e nessuno sembrava particolarmente stupito dal suo comportamento. Che Onda fosse strana non era certo una novità, e persino Elsa aveva rinunciato a capirla.

La notizia di quel suicidio si era propagata fino alle valli vicine, poi all'intera regione, ed era finita anche sui giornali importanti. Avevano scritto che il corpo della suicida, di cui sul giornale si citavano solo le iniziali, era stato ritrovato grazie all'intervento di una medium che aveva segnalato il punto esatto in cui sarebbe affiorato. La stessa medium, quasi undici anni prima, aveva guidato le ricerche di una bambina scomparsa in un bosco, e anche in quel caso, grazie alle sue capacità, era stato possibile ritrovarne il corpo congelato. La vera notizia non era il suicidio, perciò, ma il ruolo di mia madre nella vicenda.

Seduta accanto alla nonna, leggevo con lei il giornale che ci aveva portato Lucio, quello dove c'era l'articolo che parlava di Onda.

Man mano che le parole le scorrevano sotto agli occhi, la faccia di Elsa si incupiva. Alla fine dell'articolo sembrava più vecchia di almeno dieci anni.

«Ci mancava anche questo», mormorò pensierosa. «Come se non avessimo già abbastanza problemi.»

«Che succede adesso, nonna?» domandai. Non ci capivo nulla.

Elsa mi guardò preoccupata.

«Speriamo niente, Fortuna. Speriamo che non succeda niente.»

Invece qualcosa successe.

Roccachiara era sempre stato un paese piccolo e senza importanza. Affacciato su un lago troppo freddo per fare il bagno e troppo pericoloso per navigarci, arroccato su una collina difficile da raggiungere, con pochi abitanti e senza nessuna attrazione turistica, il paese veniva spesso ignorato. Alcune carte geografiche della regione non lo segnalavano neanche.

A Roccachiara non accadeva mai nulla, e se mai succedeva qualcosa nessuno lo veniva a sapere. A meno che qualcuno non lo scrivesse sul giornale. La settimana successiva al funerale della Gasser accadde una cosa mai vista.

Cominciò ad arrivare gente.

Venivano da lontano, dalle regioni confinanti. Alcuni anche dall'Austria, dalla Francia, e altri addirittura dal Meridione.

Venivano tutti per mia madre.

Incuranti della neve e del sentiero ghiacciato, scendevano verso il lago per andare a incontrare Onda. Alcuni venivano perché avevano bisogno di lei, ed erano quelli che si trattenevano più a lungo nella radura. Li vedevamo scendere e passavano anche tre o quattro ore prima che risalissero le scale del belvedere. Altri, i più numerosi, scendevano sul lungolago solo per svago, solo per vedere da vicino la medium, la donna con la straordinaria capacità di comunicare con i morti. Scendevano pieni di buone intenzioni e animati da una folle curiosità, e risalivano delusi.

Onda restava ostinatamente chiusa nella capanna. Oppure li cacciava via, spesso in malo modo: lanciava maledizioni, gridava insulti e tirava sassi. Aveva una mira micidiale, mia madre.

Gli scocciatori che si inoltravano nel bosco ritornavano in paese ammaccati dalle sassate di Onda, spaventati dalle sue minacce e decisi a non ritornare mai più. Mia madre si rifiutava di cedere a quella fama improvvisa e di diventare l'attrazione turistica di Roccachiara.

Ma se Onda non l'aveva presa bene, mia nonna Elsa l'aveva presa ancora peggio. Si aggirava per casa con una faccia funerea, rispondeva a monosillabi ed era talmente distratta che spesso dovevo ricordarle che era l'ora di pranzo, l'ora di cena, che dovevo andare a scuola, o che c'era il suo programma preferito alla televisione.

Non mi parlava più. Non mi spiegava più le cose. Se le facevo delle domande mi rimproverava, mi chiedeva di non disturbarla, che aveva altro a cui pensare, che doveva capire come risolvere delle situazioni.

Volevo aiutarla, ma lei mi diceva che non ero in grado. Che ero troppo piccola per farlo.

Era talmente afflitta che si dimenticava persino di farmi da mangiare, e qualche volta mi capitò di rimanere a digiuno anche per un giorno intero. Si era dimenticata di tutto, pure di me.

Anche lei aveva smesso di volermi bene.

Per compensare la perdita dell'affetto di mia nonna, passavo tutto il tempo che potevo con Luce. Elsa era talmente distratta e incurante che mi lasciava fare tutto ciò che volevo. Uscivo di casa dopo la scuola e tornavo all'ora di cena, quando il sole era già tramontato da un pezzo e le strade erano deserte.

Nessuno si preoccupava più di me. Potevo perdermi, sparire o annegare nel lago come la Gasser, nessuno se ne sarebbe accorto. Forse, solo Luce sarebbe venuta a cercarmi. A differenza di mia madre e della nonna, lei c'era sempre.

Se avevo bisogno di lei sapevo sempre dove trovarla, e infatti passavo tutti i miei pomeriggi al cimitero. Luce non si muoveva mai da lì e quando non aveva niente da fare si rifugiava tra le lapidi dei bambini.

Nessuno ci veniva mai, e nessuno sapeva che eravamo lì. Forse Vincenzo conosceva il nostro nascondiglio, ma non veniva mai a disturbarci.

In quel posto, tra i cumuli di neve gelata ammassati alle ringhiere e le tombe dimenticate, avevo imparato a sentirmi al sicuro.

Le rare volte in cui qualche visitatore si era fatto troppo vicino ci eravamo appiattite a terra, rimanendo immobili e in silenzio.

In quei momenti, sdraiata sul selciato gelido, circondata dalle tombe di bambini che avevano la mia età, fingevo di essere morta anche io. Ero diventata un fantasma come quelli con cui parlava mia madre, e solo Luce poteva vedermi.

Qualche volta le mie fantasie mi sembravano reali. Chiudevo gli occhi e trattenevo il respiro. Ero morta e tutti mi avevano dimenticato. Nessuno mi portava mai un fiore, e il mio nome inciso sul marmo a poco a poco veniva cancellato dalla pioggia e dalla neve.

In quei momenti Luce strisciava vicino a me, indovinando i miei pensieri.

Mi infilava le mani nei capelli, li sporcava di neve, ridacchiava.

« Non sei morta, stupida », sussurrava. « I tuoi occhi si muovono, li vedo. »

« Devo imparare a stare immobile, allora. Starò immobile finché non morirò davvero. E nessuno lo saprà, e anche tu ti dimenticherai. Rimarrò per sempre in questo cimitero e nessuno mi verrà mai a cercare. »

« Restaci quanto ti pare, tanto non puoi morire. »

« Perché no? »

« Finché hai qualcuno che ti ama non muori mai. »

« Io non ho nessuno che mi ama. Anche la nonna non mi vuole più bene. »

« Vedrai che tornerà a volerti bene come prima. »

« E se non lo fa? »

« Se non lo fa, chi se ne importa. Ci sono io. Io ti voglio bene e non ti farò morire mai. »

Sorrideva e mi baciava sulle guance.

Le sue labbra erano fredde, taglienti e profumavano di neve.

Sebbene fossi molto più matura dei miei quasi dieci anni, c'erano comunque molte cose che non capivo.

Il comportamento di mia nonna, per esempio. Ero davvero convinta che non mi volesse più bene, e non comprendendone il motivo stavo malissimo.

Perché aveva smesso di amarmi se io non avevo fatto nulla di male? Andavo a scuola tutti i giorni. Mi lavavo sempre i denti prima di andare a letto. Dicevo le preghiere giuste prima di mangiare e prima di dormire, e a voce alta così che magari lei, sentendomi pregare, avrebbe capito che ero una brava bambina e avrebbe ricominciato a volermi bene. Ma avrei potuto anche perderci la voce, a pregare, tanto lei non se ne sarebbe accorta.

Elsa sembrava rosa da una grande preoccupazione, ma se le chiedevo che cosa aveva scuoteva la testa. Diceva di stare bene, di non avere nulla. Diceva che comunque ero ancora troppo piccola per poterlo capire.

Era una domenica mattina quando ebbi la risposta. Erano già un paio di settimane che la Gasser riposava nella sua tomba nel cimitero di Terlizza, e io mi ero quasi abituata allo strano comportamento di mia nonna. Non che avessi smesso di starci male, ma non potendo fare nulla avevo accettato la sua indifferenza.

Quella mattina dormivo ancora, ma di un sonno incerto: mi svegliai confusa e, dopo un'occhiata al grosso orologio appeso alla parete, ripiombai in un sonno disturbato, costellato di sogni che sembravano reali.

Sognavo di avere la febbre e che la nonna veniva a controllare come stavo, a sentire se la mia fronte scottava. Mi appoggiava la mano fresca sulla fronte e io sorridevo contenta.

Sognavo di Luce, seduta su una lapide, sotto l'albero rachitico che cresceva tra le tombe dei suoi bambini. Nel sogno era primavera e l'alberello era ricoperto di fiori bianchi che cadevano a terra, spargendosi intorno a Luce, scivolando sui suoi capelli neri e sulle sue spalle, così leggeri da sembrare ancora neve. Sorrideva, mi tendeva la mano. E, anche se era primavera, le sue labbra sulle mie guance erano ancora gelide, come in pieno inverno.

Sognavo il corpo della Gasser che galleggiava sull'acqua scura, e sognavo Lucio nella radura dei pescatori. Nel sogno, la riva del lago era buia e gelida, ma vicino a lui mi sentivo al sicuro, e il suo abbraccio scacciava il freddo.

Sognavo Onda che risaliva le scale di casa ansimando affaticata, cercava la chiave e apriva la porta con uno scatto.

Sognavo cose irreali che si dissolvevano subito.

Furono le parole di mia nonna a risvegliarmi completamente. Provenivano dall'altra parte della casa, ma si sentivano lo stesso, chiare e vibranti di tensione.

«Che diavolo ci fai tu, qui?»

«Sono venuta in vacanza. Secondo te, cosa ci faccio?» rispose mia madre. La sua voce roca e graffiata dal fumo era inconfondibile.

Spalancai gli occhi, ormai del tutto sveglia.

Scesi dal letto, aprii la porta e mi fiondai in cucina.

Non l'avevo sognata. Mia madre era davvero lì.

Stava in piedi al centro della stanza, e stringeva tra le mani una vecchia borsa di cuoio che sembrava piena e molto pesante.

Senza pensarci spalancai le braccia e mi gettai contro di lei.

«Mamma! Mamma, sei tornata!» gridai.

La borsa di cuoio crollò a terra con un rumore morbido. Mia madre mi afferrò per le spalle e mi spinse via con violenza.

«Che fai?» mi chiese senza fiato. «Come ti viene in mente?»

La guardai mortificata. Non era felice di vedermi, non gliene importava niente.

La nonna mi prese per un braccio, attirandomi accanto a sé.

«Allora, che sei venuta a fare?»

«Torno a casa», disse Onda, «giù alla capanna non ci posso più stare.»

«Scommetto che è per via delle persone che vengono a cercarti.»

«Magari. Sono fastidiosi, ma è facile mandarli via. Basta tirargli un sasso e gridare forte, come con i cani. Si spaventano e scappano. No, non sono loro il problema.»

«E allora cosa?»

Onda si portò una mano alla fronte, come se stesse riflettendo su qualcosa di molto importante. Aveva lo sguardo stanco e sconsolato.

«La Gasser. È lei il problema. Non mi lascia in pace un momento.»

«Teresa? La ragazza del lago?»

«Proprio lei. Piange. Piange sempre, tutta la notte. Non dormo da una settimana, perché quella ogni notte si siede sul mio letto e piange e si lagna e mi tocca, e non c'è modo di mandarla via.»

Onda tacque. Mi lanciò un'occhiata obliqua, carica di significato.

«Non rimarrò molto», continuò, «giusto il tempo di farle capire che qui non posso vederla, e che se ne vada al diavolo.»

La nonna non rispose. Inclinò la testa, come fanno gli animali quando ascoltano qualcosa, con lo sguardo perso nel vuoto.

«Ha fatto presto», disse con una smorfia, «è già qui dentro.»

Onda sorrise. Sembrò che sorridesse a me, e ricambiai speranzosa. Ma mia madre neanche mi vedeva.

«Davvero? Lei è qui?»

«Non so se sia lei o qualcun altro, ma di sicuro c'è qualcuno qui dentro con noi.»

Gli occhi di mia madre brillavano, pieni di meraviglia. Sembrava una bambina alla vigilia di Natale.

«Io non la sento», esclamò, «non sento niente.»

«Mica vorrai restare qui, con questa cosa che ci gira per casa?» chiese Elsa. Sembrava sgomenta. «C'è tua figlia qui, Onda!»

«Oh, quante storie! Tua figlia di qua e tua figlia di là, stai sempre a lamentarti! La ragazzina non può vederla, la Gasser non le farà niente! E poi se ne andrà presto. Si stuferà prima o poi, no?»

*

La verità era che, finché Onda fosse rimasta a casa nostra, la Gasser non aveva nessuna intenzione di andarsene.

E scoprii che quello che diceva mia madre non era vero. Non era vero che non sentivo niente.

Quella presenza in casa nostra era come strofinarsi più volte un panno sul braccio: più lo passavi, più si caricava di elettricità e ti faceva rizzare la peluria. Alla fine, a forza di starci a contatto, ebbi la sensazione di avvertirla anche io. Non nel modo in cui la percepiva la nonna, e neanche nella maniera limpida in cui Onda riusciva a vederla. Nel mio caso, era come un soffio tiepido che mi faceva rizzare i capelli sulla nuca, e mi riempiva la faccia di pelle d'oca, anche se non faceva freddo.

In quei momenti, sapevo che ciò che restava di Teresa Gasser mi era appena passato accanto.

La nonna non sapeva più come mandare via quella presenza indesiderata da casa nostra. Era diventata così ingombrante che chiunque ormai riusciva a sentirla, anche quelli che venivano a farsi curare i loro malanni da Elsa. Non se ne rendevano mai conto appieno, ma se li osservavi bene li vedevi rabbrividire. Sembravano tutti a disagio, impazienti, ansiosi di uscire.

Per uno strano gioco del destino, l'unica immune alla presenza di Teresa Gasser era proprio Onda. Viveva indisturbata e dormiva sonni tranquilli, mentre spesso io e la nonna faticavamo a addormentarci. Ma a Onda non importava niente, e per via del suo sfrenato egoismo era come cieca. Non riusciva neanche a porsi il problema.

Elsa le provò tutte. Mise in atto tutti gli esorcismi, tutti gli scongiuri e le preghiere che conosceva. Per tre giorni di fila assistette alla messa con le tasche del soprabito piene di chiodi, e alla terza sera li piantò sullo stipite di ogni porta, per impedire alla morta di oltrepassarne la soglia.

Preparò il pane mischiandoci dentro ciottoli di lago, lo mise a cuocere e quando fu pronto lo spezzò in due parti uguali e ne poggiò una metà sull'uscio e l'altra fuori dalla porta.

Per tutto il tempo, Onda guardò con scarso interesse, quasi

con aria di scherno, sua madre che si dava da fare per scacciare lo spirito, e non fece nulla per aiutarla.

«Sono solo dicerie», commentava, «vecchie leggende di paese. I chiodi negli stipiti, il pane impastato con i sassi, le preghiere. Non servono a nulla, mamma. Loro stanno dove vogliono stare e niente può scacciarli.»

«E allora pensaci tu», rispondeva Elsa, secca. «Esci da questa casa e portatela dietro, che la bambina non dorme più, ha sempre mal di stomaco ed è dimagrita perché non mangia più niente.»

Era chiaro che Onda, quando si trattava di me, non sentiva ragioni. Non aveva senso cercare di commuoverla o intenerirla. Elsa non riusciva a rassegnarsi alla durezza di sua figlia, cercava continuamente di porvi rimedio, ma era inutile. La verità era che a Onda non importava niente.

E così, sembrava proprio che avremmo dovuto passare il resto dell'inverno in compagnia di mia madre e di quella presenza agghiacciante e insoddisfatta.

Era ormai quasi primavera, ed erano quasi due mesi che ci tenevamo dentro casa lo spirito inquieto di Teresa Gasser. Una mattina, Luce bussò a casa nostra. Non veniva mai senza essere invitata, e anche in quei casi di solito rifiutava, preferendo che fossi io a raggiungerla al cimitero.

Fu mia nonna ad aprirle la porta. Luce aveva una faccia scura e preoccupata e si agitava irrequieta, spostando il peso da un piede all'altro in una specie di danza muta.

«Elsa», disse, «mia madre non sta bene.»

«Che cos'ha?»

«Non lo so. È tutta la notte che si lamenta. Piange e si tiene la pancia. Stamattina ha cominciato a vomitare e non si ferma più. Aiutatela voi, Elsa.»

Vincendo la naturale repulsione che Luce esercitava su chiunque – ma non su di me –, la nonna coprì la sua testa ispida con una carezza. Le appoggiò le labbra sulla fronte, in un gesto forzato di affetto e consolazione. Gli occhi di Luce si riempirono subito di lacrime.

«Non ti preoccupare, Luce», disse la nonna, «sarà un'indigestione, un colpo di freddo. Vado subito a vedere che cos'ha.»

«Vengo con voi.»

«No, resta qui. Fai compagnia a Fortuna. Non ti preoccupare, che la tua mamma non muore.»

Poi si vestì, prese il vecchio canestro di vimini e lo riempì con degli ingredienti che solo lei conosceva.

«Torno tra poco», disse, rivolta a Luce. «Tu rimani qui.»

La nonna non voleva lasciarmi da sola con mia madre in quella casa infestata, e anche se nella sua testa Luce non era una grande difesa, era pur sempre meglio di niente.

Io e Luce restammo sedute al tavolo della cucina per circa un'ora, tenendoci per mano. Per tutto quel tempo quasi non parlammo. Ogni tanto le sue dita si stringevano intorno alle mie, e lei appoggiava la testa sulla mia spalla, tirando su col naso.

«È vero che non muore, mia madre?» mi chiedeva, come se io davvero potessi darle una risposta.

«Non ti preoccupare. Se la nonna ha detto che non muore, vuole dire che non muore.»

Quando le dicevo così, per qualche minuto pareva sollevata. Poi il tempo passava, Elsa non accennava a ritornare e un'ombra nera di disperazione tornava ad avvolgerla. Luce lasciava cadere il capo sul petto e si concentrava ad ascoltare il ritmo del proprio respiro per non morire di paura.

Quando mia madre si svegliò, ci trovò mano nella mano, sedute al tavolo, in silenzio e col capo chino come se stessimo pregando.

«Be', che cosa è successo? Lei cosa ci fa qui? E dove diavolo si è cacciata tua nonna?» domandò, squadrandoci con diffidenza.

«Mia madre sta male, *signora*», disse Luce. «Elsa è andata a guarirla.»

Onda non rispose. Rimase ferma e dritta sulla soglia della cucina. Come ogni volta che l'aveva incontrata, fissò Luce, a lungo e con un'espressione spaventosa. Sembrava meditare qualcosa di orribile.

Ecco perché la nonna non mi aveva lasciato da sola con mia

madre. Se Onda avesse posato quello sguardo su di me, sarei morta di paura.

«Tu», l'apostrofò. «Come stai?»

«Bene», rispose Luce, confusa. Sapeva che Onda non era tipo da convenevoli. «Sto bene.»

«Non senti niente?»

«Che cosa dovrei sentire, signora?»

«Non so. Ti viene mai freddo all'improvviso? O troppo caldo, come se qualcuno ti alitasse sulla faccia? Ti pare mai che devi vomitare, anche se ti senti bene?»

«N... no», balbettò, «non mi pare.»

Io conoscevo i sintomi che mia madre descriveva con la perizia di un medico.

Il freddo, a volte. Il caldo improvviso e il soffio tiepido. La nausea che mi assaliva e che spesso mi impediva di mangiare.

Erano tutti disturbi che avevo da un paio di mesi.

Proprio da quando mia madre era tornata a casa, portandosi dietro lo spirito di un'altra donna.

Onda cercava di capire se Luce risentisse della cosa che le viveva intorno e addosso.

«Sei proprio sicura?» incalzò.

«Sì, sono sicura. Non sento niente.»

«Capisco. E tu, Fortuna? Senti niente, in questo momento?»

«No, non sento niente, mamma.»

Onda scosse la testa, spazientita.

«Già. Che vorrai mai sentire tu, piccola serpe.»

Così come era venuta, si ritirò di nuovo, nel buio scuro e soffocante della sala da pranzo.

Dopo pochi minuti, udimmo il passo stanco di mia nonna arrampicarsi su per le scale.

Rita Ranieri non aveva nulla di grave. Come Elsa aveva predetto, era stata una banale colica. Uno di quei disturbi che su una persona sana passano quasi inosservati, provocano pesantezza e bruciore di stomaco. Sul fisico debilitato di Rita Ranieri, anche una colica sembrava una malattia mortale, era per questo che Luce era così spaventata.

La prima cosa che fece mia nonna entrando in casa fu sorridere per rassicurare Luce.

«Non preoccuparti», le disse, «tua madre starà bene. Ha chiesto di te, le ho detto che saresti tornata...»

Si bloccò di colpo, abbassando gli occhi come per riflettere su qualcosa.

«Ce n'è uno solo», sussurrò, così piano che faticai a udirla. «Prima erano due e ora è uno solo.»

Poi tornò a guardare Luce. Il suo sguardo adesso era come quello di mia madre, raschiava via la pelle.

«Luce, torna a casa. Tua madre ha chiesto di te.»

Non appena fu uscita, mia nonna fece il giro della nostra piccola casa. Evitò solo di entrare in soggiorno, dove Onda si era riaddormentata, rannicchiata sul divano, la sigaretta che si consumava lentamente nel posacenere accanto alle sue dita.

Poi la chiamò piano, per svegliarla. Onda alzò il capo insonnolita.

«Che c'è?»

«Teresa Gasser, Onda... Teresa Gasser se n'è andata.»

Mia madre balzò in piedi.

«Che dici?»

«Non la sento più. Non sento più niente. Se n'è andata.»

Si guardarono a lungo, senza parlare. Comunicavano con gli occhi, con le espressioni gravi e impercettibili dei loro volti. Parlavano senza aprire bocca, le rughe sottili di mia nonna e le guance scavate di Onda, ma di quel linguaggio fatto di gesti io comunque capivo tutto.

«Che ne pensi?» domandò Elsa.

«È stata quella ragazzina, Luce. O meglio, non lei: quella cosa che le sta addosso. Ha spaventato la Gasser, l'ha allontanata.»

«Lo credi davvero? Possono spaventarsi a vicenda?»

«Qualche volta, se riescono a vedersi l'un l'altro. Non capita sempre, ma quando succede reagiscono come noi, hanno sentimenti e paure. Ma non vedono le cose come le vediamo noi. Cominci a ragionare diversamente quando non hai più un corpo a cui rispondere.»

«Non me l'hai mai detta, questa cosa.»

«Tu non me l'hai mai chiesta.»

«Mi domando solo come abbia fatto Luce...»

«Non è stata Luce, ti ho detto. È stata la cosa che ha addosso. Non so bene cos'è, non riesco a vederla chiaramente, ma deve essere terribile. È un'ombra scura, mamma, scura e disperata. Le grava addosso come una maledizione, non si sposta mai.»

«E noi che possiamo fare?»

«Niente. Non servono scongiuri e preghiere, non c'è modo di costringerli a andare via. Stanno dove vogliono e non possono essere scacciati», disse mia madre, lisciandosi le pieghe del vestito, come se si stesse preparando a uscire. «Forse però posso parlarci. Capire che vuole. Vogliono sempre qualcosa. Teresa, per esempio, voleva tornare a casa, voleva che qualcuno le desse indietro il suo corpo. Chi lo sa. Vado a trovare il guardiano del cimitero.»

Risoluta, si avviò verso la porta senza preoccuparsi di coprirsi. La nonna la prese per un braccio.

«Che fai, lascia stare. Non disturbare cose che non conosci.»

Inaspettatamente, mia madre obbedì. Invece di scrollarsi di dosso Elsa, come avrebbe fatto un tempo, annuì senza guardarla.

«Credi che porterà dei problemi?» chiese poi Elsa a mia madre.

«No, non può far del male a nessuno. Solo alla ragazza. Ma è dura, lei. Non sente niente. Non se ne accorge nemmeno.»

«E allora non glielo diremo. Ci faremo gli affari nostri, Onda. Non ha senso spaventarla e tirarsi addosso più disgrazie di quante ne possiamo sopportare. Se sei convinta che sia una presenza innocua...»

«Lo è. Non può farle del male. Luce non la percepisce, forse ci è abituata, forse le sta addosso da sempre. Ma gli altri la sentono. La scansano, come se fosse un'appestata. È solo una bambina, ma tutti la trovano ripugnante e non sanno perché.»

Elsa annuì. Una smorfia involontaria le deformò la faccia, tracciò nuove rughe sul suo viso. Pensava al disgusto inspiegabile che provava nei confronti di Luce.

«E Fortuna allora? Non sembra disturbata. Adora quella ragazzina, stanno sempre insieme. Non l'ho mai sentita lamentarsi.»

«Tua nipote è diversa», concluse bruscamente Onda, abbassando lo sguardo. All'improvviso sembrava aver perso la voglia di parlare.

«Perché sono diversa?»

Sentii uscire la mia voce senza riuscire a credere alle mie orecchie. Non avevo il permesso di intromettermi nei discorsi degli adulti, era una cosa che la nonna mi ricordava sempre.

Quando i grandi parlano, tu devi stare zitta e farti gli affari tuoi.

Elsa e Onda si voltarono a guardarmi come se fossi appena piovuta dal cielo, con quello sguardo irritato e un po' colpevole di qualcuno che senza volerlo si è lasciato scappare più di quel che deve.

«Dicevo così per dire. E comunque, sei troppo piccola per immischiarti», ribatté Onda, seccata.

Silenzio. Preoccupato e teso. Entrambe si chiedevano se davvero fossi troppo piccola per capire o se, a loro insaputa, fossi cresciuta e cominciassi a guardare le cose in modo differente.

«Fortuna, capirai tutto quando sarai più grande», mi consolò la nonna. «È solo che non vogliamo spaventare Luce.»

«Neanche io voglio spaventarla», affermai convinta. Avevo il terrore che, se le avessi detto una cosa del genere, Luce non avrebbe più voluto essere mia amica.

«E allora per un po' di tempo non le diremo nulla, va bene? Posso fidarmi di te?»

Annuii più volte. Elsa e Onda si rilassarono.

«Vuoi venire con me a comprare le mandorle per il dolce di Pasqua?» mi propose Elsa, per cambiare discorso. «Possiamo prendere anche quei fiori di zucchero che ti piacciono tanto.»

«Sì. Quelli rosa. E gialli, perché a Luce piace il giallo. Possiamo fare un dolce piccolo anche per lei, nonna?»

«Certo. Con i fiori gialli, per Luce. Andiamo a vedere se li troviamo.» Sorrise, rassicurata.

Ero ancora una bambina. Una bambina che non capiva niente.

L'unica bambina al mondo a conoscere il segreto di Luce, l'unica in grado di capire che cos'era l'ombra nera che le si era cucita addosso.

Ero l'unica a saperlo e non lo avrei detto mai, perché una promessa è una promessa.

Docilmente mi lasciai infilare la giacca dalla nonna. Onda si chinò su di me e con gesti maldestri mi sistemò la maglietta che era fuoriuscita dalla gonna.

«Brava bambina», disse, severa. Voleva essere un complimento e invece sembrò una minaccia.

Presi per mano mia nonna e insieme scendemmo le scale di casa e uscimmo nel freddo incerto della fine dell'inverno, chiudendoci il portone alle spalle.

Passarono gli anni, quasi senza che ce ne accorgessimo davvero. Io e Luce ci lasciammo alle spalle quell'età infame e infelice che era stata la nostra infanzia.

Fuori da noi, dalla nostra amicizia, niente era mutato veramente. Pensavo che nulla sarebbe mai potuto cambiare, che come nasci così muori.

Col tempo, Luce aveva perso il suo aspetto sofferente e sparuto. A diciannove anni era diventata bella come nessuno si sarebbe mai aspettato.

Le cicatrici sulle braccia e sul corpo erano sparite. La pelle nuova e gli anni trascorsi le avevano ricoperte, cancellate, e anche il suo accento forestiero si era come smorzato, e adesso Luce parlava con le stesse inflessioni che avevo io. Ma le somiglianze tra lei e gli abitanti di Roccachiara si esaurivano lì.

Luce era più alta di tutte le donne del paese.

Una volta superato il trauma che la spingeva a radersi la testa, avevo scoperto che i suoi capelli erano neri, lisci e sottili, ma folti. Ero stata io a chiederle di lasciarli crescere, e li portava lunghissimi.

Col tempo, i suoi tratti scavati si erano fatti più morbidi, più femminili. Da passero spelacchiato e ossuto dal sesso incerto, Luce si era trasformata in una donna bellissima. La ragazza più bella di Roccachiara era una forestiera, e questo la diceva lunga sull'avvenenza delle paesane, tutte piuttosto simili: piccole e rotonde, con i capelli biondi e la carnagione chiara che subito si chiazzava di rosso per colpa degli sforzi, del freddo intenso e talvolta del troppo vino bevuto a pranzo.

Luce era tutto il contrario di loro, e anche di me.

Bianca come i morti che componeva, alta come un uomo, e magra, magrissima, ma non della magrezza affamata e tisica di mia madre. Onda era fatta di spigoli aguzzi. Il corpo di Luce aveva armonia e sembrava leggero, come quello di certe ragazze che si vedevano sulle riviste di moda, o in televisione. Sapevo bene quale delle due figure preferivo, tra mia madre e Luce.

Nonostante l'aspetto attraente, nonostante tutti gli uomini, pure quelli sposati, non mancassero di guardarla dalla testa ai piedi ogni volta che passava, Luce veniva ancora scansata da tutti. Non c'era nessuno che le parlasse, nessuno che le rivolgesse un sorriso. Ogni volta che alzava la testa, tutti abbassavano lo sguardo, con aria un po' colpevole, come sorpresi a fare qualcosa di cui vergognarsi.

Era per via dei suoi occhi, di quello sguardo vitreo che sembrava attraversarti, incidere e strapparti i pensieri più imbarazzanti per riversarli alla luce del sole. Si vedeva dalle espressioni, da come chinavano in fretta il capo, che in quelle teste di pensieri riprovevoli ce n'erano parecchi, tutti per Luce. E lei, con quegli occhi scuri e con la sua sola presenza, era capace di mettere a disagio chiunque.

Diceva che non gliene importava niente. Che gli uomini di Roccachiara potevano guardarla quanto volevano e poi fingere di non averla mai vista.

«Tanto», disse una volta, con una smorfia di disgusto, «i maschi mi fanno schifo. Pensano cose brutte. Anche le donne, nemmeno loro mi piacciono. Hanno quel modo di guardarti, come se volessero strapparti la carne di dosso. Gli uomini ti tirano via i vestiti e le donne la carne. Non mi piacciono le persone.»

«Non ti piacciono le persone di Roccachiara», le risposi, «e in effetti non sono granché. Ma fuori c'è un mondo pieno di gente che non conosciamo e che potrebbe essere diversa.»

Luce scosse la testa, facendo ondeggiare i capelli. Erano così lucidi da assomigliare all'acqua del lago.

«Non mi piacciono le persone», ripeté. «Le preferisco da morte. Dormono e non possono farti niente. Quando muori non sei più cattivo.»

«Sì, questo lo credi tu. Dovresti sentire quello che dice mia madre.»

«Non la vedo mai, tua madre.»

«Lascia stare, Luce, era così per dire. La realtà è che a te non piace nessuno.»

Luce sorrise.

«Non è vero che non mi piace nessuno. Qualcuno c'è.»
«Chi?»
«Tu. Tu mi piaci tantissimo.»
E si chinò ad abbracciarmi.

La natura non mi aveva riservato lo stesso miracolo che aveva operato sulla mia migliore amica. Più o meno come ero stata da bambina, così ero rimasta.

Né bassa né alta. Non magra ma nemmeno grassa. Con gli occhi grigi, le lentiggini e i capelli che da rosso carota erano come sbiaditi e con lo sviluppo avevano assunto un colore diverso, un castano rossiccio di una tonalità indefinibile.

Non ero stata fortunata. Non avevo niente della bellezza selvatica di mia madre né di quella, più riservata e ormai quasi svanita, della nonna.

Assomigliavo ancora a quel padre inglese di cui nessuno mi parlava più da almeno dieci anni, quel padre che pure io avevo dimenticato di avere.

Ero un'adolescente dall'aspetto insipido e senza nessuna caratteristica particolare. Ero invisibile in quell'età in cui tutte aspirano a essere belle e speciali agli occhi degli altri, ma non me ne preoccupavo.

Luce vedeva in me tutto quello che gli altri neanche si sognavano di immaginarmi addosso.

Non faceva che assicurarmi che ero bellissima, che ero diversa da tutti e che solo lei poteva capirmi, ma lo ripeteva in un modo ossessivo, tipico delle persone con i nervi poco saldi.

La sua adorazione qualche volta mi soffocava, ma lei non si accorgeva mai del mio disagio. O forse se ne accorgeva, ma faceva finta di nulla.

Era come se io fossi la sua bambola e lei la bambina che mi aveva scelto per farmi da madre.

Ma non ero una bambola.

Neanche io sapevo spiegarmi cosa fosse la crepa che ci divideva. C'era sempre stata, era sempre stata lì, dall'inizio della nostra amicizia. Da quando, anni prima, avevo visto Luce tutta sola sotto la pioggia nel cimitero deserto.

Non ci separavamo mai, non passava giorno senza che ci vedessimo. Ero convinta di amarla più di chiunque altro, e soprattutto sapevo di essere ricambiata.

A volte pensavo che quello che c'era tra noi fosse normale, eppure c'era qualcosa, qualcosa che non riuscivo a identificare. Forse erano i suoi occhi neri che mi fissavano ogni momento. Li sentivo bucarmi dentro. Mi passavano attraverso e non mi piaceva affatto. Forse era il modo in cui cercava sempre il contatto fisico. Gli abbracci di Luce, le sue carezze e anche i suoi baci avevano qualcosa di morboso, dispotico e prepotente, mi facevano sentire sballottata e priva di qualsiasi potere, e cercavo spesso di sottrarmi. O forse quel qualcosa che si inceppava, la disfunzione nel nostro rapporto, era la crepa stessa. Quella spaccatura tra di noi che mi allontanava e allo stesso tempo riusciva ad attirarmi come fa il magnete col ferro. Volevo vedere cosa c'era dentro, scoprire cosa mi aveva portato ad avvicinarmi un passo alla volta per tutti quegli anni e, giunta sull'orlo, chinarmi per guardare nell'abisso.

Ma avevo scoperto che non c'era niente, solo nero. Oscurità distante, ottusa e incomprensibile. Sapevo, lo sapevo da anni, che io non volevo Luce.

Eppure, avevo un disperato bisogno di lei.

Negli anni trascorsi nella radura, prima della brutta esperienza con Teresa Gasser, Onda aveva imparato che vivere nella capanna sul lago aveva indiscutibili vantaggi, soprattutto nei rapporti con i compaesani.

Vivendo in mezzo al bosco, in un posto difficilmente raggiungibile e che gli abitanti di Roccachiara credevano stregato, non era costretta a convivere con gente che aveva sempre disprezzato. Era libera di fare quel che le pareva, andare e venire a suo piacimento, dormire di giorno e stare sveglia di notte.

Roccachiara era lontana, il lungolago era completamente disabitato fino a Terlizza e sarebbe rimasto così ancora per qualche anno. In quell'oasi di tranquillità Onda aveva trovato la pace lontano dai suoi simili, e amava la sua solitudine. Non vi avrebbe mai rinunciato.

Tuttavia, la vita nella radura aveva anche i suoi svantaggi: se non c'erano i vivi a disturbarla, ci pensavano i morti. Erano attirati da mia madre come le falene dalla luce. Spesso non si ricordavano chi erano, da dove venivano, che cosa erano stati da vivi, ma tutti loro conoscevano la strada per arrivare da Onda. Anche se non l'avevano mai vista in vita, da morti sapevano esattamente dove trovarla. Era il loro punto di riferimento e, come questuanti, tornavano sempre da lei.

Anime in pena, diceva Onda, mentre un'ombra lucida le attraversava gli occhi, l'unico guizzo di emozione che avessi mai visto sul suo viso.

Ma quelle anime in pena, per cui Onda provava il sentimento più vicino all'amore che fosse mai riuscita a provare, le avevano tolto il sonno e la fame, e alla fine l'avevano costretta a fuggire dalla radura dei pescatori.

E chiusa tra le mura spesse di casa nostra, in compagnia della nonna e in mia presenza, Onda sembrava una belva in gabbia.

*

Dalla morte della Gasser erano passati più di cinque anni. Quella che doveva essere una breve permanenza era diventata una convivenza stabile, e Onda non era più tornata nella sua capanna sul lago.

Pensavamo che l'età adulta potesse addolcirla, ma mia madre era rimasta quella che era sempre stata. Forse, era riuscita persino a peggiorare. Nonostante vivessimo insieme, io non la vedevo quasi mai, ed era un sollievo. Dopo gli anni neri della mia infanzia, in cui avevo cercato in tutti i modi di farmi amare da lei e non ci ero riuscita, ero diventata un'adolescente insofferente e disinteressata. Per me, mia madre era come una sconosciuta instabile e scostante dalla quale era meglio tenersi alla larga.

E stare lontana da Onda era la cosa che mi riusciva meglio.

In quanto a istruzione, Roccachiara offriva ben poca scelta: c'era soltanto la vecchia scuola elementare, costruita appena dopo la prima grande guerra e da sempre poco affollata, data la scarsa popolosità del paese.

Avevo finito le elementari a Roccachiara e avevo continuato gli studi a Terlizza. Mi alzavo ogni mattina alle cinque e mezzo per prendere la corriera che faceva il giro dei paesi e portava tutti i ragazzi all'unica scuola media del circondario che si trovava, appunto, dall'altra parte del lago.

Terminate anche le medie, avevo manifestato l'intenzione di continuare a studiare.

La nonna ne fu contenta, mia madre un po' meno. Disse che la scuola superiore non mi sarebbe servita a nulla, che le medie mi sarebbero bastate e avanzate. Disse anche che dovevo smetterla di vivere sulle spalle degli altri e dovevo cercarmi un lavoro.

«Parli proprio tu», l'aveva apostrofata la nonna. «Tu che non hai mai lavorato un giorno in vita tua.»

A quel punto Onda non aveva replicato, e in silenzio aveva firmato i moduli per la mia iscrizione alla scuola magistrale.

Non ero davvero convinta di volerci andare. Come tutte le cose che avevo fatto nella mia vita fino a quel momento, anche quello era stato più un riflesso involontario che una decisione vera. Ma se serviva a tenermi lontano dalla donna che era mia madre, qualunque cosa sarebbe andata bene.

La mattina in cui Onda firmò i moduli per la mia iscrizione alle magistrali, aspettai che la casa fosse deserta, poi mi infilai in soggiorno e rubai i documenti che mia madre aveva appena siglato.

Anche se la nonna aveva detto che avrebbe provveduto lei stessa a spedirli alla scuola quando sarebbe arrivato il momento, io non mi fidavo. Avevo paura che Onda cambiasse idea e li facesse sparire, o che li gettasse nel fuoco in uno dei suoi frequenti scatti di rabbia.

Non potevo permetterglielo.

Con quei fogli ripiegati in tasca uscii di casa e mi avviai verso il cimitero. Andavo da Luce per darle la buona notizia.

Faceva caldo e il sole picchiava forte. A parte il frinire delle cicale, il cimitero era immerso nel silenzio. Ma sotto la veranda della casa gialla c'era movimento.

Mi avvicinai, strizzando gli occhi per mettere a fuoco la penombra del portico.

Seduta su un vecchio sgabello malandato, Luce dava le spalle alla strada. Per combattere il caldo teneva i capelli raccolti in cima alla testa, ma la sua nuca riluceva umida e la maglietta azzurra che indossava era chiazzata di sudore sotto le braccia. Armeggiava con qualcosa che non potevo vedere.

«Cristo, mamma!» sbottò all'improvviso. «È solo pane bagnato nel latte, non ti fa niente! Mangialo, avanti!»

Il cucchiaio che Luce teneva in mano finì a terra, schizzando latte ovunque, e lei si piegò per raccoglierlo, scoprendo alla vista l'intero portico.

Sprofondata in una poltrona, Rita Ranieri, la madre di Luce, era una mummia.

Aveva capelli ormai grigi e ispidi, tagliati male come quelli di Luce da bambina. La pelle tirata sulle ossa sporgenti sembrava quasi trasparente.

Ora che non c'era più il corpo di sua figlia a impedirglielo, il suo sguardo vagò verso la strada e poi si fermò su di me. Mi guardò, ma senza vedermi davvero.

Non la vedevo da anni perché stava sempre chiusa in casa, ma sapevo che col tempo invece di guarire era peggiorata.

I suoi giorni buoni erano spariti per sempre, sostituiti da un'infinita sequela di giorni cattivi. Non riconosceva più nessuno e col passare del tempo aveva anche smesso di camminare e di parlare. Fisicamente non aveva nulla che non andasse: Fernando, che l'aveva visitata, aveva detto che il suo corpo era sano. Era la testa a non esserci più. Era andata, svanita, persa. Un guscio vuoto e inutile.

Finalmente Luce si rialzò e voltandosi si accorse di me. La sua espressione esasperata non mutò nel vedermi.

«Non ce la faccio più», si lamentò, «non vuole più nemmeno mangiare.»

Salii i tre gradini della veranda e mi fermai accanto a lei.

Era stanca e sudata, visibilmente spazientita. Nella scodella che aveva tra le mani il pane aveva assorbito il latte, formando una poltiglia spugnosa. Solo guardarla ti faceva passare l'appetito.

«Perché le dai questa roba?»

«Non vuole cibi solidi, questa è l'unica cosa che riesce a ingoiare. Normalmente ci mette un'eternità, ma lo mangia. Solo che oggi non vuole proprio saperne.»

Non so perché mi venne in mente. «Posso provare io?»

«Se proprio ci tieni. Ma tanto è inutile, quando decide che non ne vuole, non c'è verso di farle cambiare idea.»

Stringendosi nelle spalle mi passò il cucchiaio e la scodella, e io mi accomodai sullo sgabello. La mummia esausta che un tempo era stata Rita Ranieri non sembrò accorgersi dello scambio di persona. Rimase assorta, chiusa nel vuoto della sua testa.

Non mi fece nessuna impressione, non provai nulla. La donna di fronte a me aveva smesso di essere una persona e per un attimo invidiai Luce.

La condizione di sua madre richiedeva molte cure e molta pazienza, ma almeno Rita Ranieri non gridava senza motivo, non ti lanciava oggetti addosso e non impestava tutto di fumo come faceva Onda.

Scacciai il pensiero scuotendo la testa. Allungai il cucchiaio e la donna, senza che nulla cambiasse nella sua espressione, aprì la bocca e inghiottì la poltiglia che le offrivo.

Luce mi guardò ammirata.

«Come ci sei riuscita?»

«Non ne ho idea. Forse la mia faccia sconosciuta l'ha convinta...»

«Non è più in grado di capire la differenza tra chi conosce e chi no. Povera mamma», rispose, accarezzandole la testa. Rita continuò a masticare meccanicamente la poltiglia, sbrodolandosi il vestito. Non mi fermai, continuai a imboccarla.

«Ti aspettavo per oggi pomeriggio», osservò Luce con dolcezza. Era felice che fossi arrivata in anticipo.

«Volevo farti vedere una cosa. Guarda nella mia tasca sinistra.»

Estrasse i fogli dai miei bermuda e li spiegò per leggerli. Lo fece molto lentamente, aggrottando la fronte nel tentativo di capire cosa c'era scritto. Lesse tutto, mettendoci un'eternità. Quando rialzò la testa il latte nella scodella era finito e Rita si era addormentata masticando l'ultimo boccone.

«Che significa?»

«Mia madre ha firmato l'iscrizione. A settembre andrò alle superiori, in città.»

Mi aspettavo che sorridesse, che fosse felice per me. Invece la sua faccia si accartocciò in una smorfia di delusione.

«Sono contenta per te», mormorò.

«Non è vero. Guarda che faccia che hai.»

Non mi smentì. Si limitò a guardare verso il cimitero, imbronciata.

«Ti trasferisci in città?»

«No, certo che no. Farò avanti e indietro con la corriera. Ci vedremo comunque.»

«Ti farai dei nuovi amici.»

«No, non me li farò.»

«Come fai a saperlo?»

«Non mi servono altri amici. Mi basti tu.»

«Una scuola magistrale. È una di quelle scuole per fare la maestra. Ti piacciono i bambini?»

«Non lo so, non ci ho mai pensato.»

«E allora perché ci vai?»

Il tono della sua voce era gelido e tagliente, sapeva di accusa. Si girò finalmente a guardarmi e riconobbi gli stessi occhi enormi che aveva da bambina, due pozze nere e abbandonate.

«Perché è una buona scuola e mi aiuterà a trovare lavoro.»

E anche per stare lontano da mia madre, pensai. *Meno la vedrò e più sarà facile dimenticarmene. Per non finire come lei. Per non impazzire in questo posto dimenticato da Dio, in quella casa che sa di umido. Per non consumare il tempo che mi resta rassegnata e impotente come Elsa, l'espressione triste crocifissa sulla faccia e quei suoi giorni appesi, inutili, persi ad aspettare qualcosa che se n'è andato o che forse non c'è mai stato.*

E anche per non essere come te, Luce. Tu che ti accontenti, che ti fai stare bene il posto in cui ti trovi. Tu che stai con i tuoi morti e solo loro accogli, e solo loro sanno farti compagnia. Tu, con tutta questa bellezza che ti porti addosso, sprecata dietro ai cadaveri e dietro a una madre che sbava e non ti riconosce, che non ti ha riconosciuto mai. Ci vado per non sentirmi come voi, per non annegare nelle vostre ombre.

«Magari potrò fare la maestra alla scuola di Roccachiara», dissi, «e poi le superiori durano cinque anni. Abbiamo ancora tantissimo tempo per decidere.»

«Quindi rimarrai qui con me.»

«Certo che rimarrò qui con te, Luce. Te lo prometto. Posso chiederti un favore, adesso?»

Annuì, leggermente sollevata.

«Devi conservare questi fogli per me. Tienili tu, fino a settembre. Non mi fido a tenerli in casa mia. Onda potrebbe alzarsi una mattina con la luna di traverso e farli in mille pezzi.»

Non disse nulla. Ripiegò attentamente i documenti e se li infilò in tasca. Mi guardò con lo sguardo di un cane bastonato dal suo padrone, offeso ma tuttavia ancora fedele.

Mi voltai per andarmene.

«E se invece fossi io a farli in mille pezzi?» mi chiese mentre già mi incamminavo.

«Non lo farai.»

«Come puoi esserne sicura?»

Sorrisi alla strada. «Perché tu mi vuoi bene.»

Sapeva che avevo ragione.

Da noi le estati erano brevi e abbastanza fresche. L'estate dei miei quattordici anni invece fu bollente, ma durò ancora meno delle altre. Già a metà agosto la tramontana aveva preso a soffiare da nord. Le cime delle montagne intorno alla valle erano spruzzate di neve e la conca del lago si svegliava ogni giorno immersa nella nebbia.

La nonna tirò fuori i nostri indumenti più caldi e cominciò a fare i preparativi per l'inverno compilando lunghe liste sulle erbe da raccogliere prima che arrivasse il freddo vero. Nell'ultimo periodo era spesso ammalata e si affaticava facilmente, perciò pensò di chiedere a Onda di andare a raccogliere le sue piante per lei, ma era un po' che mia madre non si faceva vedere a casa.

L'aspettammo per due giorni interi. Affacciata alla finestra, Elsa spiava la strada, lamentandosi per il brutto tempo e per l'aria gelida.

«Questo freddo congelerà tutte le piante», diceva, «finirò le mie scorte e la prossima primavera avremo la dispensa vuota. E sarà tutta colpa di tua madre.»

«Se vuoi posso andarci io, nonna. Domani stesso, appena sorge il sole.»

«Tu non sai cosa cercare, Fortuna.»

«Puoi darmi i ricettari della vecchia Clara. Ci sono dei disegni che mi aiuteranno.»

Elsa mi guardò dubbiosa. Non era ancora del tutto convinta.

«Mi farò accompagnare da Luce», aggiunsi, «in due faremo più in fretta. In fondo, se ce la fa Onda, posso riuscirci anche io.»

Alla fine, Elsa acconsentì. Mi consegnò i vecchi ricettari di Clara e mi diede il suo grande canestro di vimini per andare nel bosco.

La mattina seguente, scesi sulla piazza all'alba. Aspettavo Luce.

La vidi sbucare dalla strada principale pochi minuti dopo. Camminava veloce, sorrideva e sembrava ben sveglia. Tutto il contrario di me, che cascavo dal sonno ed ero già mezza congelata.

Si avvicinò a grandi passi, avvolta in un maglione che non le avevo mai visto. Le andava largo di almeno tre taglie, tanto che aveva dovuto rimboccare le maniche diverse volte e annodarlo sui fianchi per far sì che non le cadesse di dosso.

«Era di mio padre», disse, quasi a giustificarsi. «Lo usava per lavorare. L'ho messo per non sporcarmi i vestiti.»

Ci incamminammo lungo il sentiero, chiacchierando sottovoce. Il buonumore di Luce contagiò anche me.

Il bosco intorno al lago rimase umido e freddo per gran parte della mattinata. Io e Luce ci muovevamo su e giù per il sentiero cercando le piante che mia nonna ci aveva chiesto.

Era un lavoro più complicato di quello che mi aspettavo: consultavo continuamente i ricettari della vecchia Clara in cerca di suggerimenti. C'erano specie che crescevano solo all'ombra di determinati alberi, e altre come l'asperula e il coriandolo, che avevano bisogno di un terreno morbido e umido per prosperare. Il sempreviso dei tetti spuntava dagli anfratti delle rocce e andava raccolto tirando via tutta la radice. L'aconito e lo stramonio erano mortalmente velenosi e andavano tenuti separati dalle altre erbe. Il prezzemolo era simile alla cicuta e bisognava fare attenzione a raccogliere la pianta giusta, o rischiavamo di avvelenare qualcuno.

Luce era più brava di me, e anche più veloce: le bastava un'occhiata al disegno per memorizzare la pianta, riusciva a trovarla subito e non si confondeva mai. Non aveva paura di arrampicarsi sulle rocce o di sporgersi nelle forre per afferrare quello che le serviva. Senza nessun timore infilava le mani tra i grandi sassi piatti dove spesso si rifugiavano le vipere. Era agile e veloce, talmente brava che a mezzogiorno il canestro traboccava di piante riunite in mazzetti ordinati, ed era diventato pesantissimo. Riportarlo indietro sarebbe stata un'impresa.

«Sei stanca?» mi chiese Luce, spuntando da un cespuglio. Aveva foglie nei capelli e si era infilata due ranuncoli bianchi dietro le orecchie.

Indicai il canestro traboccante con un cenno della testa.

«Non ancora. Quando avremo riportato indietro quello, allora sì che sarò stanca! Sarò morta di stanchezza!»

«Che sarà mai! Vorrà dire che riempirò la tua bara di fiori bianchi, come questo.»

Si sfilò un fiore dai capelli, e chinandosi me lo sistemò sull'orecchio. Era un gesto che conoscevo. Da bambina Elsa mi aveva riempito i capelli di fiori, durante le nostre passeggiate nel bosco, quando eravamo costrette a scappare di casa per colpa della rabbia di mia madre.

Sorrisi.

Luce si alzò, guardò verso il lago.

All'improvviso il suo sguardo si fece pensieroso.

«Secondo te, l'acqua è tanto fredda?»

«Gelata. Col freddo che ha fatto stanotte, poi... Che cosa hai in mente?»

«Niente, niente. Sai che una volta, quando abitavo giù, mio padre ci portò al mare, a Napoli? Lui e Federico si fecero il bagno, ma uscirono subito perché l'acqua era troppo fredda per loro.»

«E tu?»

«Io mi bagnai solo i piedi. Poi mia madre disse che non potevo andare in mare, perché la settimana prima avevo avuto la tosse. Io però volevo entrare. L'acqua non sembrava tanto fredda come dicevano, e volevo fargli vedere che ero più coraggiosa di loro. Così mi rimboccai la gonna fino alle mutande, ma mio padre mi vide e venne a prendermi sulla riva. Mi diede una sculacciata così forte che tutta la spiaggia si girò a guardarci. Non me lo dimenticherò mai.»

Saltellando su un piede solo Luce si sfilò prima uno scarpone e poi l'altro. Arrotolò le calze e le lasciò a terra accanto agli scarponi. I suoi piedi lunghi e bianchi affondarono nella riva fangosa.

«Guarda che è fredda, Luce», la ammonii ancora una volta, senza convinzione. «Se ti bagni, ti rimarranno i piedi umidi e ti verranno le vesciche. Dobbiamo camminare parecchio per tornare in paese, e di certo non ti ci porterò io in braccio.»

«Non ti chiederò di farlo, infatti.»

L'acqua si chiuse sulle sue caviglie, inghiottendole i piedi. Un brivido la scosse, e io sospirai.

«Non è tanto fredda», disse sorridendo. In un attimo, la

gonna che portava volò accanto a me, atterrando sull'erba. Scattai in piedi.

«Che fai?»

Non mi rispose. Il brutto maglione nero finì accanto alla gonna. La guardai.

In piedi sulla riva, Luce indossava solo le mutande. Il suo corpo era di un bianco spettrale, e la sua pelle sembrava trasparente. Era bella, di una bellezza tutta sua. Per un momento la invidiai.

Con un paio di passi, l'acqua le coprì le gambe, arrivandole ai fianchi. Si voltò per sorridermi, le labbra bluastre e le spalle coperte di pelle d'oca, le braccia strette al seno. La luce del sole illuminava l'acqua intorno a lei, scomponendola in mille scaglie dorate.

«Non è freddissima! Pensavo peggio», urlò. «Vieni, dai!»

«Sei tutta scema! Io torno in paese, tu fai come vuoi!»

«Come al solito, te la fai addosso! C'hai paura di tutto, tu!»

«Mica è paura, è che sei proprio stupida!» conclusi con rabbia. Se c'era una cosa di Luce che mi faceva imbestialire, era quella. Per convincermi a fare quello che voleva, tirava sempre in ballo la storia della paura. Non sopportavo di sentirmi dire che mi mancava il coraggio, non dopo tutto quello che avevo vissuto nella mia vita. Luce lo sapeva, e sapeva anche che sfidarmi era l'unico modo per persuadermi a fare qualcosa che non volevo fare.

Ma quella volta non le avrei dato retta. Mi tolsi gli scarponi pesanti.

«Infilerò i piedi, va bene? Per farti vedere che non ho paura. E che non sono stupida come te.»

«A bagnarsi i piedi sono capaci tutti. Voglio vedere se riesci ad arrivare dove sono io!»

Fece un altro passo indietro. L'acqua la ricoprì, stavolta fino alla vita. Mi sfilai i pantaloni, vergognandomi un po' delle mie lentiggini e della mia pelle arrossata e irregolare, laddove lei era liscia e bianca. Immaginai che mi avrebbe guardato, giudicandomi, ma Luce non era proprio il tipo. Sorrideva, soddisfatta di essere riuscita a convincermi ancora una volta. La mia cellulite era l'ultima cosa a cui avrebbe pensato.

Mossi un passo nell'acqua, che si chiuse sulle mie gambe ghiacciandomi il sangue.

Vidi i miei piedi sparire nel fango sotto la superficie e fu come infilarli nella neve fresca.

Era impossibile che Luce riuscisse a stare nuda senza svenire dal freddo. Le sue labbra erano diventate del colore dei morti, ma lei non ci faceva caso. Saltellava nell'acqua, sembrava felice.

Scossi la testa. «Non ce la faccio!» ammisi. Luce mi schizzò, ridendo. Le gocce che mi arrivarono erano spilli gelati sulla faccia e sul collo.

Alzai un piede, schizzando in aria un misto di acqua e fanghiglia. Non sbagliai mira e la colpii dritto in faccia, nella bocca aperta e sorridente. Adesso, ridevo anche io.

«È buono? Se vuoi ti ci faccio una torta!»

«Che schifo, sei proprio stronza!» disse, sputando più volte. Il fango scuro le impiastricciava la parte sinistra del volto, le incollava i capelli alla mascella.

Non riuscivamo a smettere di ridere.

«Che diavolo state combinando, voi due?»

Quella voce rauca uscita dal nulla ci spense il sorriso, ci immobilizzò come due statue. Per un istante lunghissimo io e Luce non riuscimmo a far altro che fissarci spaventate.

Poi, lentamente mi voltai.

Mia madre era ferma a pochi passi dalla riva. Avvolta nel suo cappotto da uomo, il viso graffiato e sporco di terra, sembrava enorme e spaventosa. O forse ero io che la vedevo così.

Indicò il canestro abbandonato accanto a un albero.

«Che cosa significa questo?»

«La nonna mi ha chiesto di raccoglierle le piante.»

«Poteva chiederlo a me.»

«Tu non ti fai vedere da giorni.»

Ci squadrammo con astio, per un tempo che sembrò lunghissimo.

«Buongiorno, Onda. Come va?» La voce incerta di Luce ruppe il silenzio.

Mia madre si voltò verso di lei, fulminandola con un'occhiata.

«Sai nuotare?» le chiese.

Luce scosse la testa. Si strinse più forte le braccia al busto, nel tentativo di coprirsi meglio.

« Fossi in te, allora, non farei un altro passo. Sei sul bordo di un costone sommerso, lo sai? Un altro passo e la terra ti scompare da sotto ai piedi. Non è una bella morte. »

Con un balzo spaventato, sollevando una marea di schizzi gelati, Luce mi raggiunse. Adesso era pallida per davvero, e non era colpa del freddo.

Onda ci diede le spalle e si piegò a raccogliere il canestro, tirandolo su senza sforzo.

« Questo lo porto io », disse, ma non era per farci un piacere.

« Come sai di quel costone sommerso? Hai fatto il bagno anche tu? »

Onda scosse la testa, esasperata.

« Fortuna, io non ho mai messo neanche un piede in quell'acqua. »

« E allora come fai a sapere che lì si sprofonda? »

« Me l'hanno detto. »

« Chi? »

« Chi ci è annegato prima di voi. Adesso uscite e rivestitevi. Siete disgustose. »

Senza dire un'altra parola Onda si caricò il cesto e si avviò, sparendo presto alla nostra vista.

Restammo ferme, nude e terrorizzate nell'acqua bassa. Non sentivamo più il freddo, solo la paura. Uscii dal lago, raccolsi il maglione di Luce e glielo lanciai. Lei lo prese al volo e, bagnata com'era, se lo infilò. Il momento di allegria era finito, cancellato per sempre.

Tornammo in paese in silenzio e a testa bassa.

Per quello che avevamo rischiato, non avevamo neanche più il coraggio di parlare.

L'istituto magistrale a cui mi ero iscritta distava da casa mia quaranta chilometri. Era quasi dall'altra parte della regione. Per tutta l'estate avevo pensato alla nuova scuola come a qualcosa di incerto e indefinito, qualcosa che però col passare dei giorni prendeva forma, assumendo contorni netti e spaventosi. Qualche volta mi pentivo della mia scelta, ma ormai era tardi: avevo già spedito i documenti per l'iscrizione e ricevuto in cambio una lista di libri da comprare.

A Roccachiara non avevamo una libreria, ma la tabaccheria di Lucio assolveva perfettamente la funzione, così ordinai da lui i libri che mi servivano.

Il mio primo giorno di scuola arrivò troppo in fretta.

Quella mattina mi svegliai che il sole non era ancora sorto. Era prestissimo, persino la nonna dormiva ancora. Senza fare rumore mi chiusi in bagno e mi cambiai in fretta, evitando il mio riflesso nello specchio. Non volevo guardarmi.

All'ingresso raccolsi la mia borsa e uscii di casa senza svegliare nessuno, incamminandomi verso la fermata della corriera che si trovava all'imbocco del paese.

E alla fermata c'era Luce. Era seduta sui gradini di una casa poco distante. Le ginocchia al mento, la schiena appoggiata contro la porta chiusa. Aveva cerchi neri sotto gli occhi.

«Sono stanchissima», si lamentò quando mi vide.

«Hai un aspetto tremendo, infatti.»

«Siediti», disse, facendomi spazio accanto a lei sui gradini freddi. Dalla tasca della giacca tirò fuori un sacchetto di carta e me lo porse.

Dentro, avvolto in un pezzo di stagnola, c'era un panino. Profumava di burro e marmellata. Il mio stomaco gorgogliò rumorosamente e Luce sorrise.

«Immaginavo che oggi avresti saltato la colazione. Questo te lo puoi portare a scuola, lo mangi quando hai fame.»

«Ti sei svegliata a quest'ora per portarmi la colazione?»

« Non ho proprio dormito, avevo del lavoro da fare. Ho una veglia alle dieci, e non ho ancora finito. Ma volevo fare una pausa. »

« È morto male? » domandai. Sapevo che quando Luce lavorava di notte voleva dire che il suo compito era particolarmente difficile e sgradevole.

« Malattia. Il cadavere è arrivato già gonfio. È colpa delle medicine, appena il cuore smette di battere i tessuti si dilatano, e continuano a dilatarsi anche nei giorni seguenti. Sono sicura che tra poco, quando tornerò al cimitero, sarà ancora più gonfio e più scuro di come l'ho lasciato. Continuo a mettere strati di cerone ma non riesco... »

« Luce... »

« Che c'è? »

« Ma le hai lavate le mani prima di preparare il panino? »

« Certo, ma per chi mi hai preso? »

« Che ne so, magari ti eri scordata. »

« La prossima volta non le lavo, magari ti piace di più, cretina. »

« Deficiente. »

« Guarda, arriva l'autobus. »

Mi voltai verso la strada.

Dalla curva i fari della corriera dissolvevano la foschia mattutina. Luce fece scivolare la mano nella mia, la strinse forte.

« Sei pronta? »

« Non lo so. »

L'autobus si fermò a pochi metri da noi.

« Be', ci rifletterai durante il viaggio. » Si alzò, stiracchiandosi e scricchiolando.

« Vorrei che venissi con me. Se ci fossi tu, sarei pronta. »

« Ma non posso esserci sempre. Soprattutto per le cose che ti ostini a scegliere da sola. » Sotto il sorriso c'era una consistente traccia di rimprovero. Decisi di ignorarla.

« Tornerò per l'ora di pranzo. »

« Sarò qui ad aspettarti. »

Salii sulla corriera con lo stomaco annodato. Scelsi un posto in fondo e mi rannicchiai sul sedile accanto al finestrino. Luce bussò al vetro per salutarmi, poi si incamminò in direzione del cimitero. Guardai la sua figura sottile sparire nella bruma, con un senso di perdita del tutto ingiustificato.

La scuola superiore era come l'avevo immaginata, come tutte le altre scuole dove ero stata. C'era un grosso cortile esterno protetto da una cancellata, dove tutti si radunavano prima della campanella. C'erano pochi ragazzi e moltissime ragazze, e tutti erano più grandi di me. Si riunivano in piccoli gruppi, chiacchieravano e fumavano, si chiamavano ad alta voce per il cortile.

Quelli del primo anno, invece, si riconoscevano subito. Se ne stavano da soli ai margini della cancellata, guardavano per terra con evidente disagio. Anche io ero così. Appoggiata al cancello come se fossi in procinto di scappare da un momento all'altro, gli occhi bassi. Vicino a me c'erano due ragazze che conoscevo di vista, avevano frequentato la mia stessa scuola media ma non sapevo come si chiamassero. Mi riconobbero, rivolgendomi un cenno di saluto, ma non mi chiesero di unirmi a loro e ne fui sollevata.

Sperai di non trovarle in classe con me. Non mi erano né simpatiche né antipatiche, ma preferivo un ambiente completamente sconosciuto.

Fui accontentata.

Nella mia classe non c'era nessuno che conoscessi, neanche di vista. Erano tutte facce che non avevo mai visto. In compenso sembravano tutti conoscersi tra di loro, come se provenissero dalla stessa scuola media. Non sembravano ostili ma neanche interessati. Per tutta la mattinata rimasi seduta al mio banco, con gli occhi puntati sull'insegnante, fingendo di prendere appunti. Pensavo a Luce, alla voglia che avevo di tornare a casa e di stare con lei.

Le ore passarono lente ma alla fine arrivò il suono della campanella. Uscii in fretta, bofonchiando un mezzo saluto alla classe che si preparava a uscire.

Nessuno mi rispose. Ero come invisibile.

Luce fu contenta che non avessi conosciuto nessuno durante il mio primo giorno di scuola. Non lo disse apertamente, ma il sollievo che si dipinse sul suo volto quando glielo riferii parlava da sé.

Non accadde molto di più neanche nei giorni successivi. Mi limitavo a stare seduta nel mio banco e ad ascoltare le lezioni. Salutavo quando entravo e quando uscivo dall'aula, e qualche volta gli altri rispondevano al mio saluto, qualche volta neanche lo sentivano, le mie parole si perdevano nella confusione.

Ogni mattina partivo all'alba e tornavo nel pomeriggio, stanca e affamata. Trovavo la casa deserta e fredda, il tavolo in cucina vuoto.

In quel periodo, la nonna dormiva sempre per via di alcuni dolori di stomaco che la tenevano sveglia tutta la notte, e che neanche i suoi rimedi riuscivano a curare. E mia madre a casa non c'era mai, se ne stava sempre in giro per il bosco o sul lago. Non sapevamo cosa ci andasse a fare, ma lo faceva tutti i giorni, poco importava se ci fosse il sole o nevicasse forte. Onda era nata selvatica e non sopportava di rimanere chiusa tra quattro mura. La nonna diceva che ormai apparteneva al bosco e al lago. Che non sarebbe mai stata una donna e una madre normale.

E anche io, in effetti, avevo abbandonato da tempo la speranza di avere una madre come tutte le altre. Ormai ero cresciuta, una madre non mi serviva più. Da tempo avevo smesso di chiamarla « mamma »: usavo il suo nome di battesimo. La chiamavo Onda, e lei non sembrava dispiacersene. Neanche io ne ero così turbata, né speravo che lei si offendesse. Semplicemente, avevo altro a cui pensare.

Alla fine, con il passare del tempo, un paio delle mie compagne di classe avevano vinto le mie resistenze, convincendomi ad aprirmi quel tanto che bastava per spiccicare un paio di parole durante l'intervallo. Ce ne era voluto, però: quando finalmente mi ero decisa a dar loro un minimo di confidenza, era di nuovo settembre ed eravamo già al secondo anno di scuola. Qualche volta mi trovavo con loro nel cortile, ascoltavo i loro discorsi e annuivo al momento giusto, parlando poco. Mi erano simpatiche, ma erano diverse da Luce, spesso non le capivo. Parlavano di ragazzi, discutevano su come truccarsi di nascosto dai genitori, commentavano l'abbigliamento delle altre ragazze. Erano curiose di sapere qualcosa della mia vita, mi domandavano sempre se avessi fratelli, o che lavoro facessero i miei genitori. Per farle contente avevo detto loro che avevo una sorella maggiore che si chiamava Luce, e che i miei genitori lavoravano in Inghilterra, e per questo io e mia sorella vivevamo con la nonna. Si erano accontentate della mia bugia e io avevo tirato un sospiro di sollievo: raccontare loro la verità, e cioè che ero la figlia di una vagabonda pazza e non avevo mai conosciuto mio padre, e che la mia migliore amica si occupava di cadaveri, non mi sembrava la scelta più felice. Ero avara di informazioni, non volevo che sapessero nulla di me.

Ma questo mi aveva fatto capire che non era colpa degli altri, che la solitudine dei miei primi anni mi aveva lasciato un marchio. Io ero l'esclusa, e se non ci pensavano gli altri a tagliarmi fuori ero io stessa a evitare qualsiasi rapporto umano. Mi ero costruita una corazza con cui cercavo di tenere lontana la gente. Come Luce, mi trascinavo addosso un'ombra scura e malevola che, nonostante fosse invisibile, metteva a disagio le persone. Ma mentre Luce non lo aveva scelto, ero stata io stessa a creare la mia ombra, la mia maledizione personale, e non lasciavo entrare nessuno.

Da bambina disperata e affamata d'affetto mi ero trasformata in un'adolescente insensibile e ingrata, e solo Luce riusciva a sopportarmi. Era l'oscurità che ci gravava addosso da sempre, erano le nostre rispettive zone d'ombra che si erano fuse e contagiate, e per questo Luce era l'unica che potesse davvero accettarmi e volermi bene per quello che ero. Luce sopportava tutto, sosteneva i miei sguardi e i miei silenzi. Capiva quello che provavo e cercava di porvi rimedio.

Luce mi amava, ed era e sarebbe stata sempre la sola, l'unica capace di farlo.

Elsa non stava bene. Erano mesi che soffriva per dei dolori allo stomaco di cui non parlava a nessuno. Ogni volta che le chiedevo come stava, mia nonna si sforzava di sorridere.

«Bene. Sto bene. Come dovrei stare?» diceva per rassicurarmi, ma io non ero affatto rassicurata. Elsa era dimagrita e aveva un colorito spento, una tonalità grigiastra che non aveva mai avuto, e quando glielo facevo notare, lei si stringeva nelle spalle e assicurava che non era nulla. Che stava solo invecchiando, che non si può essere belli e sani per sempre.

Credeva che io non la vedessi quando si teneva le mani sulla pancia, piegandosi impercettibilmente e voltandomi le spalle per nascondere le smorfie di dolore che non riusciva a trattenere.

Credeva che dormissi quando, da sotto le coperte, la spiavo. La vedevo alzarsi dal letto in piena notte e arrancare a passi malfermi fino in cucina, dove rimaneva per ore intere. L'aspettavo senza riuscire a prendere sonno, sapendo bene quello che faceva: Elsa cercava di curarsi da sola, ma era evidente che aveva qualcosa che i suoi rimedi fatti in casa non erano in grado di guarire.

Un pomeriggio di gennaio, tornai da scuola prima del solito. Le lezioni erano terminate con un'ora di anticipo perché una professoressa era assente, e io ero riuscita a tornare in paese prima che facesse buio.

A Roccachiara aveva appena finito di nevicare e nessuno aveva ancora provveduto a liberare le strade, anche perché il cielo grigio e basso prometteva altra neve. Camminavo incerta, attenta a non scivolare sui lastroni di ghiaccio. Era da poco passata l'ora di pranzo e il paese era deserto e silenzioso, e in quel crepuscolo prematuro le luci nelle case erano tutte accese, le vedevo brillare attraverso le finestre.

In tutte, ma non in casa mia.

Me ne accorsi già dalla strada: la casa affacciata sul lago rimaneva buia e i vetri riflettevano il cielo opaco.

Era strano, a casa mia nessuno spegneva mai le luci.

All'improvviso, cominciai ad avere fretta.

Camminando più veloce che potevo, raggiunsi il portone, salii di corsa le scale e aprii la porta.

Buio e silenzio.

Ferma sulla soglia, guardai le lame di luce gelida che si insinuavano nell'ingresso dalla porta della cucina, lasciata spalancata.

Le ombre lunghe dei mobili, il ticchettio del vecchio orologio che batteva il tempo. Uno scricchiolio familiare ma mai identificato, forse il legno vecchio degli stipiti che si assestava sotto il peso degli anni.

La casa deserta, l'ingresso buio e gli occhi severi di Clara Castello che mi fissavano dalla fotografia appesa di fronte a me.

Rimasi lì per un tempo indefinibile, a cercare il coraggio di entrare. Era come se una forza invisibile mi tenesse inchiodata sulla soglia.

«Nonna...? Onda...? Ci siete?» tentai, e non ricevetti risposta.

Provai l'improvviso impulso di voltarmi, chiudermi la porta alle spalle e andare a cercare Luce. Mi sarei fatta accompagnare fin dentro casa con una scusa, una qualsiasi, ma poi ci ripensai.

Luce avrebbe capito, e mi avrebbe sicuramente preso in giro. Solo i bambini piccoli avevano paura del buio e dei posti deserti. Qualche volta, neanche loro.

Tirai un respiro profondo per prendere coraggio e, lasciando la porta d'ingresso accostata, entrai.

La cucina era ordinata e intatta: i ciocchi di legno impilati in ordine accanto al camino; il grosso vaso di vetro di Murano, regalo di matrimonio di Elsa, svettava al centro del tavolo, tanto prezioso quanto brutto; i piatti erano stati riposti nella credenza, e lo strofinaccio era al suo posto, appeso alla maniglia del forno. Tutto appariva perfettamente in ordine, come lo avevo sempre visto.

Cominciai a pensare di essere stata stupida e infantile. Probabilmente la nonna era fuori per qualche commissione, e io avevo soltanto avuto un attacco di superstizioso terrore. Entro un paio di mesi avrei compiuto sedici anni, e nonostante volessi far vedere a tutti che ero ormai un'adulta, ecco che di nuovo mi comportavo come una bambina.

Mi riscossi e accesi la luce.

Da qualche parte ci fu un colpo di tosse, così lieve che pensai di averlo solo immaginato.

«Onda?» chiamai di nuovo. «Onda, sei tu?»

Mia madre, avvelenata dalle sigarette, tossiva in continuazione. E quella tosse, che adesso sentivo forte e chiara di fronte alla porta del bagno, sembrava proprio la sua.

La porta socchiusa si aprì quasi da sola.

La prima cosa che sentii fu l'odore. Era aspro e amaro e pesava nella stanza come fosse solido.

Poi vidi il resto.

Il bagno sembrava un campo di battaglia. Asciugamani macchiati abbandonati nel lavandino, flaconi rovesciati, che dalle mensole colavano il loro contenuto lungo il muro, e il pavimento imbrattato di grosse chiazze scure che si allargavano lentamente.

A terra, rannicchiata tra il water e la finestra, c'era una figura, una forma avvolta da abiti neri.

Abiti da lutto, quelli che avevo sempre visto addosso alla nonna, quelli che lei vestiva da trentaquattro anni.

La donna per terra, con il viso nascosto tra le braccia, non era mia madre.

«Nonna! Nonna, che hai?»

La raggiunsi.

«Fortuna... niente. Non è niente. Sarà qualcosa che ho mangiato. Adesso levati che devo pulire.»

Nella luce appena accesa, le chiazze nere per terra risaltavano crudeli, assumevano forme sinistre. Credevo di sapere cosa fosse.

«Che cos'è quella roba?»

«Niente. Non ti preoccupare. Sono stata male di stomaco. Adesso togliti, dai, fammi pulire.»

Elsa cercò di alzarsi ma ricadde a terra, senza forze. Guardai le macchie che aveva lasciato sulle mattonelle, il contenuto del suo stomaco rovesciato messo a nudo su quel pavimento bianco.

Sangue.

Era scuro, nero, digerito e poi rigettato. Mescolato ai succhi gastrici, spandeva in tutta la stanza un odore acido che prendeva alla gola.

Guardai mia nonna, che tentava invano di alzarsi.

«Resta dove sei», dissi, con voce che tremava. «Non ti muovere.»

Mi lanciai fuori dal bagno, fuori da casa mia, nella piazza. Superai con un salto le scalette che portavano giù nel bosco e incurante dei cumuli di neve che ostruivano il sentiero cominciai a correre.

Cercai a lungo mia madre. Percorsi il sentiero invaso dalla neve, fino alla vecchia radura dei pescatori. La capanna che Onda aveva abbandonato anni prima, a dispetto di tutto, era ancora in piedi. Spesso mia madre tornava a rifugiarcisi, come un ragno nel suo buco.

Scesi nella radura, scivolando sul ghiaccio indurito da mesi di gelo.

Gridai il suo nome più volte sperando che fosse lì, o almeno nelle vicinanze.

Nessuno mi rispose. L'eco della mia voce si scompose in mille suoni diversi, rimbalzò tra le montagne e tornò da me, vuoto e inutile.

Nel bosco non c'era anima viva.

Tornai su in paese, accaldata e col fiatone. La testa mi pulsava dolorosamente e avevo in bocca un sapore terribile, come di ruggine. Non sapevo dove fosse Onda, ma non c'era tempo per cercarla.

Dentro casa, mia nonna stava male e io non sapevo cosa avesse. L'idea che fosse lì da sola, immersa nel buio e senza aiuto, mi fece venire le lacrime agli occhi.

Ripresi a correre, con le gambe che si piegavano a ogni passo.

Forse c'era qualcuno che poteva aiutarci.

La tabaccheria rimaneva aperta anche all'ora di pranzo. Lucio di solito stava nel retro. Leggeva il giornale, ascoltava la radio o guardava la piccola televisione in bianco e nero che aveva portato da casa.

C'era sempre qualcuno che si accorgeva di aver finito le sigarette e scendeva a comprarle. Per questo, mentre tutti gli altri negozianti chiudevano per il pranzo Lucio restava in negozio.

Quando piombai nella tabaccheria, stava ricominciando a nevicare.

Entrai così veloce che la campanella sulla porta si staccò di netto dal filo, piombando a terra con un rumore di protesta.

L'ombra nel retro si alzò di scatto, e Lucio si precipitò nel negozio.

« Ma che cosa succede? »

Ero in piedi sulla porta. Le mie scarpe fradice avevano inzaccherato il pavimento. Avevo i capelli bagnati di neve, la faccia in fiamme e il respiro corto.

Si vedeva che qualcosa non andava, perché Lucio non mi rimproverò. Non disse niente sul pavimento sporco, né sulla campanella ammaccata ai nostri piedi.

« Fortuna, che c'è? »

« Mi devi aiutare. La nonna... Elsa. Sta male. »

« Che cos'ha? »

Avrei potuto dirglielo, ma scossi la testa. « Puoi venire a casa mia? » implorai.

Non si mise neanche la giacca. Uscì così, nel gelo di gennaio, vestito solo del suo maglione a righe.

Ci allontanammo di corsa, lasciando il negozio aperto.

« Non è niente, vedrai. Vedrai che ti sei spaventata per nulla », disse Lucio, entrando in casa mia. Mi sorrise rassicurante, e per un attimo pensai che aveva ragione, che se lui diceva che non era niente, allora la nonna avrebbe smesso di stare male. Le macchie che avevo visto sul pavimento del bagno sarebbero scomparse e l'avrei trovata in piedi e sorridente. Mi avrebbe dato della stupida, si sarebbe scusata con Lucio per il mio comportamento, e mi avrebbe costretta a scusarmi con lui a mia volta.

E io, io che detestavo chiedere scusa, ne sarei stata felice.

Ci sperai fino all'ultimo, ma quando Lucio aprì la porta del bagno e rividi quelle chiazze nere ormai secche, tutte le mie stupide speranze svanirono di colpo. Quella fiducia insensata che mi era cresciuta dentro si sgretolò nel silenzio, dissolvendosi nell'odore aspro del vomito di Elsa.

Vidi Lucio, fino a un istante prima così sicuro, sbiancare. La sua espressione sicura e fiduciosa crollò. Le spalle si affossarono completamente, cadendo a precipizio da quel suo collo bianco.

In fondo al bagno, raggomitolata sul pavimento sporco, Elsa era pallida e immobile, sprofondata in un sonno così profondo dal quale niente sembrava poterla svegliare.

«È... è viva, vero? Non è morta, vero?»

«Dov'è tua madre?»

«Non lo so! Sono scesa nel bosco, ma non c'è. Non so dov'è! Dimmi che non è morta, per favore. Dimmi che non è morta!»

«Non è morta!» gridò Lucio. «Non è morta, Fortuna, calmati!»

Mi coprii gli occhi con le mani, respirando forte. Avrei voluto dire tante cose.

«Che cos'ha?»

«Non lo so.»

«È grave? Secondo te è grave?»

Non trovò il coraggio di rispondermi. Mi lanciò un lungo sguardo disperato. Sapevo che cosa voleva dire.

«Non lasciare che la prenda Luce», mormorai solo. Le parole mi si erano formate in gola, erano risalite sulla lingua. Le avevo sputate fuori, nere e senza senso come quel vomito che stagnava ai nostri piedi.

Lucio mi afferrò per le spalle. Le sue dita affondarono nel mio cappotto, nel maglione, nella pelle.

«Che cosa vuoi dire?»

«Non lasciare che la prenda Luce. Non voglio che la tocchi. Non lasciargliela prendere.»

«Ascoltami bene. Tua nonna non morirà. Mi hai capito? Tua nonna non muore, Fortuna. Ti fidi di me?»

Annuii. Era l'unica persona di cui potevo fidarmi.

«Adesso tu resta qui. Io vado a prendere la macchina e torno subito. Andiamo all'ospedale.»

«Forse Fernando... il medico...»

«No, non serve Fernando, non c'è tempo. Io e te, hai capito? Io e te, Fortuna. La portiamo all'ospedale.»

Mi voltò le spalle e corse via, e io restai lì con Elsa, che più che svenuta sembrava morta.

Non avevo altra scelta.

Il primo ospedale nei paraggi distava da Roccachiara più di trenta chilometri.

Era nella stessa città dove io frequentavo la scuola magistrale, ma ad andarci con l'auto anziché con la corriera si impiegava molto meno tempo.

Per tutto il viaggio controllai che Elsa continuasse a respirare. Non aveva mai ripreso conoscenza, ma era ancora viva. Il suo respiro era lieve, così leggero che dovevo accostare l'orecchio al suo petto per sentirlo.

Ma era viva, e questo mi bastava.

L'ospedale era un enorme cubo di cemento appena fuori città. Era circondato da campi incolti, qualche casa isolata, e da alberi appena piantati che si sforzavano di sopravvivere piegandosi all'inverno gelido.

Al pronto soccorso ci accolsero due infermieri. Non ci diedero neanche il tempo di parlare: adagiarono mia nonna su una barella e la portarono via di corsa.

Rimasi a fissare la porta attraverso la quale era sparita.

«Vieni», disse Lucio, circondandomi le spalle con un braccio. «Adesso dobbiamo solo stare tranquilli e aspettare.» Mi trascinò nella sala d'attesa e mi costrinse a sedermi.

«Te la senti di rimanere da sola per qualche minuto? Devo fare delle telefonate.»

«Chi chiami?»

«Manderò qualcuno a cercare tua madre. Deve saperlo.»

Guardai Lucio allontanarsi lungo il corridoio dell'ospedale per raggiungere il telefono pubblico.

Chiusi gli occhi, sperando di sprofondare.

Io e Lucio restammo su quelle sedie scomode ad aspettare che qualcuno ci dicesse qualcosa, ci desse qualche informazione. Ma non venne nessuno, perciò rimanemmo lì in silenzio, a fissare la parete senza niente da dirci. Ero stanca, e ogni tanto mi assopivo. Sognavo cose che non sarei più riuscita a ricordare, le confondevo con la realtà.

Mia madre ci raggiunse quasi tre ore dopo. Era già buio, e oltre le porte a vetri dell'ospedale la neve turbinava fitta.

Quando Onda entrò nella sala d'aspetto, io dormivo. Aprii gli occhi di scatto e me la ritrovai davanti. La prima cosa che pensai fu che anche lei avesse bisogno di un medico. Era pallida, scarmigliata e mal vestita come suo solito, gli abiti troppo grandi e male assortiti. Si teneva una mano sul petto e rantolava, con gli occhi fuori dalle orbite. Dietro di lei, Fernando le stringeva le spalle, cercando di sostenerla.

«Dov'è mia madre?» domandò senza fiato.

«L'hanno portata dentro. Non sappiamo come sta, nessuno ci dice niente», le rispose Lucio.

«Dove cazzo è mia madre? Dove?» La voce di Onda era un ruggito, un urlo disumano. Fernando la lasciò andare, facendo un passo indietro.

Tutti si voltarono verso di noi. Gli infermieri, la centralinista all'accettazione, i pochi pazienti che si aggiravano smarriti per l'ospedale. Qualcuno ci fece cenno di tacere. In quel momento Lucio scattò in piedi. Afferrò Onda per le braccia, la scosse forte. Lei sobbalzò come una marionetta a cui avessero staccato i fili.

«Basta, Onda. Basta. Calmati, perché così non risolvi niente.»

Li guardai.

In piedi, uno di fronte all'altra. Si toccavano, cercavano di trattenersi e di sorreggersi. Si guardavano negli occhi, comunicavano senza parlare.

Si conoscevano da una vita, avevano vissuto tutta la loro esistenza in quel paese arroccato sul lago.

Ci avevano vissuto e ci erano marciti dentro.

All'improvviso fu come vederli per la prima volta: erano invecchiati e facevano pena. Si erano consumati, ognuno a modo suo. Le nebbie del lago avevano levigato la loro esistenza. C'erano delle rughe precoci che solcavano il viso di mia madre. Aveva solo trentaquattro anni, ma ne dimostrava molti di più. I capelli di Lucio, sotto la luce impietosa dei neon dell'ospedale, erano radi e brizzolati sulle tempie.

E poi c'era Fernando, poco in disparte, con gli occhiali sempre più spessi e la schiena incurvata dal peso di tutti i letti su cui si era chinato, anno dopo anno.

Fu in quel momento che decisi che me ne sarei andata, che non sarei finita come loro.

«Se la nonna muore», sussurrai, «se la nonna muore, io scappo via.»

Ma nessuno sentì la mia promessa.

In quel momento un uomo uscì dalla porta spessa dove ore prima avevo visto sparire Elsa. Aveva un'espressione grave e piena d'ombre.

Chiese se ci fosse qualche parente di Elsa. Il mio stomaco si fece piccolo piccolo, cercò di nascondersi e di sparire, mentre mia madre con passo malfermo si avvicinava a lui seguita da Lucio e Fernando, che però si fermarono a una certa distanza, come imbarazzati.

Io invece restai dov'ero.

Avrei potuto avvicinarmi per ascoltare tutto quello che il dottore aveva da dire a mia madre, ma non lo feci. Rimasi immobile su quella sedia scomoda, senza riuscire a muovermi.

Vidi Onda pendere dalle labbra di quello sconosciuto, e poi vidi la sua faccia perdere colore, la sua bocca bianca e screpolata tremare nel tentativo di articolare le parole.

La vidi oscillare, una, due volte, fare un passo indietro, e poi perdere l'equilibrio.

Finì a terra lentamente, come cadono le cose leggere e senza importanza.

In quel momento, seppi ogni cosa che c'era da sapere.

Il cancro.

Elsa aveva il cancro.

Le era cresciuto dentro, senza che nessuno di noi se ne accorgesse. Era lì da anni, nascosto nello stomaco di mia nonna, e fino all'ultimo non aveva dato segno della sua presenza. Aveva dormito. Aveva pazientato. Aveva atteso. E poi, all'improvviso era esploso, e aveva cominciato a crescere. Si era mangiato il suo stomaco, era risalito per l'esofago, e da lì l'aveva contaminata tutta.

Fernando e Lucio avevano aiutato mia madre a rialzarsi da terra, l'avevano accompagnata a una sedia, vicino a me, e l'avevano costretta a sedersi.

Il medico che parlava con mia madre aveva un tono pacato e gentile e la faccia contrita di chi sa come dire certe cose. Guardava Onda, le sue spalle contratte e i denti scoperti, con un'espressione di comprensione assoluta.

Le disse che non c'era più niente da fare, che era tardi, troppo tardi. Elsa era una donna forte e aveva resistito a lungo. Un'altra persona in quelle condizioni sarebbe morta molto prima. Il medico disse che era quasi un miracolo che fosse sopravvissuta per tutto quel tempo. Forse, pensò che la cosa ci avrebbe consolato.

«Mi faccia capire», ringhiò Onda, «io adesso che cosa devo fare?»

«Stare vicino a sua madre, signora. È tutto quello che può fare.»

«Quindi adesso io me la riporto a casa e aspetto che crepi? È così, giusto?»

La faccia tranquilla dell'uomo si contorse in una smorfia involontaria. Onda aveva usato le parole sbagliate, le più dure che potessero uscire dalla sua bocca, ma aveva detto la verità.

«Quanto le resta?» chiese alla fine.

«Un mese. Forse due, se sceglie il ricovero in ospedale.»

«Mia madre lo sa?»

Il medico annuì. «Sì, signora. Lo sa. E ha chiesto di essere dimessa e di tornare a casa, ma se accetta un consiglio...»

«Se lo tenga per lei, il consiglio», lo interruppe Onda. «Adesso mia madre torna a casa con me.»

Poi, senza che nessuno le avesse dato il permesso, si liberò delle mani che le gravavano addosso, superò il medico fermo davanti a lei e varcò la porta per raggiungere Elsa.

Quando lasciammo l'ospedale aveva smesso di nevicare, e un vento freddo aveva spazzato via tutte le nuvole in cielo. Era una notte piena di stelle.

La nonna si era ripresa, sembrava stare meglio. Si era svegliata, aveva parlato con i medici senza fare una piega. Elsa non era certo tipo da spaventarsi per una cosa da niente come la morte.

Aveva deciso di tornare a casa, ché morire in un ospedale non era roba per lei. I dottori avevano consegnato a mia madre delle prescrizioni particolari: erano farmaci che avrebbero alleviato il dolore e che però avrebbero tenuto Elsa in uno stato di incoscienza continua.

Appena fuori dall'ospedale, Onda si era accesa una sigaretta e con lo stesso movimento aveva bruciato quei fogli, bestemmiando. Diceva che non c'era bisogno di quella robaccia, che sarebbe stata lei a prendersi cura di sua madre.

Con quelle premesse pensai che la nonna non sarebbe sopravvissuta a lungo, probabilmente ancor meno di un mese. Onda non era famosa per la sua umanità, nemmeno nei confronti di chi le era più vicino.

La strada del ritorno fu lunga, angosciante e silenziosa. Seduta in macchina accanto a Lucio, guardavo fuori senza parlare.

Per fortuna, nessuno pretese di consolarmi per quel lutto che doveva ancora venire.

Elsa se ne sarebbe andata, e noi non potevamo impedirlo. Non c'era nulla da poter decidere, niente da cambiare. Se ne sarebbe andata e basta. In capo a poco tempo saremmo rimaste solo io e mia madre.

E io, non appena l'avevo saputo, avevo cercato di abituarmi alla sua assenza. Riuscirci era praticamente impossibile.

Quando giungemmo nei pressi del cartello che segnalava Roccachiara era notte fonda.

In lontananza, le luci del cimitero brillavano fioche.

«Puoi lasciarmi qui, per favore?»

Lucio sobbalzò, premendo il piede sul freno. Il suono della mia voce lo aveva spaventato. Si guardò intorno, spaesato.

«Lasciarti qui? Fortuna, sono le due del mattino e fa un freddo cane, dove devi andare?»

«Per favore, lasciami qui. Devo andare da Luce.»

«Luce starà dormendo a quest'ora.»

Guardai su, verso il cimitero. Tra le luminarie disposte ordinatamente c'era qualcosa di insolito, una lama luminosa che filtrava dalle grate del cancello.

«Non dorme», dissi. E scesi dall'auto, avviandomi lungo la strada buia, senza neanche salutare.

Luce mi stava aspettando. Non appena posai le mani sul cancello d'ingresso, la sua figura esile si stagliò in controluce sulla porta della camera mortuaria.

Teneva una coperta sulle spalle e aveva gli occhi cerchiati.

Non le chiesi perché fosse sveglia a quell'ora, e lei non disse nulla.

«Hai freddo?»

«Sì» dissi.

«Vieni qui.»

Spalancò le braccia e la coperta si spiegò sulle sue spalle come un paio d'ali.

Il corpo di Luce era sottile e caldo e io ne conoscevo a memoria la forma.

Le sue braccia mi si chiusero intorno.

«La nonna, Luce. Lei sta... lei sta...»

«Zitta. Stai zitta. Non importa, non me lo dire.»

Non ci sarei riuscita comunque. C'era qualcosa nella mia gola, qualcosa di denso e vischioso che imprigionava le parole. Sentivo che se l'avessi detto sarebbe stato ancora più vero.

Aprii la bocca e la richiusi. L'aria non riusciva a passare e avevo la terribile sensazione di morire soffocata. Il viso di Luce, così vicino, si scompose davanti ai miei occhi, divenne una forma colorata dai contorni incerti.

«Fortuna.» La sua voce sembrava provenire da un punto lontanissimo. «Fortuna, piangi.»

Era il permesso che aspettavo.

Quando mi risvegliai era mattina, e non avevo idea di dove mi trovassi.

Restai a occhi chiusi, convinta di aver fatto un brutto sogno, sicura che aprendo gli occhi mi sarei ritrovata nel mio letto, e avrei visto al primo sguardo tutte le cose che mi erano familiari: la cassettiera con sopra allineate le statue dei santi che mi terrorizzavano da bambina. La finestra scheggiata con le imposte accostate. La parte del letto dove dormiva la nonna, vuota e fredda, ché lei si alzava sempre un attimo prima dell'alba.

Ma la luce che filtrava attraverso le mie palpebre ancora chiuse era diversa da quella che conoscevo.

Più chiara, leggera, estranea.

E faceva freddo, faceva un freddo tremendo.

Aprii gli occhi.

Un muro bianco. Una porta socchiusa. Un vecchio crocifisso impolverato con la faccia raschiata via dal tempo.

Il marmo liscio sotto la mia guancia e Luce accanto che dormiva tranquilla, un braccio e una gamba stesi su di me.

Con un brivido di disgusto capii dove mi trovavo.

Il tavolo bianco con i bordi rialzati, quello dove Luce componeva i suoi morti. Ci avevo passato ore e nemmeno me ne ricordavo.

Luce dormiva ancora. La notte l'aveva spettinata, e adesso i suoi capelli lunghissimi venavano il marmo bianco.

La guardai a lungo.

Respirava appena. Era pallida e smorta, e le sue occhiaie profonde sembravano ustioni.

Nel sonno, sembrava avere ancora undici anni, come quando l'avevo conosciuta.

Come se il tempo si fosse fermato lì dentro. Come se ci avesse imprigionato, e ci avesse impedito di crescere. In quella stanza orribile, spoglia e fredda, eravamo bambine, restavamo piccole e innocenti per sempre.

Senza nessuna colpa, come fossimo già morte.

Quando le sfiorai la guancia Luce si ritrasse appena. Mugolò qualcosa, poi aprì gli occhi, e tornò ad avere vent'anni.

Mi sorrise.

«Devo andare a casa», dissi.

«È presto. Non andartene.» Si tirò su a sedere stropicciandosi gli occhi. Mi abbracciò nel tentativo di trattenermi.

«Luce... devo andare via.»

All'improvviso sembrò svegliarsi. Ricordare tutto. Si guardò intorno, confusa.

«Certo, certo. Tua nonna, l'ospedale... Cosa è successo?»

Seduta su quel tavolo mi fissava in attesa. Le parole che avrei voluto dire mi gonfiavano la gola, molli e ingombranti, velenose come la gramigna che aveva invaso lo stomaco di Elsa. Mi morsi l'interno di una guancia, così forte che il sangue mi inondò la lingua.

«Ha il cancro.»

«Adesso non è più come prima, Fortuna. Adesso si può curare.»

«Il suo no.»

«Vuoi dire che...»

«Sì. Voglio dire che.»

Luce aprì la bocca per parlare e non uscì alcun suono. Mi guardò e basta perché aveva capito.

Stai zitta, Luce. Stai zitta. Non la dire quella parola. Non la dire perché non voglio ascoltarla. Me la voglio dimenticare, voglio fingere che non esista. Se tu non la dici lei perde forza. Diventa debole e io posso illudermi che sparisca.

«Vai», disse poi, ritrovando il fiato, «corri a casa.»

Feci per andarmene, poi ci ripensai.

«Come facevi a sapere dell'ospedale?»

«Tua madre. Era qui quando Fernando è arrivato per portarla via. Le ha detto che Elsa stava male. Che era in ospedale.»

«Hai parlato con Onda?»

«No. Non mi ha visto. Ho origliato i loro discorsi.»

Un brivido di freddo mi morse la nuca. Sapeva di catastrofe scampata.

Gli occhi di Luce erano enormi, innocenti e fiduciosi.

«Che ci faceva qui?»

Si strinse nelle spalle, allargò le braccia, come a dire che lei non ne sapeva niente.

«Sarà venuta a trovare la vecchia Clara Castello. Che ne so io?»

«Hai ragione. Sarà sicuramente così. Fammi un favore, se la incontri, lasciala perdere, se non ti fai vedere è meglio.»

Con una smorfia, Luce mi fece capire che non le interessava affatto, che per lei era uguale.

Le diedi un bacio, mi voltai e uscii di fretta dal cimitero con una sensazione di disagio che mi strisciava addosso.

A Roccachiara la gente non cambiava mai. Le poche famiglie del luogo si mescolavano tra di loro, stringevano amicizie e parentele. Era davvero difficile che qualcuno sposasse un forestiero. Così, da anni eravamo sempre gli stessi, ed eravamo sempre di meno, un migliaio di anime isolate dal resto del mondo. I paesi del circondario invece si allargavano, si sviluppavano, crescevano. Nascevano bambini, si aprivano nuove attività, ci si preparava ad accogliere i turisti, che arrivavano più numerosi di anno in anno. Gente che veniva dalle grandi città, gente che poteva permettersi le vacanze in montagna.

A Terlizza già da qualche tempo erano stati aperti un paio di alberghi: poca roba, in confronto agli hotel che erano stati costruiti più a sud, nelle valli più ricche della nostra. Per lo più si trattava di pensioni senza pretese, con poche stanze e a conduzione familiare, ma gli affari andavano bene sia d'estate sia d'inverno, e c'era sempre qualche straniero che vi alloggiava.

Così, qualcuno che ne sapeva sicuramente più di noi aveva capito che la nostra valle era povera, sì, ma aveva un potenziale che poteva essere sfruttato.

Il lago, scuro e freddo e con quel colore strano, a occhi estranei poteva risultare suggestivo, tanto da rappresentare un buon investimento. I boschi intorno alla conca erano intricati e ancora selvaggi, ma il fatto che fossero completamente disabitati poteva essere un'occasione.

Poco prima dell'estate erano arrivati degli investitori. Avevano comprato un terreno paludoso e malsano situato a metà strada tra il lungolago di Roccachiara e Terlizza. Quell'appezzamento di terra era legato a leggende e storie di fantasmi, ma a vederlo era soltanto un lungo acquitrino putrescente, dove prosperavano canneti, sabbie mobili e miliardi di zanzare. Si chiamava Fossa di Terna.

Io non ci ero mai stata, ma lo avevo sentito nominare spesso nei racconti della nonna.

Quando mi dissero che qualcuno aveva comprato Fossa di Terna mi venne da ridere. Nessuno poteva volere un posto del genere. Era un luogo morto e inutile, commentai. Uno spreco di soldi.

Ma presto erano arrivati camion e ruspe e operai, che avevano lavorato a Fossa di Terna per tutta l'estate, e quando era giunto l'autunno della palude era rimasto solo il ricordo. Fossa di Terna era stata bonificata, gli acquitrini e i canneti erano scomparsi per sempre. Al suo posto avrebbero costruito un residence di lusso.

Ci avrebbero messo anche la piscina, dicevano. In pochi a Roccachiara avevano visto una piscina vera, e adesso ce la saremmo ritrovata a uno sputo di distanza dal paese. Uno sputo: la distanza esatta che correva tra la nostra immobilità e il loro fermento.

A Roccachiara il tempo sembrava essersi fermato da molti anni.

Scivolava lento sulle cose e sulle persone, le spingeva avanti e arrancava dietro di loro, che inevitabilmente invecchiavano, sfiorivano e se ne andavano in silenzio, pronte per essere dimenticate.

Un processo inesorabile. Lento in modo esasperante, ma impossibile da arrestare.

Era passato quasi un anno dalla notte in ospedale, ed Elsa resisteva.

I medici le avevano dato un mese di vita, e invece ne erano passati dieci, e lei era ancora lì.

Restava attaccata al mondo, tenace come le alghe pallide che resistevano sulle rive del lago, lottando contro il freddo e le correnti gelide che tentavano di strapparle via.

Era diventata magrissima, così leggera che anche io riuscivo a sollevarla senza sforzo.

Le ossa rese fragili dalla malattia non la sostenevano più, e il suo viso tondo e pieno si era scavato, come quello di Onda. Adesso si assomigliavano come due sorelle.

Elsa mangiava poco e non si muoveva quasi mai dal letto, ma era ancora lucida. Spesso i malati perdevano le loro capacità, la loro testa, e i loro pensieri vagavano chissà dove. Svanivano e non c'era modo di riportarli indietro, c'era solo da aspettare che il corpo seguisse la mente e se ne andasse pure lui.

Elsa invece c'era eccome. Il suo corpo la stava lentamente tradendo, ma la sua testa rimaneva. Si lamentava dell'immobilità, della noia e del carattere impossibile di mia madre, ma non accennava mai ai dolori atroci che la tenevano sveglia, che le riempivano gli occhi di lacrime e la bocca di sangue.

Non diceva nulla, ma sapevo che soffriva.

A dispetto di tutto ciò che ci avevano detto i medici, la nonna era ancora viva, e il merito era tutto di Onda.

Mia madre passava le notti in cucina, spremeva erbe amare e rimestava e filtrava veleni, e costringeva Elsa a ingoiare quelle medicine che le placavano i dolori, che la mantenevano in uno stato precario tra la vita e la morte.

Mia madre che bestemmiava e imprecava contro Dio e contro l'universo intero e non capiva che non c'era rimedio che potesse funzionare, che riuscisse ad arginare il male di mia nonna. Non capiva che a tenerla viva erano l'odio e la rabbia con cui Onda ogni giorno cercava di strappare un pezzo di vita per quella madre che non voleva perdere.

L'odio e la rabbia, che certe volte non servivano a niente.

L'odio e la rabbia che non sarebbero durati ancora a lungo.

Elsa non ce la faceva più.

Era esausta.

Non ne poteva più di quel brandello di vita che le rimaneva attaccato addosso.

Continuava a sopportare ma certe notti, quando il dolore era così forte che niente poteva placarlo, l'avevo sentita pregare, chiedere al Signore di lasciarla finalmente morire.

Qualche volta, quando credevano che io non ci fossi, avevo visto la nonna respingere Onda, stendere le braccia davanti a sé nel tentativo di allontanarla.

Chiedeva di essere lasciata in pace.

Diceva che per tutti arrivava il momento, e il suo era arrivato da un pezzo.

Diceva che dovevamo lasciarla andare. Parlava di qualcosa che era nascosto in fondo alla credenza, una bottiglia scura che stava lì da anni.

Supplicava mia madre di portargliela.

Onda scuoteva la testa, l'orrore dipinto in faccia.

« No », diceva decisa, « non chiedermelo, non posso farlo. Eri tu a fare certe cose, non io. Non mi appartengono. Non ti lascerò andare via. »

Elsa crollava il capo sul petto, sospirava sconfitta. Conosceva sua figlia e sapeva che non c'era modo di farle cambiare idea.

Non voleva finire così, rifiutava quell'ombra di vita che Onda le offriva, e tuttavia non aveva scelta.

Elsa conosceva bene sua figlia.

Ma conosceva bene anche me.

Era una mattina di maggio. Mi ricordo che c'era il sole, faceva caldo.

La neve si era sciolta da tempo, portandosi via il gelo e la nebbia che avvolgevano Roccachiara nelle mattine invernali.

L'aria era tersa e dalla finestra della cucina potevo vedere il lago. La sua superficie nera e immobile era disseminata di tante piccole barche, così ferme da sembrare dipinte. Erano sicuramente imbarcazioni messe a disposizione per i turisti. Nessuno degli abitanti della conca mostrava interesse per navigare sul lago. Era pericoloso e infido, lucido come uno specchio in superficie, ma agitato da correnti fortissime che scivolavano sotto il pelo dell'acqua. Sapevamo che di quelle acque era meglio non fidarsi e, salvo rare eccezioni, ce ne tenevamo lontano.

Quella mattina non avevo fatto in tempo a prendere la corriera per andare a scuola. Arrivata alla fermata, avevo visto l'autobus sparire lungo la curva che portava fuori dal paese.

Non ne sarebbero passate altre fino all'ora di pranzo.

Incontrai mia madre sulla piazza del belvedere. Era appena uscita dal portone e armeggiava con un fazzoletto, nel tentativo di annodarselo sotto al mento.

Era rimasta l'unica, in paese, a portare ancora la testa coperta in quel modo.

Le altre donne, anche quelle più anziane di mia nonna, lasciavano la testa scoperta, si tingevano i capelli e spesso se li arricciavano pure. Cercavano di seguire la moda delle grandi città, copiavano quello che vedevano in televisione o addosso ai turisti di passaggio.

Onda no. Onda era rimasta indietro di cinquant'anni.

Sistemato il suo straccio sulla testa, alzò gli occhi e mi vide.

«Che fai qui? Come mai non sei a scuola?»

«Ho perso la corriera. Dove vai?»

Onda si guardò intorno, diffidente.

«Nel bosco. Ho bisogno di alcune cose.»

«Che cose?»

«Per tua nonna. Mi servono delle radici da bollire. Le placano il dolore.»

«Lasciala stare, Onda. Non ce la fa più.»

«Stai zitta. Che cosa ne vuoi sapere tu?»

Non risposi. Rimasi in silenzio a fissarla.

Durò pochi secondi, poi distolse lo sguardo.

Era una cosa che avevo scoperto da poco. Mia madre non riusciva a guardarmi negli occhi.

«Vi sento quando parlate. Le porte sono sottili. Ti chiede di lasciarla in pace. Lei vuole andare e tu invece la tieni qui. Non ce la fa più, Onda. Lo sai anche tu. »

« Ce la fa, invece. Ce la fa benissimo. »

La bocca di mia madre era un taglio affilato nella faccia dura. « Non devi dirle certe cose. Non le devi neanche pensare. »

La sua voce era secca, tagliente come una falce. La faccia era una maschera impassibile e granitica. I suoi occhi, invece, tremavano.

« Non devi mai più dire niente del genere. Mai più. Non ti voglio più sentire, Fortuna. Hai capito? »

« Ho capito, sì. Io ho capito, ma tu? »

Le diedi le spalle, mi infilai nel portone aperto e sparii lungo le scale, senza darle il tempo di rispondermi.

Lo sapevo io, e lo sapeva anche lei. Onda aveva paura.

C'era della musica a casa mia. Proveniva dalla stanza della nonna.

Come sempre, Onda aveva lasciato la radio accesa sul comodino accanto al letto per tenere compagnia a Elsa, ma lei non l'ascoltava. Era talmente disinteressata che non si dava neanche la pena di spegnerla. Stava a letto e guardava, fuori dalla finestra aperta, i tetti delle altre case.

Non entrai nella sua stanza. Cercando di fare meno rumore possibile mi sedetti al tavolo della cucina e aprii i libri di scuola.

Luce lavorava al cimitero, mia nonna non andava disturbata.

Non avevo altro da fare se non studiare.

Il respiro di Elsa era così pesante che lo sentivo anche attraverso le porte chiuse, sopra la musica. Invadeva tutto, come un fiato di pietra viva.

Mia nonna stava male. Stava malissimo. Ogni volta che quel pensiero mi sfiorava mi prendeva una fitta allo stomaco, come se un po' del suo dolore si trasmettesse a me.

« Nonna? » chiamai piano, avvicinandomi alla sua stanza. Non sopportavo più quel suo ansimare. Mi metteva i brividi, mi schiodava la carne dalle ossa.

Elsa mi sentì.

« Fortuna », sussurrò. « Fortuna, vieni qui. »

Mi affacciai alla porta.

La musica.

La radio gracchiava una canzonetta allegra, un motivo sgraziato e completamente fuori luogo.

Mia nonna stava nel letto, sprofondata tra i cuscini, sepolta nelle coperte, anche se era maggio e faceva caldo.

Il suo viso aveva lo stesso colore delle federe, un bianco ingrigito dal tempo e dall'usura.

Sollevò una mano, simile a un artiglio. Indicò la radio. Non riusciva a muoversi.

«Vuoi che la spenga?»

«Sì, grazie.»

Con uno scatto secco la musica cessò, lasciando il posto al silenzio.

«Va meglio, vero? Era brutta quella canzone. Come ti senti?»

«Dov'è tua madre?»

«È scesa nel bosco, tornerà presto. Vedrai, quando tornerà starai bene.»

Chiuse gli occhi, mosse appena la testa avanti e indietro.

«No che non starò bene. Non starò mai più bene», disse.

Quel dolore che sentivo in fondo alla pancia tornò a montarmi dentro.

Annuii.

«Lo so», dissi solo, ed era una cosa stupida da dire, «lo so, nonna.»

«Io non guarisco. Sto qui e aspetto di morire.»

«Non morirai.»

«E ti sembra giusto?» I suoi occhi erano pieni di rimprovero.

Elsa si chinò in avanti, portandosi un fazzoletto alla bocca, e cominciò a tossirci dentro. Meschinamente mi sentii meglio. Adesso il suo sguardo non mi bucava più.

«Vuoi che ti porti un po' d'acqua?» chiesi, ignorando il bicchiere pieno appoggiato sul comodino. Avevo bisogno di una scusa per uscire dalla stanza.

Scosse la testa, continuando a tossire.

La macchia rossa che si allargava piano sul suo fazzoletto sembrava un fiore.

Non riuscivo a smettere di guardarla.

«Sei grande ormai», disse all'improvviso. La sua voce grattava le parole. Non capii che cosa volesse dire. «Quanti anni hai?»

«Diciassette. Come se non lo sapessi.»

«Già. Diciassette. Alla tua età tua madre era incinta di te. Quando ho saputo che ti aspettava, ho avuto una paura, Fortuna, una paura che non sai.»

«Di cosa avevi paura?»

«Di te. Di come saresti stata. Come tua madre, o come me.»

«E come sono?»

Sollevò gli angoli della bocca in una imitazione di sorriso.

«Sei come te.»

Pensai a mia madre, quella donna selvatica che non mi voleva e non mi assomigliava affatto. Pensai a Luce, ai suoi capelli neri, a quel viso bellissimo e innocente. Ogni volta che li guardavo, i suoi occhi mi bruciavano da qualche parte, fin dentro le ossa.

Pensai a Elsa, sdraiata in quel letto da cui non riusciva più ad alzarsi. A lei che ogni giorno se ne andava in silenzio e non si lamentava mai, che svaniva piano e chissà dove finiva la sua parte dissolta.

Lei che mi aveva amato da subito.

E quell'altra, quella che avevo amato io. Quella che non voleva lasciarla andare via.

Chissà chi di loro mi era rimasta più dentro.

«Se potessi essere come qualcuno», dissi, «vorrei assomigliare a te.»

«Ci sono esempi migliori, bambina mia.»

«Ma io conosco solo te. Tu sei il mio miglior esempio.»

Elsa chiuse gli occhi e rimase immobile, così immobile che volli immaginarla morta.

Mi rannicchiai al suo fianco. Il suo corpo era freddo. Il suo sangue si era seccato nelle vene e non la scaldava più.

Sollevò una mano, mi accarezzò i capelli.

«Non te ne andare», sussurrai, «ti prego, non mi lasciare.»

«Non ci sono già più, tesoro mio. Non ci sono già più.»

«C'è una cosa che non è giusta, nonna.»

«Che cosa?»

«Onda. Onda potrà vederti. Anche se tu te ne vai, per lei ci sarai sempre. Per me no, invece. Io non ti vedrò più. Tu forse vedrai me, ma io non ti vedrò più.»

«Fortuna», sussurrò, «c'è gente che sceglie di restare e non possiamo sapere perché lo fa. Ma c'è anche chi sceglie di andarsene, e credo di conoscerne il motivo. »

«Tu non te ne andrai, vero? Tu ci aspetterai. Resterai con noi. »

Elsa aveva gli occhi lucidi e dal suo silenzio capii tutto. Lei avrebbe scelto di andarsene.

«Non puoi farlo», singhiozzai, «non puoi farlo. »

«Adesso sai perché tua madre mi tiene qui. Perché sa che non resterò. E non sopporta l'idea. Ma tu, Fortuna, tu sei più forte. Tu ce la farai. Ce la farai, e te ne andrai da questo posto, e ti dimenticherai di tutto, perché dimenticare è meglio che avere un brutto ricordo. Tu non sei come noi, tu sei altro. Sei pulita, sei come tuo padre. E tua madre lo sa. Tua madre è quello che è, Fortuna, ma non ti odia. Lo so che lo pensi, e so che hai imparato a odiarla, ma, credimi, Onda non ti odia. È solo che non sa amare. Non nel modo che sappiamo noi. »

Aveva parlato troppo e troppo a lungo, e il suo corpo non ce la fece.

Piegata in due, con il fazzoletto sporco premuto davanti alla bocca, Elsa ricominciò a tossire.

Una tosse profonda, che la scuoteva tutta, una tosse che le rimbombava dentro, come se fosse vuota, completamente cava.

Le appoggiai una mano sulla schiena.

La sua pelle attraverso la camicia da notte era gelida e sussultava, come se qualcosa la colpisse da dentro.

Quando finì, mia nonna si voltò verso di me.

Attraverso il suo sorriso incerto vidi gli incisivi macchiati di rosso, come sporchi di rossetto. Elsa non l'aveva mai messo.

Si pulì gli angoli della bocca, asportando piccole tracce scarlatte.

«Ce l'ho dappertutto», disse, guardando quel sangue fresco che si andava asciugando sul fazzoletto. «Ce l'ho pure nei polmoni. »

Chinò il capo, sconsolata.

In quel gesto vidi tutta la sua disperazione. Proprio quella che non voleva che vedessi.

All'improvviso mi sentii soffocare. Come se il suo sangue fosse passato nei miei polmoni, riempiendoli. Non respiravo.

Lì dentro, io non respiravo.

«Devo andare.»

«Dove vai?»

«Da Luce. Vado a studiare al cimitero. C'è silenzio e fuori è una bella giornata.»

Elsa annuì.

«Non fare troppo tardi.»

«Nonna... Davvero è meglio dimenticare che tenersi un brutto ricordo?»

Mia nonna capì. Lei capiva sempre tutto.

«Fortuna, non sei tu il mio brutto ricordo. Tu sei quello più bello.»

Mi voltai, uscii dalla stanza, attraversai il corridoio e il soggiorno.

In cucina la luce del sole si schiantava sul tavolo da pranzo, e il vaso di Murano proiettava ombre colorate sulle pareti. Le osservai con attenzione, seguendole lungo i muri, nella bocca nera del camino, sugli spigoli della credenza.

Un'ombra azzurra si allungava fin dentro a uno stipite rimasto aperto.

Lo guardai come un elemento sconosciuto, una di quelle cose che a forza di vederle non le vedi più e che poi, all'improvviso, ti ricapitano sotto agli occhi, e per un motivo inspiegabile ricominci a vederle, come fossero appena arrivate.

Il legno chiaro, la serratura difettosa, una scheggiatura in un angolo.

Le bottiglie, i barattoli, i vasetti di vetro, che rilucevano appena, nascosti dall'anta accostata.

Il profilo di una bottiglia scura e impolverata. Più che vederlo, si faceva intuire.

Qualcosa si agitò in fondo al mio stomaco.

Allungai le dita, spalancai lo sportello.

Era lì, in fondo, sistemata tra le altre bottiglie, quelle più vecchie, quelle che nessuno usava mai.

La sfiorai e non si mosse. Il liquido all'interno sembrava ormai solidificato. Immaginai che negli anni la sostanza scura che conteneva fosse evaporata piano, lasciando solo una crosta sul vetro, l'illusione di essere ancora piena.

La toccai di nuovo, questa volta con più decisione. Le mie

dita lasciarono sul vetro delle impronte lucide, poi si strinsero sul collo.

Attraverso la polvere che ricopriva tutto, vidi quella sostanza scura muoversi, mescolarsi, perfettamente liquida, ancora presente.

In qualche modo, sembrava avere vita propria.

Nell'altra stanza la nonna ricominciò a tossire, e io chiusi gli occhi.

«No», sussurrai. «No.»

Quando li riaprii, avevo preso la mia decisione.

Luce teneva la testa bassa e spazzava il viale del cimitero con gesti meccanici.

I capelli le ricadevano molli sulle spalle e sul viso. Scendevano dritti, paralleli al suo corpo, come un sipario nero, e le nascondevano la faccia. Dietro a quei capelli avrebbe potuto esserci chiunque.

«Dovresti tagliarli, sai?» dissi ad alta voce.

Tirò su la testa di scatto, la bocca aperta e gli occhi spalancati per la sorpresa.

Sorrisi. Era proprio Luce.

«Cristo, mi hai fatto prendere un colpo. No, dico davvero, ci manca poco che mi viene un infarto.»

Lasciò cadere la scopa, si afferrò una ciocca di capelli con entrambe le mani. «Dici che dovrei tagliarli?»

Mi strinsi nelle spalle.

«No. Dicevo così per dire. Era solo per spaventarti.»

«Non dovresti essere a scuola, tu?»

«Ho perso la corriera. Posso stare qui con te? Mi metto da una parte a studiare, non ti disturbo.»

«Mettiti dove vuoi, non mi dai fastidio. Tra poco ti raggiungo.»

«Non devi lavorare?»

«Non c'è molto da fare. Per oggi ho finito.»

Erano da poco passate le dieci. Luce aveva già finito il suo lavoro e adesso aveva a disposizione tutta la giornata per fare quello che voleva.

Certo, c'erano periodi più intensi, dove capitava di iniziare la mattina e finire a notte fonda. Ma erano periodi ben precisi.

Novembre, febbraio e agosto. In quei mesi, accadeva qualcosa che non sapevamo spiegarci. Per chissà quale coincidenza o quale assurdo fenomeno, in quei periodi la media dei funerali era più alta.

Era una cosa che succedeva ovunque, diceva Luce. Non sapeva come giustificarlo, ma in novembre, in febbraio e in agosto moriva più gente che in tutto il resto dell'anno.

Ma adesso si era in maggio, e in maggio erano più le nascite che le morti.

Luce lavorava pochissimo.

Un po' la invidiai.

«Che fortuna che hai.»

Raccolse la scopa da terra, ricominciò a spazzare con più energia. Adesso che c'ero io ad aspettarla, aveva bisogno di sbrigarsi.

«Mi piace il mio lavoro. Che altro potrei fare, io? Meglio questo che un lavoro dove devi stare in mezzo alla gente. Non è faticoso, e non devi essere gentile per forza, e poi è sempre diverso. Si muore una volta sola.»

Luce si strinse nelle spalle, soddisfatta.

Tremai appena.

Mi tremarono le braccia, le gambe. Mi tremò la pancia. I pensieri che tenevo sepolti in fondo alla testa si scontrarono, tintinnando tra loro, come se parlassero un linguaggio segreto.

Tremai appena ma Luce non se ne accorse, e allora io le sorrisi.

«Ti aspetto. Intanto studio un po'.»

Mi allontanai, raggiunsi la sezione dei bambini.

Seduta sotto l'albero che spandeva fiori bianchi ovunque, guardai le foto che mi stavano attorno. Mi restituirono sguardi severi e infantili, mentre il mio era uno sguardo indulgente. Da adulta. Quelle foto parevano rimproverarmi di essere cresciuta.

Io ero diventata grande. Loro sarebbero rimasti bambini per sempre.

Luce fece in fretta.

Arrivò pochi minuti dopo, trascinandosi dietro la scopa.

Si sedette accanto a me, mi passò un braccio sulle spalle e chiuse gli occhi, rivolgendo il viso al sole.

Un mezzo sorriso le increspava la faccia. Sembrava di buonumore. La sua serenità tranquillizzava anche me.

«Studia, studia», disse, accorgendosi che la stavo guardando. «Io mi godo il sole.»

Aprii il libro di storia. Cercai di incollarci gli occhi sopra, ma il mio sguardo continuava a sfuggire. Si dissolvevano le date e le parole, venivano sostituite dall'ombra tenue che il corpo di Luce proiettava al di là dell'albero.

Chiusi il libro con uno scatto secco.

«Luce.»

«Eh?»

Non aprì gli occhi. Non si mosse. Rimasi a sbirciare di traverso il suo profilo immobile.

Era bella. Era felice nonostante tutto. Gli anni ci avevano rovesciato, ci avevano cambiato di posto con un movimento lento. Ci eravamo spostate, giorno dopo giorno, millimetro dopo millimetro.

Avevamo colmato lo spazio invisibile che ci divideva e poi ci eravamo scambiate di posto.

Adesso, il polo negativo ero io.

«Che cosa saresti disposta a fare per me?» le chiesi.

«Che domanda stupida. Farei tutto per te.»

«Allora mi prometti una cosa?»

«Certo. Tutto quello che vuoi.»

«Se io dovessi ammalarmi e non potessi guarire...»

Socchiuse gli occhi, pigramente. Non c'era niente di quello che mi aspettavo di vederci.

«Ho capito. Lascia perdere.»

«Non vuoi promettermelo?»

«No. Non sarebbe una vera promessa. Lo direi solo per accontentarti, perché prometterlo è facile, ma trovarcisi in mezzo è un'altra cosa. Tu non puoi capirlo, ne sei troppo lontana. Io invece in qualche modo mi ci avvicino, e so che per una cosa del genere, Fortuna, ci vuole troppo coraggio.»

«E tu non ce l'hai questo coraggio?»

«Potrei anche avercelo. Ma di certo non con te. Posso prometterti però che se ti ammalerai, io farò di tutto per trovarti una cura.»

«Non è la stessa cosa.»

«Senza dubbio è una promessa che mi scomoderà di più.»

Luce sorrise, senza prendermi sul serio. Per lei ero ancora un'adolescente capricciosa.

«Quindi preferiresti vedermi soffrire?»

«No, certo che no. Ma credimi, io lo so. L'ho visto. Nessuno vuole morire. Si cerca di restare vivi il più a lungo possibile. La speranza è una malattia più grave di qualsiasi dolore, ma ti manda avanti. E quando ami qualcuno, desideri con tutto il cuore che quella speranza non si spenga.»

«Quindi, non lo faresti.»

«No.»

«Io per te lo farei.»

«Io non te lo chiederei mai.»

Il suo sguardo si perse nel vuoto, e per un momento ebbi la certezza che sapesse.

Mi alzai, prima di darle il tempo di pensare.

Dovevo tornare a casa.

Era lunga quella strada. Non me la ricordavo così lunga.

Camminai all'infinito.

A ogni passo, se ne andava via una scaglia di me.

Un pezzo di pelle, un pezzo di fegato. Il respiro dalla bocca, il sangue che si asciugava piano nelle vene.

Brandelli di tessuto morto, il cervello spento dove si affollavano migliaia di pensieri inutili.

La tazza della colazione lasciata sul lavello. L'odore della penombra sulle scale di casa mia.

Il freddo del lago, quella volta che con Luce avevamo trovato il coraggio di farci il bagno.

I rumori sottili della boscaglia, quelli invadenti delle ruspe che massacravano la nostra terra.

Le cose che mi appartenevano e quelle che avevo lasciato andare.

I miei capelli, la mia faccia.

Chissà a chi assomigliavo io. Chissà chi ero.

Non si è mai come si dice di essere.

Lei era ferma, scolpita nell'oscurità umida delle scale. Seduta su un gradino, teneva le gambe aperte e le mani tra i capelli.

Quando sentì i miei passi alzò gli occhi, e io vidi che erano asciutti, secchi. Intatti.

Mi guardò a lungo, ma capii che non mi stava vedendo davvero, perché stavolta sosteneva il mio sguardo.

« Quello che hai fatto », sussurrò Onda, « ti accompagnerà per una vita intera. »

La sua voce graffia, e le parole hanno dentro tutto il peso del mondo.

Sono pesanti le sue parole. Vanno giù come sassi, cadono a piombo, talmente pesanti che non puoi fartele scivolare addosso. Rimangono lì a stagnare, e sai che con gli anni si faranno cattive, marciranno. La verità ti rovescia sempre lo stomaco, ti tira fuori le interiora, te le spacca in due.

Lei lo sa. Lei sa che non la vedrà mai più. Che non potrà neanche salutarla, perché io non gliel'ho permesso. Lei sa che non ritornerà.

Seppellimmo Elsa nell'antica cappella dei Castello. Dalla vecchia Clara avevamo ereditato, oltre alla casa affacciata sul lago, anche un posto dove stare per l'eternità.
 La mattina del funerale andai in chiesa da sola.
 Mia madre non volle venire, e all'alba uscì di casa per andare a rifugiarsi nel bosco.
 Indossai il mio vestito migliore, mi pettinai i capelli.
 Sotto il letto trovai delle vecchie scarpe lucide. Erano fuori moda da almeno dieci anni, ma erano nuove e quasi eleganti.
 Le aveva comprate mia nonna per chissà quale motivo e le aveva messe solo un paio di volte in tanti anni. Erano le scarpe buone, quelle per le occasioni speciali.
 Ma di occasioni speciali, da noi, non ce n'erano mai state.
 Mi infilai quelle scarpe senza indossare le calze. Le infilai lo stesso, anche se mi andavano strette di un paio di numeri. Forzai la punta delle dita e i calcagni contro quel cuoio rigido, e sulla pelle comparvero i primi segni rossi.
 Fu con quelle scarpe troppo strette che mi avviai in chiesa.
 A ogni passo, mi sarei ricordata il perché.

La piccola navata deserta era spoglia e fredda.
 Pochi fiori appena appassiti facevano capolino all'ingresso. Erano bianchi, riflettevano il cielo azzurro e illuminavano l'interno buio della chiesa. Riconobbi una disposizione metodica, un ordine gentile.
 Le mani di Luce avevano messo lì quei fiori, l'avevano fatto apposta per me.
 Quei vasi sbilenchi e ancora incrostati di terra lungo la base erano i miei.
 Luce lo diceva spesso. I fiori sono per i vivi, per ricordarsi che esistono ancora. Che non se ne sono andati.
 E io, io c'ero ancora. Luce lo sapeva.

Raccolsi uno stelo da quei vasi, me lo strinsi al petto.
Odorava già di cimitero.
La differenza tra ricordare ed essere ricordati sta in un gesto semplice, come posare un fiore.
In un angolo della navata, la bara di Elsa era spoglia e scura. Stava lì, un po' nascosta, come se non fosse il suo funerale, come se lì ci fosse capitata per caso. In disparte, come era sempre vissuta. Quella visione mi si conficcò nella gola, mi riversò dentro un sapore amaro, di sangue.
Per un attimo lunghissimo immaginai di avere lo stesso male di mia nonna.
Seduta tra le prime panche c'era Luce.
Nel silenzio della chiesa vuota le mie scarpe avanzavano scricchiolando. Lei si voltò, mi riconobbe.
Pensai che era nera e bianca e grigia, come la prima volta che l'avevo vista.
I suoi colori non coincidevano con i miei, e neanche con quelli di Elsa.
Mi chiesi come avrei fatto ad amarla.
Non sorrise, il suo viso rimase bianco e serio, scolpito nel marmo.
Non avevamo niente per cui sorridere.

Sono qui, sono qui con te.
Tu non mi senti perché sei andata via, eppure in qualche modo io so che lo sai.
E anche io lo so.
So che per te ci sono stata sempre. C'ero anche prima di nascere. C'ero negli occhi di mia madre e c'ero nei tuoi silenzi lunghi.
C'ero anche quando avresti preferito lei a te, per il semplice motivo che lei non c'era, per il fatto che l'amore ti sembra più forte quando non lo possiedi.
Io c'ero sempre, ero lì per lavare le colpe che non avevi ma che ti eri cucita addosso.
Ero lì per questo.
C'ero io quando te ne sei andata tenendomi per mano.
Ti ho detto qualcosa, te l'ho sussurrato in un orecchio, ma tu eri

già morta. Non importa, mi avrai sentito lo stesso. Era un segreto e tu saprai custodirlo.

Le tue scarpe mi stringono le caviglie, mi segano la pelle.

Sono brutte, sono scarpe da vecchia. Se mi vedessero in città camminare con queste scarpe, mi prenderebbero tutti in giro.

Il sangue che mi scivola dalle ferite ammorbidirà questo cuoio nero e, forse, pure la tua assenza.

Niente è per sempre.

Neanche tu sei stata per sempre.

Seduta accanto a Luce, mi chinai tra le panche di legno scuro.

Mi slacciai le scarpe. Fecero un po' di resistenza, ma alla fine me le sfilai. I miei piedi sofferenti si erano già gonfiati. Avevo le caviglie e i talloni scorticati a sangue, le unghie rotte.

Mi alzai, presi le scarpe con una mano sola. I lacci sottili dondolarono nel vuoto.

Le sistemai sulla panca, accanto a Luce.

Mi voltai e, completamente scalza, me ne andai, lasciando dietro di me un sentiero di piccole gocce di sangue.

La mia famiglia non esisteva più. Impiegai ben poco tempo a rendermene conto pienamente.

Con mia nonna se n'era andato l'unico legame che avevo con le mie origini. Il filo sottile che legava me e mia madre era stato tranciato di netto.

Onda sentiva di non avere obblighi nei miei confronti e un giorno me lo disse senza giri di parole.

Non era certo una novità, ma dopo tutto quel tempo fece male lo stesso, bruciò come la scheggia di un'esplosione.

Disse che i soldi che la nonna aveva lasciato erano i miei, che potevo tenermeli e farci quello che volevo.

Anche bruciarli se mi pareva il caso.

Disse anche che la casa dove vivevo le apparteneva, ma che potevo starci fin quando volevo, anche per sempre. Elsa avrebbe voluto così. L'importante era non infastidirsi a vicenda, concluse, con quella sua faccia essiccata da mummia egizia.

Disse che ormai ero grande e potevo cavarmela da sola. Che lei non era tagliata per fare la madre, che non sentiva nulla di quello che si doveva sentire nei confronti di una figlia. Che ero nata da lei, ma ero la figlia di un'altra donna. Si scusò di quel suo non amore. Si scusò senza dispiacersi, come quando si urta la spalla di uno sconosciuto per strada.

Nella sua vita, io ero stata un incidente.

Cominciai a fingere che non me ne importasse granché.

Era estate, faceva caldo. Le scuole erano chiuse per le vacanze e io ero libera di fare quel che mi pareva, nessuno che mi dicesse cosa dovevo fare e come dovevo farlo.

Non vedevo mia madre per giorni interi. Certe volte non tornavo neanche a casa a dormire.

Non ce l'avevo un posto dove stare, ma di tornare a casa non ne avevo voglia.

Qualche volta io e Luce dormivamo fuori, nel cimitero.

Il vento era fresco e il cielo pieno di stelle. Dormivamo all'aperto, sulla terra nuda, in mezzo alle luminarie, o sui tetti bassi delle cappelle, quelli dove bastava una scala a pioli per salire in cima.

Ce ne stavamo sdraiate a pancia in su sopra il cemento umido. Sotto le nostre schiene c'erano bare e cadaveri. Solo uno strato sottile di cemento ci separava da quel mare di morti. Qualche volta pensavo che ci sarei sprofondata dentro. Qualche volta invece cercavo di non pensarci.

I nostri capelli e i nostri piedi si toccavano intrecciandosi, mentre con il resto del corpo restavamo distanti. Eravamo una parentesi vuota, e ci stava bene così.

Guardavamo le stelle, da lì sembravano più vicine. Ogni tanto ne cadeva qualcuna, allora esprimevamo un desiderio.

Il mio era quello di andarmene per sempre da quel posto e di riuscire a convincere Luce a venire via con me.

Luce non voleva rivelarlo il suo desiderio, diceva che altrimenti non si sarebbe avverato.

Non insistevo per saperlo, in qualche modo lo conoscevo già.

Certe volte pensavo a Elsa, a come era stata e a come doveva essere adesso. La immaginavo nella sua bara stretta, ma non riuscivo mai a metterla davvero a fuoco.

«Senti, Luce...»

«Sì?»

«Mia nonna è morta da quasi tre mesi.»

«Lo so.»

«Certe volte me la immagino. Vorrei che fosse com'era l'ultima volta che l'ho vista. Può essere ancora così, vero?»

Eravamo sdraiate, testa contro testa. C'era vento quella notte, il prato frusciava.

Luce si tirò su, appoggiandosi ai gomiti. Mi guardò.

«I cadaveri si disfano, Fortuna.» Il suo tono era estremamente severo.

«Lo so. Ma magari il suo no.» Non riuscivo a sopportare l'idea.

Luce scosse la testa.

«Non ti piacerebbe saperlo. Ricordatela com'era da viva.»

«Tu lo sai com'è, vero?»

Mi lanciò uno sguardo buio e preoccupato. In quelle pupille che si confondevano con l'iride vidi la sua incertezza. Credeva che stessi impazzendo.

«Sì. E non te lo dirò.»

Mi stiracchiai. Contorcendomi come una biscia, finii con la testa sulla pancia di Luce e ci appoggiai l'orecchio.

Da lì, dal suo ombelico, riuscivo a sentire il battito lento del sangue.

Sembrava che il suo cuore fosse proprio lì sotto.

«Dovremmo andarcene», dissi, «andare via da questo posto.»

«E dove andiamo?»

«Dove non ci conosce nessuno. In una città grande, al Sud.»

«Non mi piace il Sud.»

«Ma se ci sei nata.»

«Appunto. Non ci voglio tornare.»

«Allora chi se ne importa, Luce. Andiamo da qualche altra parte. Anche all'estero se vuoi. Possiamo scappare, cambiare nome e dire che siamo sorelle.»

Luce storse la bocca. L'idea delle sorelle non le piaceva più come quando eravamo bambine.

«Noi due non ci assomigliamo», obiettò.

«Mi tingerò i capelli. Nessuno se ne accorgerà. Tu sarai la sorella bella e io quella brutta. E se ci chiederanno chi siamo, allora saremo le figlie di nessuno.»

«Non puoi fare la sorella brutta. Tu non sei brutta. Lo sai», fu l'unico commento di Luce. Lo trovai davvero stupido.

«Va bene, non sono brutta», conclusi spazientita. Certe volte mi irritava. La sua testa sembrava viaggiare per una rotta sconosciuta. Dava importanza a cose assolutamente trascurabili e ignorava i concetti importanti.

«Forse dovremmo cambiare nome», disse poi. «Con quelli che abbiamo non andiamo da nessuna parte.»

«Hai ragione. Sono nomi stupidi, non c'entrano niente con noi. Li cambieremo, Luce.»

«E che nome ti darai?»

«Non lo so. Elsa, forse. E tu?»

Luce si strofinò una tempia con la punta delle dita. Guardò lontano, oltre la cancellata del cimitero, le luci di Roccachiara che brillavano nell'oscurità.

«Come mio fratello», rispose, «mi farei chiamare come mio fratello.»

Ognuno ha i suoi lutti crocifissi addosso.

Non ce ne andammo.

Io avrei voluto, ma Luce non si sarebbe lasciata convincere. Si era attaccata come l'edera a quel posto tetro che l'aveva vista crescere. Aveva imparato a fare a meno del sole e delle persone. Si era adattata e trasformata.

Io invece me ne sarei andata anche subito. Erano anni che aspettavo di scappare e di lasciarmi tutto alle spalle, ma senza di lei era impossibile riuscirci.

Luce mi teneva inchiodata lì. Non ne parlavamo mai, non mi chiedeva mai cosa avessi intenzione di fare. Nella sua testa eravamo uguali: se stava bene lei, stavo bene anche io.

Solo che non era così.

Io ci stavo male, ci stavo malissimo.

Dopo la morte di mia nonna mi sembrava tutto nuovo, tutto ancora peggiore. Mi rendevo conto che per tutti quegli anni Elsa era stata la mia protezione. La sua presenza aveva fatto sì che io non mi schiantassi in continuazione contro le cose che ci capitavano. Adesso che era morta, invece, non facevo altro che finirci addosso.

Mi aveva protetto, mia nonna. Aveva protetto me, aveva protetto mia madre. Aveva protetto persino Luce. Anche quando non avremmo voluto nessuna protezione, lei ce l'aveva data lo stesso. E si era ammalata, si era fatta venire quel cancro che le era cresciuto dentro come un bambino, un secondogenito crudele quasi quanto sua figlia. Il fratello segreto di Onda, un'ombra nera. Un ricordo marcito e mai rimosso, come il fratello morto di Luce.

Mi sembrava di impazzire, di decompormi, pur restando viva.

Roccachiara mi si stringeva addosso, mi toglieva l'aria. Quel paesino innocuo, con le sue case schierate come in un presepio, tentava di soffocarmi, e io sentivo ogni momento il bisogno incontrollabile di andarmene.

*

A settembre decisi di non tornare più a scuola. Non avrei finito le superiori.

Lo dissi a mia madre, una volta che ci incrociammo in casa. Non sembrò importargliene molto. Si strinse nelle spalle.

«A che anno sei?»

«Al quarto. Potrò lavorare lo stesso, anche se non ho il diploma.»

«Fai come ti pare.»

«Onda...»

«Che c'è?»

«Me ne voglio andare da questo posto. Voglio andarmene e non tornare mai più.»

«E allora vai. Cosa credi, guarda che nessuno ti obbliga a rimanere qui.»

Rimasi a fissarla.

Sedeva al tavolo della cucina, il posacenere davanti a lei traboccava di cicche spente. C'erano fili bianchi tra i suoi capelli e ombre vitree nei suoi occhi.

«Davvero non ti importa niente se me ne vado?»

Si girò a guardarmi.

Non disse né sì né no. Non disse niente.

«Sono l'unica cosa che ti è rimasta», sussurrai.

«Di tutte le cose che potevano rimanermi, proprio tu.»

Mi voltai. Incurvai le spalle.

Cercai di proteggermi da quell'ultimo colpo, da quell'ultima ondata di male.

Mi veniva da vomitare.

Se avesse detto qualcosa, qualunque altra cosa, forse sarebbe andata in modo diverso. Forse sarei rimasta.

Forse aspettavo solo quello.

Ma Onda rimase ferma, gli occhi puntati oltre, verso un orizzonte che io non potevo vedere.

Non parlò, muta e distante come era sempre stata.

Non c'era niente che potessi dirle per farle cambiare idea.

Non si parla con le statue.

La vecchia capanna sul lago si reggeva ancora in piedi. Massacrata dalle piogge e dalla neve, dall'umidità del lago e dal sole cocente d'agosto. Abbandonata a se stessa, scartata, mutilata. Ma era lì, resisteva.

Scivolai lungo la terra già umida di settembre, trascinai i miei jeans chiari dentro al fango.

Durante l'estate l'erba era cresciuta, aveva invaso tutto. Nella capanna non era rimasto nulla, solo vegetazione alta e oscurità marcita.

Mi accucciai in quell'erba che appassiva sul finire dell'estate, e rimasi al buio, le ginocchia strette contro il petto, le braccia incrociate a spingere sullo stomaco, i piedi nel fango.

Mi accucciai come dentro a un utero, un ventre caldo che non mi voleva, che presto mi avrebbe respinto.

Il rumore dell'acqua proveniva da lontano, o forse era dentro di me, non avrei saputo dirlo.

C'era un buco nella lamiera del tetto, un foro circolare e frastagliato. Pareva una di quelle cicatrici che aveva Luce da bambina. Chissà da quanto era lì, chissà cosa l'aveva prodotto.

Da quel buco spezzato si vedeva il cielo, ed era azzurro e freddo.

Il cielo è azzurro e freddo dovunque, pensai, in qualunque parte del mondo. Dovunque stai è uguale, quello che hai te lo porti dentro.

Non c'è bisogno di nient'altro che del tuo corpo, è la casa di tutti i tuoi strappi, delle tue cicatrici. Il posto degli affetti che non hai, degli amori che non ti vogliono e di quelli che ti sei costruita per andare avanti.

Quello che hai te lo trascini appresso, non è nelle persone e nemmeno nelle cose che ti ricordano delle persone. Quello che hai sta dentro di te.

E quello che avevo io era tutto lì, tutto nella mia pancia stretta contro le ginocchia. Quello che avevo mi stava tutto in gola, in quello spazio stretto e umido come quella capanna abbandonata, piccole scaglie di me. Piccole scaglie di niente.

Guardai nel buco, mi dondolai piano.

«Me ne vado», dissi. «Me ne devo andare.»

Non si mosse nulla.

Le lamiere non si spostarono. La cicatrice azzurra restò al suo posto. Il lago continuò a infrangersi sottovoce sulla riva.

A nessuno importava niente.

La casa dove abitavo era vuota e fredda.

Il posacenere pieno di mozziconi era sul tavolo, dove Onda l'aveva lasciato.

C'era puzza di fumo e spifferi ghiacciati.

Era sempre stato gelido quell'appartamento, anche in estate. Le mura spesse si opponevano al calore, lo ostacolavano, non lo lasciavano entrare.

Ero cresciuta con quel gelo, mi impestava il sangue.

Sotto il letto della nonna trovai una vecchia borsa di cuoio. Era appartenuta a Onda, e come tutte le sue cose era rovinata e consumata, ma me la sarei fatta bastare.

Era la borsa più grande che avevamo, e in casa non c'erano valigie.

Non ne avevamo mai avuto bisogno.

Non avevo molte cose, non mi era mai interessato possederne. Pochi vestiti, un paio di libri che potevo anche lasciarmi alle spalle. Una spazzola, un paio di scarpe per l'estate e uno per l'inverno. Gli stivali per quando nevicava, ma dove stavo andando non mi sarebbero serviti. Dove stavo andando io la neve era solo un'idea e faceva caldo, c'era sempre il sole, e tutte le madri amavano i loro figli. Dove stavo andando io non eri costretta a scegliere per forza tra la pietà e il perdono.

La foto del matrimonio che stava sul comodino. Il sorriso in bianco e nero di Elsa a vent'anni. Quell'abito da sposa antico, fuori moda, pareva vecchio da sempre.

Lo sguardo di mio nonno Angelo, uguale a quello di mia madre.

Onda non aveva foto, non ne aveva mai volute.

Afferrai la borsa per i manici lunghi e sbrindellati. La trascinai fino all'ingresso, raschiai la polvere di quel pavimento.

Mi voltai, sorrisi a quegli ambienti spogli.

Volli immaginare un'ombra tra la finestra e il forno, un'ombra che aveva la forma familiare di Elsa. Alzai una mano, la salutai.

Non c'era nessuno.

La casa era vuota.

La borsa non pesava niente, camminavo dritta e spedita. Non sapevo dove sarei andata dopo, ma per il momento ero diretta al cimitero per chiedere a Luce di venire via con me.

Arrivai lì davanti che sudavo. Gocce calde mi colavano sulla nuca, lungo la schiena e sulla pancia. La maglietta era chiazzata, con due grossi aloni scuri sotto le braccia.

Mi dissi che ce la potevo fare, che ero in grado di farlo.

Che l'avrei convinta a venire via.

L'avrei aspettata di notte, nel cimitero, al riparo tra le tombe dei bambini. L'avrei aspettata lì e poi ce ne saremmo andate senza mai voltarci indietro.

Guardai la cancellata scura, la porta scrostata della vecchia camera mortuaria.

Più lontano le grate impolverate dell'ossario.

Pochi fiori, sistemati con cura.

Sul viale, due vecchie che conoscevo di vista parlavano tra di loro, ferme davanti a una cappella. Erano vestite di nero e chiacchieravano ad alta voce in quel dialetto aspro che dopo tanti anni ancora capivo poco, ché mia nonna si era sempre sforzata di parlarmi in italiano.

Chiacchieravano dei loro mariti morti, dei tempi andati.

Le prossime siete voi, pensai con rabbia.

Le prossime siete voi.

Un rumore di ghiaia smossa attirò la mia attenzione. Udii dei passi sul selciato. Passi svogliati, che conoscevo bene.

La faccia di mia madre era la solita di sempre, inespressiva e pietrificata. Brutta, di quella bruttezza impietosa che hanno le donne bellissime quando invecchiano male, quando si lasciano consumare dal risentimento.

Ma quando mi vide, all'ingresso del cimitero, la sua faccia cambiò. Si trasformò, sciogliendosi al sole come cera.

Onda si fermò di fronte a me. Non guardò la borsa, non notò niente. Non mi chiese che facevo lì, con quella faccia sparuta di chi parte e non sa dove va. Non mi chiese dove dovevo andare.

Forse, non se ne rese nemmeno conto.

I suoi occhi neri si fermarono nei miei, ci sprofondarono dentro.

I suoi occhi, come ami, pescarono una verità che già conosceva.

Qualcosa che sapevo anche io.

Quella faccia sciolta, quegli occhi increduli di cane ferito.

Mi odiava, Onda.

«Avrei dovuto soffocarti nella culla.»

Inclinai la testa. Non avevo più pena per lei. Non avevo più pena per nessuno.

«Forse sarebbe stato meglio per tutti», dissi.

Mia madre si allontanò verso il paese e io entrai nel cimitero a cercare Luce.

Era il sette di settembre, Luce compiva ventun anni.

Le avrei detto tanti auguri e anche di farmi un regalo per il suo compleanno.

Le avrei chiesto di portarmi via.

Cercai Luce per tutto il cimitero, camminai a lungo. Quando la borsa, per quanto leggera, cominciò a pesarmi sulla spalla, la abbandonai in un cespuglio.

Feci per tre volte il giro del camposanto. La cercai dovunque, nelle cappelle polverose e dimenticate e sui tetti piatti di cemento che ricoprivano i morti. Al fontanile e nella sezione dei bambini.

La cercai a lungo e chiamai il suo nome e mi rispose il silenzio.

Luce non c'era.

Luce non c'era più.

LUCE

*Nera di falde amare
che passano le bare.*

                Fabrizio De André

Oggi

Appena si alza il sole e l'aria si scalda, decido di uscire di casa. Lascio mia madre mummificata nella sua vestaglia blu. Non la saluto neanche, lo sa che tornerò.

Mi guarda andare via con la stessa faccia con la quale mi ha visto tornare.

«Dove vai?» mi chiede, mentre mi alzo e mi rimetto la borsa a tracolla.

«In città.»

«A fare che?»

«Vado all'obitorio.»

Prendo la corriera, arrivo in città. Dalla stazione dei pullman salgo su un taxi, non mi va di viaggiare sui mezzi pubblici né di camminare. Non le sopporto queste strade, mi ricordano cose brutte, mi pare di affogarci dentro.

L'ospedale è lo stesso di sempre, hanno solo allargato il parcheggio e sostituito l'insegna luminosa del pronto soccorso.

All'accettazione, un grosso cartello indica i diversi reparti dell'ospedale.

La camera mortuaria è nel piano interrato, è un lungo corridoio bianco illuminato da luci al neon, e la porta chiusa che c'è in fondo è esattamente come l'avevo immaginata.

C'è un uomo all'inizio del corridoio, sta seduto alla sua scrivania, legge qualcosa.

Gli passo davanti, ostento sicurezza, ma sono sicura che mi fermerà, che mi chiederà cosa faccio, dove sto andando, mi dirà che lì non posso entrare, che mi serve l'autorizzazione.

Mi chiederà chi cerco e io gli dirò che cerco lo scheletro, la donna che hanno ritrovato nel bosco di Roccachiara.

Mi chiederà chi sono, e io gli mostrerò una foto di Luce vecchia di anni, gli racconterò della scomparsa, gli dirò che sono sua sorella.

L'uomo mi guarderà attentamente, la mia faccia non lo convincerà, io e Luce non ci assomigliamo affatto, ci assomigliamo solo nei capelli, sono neri quelli della foto e sono neri i miei, ma le mie sopracciglia chiare, le mie lentiggini non lo ingannneranno. Mi chiederà di mostrare un documento e scoprirà che non abbiamo lo stesso cognome, che non sono sua sorella.

Che siamo due sconosciute.

Scoprirà che io non sono niente per lei.

In quel modo lo scoprirò anche io, e non voglio.

Invece non succede.

L'uomo alla scrivania è svogliato, pigro, mi guarda appena, mi fa un cenno di saluto. Poi ritorna con gli occhi sul suo libro e mi lascia avanzare fino alla porta in fondo. È chiaro che non gliene frega nulla, tanto lì dentro ci sono solo morti, non c'è niente da proteggere.

Apro la porta.

La stanza ha le pareti di piastrelle di un celeste opaco e polveroso e non ha finestre.

C'è una fila di cassetti metallici schierati lungo una parete, fanno un ronzio strano, il ronzio di qualcosa che si fredda.

Sono celle frigorifere, tutte numerate, e a ogni numero corrisponde qualcuno, oggi a te domani a me, la morte è una lotteria.

Al centro della stanza ci sono dei tavoli d'acciaio, sottili e leggeri, e si spostano facilmente perché hanno pure le ruote.

Sono tre.

Due sono vuoti, riflettono la luce del neon.

Sul terzo, sdraiata su un telo di plastica azzurro, c'è Luce.

Mi avvicino.

Aveva ragione mia madre, aveva ragione il giornale.

Non è rimasto niente.

Il cranio nudo, le orbite vuote.

I denti scoperti. Li guardo bene quei denti. Gli incisivi appena accavallati, i canini inferiori storti, girati per metà verso l'interno.

Li conosco, li ho visti migliaia di volte. Sono i denti di Luce.
Le sue ossa sono verdastre, ricoperte di muffa.
Non potrei toccarle, ma le accarezzo piano.
Mi piego su di lei. Odora di umido e di bosco. Immagino che sia ancora lì, che sia tutta intera. Bellissima, come l'ultima volta che l'ho vista.

Ho amato quella testa una volta, e forse la amo ancora. L'ho amata di un amore strano, un amore che non voleva accettarsi, che si respingeva da solo. Un sentimento che si riparava da un altro che non c'era, un sentimento che faceva da scudo.
Davanti a questo corpo che è un brandello, penso che la cosa più facile del mondo sia amare qualcuno, eppure c'è chi non ci è mai riuscito.
La gente si ama, si ama continuamente. L'ho visto.
Le persone sbandierano il loro amore a chiunque, te lo sbattono in faccia con arroganza.
Amare qualcuno e avere qualcuno che ti ama è qualcosa che ti rende migliore, una garanzia agli occhi degli altri.
Penso che è amore rappreso. È bigiotteria, non vale niente.
È lucente in superficie, ma dentro è nero, rugginoso, si inceppa e non funziona.
L'amore, quello vero, è quello che la gente nasconde.
Quello che rende fragili e cattivi, quello che rende meschini. Quello che rende avidi. Disposti a tutto.
L'amore è scuro, vischioso, è il sangue che si addensa e chiude i contorni di una cicatrice.
La patina ruvida e opaca che si è depositata sulle ossa consumate di Luce, a quello assomiglia l'amore.
È muffa, che ti vive addosso mentre tu sei morto.
Quello che non vorresti far vedere a nessuno.
L'amore che ti vergogni di provare.

Sfioro appena quel teschio macchiato di terra.
Sotto le mie dita, le ossa tremano, si muovono, sono instabili.

Mi accorgo che mancano dei pezzi: una tibia, le falangi della mano sinistra, qualche vertebra. È un puzzle scomposto.

Non fa niente, non importa. Mi stai bene in qualunque modo, mi stai bene anche così.

«Hai visto, Luce», dico piano, «hai visto? Sono tornata a casa.»

Ieri

Non c'è.
   Non c'è.
   Non c'è.
   Riuscii a ripetermi solo questo mentre giravo per il cimitero. La chiamai a voce alta e mi rispose solo il cinguettare degli uccelli.
   Gridai il suo nome nelle cappelle deserte, anche se mi bastava un solo sguardo per capire che lei non c'era.
   La chiamai e la mia voce rimbombò nella cripta, tra le ossa dimenticate.
   La mia voce smuoveva la polvere, ma non era abbastanza per evocarla.
   E sentii che c'era qualcosa di strano e di sbagliato.
   Qualcosa fuori posto.
   Mia madre, i suoi occhi pieni di ferite, colmi di rancore.
   Perché sei nata, è questo che mi chiedevano i suoi occhi. Perché cazzo sei nata.
   Con certi occhi mi aveva guardato mia madre, e non avevo capito perché.
   Ma all'improvviso divenne facile collegare le cose, e mi sentii stupida.
   Avevo sempre saputo che prima o poi sarebbe successo.

Luce non c'era.
   Non c'era da nessuna parte.
   Sapeva sparire, la mia Luce, sapeva eclissarsi. Si dissolveva nel nulla e nessuno se ne accorgeva, aveva imparato da bambina a vivere nell'ombra di quel fratello morto.
   Quell'ombra le era rimasta addosso, e soltanto per me la sua

assenza era più forte della sua presenza. Per gli altri, Luce non significava niente.

La cercai in paese, in posti dove non era mai stata. La cercai nel bosco, alla radura dei pescatori.

Forse anche lei stava cercando me.

Seguii il sentiero, chiamandola ogni tanto.

Percorsi chilometri e chilometri, con il fiato corto e le gambe che mi si piegavano a ogni passo. Ero abituata a camminare, ma quella era una marcia pesante, piena di senso di colpa.

Poi mi fermai a riflettere.

Luce non seguirebbe mai il sentiero. Se è davvero qui, Luce ha camminato per perdersi.

Entrai nel bosco, camminai ancora a lungo, la chiamai più volte.

Non so quanto mi allontanai dalla strada, ma la vegetazione si fece più fitta, mi premeva addosso, mi si chiudeva sopra.

Il cielo era verde e a me non importava nulla di perdermi.

Ero sicura di essere la prima a finire lì. Ero sicura di arrancare in una terra sconosciuta, una terra di nessuno.

«Sono qui.»

La sua voce. L'avrei riconosciuta ovunque.

Anche dieci anni dopo quel momento, avrebbe continuato a tornarmi in testa la frequenza esatta del suo tono.

Mi voltai.

Luce era lì, si confondeva col bosco. Avrei potuto passarle accanto decine di volte e, se non avesse parlato, non l'avrei mai notata.

Era seduta su un grosso masso, i capelli sciolti a coprirle la faccia.

Dietro di lei c'era il niente. Una forra, un burrone. Un salto profondo almeno dieci metri.

Non l'avevo mai visto quel posto, adesso ne ero sicura.

Luce era seduta sul ciglio, accoccolata su un masso e sbilanciata all'indietro.

Pensai che poteva cadere da un momento all'altro.

«Togliti da lì», le dissi. «Togliti, che è pericoloso.»

Non si spostò.

Aveva una faccia strana, non sembrava neanche lei.

Mi fece un piccolo cenno col mento, indicando la borsa che portavo a tracolla.

«Che ci fai con quella?»

«Me ne vado.»

«E dove vai?»

«Dovunque vuoi tu. Sono venuta a prenderti, Luce. Andiamocene da questo posto. Partiamo stasera e non torniamo più. Andiamo dove vuoi, mi basta che sto con te. Dove ti pare, basta che sia con te.»

Il suo sguardo.

Il suo sguardo era freddo, sembrava compatirmi e prendermi in giro. Non c'era niente dentro ai suoi occhi.

Non mi aveva mai guardato così, Luce.

«E allora vai. Sparisci. Io non vengo», disse. «Io con te non vengo in nessun posto.»

«Che stai dicendo?» Mi avvicinai di un passo.

Luce si tirò indietro di scatto, soffiando come un gatto.

«Non mi toccare. Non mi venire vicino.»

Mi fermai.

«Se ti muovi ancora mi butto di sotto», minacciò. Ero quasi sicura che non avrebbe avuto il coraggio di farlo, ma decisi di non rischiare.

Rimasi in silenzio, aspettando che fosse lei a parlare, che smettesse di comportarsi come una pazza.

E alla fine parlò.

«Sai chi è venuto oggi al cimitero?»

«Sì. Mia madre.»

Allora è per questo che siamo qui.

«Tua madre, sì. È venuta a portare dei fiori per Elsa. Non lo aveva mai fatto prima. Di solito sei sempre tu a portarli.»

«Già.»

«Perché lei non è mai venuta?»

«Perché non le interessa lasciare fiori. Onda vive e pensa in un modo diverso dal nostro.»

«Sei tu che l'hai sempre tenuta lontana. Ti ricordi? Mi dicevi di non parlarci. Di non salutarla. Ho sempre pensato che fosse per paura. Per gelosia. Mi piaceva crederlo. Mi dicevi di lasciarla stare, perché tua madre è matta. Ma tua madre non è matta, Fortuna. Sarà strana, avrà le sue dannazioni, ma non è matta.»

«Stai dicendo delle cose assurde.»

«Non c'è niente che vorresti dirmi?»

«Che cosa dovrei dirti?»

«Parlarmi di lei, per esempio. O anche di te. Di quello che sei.»

Spalancai gli occhi. «Tu lo sai chi sono. Non c'è nessuno che lo sappia meglio di te.»

Le labbra di Luce scomparvero, la sua bocca divenne un taglio, uno squarcio grigio in quella faccia mite da agnello. Girò la testa da una parte e dall'altra.

«No. Io non lo so chi sei. Che *cosa* sei.»

Non smisi un momento di guardarla, in silenzio. La vidi scalpitare. Voleva andare avanti. Glielo concessi, non volevo rovinarle la festa.

«Onda mi ha detto delle cose.»

«Quali cose?»

«Lei sa quello che fai, Fortuna. Lo sa. Dice che quando ci sei tu non sente nulla. Tutte le sue visioni spariscono all'improvviso, come una tenda pesante che si abbassa su una finestra. Ha detto che è così da quando avevi sei anni. Tua nonna pensava che fosse impossibile, che non poteva dipendere da te, e allora Onda se n'è andata di casa per non starti vicino. E ha scoperto che quando eri lontana andava tutto bene, ma non appena ti avvicinavi diventava come cieca. Vedeva solo ombre, e qualche volta neanche quelle. Sei tu che chiudi il passaggio e lei lo sa da sempre, da quando è iniziato. Anche se Elsa si rifiutava di crederci, è così, adesso lo so anche io. Sei tu che impedisci a tua madre di vedere e di parlare con quelli dall'altra parte.»

●*Le vedo loro due che parlano. Le vedo come se ce le avessi davanti. Onda è seduta in terra accanto alla tomba di Elsa. Ha sistemato i fiori, vorrebbe dire una preghiera ma sta lì a scervellarsi, non se ne ricorda neanche una. C'è qualcuno che canta lì fuori, è un canto stonato, fa venire i brividi. Onda si sporge sul viale, vuole capire chi è, mandarlo al diavolo, lui e la sua voce tremenda. Vorrebbe, ma non può.*

Vorrebbe ma in quel momento passa Luce, e Luce canta le sue canzoni inascoltabili, ed è la prima volta che mia madre la vede da sola, che la sorprende in un momento in cui io non ci sono. È la prima volta che vede Luce nella sua interezza e senza di me Luce è chiara, trasparente, e l'ombra che ha addosso assume contorni netti, e Onda capisce, e tutto quello che per anni ha solo temuto diventa improvvisamente reale.

La vedo mentre insegue Luce per il viale, corre per cinque metri e ha già il fiatone. È vecchia, scorticata dal fumo. Afferra il braccio di Luce, e afferra anche qualcos'altro.

Ha una mano premuta sulla bocca, la certezza che le cose si rovesciano, che non si ha mai tutto sotto controllo, che tutto quello che hai sempre ritenuto innocuo e privo di importanza all'improvviso ti dilania.

Vedo Luce, il suo sospetto.
Onda apre la bocca per parlare.
Ed è in quel momento esatto che io smetto di esistere.

Mi toccai i capelli, abbassai lo sguardo. Avrei voluto far finta di niente, cadere dalle nuvole. Non ci riuscii.

«Sì.» Non aveva senso mentirle. «Sì, glielo impedisco io.»

«Questa cosa... la puoi controllare?»

Mi guardai attorno.

C'erano solo il bosco e la fossa. Eravamo lontane chilometri dall'abitato, e lontane chilometri l'una dall'altra.

Non sapevo cosa dirle, perché, qualunque cosa le avessi detto, lei se ne sarebbe andata comunque.

Ormai l'avevo persa.

«Sì. La controllo.»

Come dirtelo, Luce. Come spiegarti che lo sapevo dall'inizio. Come spiegarti che lo faccio da sempre, che sono come mia nonna, ma sono di più. Che li sento e chiudo il passaggio e non so neanche perché lo faccio.

So che mi viene naturale, mi viene facile.

Forse perché sono ancora fermamente convinta che senza di quello sarà normale, senza questa dote infame che si porta dietro potrà amarmi.

Ma non mi ama, non mi ama lo stesso.

E allora sono una punizione, sono una nemesi.

Luce balzò in piedi, mi venne vicino. Mi diede uno spintone, facendomi vacillare. Non l'aveva mai fatto. Prima di quel momento, le sue mani mi avevano riservato solo carezze.

« Mio fratello, stronza », disse lei. « Federico. Tu lo sai, vero? Lo sai che c'è ancora. Lo sai che non riesce a andarsene, che mi pesa addosso. Mi ha allontanato da tutto e tu lo sai. Ho passato anni a chiedermi perché la gente mi evitava. Perché venivo scansata da tutti. E tu, tu lo sapevi e non me l'hai detto. Ho dovuto aspettare che me lo dicesse Onda! »

Luce gridava, schiumava di rabbia. Non potevo fare nulla per calmarla.

Perché era vero, lo sapevo. La avvertivo anche io quella presenza che per anni l'aveva resa ripugnante a chiunque. Certe cose si sentono a pelle, ci sono influenze così pesanti che anche i sassi possono sentirle.

Quella che mia madre aveva sempre percepito come un'ombra, per me era una vibrazione attorno al corpo di Luce, come il calore che si alza dalla terra e scompone l'orizzonte. Un tremolare stanco, uno spostamento d'aria. C'ero talmente abituata che ormai dovevo concentrarmi per distinguerla dal resto. Era lì da quando conoscevo Luce, come un'estensione di lei. La ricopriva. La proteggeva. La teneva lontana dal mondo.

« Ti volevo solo per me. Non volevo che fossi di nessun altro. »

« Non sarei stata mai di nessun altro, è questo che non hai capito. »

Mi avvicinai. Eravamo a un passo.

Mi baciò sulla bocca, le sue labbra erano fredde, erano sempre fredde.

Luce aveva il ghiaccio al posto del sangue.

E i suoi baci adesso erano come sputi, mi infamavano allo stesso modo.

« Io mi fidavo di te. Perché tu eri sola, eri come me. Tra tutta la gente a cui potevi fare del male, hai scelto l'unica persona che ti amava. Ti dovrei ammazzare per quello che hai fatto, ma non te lo meriti. Non ti meriti neanche questo. »

« Non ti ho fatto niente, Luce. Non ti farei mai del male. La cosa che hai addosso è completamente innocua per te. E anche per me. Chi se ne frega degli altri. »

« Non chiamarlo così, non farlo più. Non è una cosa. È mio fratello. »

Non obiettai. Era morto da così tanto tempo che probabilmente si era dimenticato chi era e da dove veniva e cosa significasse Luce per lui. Era così vecchio che non aveva più senso. Un brandello di vita.

Non le dissi quello che pensavo.

«Io credevo di conoscerti e invece non ho idea di chi tu sia. È la cosa peggiore di tutte, è quella che mi fa più male. Mi hai nascosto quello che sei.»

«L'ho nascosto a chiunque.»

«Io non sono chiunque.»

«Tanto non avresti potuto capire.»

«Pensi di sapere tante cose, tu. Decidi ciò che è giusto e sbagliato, o quello che più ti conviene. Ti tieni i tuoi segreti e lasci marcire quelli degli altri. Tu pensi di sapere chi sei, e di conseguenza stabilisci cosa sono gli altri e di cosa hanno bisogno. E invece non sei nessuno, non vali niente, non sai neanche da dove vieni. Nessuno te lo ha mai detto, neanche Elsa.»

«Sei impazzita. Farnetichi.»

«Da dove veniva tua nonna?»

«Che c'entra?»

«Da dove veniva tua nonna, Fortuna? Rispondi.»

«Da Terlizza. Era orfana. La abbandonarono nel confessionale della chiesa del paese quando aveva pochi mesi. È cresciuta dalle suore.»

«Lo sai chi ce la portò lì? Lo sai di chi era figlia, tua nonna?»

«No, come faccio a saperlo? Non lo sapeva neanche lei.»

Luce sorrise. Un sorriso terribile. Voleva avere la sua rivalsa. Voleva restituirmi gli anni che le avevo tolto.

«Oh no. Lei lo sapeva. Elsa era la figlia scomparsa di Clara Castello. Non era morta nella culla. La vecchia Clara la lasciò dalle suore, in un posto dove nessuno potesse riconoscere la bambina, sperava che allontanandola avrebbe potuto darle una vita normale. Elsa lo sapeva, Fortuna. Come sapeva chi è tuo padre.»

«Lo so anche io chi è mio padre. È un inglese. Mia madre non si ricorda nemmeno come si chiama.»

«Non è inglese tuo padre. È italiano.»

Mi tremò la terra sotto ai piedi.

C'erano cose, cose sparse per tutti quegli anni, che tornarono al loro posto, e i pezzi combaciavano alla perfezione. Mi chiesi se fossi stata io a non volerli vedere, o se, concentrata sul mio segreto, non avessi capito che c'era dell'altro.

Che non ero io quella che si teneva il segreto più grosso.

Che aveva ragione Luce, che non sapevo nemmeno chi ero.

Che me lo avevano nascosto.

«Non ti credo. Te lo stai inventando. Ce l'hai con me, e ti inventi le cose.»

«Fortuna.»

La faccia di Luce era vicina. Vidi la piega della sua bocca. Luce mi scostò i capelli dalle orecchie. Sembrava un gesto d'affetto, ma io sapevo che era una vendetta.

Fu un soffio, tanto piano me lo disse.

Pronunciò un nome, e io lo riconobbi perché l'avevo sempre saputo.

Sapevo che era dentro di me.

Chiusi gli occhi. E dopo quel momento niente tornò mai uguale.

Oggi

Esco dall'ospedale e non mi fermano.
Non parlo con nessuno, nessuno mi vede davvero.
È come se non fossi mai stata lì.
Torno a Roccachiara che è già pomeriggio. Ha nevicato, appena una spolverata.
La odio la neve.
Mia madre è seduta nella sua cucina, ha acceso il camino.

«Sei stata all'obitorio?»
«Sì.»
«E allora?»
«È Luce.»
Onda si mette una mano davanti alla bocca. Finge di essere sconvolta.
Invecchiando è diventata anche un'ipocrita.
So che adesso glielo devo dire, che è l'ultima volta che posso farlo.
«L'hanno trovata in una forra profonda, sei chilometri a ovest del lago. È nel folto del bosco, un posto quasi introvabile.»
«Te l'hanno detto all'ospedale?»
«Non ho parlato con nessuno.»
«E come fai a saperlo?»
Onda mi guarda.
Non è stupida mia madre. È meschina, snaturata, egoista. Ma non è stupida.
Ci guardiamo negli occhi per la prima volta dopo anni, e io non riesco a sostenere il suo sguardo.
Adesso sono io che non posso guardarla, il tempo ha rovesciato anche noi.

Mi volto, le mani sulla finestra. Le offro le spalle.
Guardo fuori.
Verso il lago. Verso il bosco dove Luce ha dormito per dieci lunghissimi anni.

▸ *Vorrei dirtelo, mamma. Vorrei spiegarti che io non volevo. Vorrei avere il coraggio di dirti che non è stata colpa mia. L'ho spinta via, per allontanarla da me, perché non volevo ascoltarla. Ma era vicina al bordo, troppo vicina. Ci siamo allontanate, io verso la terra e lei verso il vuoto. Ci siamo respinte come due poli negativi. E ho visto Luce spalancare la bocca e gli occhi, sorpresa di quel nulla.*

È caduta, mamma.

Il mio urlo ha lacerato il bosco, lo ha fatto in mille pezzi. Il mio urlo ha rifiutato quella verità.

Luce barcolla, perde la presa, la sua mano mi afferra per un momento e poi mi lascia.

L'avrei tenuta, lei era leggera e io pesante, con i piedi piantati a terra, con la testa piena di verità. Io ero pesante e potevo tenerla, ma lei mi lascia.

Non so perché lo fa.

Il mio urlo brucia il bosco e nessuno lo sente.

È caduta, è caduta fino in fondo, e atterrando ha fatto un rumore leggero.

Pesava poco la mia Luce.

Sono scesa nella forra per guardarla e, mamma, Luce non era morta.

Era tutta rotta e le usciva del sangue dalla bocca, ma non era morta.

Era bella, era bellissima, sporca di sangue e di terra. Era ancora più bella.

Una madonna oltraggiata, spezzata in due. Una santa col collo in pezzi.

E non poteva parlare, non poteva più, ma non importava. Le parole tra noi non sono mai state fondamentali, noi parlavamo con gli occhi, e gli occhi di Luce erano spalancati e mi capivano.

Ci ha messo ore a morire.

Se può consolarti, mamma, ho aspettato con lei fino all'ultimo. Le ho tenuto la mano, come ho fatto con Elsa.

Le ho detto quello che voleva sentirsi dire da sempre, quello che non le ho mai detto.

Le ho detto che l'amavo, dello stesso amore con cui mi amava lei.

Le ho detto che avrei aspettato di vederla addormentarsi, che poi l'avrei nascosta io.

Le ho detto che l'avrei protetta, che nessuno avrebbe saputo.

Io mi prendo sempre le mie responsabilità, e non l'ho lasciata sola.

Non sono più partita quel giorno.

Sono rimasta a Roccachiara altri sei mesi.

Luce non è stata ritrovata.

Ogni notte ho pensato al suo corpo che si disfaceva in fretta. Al suo corpo ricoperto di terra, sotto la neve.

Mi sono chiesta se si sentiva sola in quel buco, mi sono chiesta se avesse freddo.

Certe volte, ho pensato che sarei scesa volentieri in quel posto desolato. Sarei scesa di notte, per addormentarmi vicino a lei.

Nessuno sapeva dov'era e questo era il nostro ultimo segreto. L'ho lasciata lì e non l'ho detto a nessuno. Soprattutto, ho fatto in modo che non lo sapessi tu, mamma, tu che rovini tutto quel che tocchi, tu che hai rovinato anche noi.

Ti ho chiuso il passaggio un'altra volta, non mi chiedere perché.

So solo che lei era la mia cosa più importante e almeno nella morte non te l'avrei lasciata toccare.

Lei era mia, mamma.

E io ero sua.

E tu, tu non c'entravi niente. ◆

Mia madre non si muove, la sento immobile dietro di me. Immagino il suo volto inespressivo, quella ragnatela di rughe sottili.

Forse lo ha sempre saputo, Onda sa sempre tutto, lo capisce prima degli altri.

« È per questo che sei tornata? »

« Arriva un momento in cui devi mettere dei punti. »

« Li hai messi dieci anni fa, Fortuna. Quando te ne sei andata. Non c'era bisogno di tornare indietro. »

« Non si tratta solo di Luce. C'è qualcos'altro. »

«Che cosa?»

«È una cosa tua. Una cosa che ti riguarda.»

Mi sposto dalla finestra.

Raggiungo il pensile alto, quello che una volta non potevo toccare.

La serratura si è rotta anni fa, e io sono cresciuta, adesso è all'altezza dei miei occhi.

Prendo quello che mi serve, lo metto sul tavolo.

La bocca di Onda è un taglio di rasoio.

Verso l'acqua, verso l'olio.

La preghiera è sempre la stessa, quella che mia nonna ha insegnato a mia madre, e poi a me.

Intorno alla mia mano l'acqua è fredda. Chiudo gli occhi, non ho bisogno di vedere.

Lo so che cosa succede.

L'olio va giù. Si raggruma sul fondo, forma una patina spessa e consistente.

Onda non ha espressione.

C'è qualcosa che galleggia nell'aria, qualcosa che mi avvolge. Non la vede nessuno.

Lo so, che cos'è. Anzi.

So chi è.

Guardo Onda.

Onda non vede niente, perché ci sono io.

È cieca, mi fa pena.

E allora la libero. È come sollevare una tenda, è leggera, leggera come lei.

L'ombra scivola, passa da me a lei. Onda spalanca gli occhi, capisce.

È ombra fatta di Luce.

«Lo sapevi», dice, e le parole le tremano in bocca. «Tu sapevi dov'era, l'hai sempre saputo. L'hai lasciata lì a marcire per dieci anni.»

«Non avevo altro modo per tenerla con me.»

Mi avvicino. La bacio, ha la pelle fredda e avvizzita. È la prima volta in tutta la mia vita, e quel bacio non mi trasmette niente.

«Ti voglio bene, mamma. Anche con tutto quello che mi hai

fatto. Mi hai tolto anche quel poco che la vita mi aveva dato. Ma ti voglio bene lo stesso, e ti perdono.»

L'amore di un figlio è il sentimento più ostinato di tutti. Dura in eterno, va contro qualunque cosa. È stupido e incorruttibile.

Lo schiaffo di Onda si abbatte sulla mia faccia con tutta la forza di cui è capace e io lo accetto in silenzio.

66

Quando esco di casa sento freddo.

C'è qualcosa di gelido che mi si è avvinghiato addosso. Un ricordo, forse.

Percorro tutta la via principale di Roccachiara, mi allontano da casa e so che non ci tornerò mai più.

C'è la tabaccheria con la sua insegna ingiallita, e dentro non è cambiato niente.

Anche la campanella sulla porta sembra la stessa, quella che feci cadere io un pomeriggio di tantissimi anni fa.

Lucio è dietro al bancone, sistema delle cose.

Quando mi sente entrare, si volta.

La sua espressione non cambia, diventa appena più gentile.

«Buongiorno. Desidera?»

Non mi ha riconosciuto. Con questi capelli neri che mi coprono la faccia mi piace pensare che assomiglio a Luce, che non sono più io.

Li raccolgo, me li tolgo dagli occhi, li tiro indietro sulla fronte.

Non può non riconoscermi, davvero, non può.

«Lucio», dico. «Ciao.»

«Fortuna. Sei tornata.» È vecchio. Non ha fiato. Le sigarette fumate gli hanno mangiato i polmoni e il respiro. È vecchio e grigio, ha perso quasi tutti i capelli.

È vecchio e, adesso lo vedo, è felice.

Non osa abbracciarmi, anche se vorrebbe.

«Come stai?»

«Sto come mi vedi. E tu? Tu sei bellissima. Sei grande. Ventotto anni, sei una donna.»

«Tieni il conto dei miei anni?» Sorrido.

«Non mi dimentico mai niente.»

«Dov'è tua moglie?»

«Silvia? Non c'è. Ci siamo separati cinque anni fa.»

«Mi dispiace.»

«Uno se ne fa una ragione.»

Si volta, mi dà le spalle per un attimo. Sembra che si stia asciugando una lacrima, un dolore piccolo che non vuole farmi vedere.

Non è per Silvia quella lacrima.

È per me.

Mi appoggio alla vecchia vetrina impolverata, do uno sguardo dentro.

Il profumo da donna e il portagioie di velluto rosso che guardavo sempre da bambina sono ancora lì.

Mi viene da sorridere, mi pare incredibile.

«Non ce la faceva più, vero?»

«Cosa?»

«Silvia, intendo. Non ce la faceva più. Una vita intera passata a sopportare l'umiliazione di avere un uomo innamorato di un'altra, di una povera pazza, una svitata che viveva in una baracca. Una che non valeva nulla, una poveraccia malata di mente. Una che non era neanche capace di voler bene a sua figlia. A tua figlia.»

Lucio ha lo sguardo basso. Pensavo che avrebbe urlato. Che avrebbe negato, cercato delle giustificazioni. Invece no. Invece sta zitto.

«Non me lo hai detto. Potevi farlo. Tutte le volte che siamo stati io e te, da soli. Lo sapevi da sempre e non hai detto niente. Ho creduto per anni a quella storia del turista inglese. Probabilmente non è neanche mai esistito.»

«C'era, invece. Quel ragazzo c'è stato davvero a Roccachiara. Ma era solo un tipo sfortunato, un poveretto che si fece male inciampando su una tagliola. Onda lo raccolse nel bosco, e lo fece curare da tua nonna. Non lo aveva mai visto prima di quel giorno. All'epoca di questa storia tu già c'eri, Fortuna. Lo avremmo saputo poco dopo, ma tu eri già con noi. Ne ero felice, ero già pazzo di te, non vedevo l'ora di vederti nascere. Ma tua madre mi disse che se ti avessi detto chi ero, ti avrebbe portato via. Avrebbe fatto in modo che io non ti rivedessi mai più. Si inventò di essere stata con quel ragazzo con cui non aveva neanche mai parlato, e tutti diedero per buona la sua versione. L'unico che potesse smentirla ero io, ma non lo feci. Mi sarebbe andata bene qualunque cosa pur di poterti vedere. Mi sono accontentato di guardarti da lontano, me lo sono fatto bastare.»

«Perché? Perché avrebbe fatto una cosa del genere?»

«Quando è rimasta incinta di te, io stavo per sposare Silvia. Le dissi che avrei annullato il matrimonio. Che avrei sposato lei. Ma tua madre non voleva sposarmi. Tua madre non mi voleva, Fortuna.»

«Non voleva neanche me. Onda non vuole nessuno.»

«Io ti volevo, invece. Volevo tutte e due.» Fa un sorriso triste, un sorriso amarissimo di sconfitta. C'è più significato in quella curva dimessa delle sue labbra che in tutto quello che ha detto. «So che non puoi crederci, ma c'è stato un tempo, prima che tu nascessi, in cui siamo stati molto felici. E forse potremmo esserlo di nuovo, se solo lei volesse.»

«L'hai aspettata per tutto questo tempo?»

«Se Dio vuole, l'aspetto ancora.»

«Non verrà.»

«Ma io lo so.»

«Potevi avere una vita normale. Dimenticarti di noi. Fare altri figli.»

«Non mi servivano altri figli, non li volevo. Io avevo te. Ho sempre avuto te.»

«Puoi dirmi chi sono io, per favore?»

«Mia figlia. Sei mia figlia.»

È la prima volta che qualcuno me lo dice.

È la prima volta che ho un padre.

Silenzio.

Nella mia testa e nella strada.

Adesso so chi sono.

Chi posso essere, e chi sarò.

Mi basta questo, me lo faccio bastare. Mi stringo nelle spalle, è il momento di andarmene e non so come farlo.

«Devo andare o perderò la corriera», dico.

«E dove vai?»

«Torno a casa.»

«Fortuna... sei già a casa.»

«Ho un altro posto dove stare, ora.»

«È qui che devi stare. È questo il tuo posto. Anche se lo hai rifiutato, anche se ti ha mandato via. Qui ci sono le tue radici. La tua famiglia.»

Scuoto la testa. Lo faccio piano, altrimenti le lacrime che nascondo sotto l'ombra dei capelli traboccheranno, sporcandomi le guance. Mi bruceranno la pelle.

«Io non ce l'ho una famiglia. Sono anni che non ce l'ho.»

«Sì che ce l'hai. Sono io, Fortuna. Sono io la tua famiglia. Non c'è solo Elsa dentro di te. Non c'è solo Onda. Ci sono anche io. Dentro di te c'è anche il mio sangue.»

Ci voltiamo insieme, verso la teca impolverata che ci sta di fronte. Il vetro chiazzato ci restituisce un riflesso impietoso.

Fermi, uno di fronte all'altra.

Fermi, io con questi capelli neri da spauracchio e la frangia a nascondere le sopracciglia troppo chiare, e lui con la stempiatura ormai diventata calvizie, e tutti i difetti accentuati sotto quella luce crudele, la sua decadenza esposta.

Si invecchia prima in questo posto, non ho mai capito perché. Questo paese ti erode, ti mangia dentro. Ti consuma, come fa l'acqua nera con le rocce.

Guardo Lucio riflesso nel vetro e so perfettamente a chi assomiglierò tra trent'anni.

E all'improvviso la cosa non mi fa più così paura.

«Resta. Ho aspettato così tanto che tu tornassi. Non te ne andare di nuovo. Mi hanno privato di te per una vita, non voglio perderti ancora.»

Le sue mani sono calde, e molto più grandi delle mie. C'è qualcosa che mi si scioglie dentro, qualcosa che non sentivo più da quando Luce se n'è andata. Un calore forte, che mi sale da dentro, mi allaga la gola e non mi fa respirare.

Piango, eppure non sono triste. Mi asciuga le lacrime con le dita, sono lacrime nuove, acqua dolce che non conosco.

«La mia bambina», dice piano, e sembra che sorrida. «Mia figlia.»

Annuisco, dico sì, solo con la testa perché non posso parlare.

Guardo in quegli occhi grigi che mi hanno amata da sempre, da prima di esistere, adesso lo so, forse l'ho sempre saputo.

Quegli occhi che sono anche i miei.

Ho gli occhi di mio padre e i capelli di Luce.

Prendo e mi metto addosso solo le cose che mi sono mancate per una vita.

E poi, torno a riprendermele.

È già buio quando arriviamo al cimitero.

Lucio ha insistito per accompagnarmi, ma non ha fatto domande.

Abbiamo attraversato tutta Roccachiara, percorso le sue vie deserte affollate di sguardi nascosti dietro le persiane accostate. Non ci abbiamo fatto caso, ci siamo scrollati di dosso quegli occhi invisibili senza fermarci.

Il cancello è chiuso con una grossa catena.

La casa gialla è vuota. I genitori di Luce sono andati via dopo la sua scomparsa, e da quel momento nessuno ci ha più voluto abitare.

Dicono che porti sfortuna.

Fisso le finestre della casa, i suoi occhi bui. Non porta sfortuna, è solo tanto triste.

Lucio mi passa un braccio intorno alle spalle, mi stringe a sé. Lo sa che cosa sto pensando.

Certo che lo sa.

Penso a quel gesto semplice che ho rincorso per una vita intera. Un gesto naturale che a mia madre non è mai riuscito. Adesso so con certezza che non è colpa sua. Che quello che è l'ha rovinata per sempre.

So che posso perdonarla davvero, in qualche modo.

Perché adesso non sono più sola.

So che ci saranno cose da aggiustare, legami da ricostruire.

Ricordi da accettare. So che non sarà facile, so che ci vorrà tempo, ma ce la faremo.

«Non sarà una passeggiata», dice mio padre, interpretando il mio silenzio, «ma siamo qui per provarci.»

Appoggio le mani al cancello, le stringo attorno alle sbarre di ferro gelido e ruvido.

Le luminarie fanno il loro dovere, rischiarando appena il viale del cimitero.

Sono a casa, questa è casa mia.

So che lì, da qualche parte, riposano Elsa e la vecchia Clara Castello. So che un giorno ci finiranno mia madre e mio padre, forse, almeno nella morte saranno insieme.

Tornerà anche Luce, perché non c'è nessun altro posto dove vorrebbe stare. E tornerò anche io.

Sono pezzi sparsi che si ricompongono quando tutto finisce. La mia famiglia.

La storia dolorosa e complicata della mia famiglia.

Guardo dentro, sospiro. Io non dimentico, non posso dimenticare. È per questo che sono tornata.

Alzo la faccia e la vedo.

So che è lì, che mi segue da anni. Mi ha perdonato, non ha mai smesso di amarmi.

Nell'oscurità fitta al di là del cancello, gli occhi neri di Luce.